比较文学与世界文学研究丛书

主编 曹顺庆

初编 第25册

林语堂在英语世界的传播与接受研究(上)

杨玉英 著

花木兰文化事业有限公司

国家图书馆出版品预行编目资料

林语堂在英语世界的传播与接受研究（上）／杨玉英 著 --
初版 -- 新北市：花木兰文化事业有限公司，2022〔民 111〕
序 2+ 目 2+232 面；19×26 公分
（比较文学与世界文学研究丛书 初编 第 25 册）
ISBN 978-986-518-731-6（精装）
1.CST：林语堂 2.CST：现代文学 3.CST：文学评论
4.CST：学术传播
810.8 110022072

比较文学与世界文学研究丛书
初编 第二五册 ISBN：978-986-518-731-6

林语堂在英语世界的传播与接受研究（上）

作　　者 杨玉英
主　　编 曹顺庆
企　　划 四川大学双一流学科暨比较文学研究基地
总 编 辑 杜洁祥
副总编辑 杨嘉乐
编辑主任 许郁翎
编　　辑 张雅淋、潘玟静、刘子瑄　美术编辑 陈逸婷
出　　版 花木兰文化事业有限公司
发 行 人 高小娟
联络地址 台湾 235 新北市中和区中安街七二号十三楼
电话：02-2923-1455 ／传真：02-2923-1452
网　　址 http://www.huamulan.tw 信箱 service@huamulans.com
印　　刷 普罗文化出版广告事业
初　　版 2022 年 3 月
定　　价 初编 28 册（精装）台币 76,000 元

林语堂在英语世界的传播与接受研究（上）

杨玉英 著

作者简介

杨玉英，女，（1969-），长江师范学院外国语学院教授，文学博士。主要从事英美文学和文学翻译教学。研究方向为英美文学、比较文学和海外汉学。近年来主要从事“中国经典在英语世界的传播与接受”系列研究。已出版个人学术专著8部，译著2部。主持各级别课题15项，其中国家社科基金课题1项、教育部课题1项，其他省部级课题3项。成果获四川省哲学社会科学优秀成果奖三等奖2项。发表相关学术论文60多篇。

提　　要

与作者十多年来一致从事的“中国经典在英语世界的传播与接受”系列研究一样，《林语堂在英语世界的传播与接受研究》借鉴比较文学的研究范式，从系统、整合研究的角度出发，在大量阅读第一手英文资料的基础上，对林语堂在英语世界的传播与接受研究成果作了系统的介绍与梳理。作者从异质文化的视角以及异质文化间的差异与互补作用于语言和思想文本来分析探讨了林语堂在英语世界传播与接受研究过程中的发生、发展与变异。本书根据林语堂的多元身份来谋篇布局，选取了研究成果中较具影响力的特色内容，如原作者自己的“序言”、“结语”、“注释”，或从“他者”之“他者”的视角，即异质文化的“他者”对其研究成果的评论、研究者自己在注释或引文中对“他者”观点与视角的引用与评价等内容做译介，来呈现英语世界的研究者对林语堂其人、其文、其学术观点的深层解读。

长江师范学院科研资助项目
项目编号：2017KYQD73

比较文学的中国路径

曹顺庆

自德国作家歌德提出“世界文学”观念以来，比较文学已经走过近二百年。比较文学研究也历经欧洲阶段、美洲阶段而至亚洲阶段，并在每一阶段都形成了独具特色学科理论体系、研究方法、研究范围及研究对象。中国比较文学研究面对东西文明之间不断加深的交流和碰撞现况，立足中国之本，辩证吸纳四方之学，而有了如今欣欣向荣之景象，这套丛书可以说是应运而生。本丛书尝试以开放性、包容性分批出版中国比较文学学者研究成果，以观中国比较文学学术脉络、学术理念、学术话语、学术目标之概貌。

一、百年比较文学争讼之端——比较文学的定义

什么是比较文学？常识告诉我们：比较文学就是文学比较。然而当今中国比较文学教学实际情况却并非完全如此。长期以来，中国学术界对“什么是比较文学？”却一直说不清，道不明。这一最基本的问题，几乎成为学术界纠缠不清、莫衷一是的陷阱，存在着各种不同的看法。其中一些看法严重误导了广大学生！如果不辨析这些严重误导了广大学生的观点，是不负责任、问心有愧的。恰如《文心雕龙·序志》说”岂好辩哉，不得已也“，因此我不得不辩。

其中一个极为容易误导学生的说法，就是“比较文学不是文学比较“。目前，一些教科书郑重其事地指出：比较文学不是文学比较。认为把“比较”与“文学”联系在一起，很容易被人们理解为用比较的方法进行文学研究的意思。并进一步强调，比较文学并不等于文学比较，并非任何运用比较方法来进行的比较研究都是比较文学。这种误导学生的说法几乎成为一个定论，

一个基本常识，其实，这个看法是不完全准确的。

让我们来看看一些具体例证，请注意，我列举的例证，对事不对人，因而不提及具体的人名与书名，请大家理解。在 Y 教授主编的教材中，专门设有一节以“比较文学不是文学比较”为题的内容，其中指出“比较文学界面临的最大的困惑就是把‘比较文学’误读为‘文学比较’”，在高等院校进行比较文学课程教学时需要重点强调“比较文学不是文学比较”。W 教授主编的教材也称“比较文学不是文学的比较”，因为“不是所有用比较的方法来研究文学现象的都是比较文学”。L 教授在其所著教材专门谈到“比较文学不等于文学比较”，因为，“比较”已经远远超出了一般方法论的意义，而具有了跨国家与民族、跨学科的学科性质，认为将比较文学等同于文学比较是以偏概全的。”J 教授在其主编的教材中指出，“比较文学并不等于文学比较”，并以美国学派雷马克的比较文学定义为根据，论证比较文学的“比较”是有前提的，只有在地域观念上跨越打通国家的界限，在学科领域上跨越打通文学与其他学科的界限，进行的比较研究才是比较文学。在 W 教授主编的教材中，作者认为，“若把比较文学精神看作比较精神的话，就是犯了望文生义的错误，一百余年来，比较文学这个名称是名不副实的。”

从列举的以上教材我们可以看出，首先，它们在当下都仍然坚持“比较文学不是文学比较”这一并不完全符合整个比较文学学科发展事实的观点。如果认为一百余年来，比较文学这个名称是名不副实的，所有的比较文学都不是文学比较，那是大错特错！其次，值得注意的是，这些教材在相关叙述中各自的侧重点还并不相同，存在着不同程度、不同方面的分歧。这样一来，错误的观点下多样的谬误解释，加剧了学习者对比较文学学科性质的错误把握，使得学习者对比较文学的理解愈发困惑，十分不利于比较文学方法论的学习、也不利于比较文学学科的传承和发展。当今中国比较文学教材之所以普遍出现以上强作解释，不完全准确的教科书观点，根本原因还是没有仔细研究比较文学学科不同阶段之史实，甚至是根本不清楚比较文学不同阶段的学科史实的体现。

实际上，早期的比较文学“名”与“实”的确不相符合，这主要是指法国学派的学科理论，但是并不包括以后的美国学派及中国学派的学科理论，如果把所有阶段的学科理论一锅煮，是不妥当的。下面，我们就从比较文学学科发展的史实来论证这个问题。“比较文学不是文学比较”“comparative literature is not literary comparison"，只是法国学派提出的比较文学口号，只是法国学派一派的主张，而不是整个比较文学学科的基本特征。我们不能够把这个阶段性的比较文学口号扩大化，甚至让其突破时空，用于描述比较文学所有的阶段和学派，更不能够使其"放之四海而皆准"。

法国学派提出"比较文学不是文学比较"，这个"比较"（comparison）是他们坚决反对的！为什么呢，因为他们要的不是文学"比较"（literary comparison），而是文学"关系"（literary relationship），具体而言，他们主张比较文学是实证的国际文学关系，是不同国家文学的影响关系，influences of different literatures，而不是文学比较。

法国学派为什么要反对"比较"（comparison），这与比较文学第一次危机密切相关。比较文学刚刚在欧洲兴起时，难免泥沙俱下，乱比的情形不断出现，暴露了多种隐患和弊端，于是，其合法性遭到了学者们的质疑：究竟比较文学的科学性何在？意大利著名美学大师克罗齐认为，"比较"（comparison）是各个学科都可以应用的方法，所以，"比较"不能成为独立学科的基石。学术界对于比较文学公然的质疑与挑战，引起了欧洲比较文学学者的震撼，到底比较文学如何"比较"才能够避免"乱比"？如何才是科学的比较？

难能可贵的是，法国学者对于比较文学学科的科学性进行了深刻的的反思和探索，并提出了具体的应对的方法：法国学派采取壮士断臂的方式，砍掉"比较"（comparison），提出比较文学不是文学比较（comparative literature is not literary comparison），或者说砍掉了没有影响关系的平行比较，总结出了只注重文学关系（literary relationship）的影响（influences）研究方法论。法国学派的创建者之一基亚指出，比较文学并不是比较。比较不过是一门名字没取好的学科所运用的一种方法……企图对它的性质下一个严格的定义可能是徒劳的。基亚认为：比较文学不是平行比较，而仅仅是文学关系史。以"文学关系"为比较文学研究的正宗。为什么法国学派要反对比较？或者说为什么法国学派要提出"比较文学不是文学比较"，因为法国学派认为"比较"（comparison）实际上是乱比的根源，或者说"比较"是没有可比性的。正如巴登斯佩哲指出："仅仅对两个不同的对象同时看上一眼就作比较，仅仅靠记忆和印象的拼凑，靠一些主观臆想把可能游移不定的东西扯在一起来找点类似点，这样的比较决不可能产生论证的明晰性"。所以必须抛弃"比较"。只承认基于科学的历史实证主义之上的文学影响关系研究（based on scientificity and positivism and literary influences.)。法国学派的代表学者卡雷指出：比较文学是实证性的关系研究：“比较文学是文学史的一个分支：它研究拜伦与普希金、歌德与卡莱尔、瓦尔特·司各特与维尼之间，在属于一种以上文学背景的不同作品、不同构思以及不同作家的生平之间所曾存在过的跨国度的精神交往与实际联系。”正因为法国学者善于独辟蹊径，敢于提出“比较文学不是文学比较”，甚至完全抛弃比较（comparison），以防止“乱比”，才形成了一套建立在“科学”实证性为基础的、以影响关系为特征的“不比较”的比较文学学科理论体系，这终于挡住了克罗齐等人对比较文学“乱比”的批判，形成了以“科学”实证为特征的文学影响关系研究，确立了法国学派的学科理论和一整套方法论体系。当然，法国学派悍然砍掉比较研究，又不放弃“比较文学”这个名称，于是不可避免地出现了比较文学名不副实的尴尬现象，出现了打着比较文学名号，而又不比较的法国学派学科理论，这才是问题的关键。

当然，法国学派提出“比较文学不是文学比较“，只注重实证关系而不注重文学比较和文学审美，必然会引起比较文学的危机。这一危机终于由美国著名比较文学家韦勒克（René Wellek）在 1958 年国际比较文学协会第二次大会上明确揭示出来了。在这届年会上，韦勒克作了题为《比较文学的危机》的挑战性发言，对“不比较”的法国学派进行了猛烈批判，宣告了倡导平行比较和注重文学审美的比较文学美国学派的诞生。韦勒克作了题为《比较文学的危机》的挑战性发言，对当时一统天下的法国学派进行了猛烈批判，宣告了比较文学美国学派的诞生。韦勒克说：“我认为，内容和方法之间的人为界线，渊源和影响的机械主义概念，以及尽管是十分慷慨的但仍属文化民族主义的动机，是比较文学研究中持久危机的症状。”韦勒克指出：“比较也不能仅仅局限在历史上的事实联系中，正如最近语言学家的经验向文学研究者表明的那样，比较的价值既存在于事实联系的影响研究中，也存在于毫无历史关系的语言现象或类型的平等对比中。”很明显，韦勒克提出了比较文学就是要比较（comparison），就是要恢复巴登斯佩哲所讽刺和抛弃的“找点类似点”的平行比较研究。美国著名比较文学家雷马克（Henry Remak）在他的著名论文《比较文学的定义与功用》中深刻地分析了法国学派为什么放弃“比较”（comparison）的原因和本质。他分析说：“法国比较文学否定‘纯粹’的比较（comparison），它忠实于十九世纪实证主义学术研究的传统，即实证主义所坚持并热切期望的文学研究的‘科学性’。按照这种观点，纯粹的类比不会得出任何结论，尤其是不能得出有更大意义的、系统的、概括性的结论。……既然值得尊重的科学必须致力于因果关系的探索，而比较文学必须具有科学性，因此，比较文学应该研究因果关系，即影响、交流、变更等。”雷马克进一步尖锐地指出，“比较文学”不是“影响文学”。只讲影响不要比较的“比较文学”，当然是名不副实的。显然，法国学派抛弃了“比较”（comparison），但是仍然带着一顶“比较文学”的帽子，才造成了比较文学“名”与“实”不相符合，造成比较文学不比较的尴尬，这才是问题的关键。

美国学派最大的贡献，是恢复了被法国学派所抛弃的比较文学应有的本义——“比较”（The American school went back to the original sense of comparative literature ——“comparison”），美国学派提出了标志其学派学科理论体系的平行比较和跨学科比较：“比较文学是一国文学与另一国或多国文学的比较，是文学与人类其他表现领域的比较。”显然，自从美国学派倡导比较文学应当比较（comparison）以后，比较文学就不再有名与实不相符合的问题了，我们就不应当再继续笼统地说“比较文学不是文学比较”了，不应当再以“比较文学不是文学比较”来误导学生！更不可以说“一百余年来，比较文学这个名称是名不副实的。”不能够将雷马克的观点也强行解释为“比较文学不是比较”。因为在美国学派看来，比较文学就是要比较（comparison）。比较文学就是要恢复被巴登斯佩哲所讽刺和抛弃的“找点类似点”的平行比较研究。因为平行研究的可比性，正是类同性。正如韦勒克所说，“比较的价值既存在于事实联系的影响研究中，也存在于毫无历史关系的语言现象或类型的平等对比中。”恢复平行比较研究、跨学科研究，形成了以“找点类似点”的平行研究和跨学科研究为特征的比较文学美国学派学科理论和方法论体系。美国学派的学科理论以“类型学”、“比较诗学”、“跨学科比较”为主，并拓展原属于影响研究的“主题学”、“文类学”等领域，大大扩展比较文学研究领域。

二、比较文学的三个阶段

下面，我们从比较文学的三个学科理论阶段，进一步剖析比较文学不同阶段的学科理论特征。现代意义上的比较文学学科发展以“跨越”与“沟通”为目标，形成了类似“层叠”式、“涟漪”式的发展模式，经历了三个重要的学科理论阶段，即：

一、欧洲阶段，比较文学的成形期；二、美洲阶段，比较文学的转型期；三、亚洲阶段，比较文学的拓展期。我们将比较文学三个阶段的发展称之为“涟漪式”结构，实际上是揭示了比较文学学科理论的继承与创新的辩证关系：比较文学学科理论的发展，不是以新的理论否定和取代先前的理论，而是层叠式、累进式地形成“涟漪”式的包容性发展模式，逐步积累推进。比较文学学科理论发展呈现为层叠式、“涟漪”式、包容式的发展模式。我们把这个模式描绘如下：

法国学派主张比较文学是国际文学关系，是不同国家文学的影响关系。形成学科理论第一圈层：比较文学——影响研究；美国学派主张恢复平行比较，形成学科理论第二圈层：比较文学——影响研究＋平行研究＋跨学科研究；中国学派提出跨文明研究和变异研究，形成学科理论第三圈层：比较文学——影响研究＋平行研究＋跨学科研究＋跨文明研究＋变异研究。这三个圈层并不互相排斥和否定，而是继承和包容。我们将比较文学三个阶段的发展称之为层叠式、“涟漪”式、包容式结构，实际上是揭示了比较文学学科理论的继承与创新的辩证关系。

法国学派提出，可比性的第一个立足点是同源性，由关系构成的同源性。同源性主要是针对影响关系研究而言的。法国学派将同源性视作可比性的核心，认为影响研究的可比性是同源性。所谓同源性，指的是通过对不同国家、不同民族和不同语言的文学的文学关系研究，寻求一种有事实联系的同源关系，这种影响的同源关系可以通过直接、具体的材料得以证实。同源性往往建立在一条可追溯关系的三点一线的“影响路线”之上，这条路线由发送者、接受者和传递者三部分构成。如果没有相同的源流，也就不可能有影响关系，也就谈不上可比性，这就是“同源性”。以渊源学、流传学和媒介学作为研究的中心，依靠具体的事实材料在国别文学之间寻求主题、题材、文体、原型、思想渊源等方面的同源影响关系。注重事实性的关联和渊源性的影响，并采用严谨的实证方法，重视对史料的搜集和求证，具有重要的学术价值与学术意义，仍然具有广阔的研究前景。渊源学的例子：杨宪益，《西方十四行诗的渊源》。

比较文学学科理论的第二阶段在美洲，第二阶段是比较文学学科理论的转型期。从 20 世纪 60 年代以来，比较文学研究的主要阵地逐渐从法国转向美国，平行研究的可比性是什么？是类同性。类同性是指是没有文学影响关系的不同国家文学所表现出的相似和契合之处。以类同性为基本立足点的平行研究与影响研究一样都是超出国界的文学研究，但它不涉及影响关系研究的放送、流传、媒介等问题。平行研究强调不同国家的作家、作品、文学现象的类同比较，比较结果是总结出于文学作品的美学价值及文学发展具有规律性的东西。其比较必须具有可比性，这个可比性就是类同性。研究文学中类同的：风格、结构、内容、形式、流派、情节、技巧、手法、情调、形象、主题、文类、文学思潮、文学理论、文学规律。例如钱钟书《通感》认为，中国诗文有一种描写手法，古代批评家和修辞学家似乎都没有拈出。宋祁《玉楼春》词有句名句："红杏枝头春意闹。"这与西方的通感描写手法可以比较。

比较文学的又一次危机：比较文学的死亡

九十年代，欧美学者提出，比较文学作为一门学科已经死亡！最早是英国学者苏珊·巴斯奈特 1993 年她在《比较文学》一书中提出了比较文学的死亡论，认为比较文学作为一门学科，在某种意义上已经死亡。尔后，美国学者斯皮瓦克写了一部比较文学专著，书名就叫《一个学科的死亡》。为什么比较文学会死亡，斯皮瓦克的书中并没有明确回答！为什么西方学者会提出比较文学死亡论？全世界比较文学界都十分困惑。我们认为，20 世纪 90 年代以来，欧美比较文学继"理论热"之后，又出现了大规模的"文化转向"。脱离了比较文学的基本立场。首先是不比较，即不讲比较文学的可比性问题。西方比较文学研究充斥大量的 Culture Studies（文化研究），已经不考虑比较的合理性，不考虑比较文学的可比性问题。第二是不文学，即不关心文学问题。西方学者热衷于文化研究，关注的已经不是文学性，而是精神分析、政治、性别、阶级、结构等等。最根本的原因，是比较文学学科长期囿于西方中心论，有意无意地回避东西方不同文明文学的比较问题，基本上忽略了学科理论的新生长点，比较文学学科理论缺乏创新，严重忽略了比较文学的差异性和变异性。

要克服比较文学的又一次危机，就必须打破西方中心论，克服比较文学学科理论一味求同的比较文学学科理论模式，提出适应当今全球化比较文学研究的新话语。中国学派，正是在此次危机中，提出了比较文学变异学研究，总结出了新的学科理论话语和一套新的方法论。

中国大陆第一部比较文学概论性著作是卢康华、孙景尧所著《比较文学导论》，该书指出："什么是比较文学？现在我们可以借用我国学者季羡林先生的解释来回答了：‘顾名思义，比较文学就是把不同国家的文学拿出来比较，这可以说是狭义的比较文学。广义的比较文学是把文学同其他学科来比较，包括人文科学和社会科学’。”[1]这个定义可以说是美国雷马克定义的翻版。不过，该书又接着指出:“我们认为最精炼易记的还是我国学者钱钟书先生的说法：‘比较文学作为一门专门学科，则专指跨越国界和语言界限的文学比较’。更具体地说，就是把不同国家不同语言的文学现象放在一起进行比较，研究他们在文艺理论、文学思潮，具体作家、作品之间的互相影响。”[2]这个定义似乎更接近法国学派的定义，没有强调平行比较与跨学科比较。紧接该书之后的教材是陈挺的《比较文学简编》，该书仍旧以“广义”与“狭义”来解释比较文学的定义，指出：“我们认为，通常说的比较文学是狭义的，即指超越国家、民族和语言界限的文学研究……广义的比较文学还可以包括文学与其他艺术（音乐、绘画等）与其他意识形态（历史、哲学、政治、宗教等）之间的相互关系的研究。”[3]中国比较文学早期对于比较文学的定义中凸显了很强的不确定性。

由乐黛云主编，高等教育出版社 1988 年的《中西比较文学教程》，则对比较文学定义有了较为深入的认识，该书在详细考查了中外不同的定义之后，该书指出：“比较文学不应受到语言、民族、国家、学科等限制，而要走向一种开放性，力图寻求世界文学发展的共同规律。”[4]“世界文学”概念的纳入极大拓宽了比较文学的内涵，为“跨文化”定义特征的提出做好了铺垫。

随着时间的推移，学界的认识逐步深化。1997 年，陈惇、孙景尧、谢天振主编的《比较文学》提出了自己的定义：“把比较文学看作跨民族、跨语言、跨文化、跨学科的文学研究，更符合比较文学的实质，更能反映现阶段人们对于比较文学的认识。”[5]2000 年北京师范大学出版社出版了《比较文学概论》修订本，提出：“什么是比较文学呢？比较文学是一种开放式的文学研究，它具有宏观的视野和国际的角度，以跨民族、跨语言、跨文化、跨学科界限的各种文学关系为研究对象，在理论和方法上，具有比较的自觉意识和兼容并包的特色。”[6]这是我们目前所看到的国内较有特色的一个定义。

---

1 卢康华、孙景尧著《比较文学导论》，黑龙江人民出版社 1984，第 15 页。
2 卢康华、孙景尧著《比较文学导论》，黑龙江人民出版社 1984 年版。
3 陈挺《比较文学简编》，华东师范大学出版社 1986 年版。
4 乐黛云主编《中西比较文学教程》，高等教育出版社 1988 年版。
5 陈惇、孙景尧、谢天振主编《比较文学》，高等教育出版社 1997 年版。
6 陈惇、刘象愚《比较文学概论》，北京师范大学出版社 2000 年版。

具有代表性的比较文学定义是2002年出版的杨乃乔主编的《比较文学概论》一书，该书的定义如下："比较文学是以跨民族、跨语言、跨文化与跨学科为比较视域而展开的研究，在学科的成立上以研究主体的比较视域为安身立命的本体，因此强调研究主体的定位，同时比较文学把学科的研究客体定位于民族文学之间与文学及其他学科之间的三种关系：材料事实关系、美学价值关系与学科交叉关系，并在开放与多元的文学研究中追寻体系化的汇通。"[7]方汉文则认为："比较文学作为文学研究的一个分支学科，它以理解不同文化体系和不同学科间的同一性和差异性的辩证思维为主导，对那些跨越了民族、语言、文化体系和学科界限的文学现象进行比较研究，以寻求人类文学发生和发展的相似性和规律性。"[8]由此而引申出的"跨文化"成为中国比较文学学者对于比较文学定义所做出的历史性贡献。

我在《比较文学教程》中对比较文学定义表述如下："比较文学是以世界性眼光和胸怀来从事不同国家、不同文明和不同学科之间的跨越式文学比较研究。它主要研究各种跨越中文学的同源性、变异性、类同性、异质性和互补性，以影响研究、变异研究、平行研究、跨学科研究、总体文学研究为基本方法论，其目的在于以世界性眼光来总结文学规律和文学特性，加强世界文学的相互了解与整合，推动世界文学的发展。"[9]在这一定义中，我再次重申"跨国""跨学科""跨文明"三大特征，以"变异性""异质性"突破东西文明之间的"第三堵墙"。

"首在审己，亦必知人"。中国比较文学学者在前人定义的不断论争中反观自身，立足中国经验、学术传统，以中国学者之言为比较文学的危机处境贡献学科转机之道。

三、两岸共建比较文学话语——比较文学中国学派

中国学者对于比较文学定义的不断明确也促成了"比较文学中国学派"的生发。得益于两岸几代学者的垦拓耕耘，这一议题成为近五十年来中国比较文学发展中竖起的最鲜明、最具争议性的一杆大旗，同时也是中国比较文学学科理论研究最有创新性，最亮丽的一道风景线。

7 杨乃乔主编《比较文学概论》，北京大学出版社2002年版。
8 方汉文《比较文学基本原理》，苏州大学出版社2002年版。
9 曹顺庆《比较文学教程》，高等教育出版社2006年版。

比较文学“中国学派”这一概念所蕴含的理论的自觉意识最早出现的时间大约是 20 世纪 70 年代。当时的台湾由于派出学生留洋学习，接触到大量的比较文学学术动态，率先掀起了中外文学比较的热潮。1971 年 7 月在台湾淡江大学召开的第一届“国际比较文学会议”上，朱立元、颜元叔、叶维廉、胡辉恒等学者在会议期间提出了比较文学的“中国学派”这一学术构想。同时，李达三、陈鹏翔（陈慧桦）、古添洪等致力于比较文学中国学派早期的理论催生。如 1976 年，古添洪、陈慧桦出版了台湾比较文学论文集《比较文学的垦拓在台湾》。编者在该书的序言中明确提出：“我们不妨大胆宣言说，这援用西方文学理论与方法并加以考验、调整以用之于中国文学的研究，是比较文学中的中国派”[10]。这是关于比较文学中国学派较早的说明性文字，尽管其中提到的研究方法过于强调西方理论的普世性，而遭到美国和中国大陆比较文学学者的批评和否定；但这毕竟是第一次从定义和研究方法上对中国学派的本质进行了系统论述，具有开拓和启明的作用。后来，陈鹏翔又在台湾《中外文学》杂志上连续发表相关文章，对自己提出的观点作了进一步的阐释和补充。

在“中国学派”刚刚起步之际，美国学者李达三起到了启蒙、催生的作用。李达三于 60 年代来华在台湾任教，为中国比较文学培养了一批朝气蓬勃的生力军。1977 年 10 月，李达三在《中外文学》6 卷 5 期上发表了一篇宣言式的文章《比较文学中国学派》，宣告了比较文学的中国学派的建立，并认为比较文学中国学派旨在“与比较文学中早已定于一尊的西方思想模式分庭抗礼。由于这些观念是源自对中国文学及比较文学有兴趣的学者，我们就将含有这些观念的学者统称为比较文学的‘中国’学派。”并指出中国学派的三个目标：1、在自己本国的文学中，无论是理论方面或实践方面，找出特具“民族性”的东西，加以发扬光大，以充实世界文学；2、推展非西方国家“地区性”的文学运动，同时认为西方文学仅是众多文学表达方式之一而已；3、做一个非西方国家的发言人，同时并不自诩能代表所有其他非西方的国家。李达三后来又撰文对比较文学研究状况进行了分析研究，积极推动中国学派的理论建设。[11]

继中国台湾学者垦拓之功，在 20 世纪 70 年代末复苏的大陆比较文学研

10 古添洪、陈慧桦《比较文学的垦拓在台湾》，台湾东大图书公司 1976 年版。
11 李达三《比较文学研究之新方向》，台湾联经事业出版公司 1978 年版。

究亦积极参与了“比较文学中国学派”的理论建设和学科建设。

季羡林先生 1982 年在《比较文学译文集》的序言中指出：“以我们东方文学基础之雄厚，历史之悠久，我们中国文学在其中更占有独特的地位，只要我们肯努力学习，认真钻研，比较文学中国学派必然能建立起来，而且日益发扬光大”[12]。1983 年 6 月，在天津召开的新中国第一次比较文学学术会议上，朱维之先生作了题为《比较文学中国学派的回顾与展望》的报告，在报告中他旗帜鲜明地说：“比较文学中国学派的形成（不是建立）已经有了长远的源流，前人已经做出了很多成绩，颇具特色，而且兼有法、美、苏学派的特点。因此，中国学派绝不是欧美学派的尾巴或补充”[13]。1984 年，卢康华、孙景尧在《比较文学导论》中对如何建立比较文学中国学派提出了自己的看法，认为应当以马克思主义作为自己的理论基础，以我国的优秀传统与民族特色为立足点与出发点，汲取古今中外一切有用的营养，去努力发展中国的比较文学研究。同年在《中国比较文学》创刊号上，朱维之、方重、唐弢、杨周翰等人认为中国的比较文学研究应该保持不同于西方的民族特点和独立风貌。1985 年，黄宝生发表《建立比较文学的中国学派：读〈中国比较文学〉创刊号》，认为《中国比较文学》创刊号上多篇讨论比较文学中国学派的论文标志着大陆对比较文学中国学派的探讨进入了实际操作阶段。[14]1988 年，远浩一提出“比较文学是跨文化的文学研究”（载《中国比较文学》1988 年第 3 期）。这是对比较文学中国学派在理论特征和方法论体系上的一次前瞻。同年，杨周翰先生发表题为“比较文学：界定‘中国学派’，危机与前提”（载《中国比较文学通讯》1988 年第 2 期），认为东方文学之间的比较研究应当成为“中国学派”的特色。这不仅打破比较文学中的欧洲中心论，而且也是东方比较学者责无旁贷的任务。此外，国内少数民族文学的比较研究，也应该成为“中国学派”的一个组成部分。所以，杨先生认为比较文学中的大量问题和学派问题并不矛盾，相反有助于理论的讨论。1990 年，远浩一发表“关于‘中国学派’”（载《中国比较文学》1990 年第 1 期），进一步推进了“中国学派”的研究。此后直到 20 世纪 90 年代末，中国学者就比较文学中国学派的建立、理论与方法以及相应的学科理论等诸多问题进行了积极而富有成效的探讨。

12 张隆溪《比较文学译文集》，北京大学出版社 1984 年版。

13 朱维之《比较文学论文集》，南开大学出版社 1984 年版。

14 参见《世界文学》1985 年第 5 期。

刘介民、远浩一、孙景尧、谢天振、陈淳、刘象愚、杜卫等人都对这些问题付出过不少努力。《暨南学报》1991 年第 3 期发表了一组笔谈，大家就这个问题提出了意见，认为必须打破比较文学研究中长期存在的法美研究模式，建立比较文学中国学派的任务已经迫在眉睫。王富仁在《学术月刊》1991 年第 4 期上发表"论比较文学的中国学派问题"，论述中国学派兴起的必然性。而后，以谢天振等学者为代表的比较文学研究界展开了对"X+Y"模式的批判。比较文学在大陆复兴之后，一些研究者采取了"X+Y"式的比附研究的模式，在发现了"惊人的相似"之后便万事大吉，而不注意中西巨大的文化差异性，成为了浅度的比附性研究。这种情况的出现，不仅是中国学者对比较文学的理解上出了问题，也是由于法美学派研究理论中长期存在的研究模式的影响，一些学者并没有深思中国与西方文学背后巨大的文明差异性，因而形成"X+Y"的研究模式，这更促使一些学者思考比较文学中国学派的问题。

经过学者们的共同努力，比较文学中国学派一些初步的特征和方法论体系逐渐凸显出来。1995 年，我在《中国比较文学》第 1 期上发表《比较文学中国学派基本理论特征及其方法论体系初探》一文，对比较文学在中国复兴十余年来的发展成果作了总结，并在此基础上总结出中国学派的理论特征和方法论体系，对比较文学中国学派作了全方位的阐述。继该文之后，我又发表了《跨越第三堵'墙'创建比较文学中国学派理论体系》等系列论文，论述了以跨文化研究为核心的"中国学派"的基本理论特征及其方法论体系。这些学术论文发表之后在国内外比较文学界引起了较大的反响。台湾著名比较文学学者古添洪认为该文"体大思精，可谓已综合了台湾与大陆两地比较文学中国学派的策略与指归，实可作为'中国学派'在大陆再出发与实践的蓝图"[15]。

在我撰文提出比较文学中国学派的基本特征及方法论体系之后，关于中国学派的论争热潮日益高涨。反对者如前国际比较文学学会会长佛克马（Douwe Fokkema）1987 年在中国比较文学学会第二届学术讨论会上就从所谓的国际观点出发对比较文学中国学派的合法性提出了质疑，并坚定地反对建立比较文学中国学派。来自国际的观点并没有让中国学者失去建立比较文学中国学派的热忱。很快中国学者智量先生就在《文艺理论研究》1988 年第

15 古添洪《中国学派与台湾比较文学界的当前走向》，参见黄维梁编《中国比较文学理论的垦拓》167 页，北京大学出版社 1998 年版。

1 期上发表题为《比较文学在中国》一文，文中援引中国比较文学研究取得的成就，为中国学派辩护，认为中国比较文学研究成绩和特色显著，尤其在研究方法上足以与比较文学研究历史上的其他学派相提并论，建立中国学派只会是一个有益的举动。1991 年，孙景尧先生在《文学评论》第 2 期上发表《为“中国学派”一辩》，孙先生认为佛克马所谓的国际主义观点实质上是“欧洲中心主义”的观点，而“中国学派”的提出，正是为了清除东西方文学与比较文学学科史中形成的“欧洲中心主义”。在 1993 年美国印第安纳大学举行的全美比较文学会议上，李达三仍然坚定地认为建立中国学派是有益的。二十年之后，佛克马教授修正了自己的看法，在 2007 年 4 月的“跨文明对话——国际学术研讨会（成都）”上，佛克马教授公开表示欣赏建立比较文学中国学派的想法[16]。即使学派争议一派繁荣景象，但最终仍旧需要落点于学术创见与成果之上。

比较文学变异学便是中国学派的一个重要理论创获。2005 年，我正式在《比较文学学》[17]中提出比较文学变异学，提出比较文学研究应该从“求同”思维中走出来，从“变异”的角度出发，拓宽比较文学的研究。通过前述的法、美学派学科理论的梳理，我们也可以发现前期比较文学学科是缺乏“变异性”研究的。我便从建构中国比较文学学科理论话语体系入手，立足《周易》的“变异”思想，建构起“比较文学变异学”新话语，力图以中国学者的视角为全世界比较文学学科理论提供一个新视角、新方法和新理论。

比较文学变异学的提出根植于中国哲学的深层内涵，如《周易》之“易之三名”所构建的“变易、简易、不易”三位一体的思辨意蕴与意义生成系统。具体而言，“变易”乃四时更替、五行运转、气象畅通、生生不息；“不易”乃天上地下、君南臣北、纲举目张、尊卑有位；“简易”则是乾以易知、坤以简能、易则易知、简则易从。显然，在这个意义结构系统中，变易强调“变”，不易强调“不变”，简易强调变与不变之间的基本关联。万物有所变，有所不变，且变与不变之间存在简单易从之规律，这是一种思辨式的变异模式，这种变异思维的理论特征就是：天人合一、物我不分、对立转化、整体关联。这是中国古代哲学最重要的认识论，也是与西方哲学所不同的“变异”思想。

16 见《比较文学报》2007 年 5 月 30 日，总第 43 期。
17 曹顺庆《比较文学学》，四川大学出版社 2005 年版。

由哲学思想衍生于学科理论，比较文学变异学是“指对不同国家、不同文明的文学现象在影响交流中呈现出的变异状态的研究，以及对不同国家、不同文明的文学相互阐发中出现的变异状态的研究。通过研究文学现象在影响交流以及相互阐发中呈现的变异，探究比较文学变异的规律。”[18]变异学理论的重点在求“异”的可比性，研究范围包含跨国变异研究、跨语际变异研究、跨文化变异研究、跨文明变异研究、文学的他国化研究等方面。比较文学变异学所发现的文化创新规律、文学创新路径是基于中国所特有的术语、概念和言说体系之上探索出的“中国话语”，作为比较文学第三阶段中国学派的代表性理论已经受到了国际学界的广泛关注与高度评价，中国学术话语产生了世界性影响。

四、国际视野中的中国比较文学

文明之墙让中国比较文学学者所提出的标识性概念获得国际视野的接纳、理解、认同以及运用，经历了跨语言、跨文化、跨文明的多重关卡，国际视野下的中国比较文学书写亦经历了一个从“遍寻无迹”“只言片语”而“专篇专论”，从最初的“话语乌托邦”至“阶段性贡献”的过程。

二十世纪六十年代以来港台学者致力于从课程教学、学术平台、人才培养，国内外学术合作等方面巩固比较文学这一新兴学科的建立基石，如淡江文理学院英文系开设的“比较文学”（1966），香港大学开设的“中西文学关系”（1966）等课程；台湾大学外文系主编出版之《中外文学》月刊、淡江大学出版之《淡江评论》季刊等比较文学研究专刊；后又有台湾比较文学学会（1973 年）、香港比较文学学会（1978）的成立。在这一系列的学术环境构建下，学者前贤以“中国学派”为中国比较文学话语核心在国际比较文学学科理论、方法论中持续探讨，率先启声。例如李达三在 1980 年香港举办的东西方比较文学学术研讨会成果中选取了七篇代表性文章，以 *Chinese-Western Comparative Literature: Theory and Strategy* 为题集结出版，[19]并在其结语中附上那篇“中国学派”宣言文章以申明中国比较文学建立之必要。

学科开山之际，艰难险阻之巨难以想象，但从国际学者相关言论中可见西方对于中国比较文学学科的发展抱有的希望渺小。厄尔 · 迈纳（Earl Miner）

18 曹顺庆主编《比较文学概论》，高等教育出版社 2015 年版。

19 ***Chinese-Western Comparative Literature***： *Theory & Strategy*, Chinese Univ Pr.1980-6

在 1987 年发表的 *Some Theoretical and Methodological Topics for Comparative Literature* 一文中谈到当时西方的比较文学鲜有学者试图将非西方材料纳入西方的比较文学研究中。（until recently there has been little effort to incorporate non-Western evidence into Western com- parative study.）1992 年，斯坦福大学教授 David Palumbo-Liu 直接以《话语的乌托邦：论中国比较文学的不可能性》为题（*The Utopias of Discourse: On the Impossibility of Chinese Comparative Literature*）直言中国比较文学本质上是一项“乌托邦”工程。（My main goal will be to show how and why the task of Chincse comparative literature, particularly of pre-modern literature, is essentially a *utopian* project.）这些对于中国比较文学的诘难与质疑，令美国加州大学圣地亚哥分校文学系主任张英进教授在其 1998 编著的 *China in a polycentric world: essays in Chinese comparative literature* 前言中也不得不承认中国比较文学研究在国际学术界中仍然处于边缘地位（The fact is, however, that Chinese comparative literature remained marginal in academia, even though it has developed closely with the rest of literary studies in the United Stated and even though China has gained increasing importance in the geopolitical world order over the past decades.）。[20]但张英进教授也展望了下一个千年中国比较文学研究的蓝景。

新的千年新的气象，“世界文学”“全球化”等概念的冲击下，让西方学者开始注意到东方，注意到中国。如普渡大学教授斯蒂文 · 托托西（Tötösy de Zepetnek, Steven）1999 年发长文 *From Comparative Literature Today Toward Comparative Cultural Studies* 阐明比较文学研究更应该注重文化的全球性、多元性、平等性而杜绝等级划分的参与。托托西教授注意到了在法德美所谓传统的比较文学研究重镇之外，例如中国、日本、巴西、阿根廷、墨西哥、西班牙、葡萄牙、意大利、希腊等地区，比较文学学科得到了出乎意料的发展（emerging and developing strongly）。在这篇文章中，托托西教授列举了世界各地比较文学研究成果的著作，其中中国地区便是北京大学乐黛云先生出版的代表作品。托托西教授精通多国语言，研究视野也常具跨越性，新世纪以来也致力于以跨越性的视野关注世界各地比较文学研究的动向。[21]

20 Moran T . Yingjin Zhang, Ed. China in a Polycentric World: Essays in Chinese Comparative Literature[J].现代中文文学学报,2000,4(1):161-165.

21 Tötösy de Zepetnek, Steven. "From Comparative Literature Today Toward Comparative Cultural Studies." CLCWeb: Comparative Literature and Culture 1.3 (1999):

以上这些国际上不同学者的声音一则质疑中国比较文学建设的可能性，一则观望着这一学科在非西方国家的复兴样态。争议的声音不仅在国际学界，国内学界对于这一新兴学科的全局框架中涉及的理论、方法以及学科本身的立足点，例如前文所说的比较文学的定义，中国学派等等都处于持久论辩的漩涡。我们也通晓如果一直处于争议的漩涡中，便会被漩涡所吞噬，只有将论辩化为成果，才能转漩涡为涟漪，一圈一圈向外辐射，国际学人也在等待中国学者自己的声音。

上海交通大学王宁教授作为中国比较文学学者的国际发声者自 20 世纪末至今已撰文百余篇，他直言，全球化给西方学者带来了学科死亡论，但是中国比较文学必将在这全球化语境中更为兴盛，中国的比较文学学者一定会对国际文学研究做出更大的贡献。新世纪以来中国学者也不断地将自身的学科思考成果呈现在世界之前。2000 年，北京大学周小仪教授发文（*Comparative Literature in China*）[22]率先从学科史角度构建了中国比较文学在两个时期（20 世纪 20 年代至 50 年代，70 年代至 90 年代）的发展概貌，此文关于中国比较文学的复兴崛起是源自中国文学现代性的产生这一观点对美国芝加哥大学教授苏源熙（Haun Saussy）影响较深。苏源熙在 2006 年的专著 *Comparative Literature in an Age of Globalization* 中对于中国比较文学的讨论篇幅极少，其中心便是重申比较文学与中国文学现代性的联系。这篇文章也被哈佛大学教授大卫·达姆罗什（David Damrosch）收录于《普林斯顿比较文学资料手册》（*The Princeton Sourcebook in Comparative Literature*，2009[23]）。类似的学科史介绍在英语世界与法语世界都接续出现，以上大致反映了中国学者对于中国比较文学研究的大概描述在西学界的接受情况。学科史的构架对于国际学术对中国比较文学发展脉络的把握很有必要，但是在此基础上的学科理论实践才是关系于中国比较文学学科国际性发展的根本方向。

我在 20 世纪 80 年代以来 40 余年间便一直思考比较文学研究的理论构建问题，从以西方理论阐释中国文学而造成的中国文艺理论“失语症”思考

---

22 Zhou, Xiaoyi and Q.S. Tong, “Comparative Literature in China”, Comparative Literature and Comparative Cultural Studies, ed., Totosy de Zepetnek, West Lafayette, Indiana: Purdue University Press, 2003, 268-283.

23 Damrosch, David (EDT)***The Princeton Sourcebook in Comparative Literature***: Princeton University Press

属于中国比较文学自身的学科方法论，从跨异质文化中产生的“文学误读”“文化过滤”“文学他国化”提出“比较文学变异学”理论。历经 10 年的不断思考，2013 年，我的英文著作：*The Variation Theory of Comparative Literature*（《比较文学变异学》），由全球著名的出版社之一斯普林格（Springer）出版社出版，并在美国纽约、英国伦敦、德国海德堡出版同时发行。*The Variation Theory of Comparative Literature*（《比较文学变异学》）系统地梳理了比较文学法国学派与美国学派研究范式的特点及局限，首次以全球通用的英语语言提出了中国比较文学学科理论新话语：“比较文学变异学”。这一新概念、新范畴和新表述，引导国际学术界展开了对变异学的专刊研究（如普渡大学创办刊物《比较文学与文化》2017 年 19 期）和讨论。

欧洲科学院院士、西班牙圣地亚哥联合大学让·莫内讲席教授、比较文学系教授塞萨尔·多明戈斯教授（Cesar Dominguez），及美国科学院院士、芝加哥大学比较文学教授苏源熙（Haun Saussy）等学者合著的比较文学专著（Introducing Comparative literature: New Trends and Applications[24]）高度评价了比较文学变异学。苏源熙引用了《比较文学变异学》（英文版）中的部分内容，阐明比较文学变异学是十分重要的成果。与比较文学法国学派和美国学派形成对比，曹顺庆教授倡导第三阶段理论，即，新奇的、科学的中国学派的模式，以及具有中国学派本身的研究方法的理论创新与中国学派”（《比较文学变异学》（英文版）第 43 页）。通过对“中西文化异质性的“跨文明研究”，曹顺庆教授的看法会更进一步的发展与进步（《比较文学变异学》（英文版）第 43 页），这对于中国文学理论的转化和西方文学理论的意义具有十分重要的价值。（“Another important contribution in the direction of an imparative comparative literature-at least as procedure-is Cao Shunqing’s 2013 *The Variation Theory of Comparative Literature*. In contrast to the“French School”and“American School”of comparative Literature, Cao advocates a “third-phrase theory”, namely, “a novel and scientific mode of the Chinese school,” a “theoretical innovation and systematization of the Chinese school by relying on our *own* methods” (*Variation Theory* 43; emphasis added). From this etic beginning, his proposal moves forward emically by developing a “cross-civilizaional study on the heterogeneity between

24 Cesar Dominguez,Haun Saussy,Dario Villanueva Introducing Comparative literature: New Trends and Applications， Routledge,2015

Chinese and Western culture”(43), which results in both the foreignization of Chinese literary theories and the Signification of Western literary theories.）

法国索邦大学（Sorbonne University）比较文学系主任伯纳德·弗朗科（Bernard Franco）教授在他出版的专著（《比较文学：历史、范畴与方法》）*La littératurecomparée: Histoire, domaines, méthodes* 中以专节引述变异学理论，他认为曹顺庆教授提出了区别于影响研究与平行研究的“第三条路”，即“变异理论”，这对应于观点的转变，从“跨文化研究”到“跨文明研究”。变异理论基于不同文明的文学体系相互碰撞为形式的交流过程中以产生新的文学元素，曹顺庆将其定义为“研究不同国家的文学现象所经历的变化”。因此曹顺庆教授提出的变异学理论概述了一个新的方向，并展示了比较文学在不同语言和文化领域之间建立多种可能的桥梁。（Il évoque l’hypothèse d’une troisième voie, la « théorie de la variation », qui correspond à un déplacement du point de vue, de celui des « études interculturelles » vers celui des « études transcivilisationnelles . » Cao Shunqing la définit comme « l’étude des variations subies par des phénomènes littéraires issus de différents pays, avec ou sans contact factuel, en même temps que l’étude comparative de l’hétérogénéité et de la variabilité de différentes expressions littéraires dans le même domaine ».Cette hypothèse esquisse une nouvelle orientation et montre la multiplicité des passerelles possibles que la littérature comparée établit entre domaines linguistiques et culturels différents.）[25]。

美国哈佛大学（Harvard University）厄内斯特·伯恩鲍姆讲席教授、比较文学教授大卫·达姆罗什（David Damrosch）对该专著尤为关注。他认为《比较文学变异学》（英文版）以中国视角呈现了比较文学学科话语的全球传播的有益尝试。曹顺庆教授对变异的关注提供了较为适用的视角，一方面超越了亨廷顿式简单的文化冲突模式，另一方面也跨越了同质性的普遍化。[26]国际学界对于变异学理论的关注已经逐渐从其创新性价值探讨延伸至文学研究，例如斯蒂文·托托西近日在 *Cultura* 发表的（Peripheralities: "Minor" Literatures, Women's Literature, and Adrienne Orosz de Csicser's Novels）一文中便成功地将变异学理论运用于阿德里安·奥罗兹的小说研究中。

---

25 Bernard Franco La litt é raturecompar é e: Histoire, domaines, m é thodes，Armand Colin 2016.

26 David Damrosch Comparing the Literatures,Literary Studies in a Global Age,Princeton University Press,2020.

国际学界对于比较文学变异学的认可也证实了变异学作为一种普遍性理论提出的初衷，其合法性与适用性将在不同文化的学者实践中巩固、拓展与深化。它不仅仅是跨文明研究的方法，而是一种具有超越影响研究和平行研究，超越西方视角或东方视角的宏大视野、一种建立在文化异质性和变异性基础之上的融汇创生、一种追求世界文学和总体问题最终理想的哲学关怀。

以如此篇幅展现中国比较文学之况，是因为中国比较文学研究本就是在各种危机论、唱衰论的压力下，各种质疑论、概念论中艰难前行，不探源溯流难以体察今日中国比较文学研究成果之不易。文明的多样性发展离不开文明之间的交流互鉴。最具“跨文明”特征的比较文学学科更需要文明之间成果的共享、共识、共析与共赏，这是我们致力于比较文学研究领域的学术理想。

千里之行，不积跬步无以至，江海之阔，不积细流无以成！如此宏大的一套比较文学研究丛书得承花木兰总编辑杜洁祥先生之宏志，以及该公司同仁之辛劳，中国比较文学学者之鼎力相助，才可顺利集结出版，在此我要衷心向诸君表达感谢！中国比较文学研究仍有一条长远之途需跋涉，期以系列丛书一展全貌，愿读者诸君敬赐高见！

曹顺庆

二零二一年十月二十三日于成都锦丽园

序

汤漳平

今年是林语堂诞辰 125 周年，很高兴收到杨玉英女史发来她历经多年研究完成的《林语堂在英语世界的传播与接受研究》书稿。作为语堂先生的老乡，她让我给写一篇《序》，虽然我对于语堂先生没有太多研究，但还是愉快地答应下来了。

在我上大学的 20 世纪 60 年代，中国现代文学史中并无林语堂的地位。因为当时只以左联文学为主线，重点作家则是一成不变的鲁（迅）、郭（沫若）、茅（盾）、巴（金）、老（舍）、曹（禺）。林语堂属于另类，他的作品也很难看到。

1982 年，我第一次读到的林语堂作品，是在地摊上偶然买到的台湾出版的《苏东坡传》。《传》中丰富的史料和优美的文笔，让我大为震撼，从此开始关心起这位老乡来。老朋友施建伟送我他写的《林语堂传》，又让我得以比较全面地了解了林氏的一生。此后，我陆续阅读了林氏的一批重要代表作，自以为比较能够真正了解这位自称“两脚踏东西文化，一心做宇宙文章”的老乡对于中国现代文学，对于中国文化在世界的传播所作出的杰出贡献。尤其令我深感震撼的是，当日本法西斯的铁蹄践踏中华大地时，林氏于 1935 年出版，1939 年重新修订的《吾国与吾民》一书中，所展现的强烈的爱国情怀以及必胜的信念，是何等的可贵！他还利用自己在西方世界的影响，将这种信念传达给外国的读者，争取到广泛社会舆论的支持。

2002 年，我从北方调回漳州。原以为经过 20 多年的改革开放，林语堂研究在老家应当开展得轰轰烈烈了吧。然而实际情况却让我大失所望。朋友告知，漳州师范学院（今闽南师范大学）从上世纪 90 年代就准备召开林语堂学术研讨会，但上方一直不批准。唯一让我感到高兴的是，在林语堂的老家，漳州市芗城区的五里沙，已在2000年建起一座林语堂纪念馆。我当即前往参观，并在纪念册上写下“漳州人的骄傲”几个大字。

历经五年的宣传和推动，2007年漳州市林语堂研究会终于得以成立，同时举办了规模盛大的全国学术研讨会。很惭愧，我这个对林语堂并无深入研究的人，居然被推选为首任会长。在林语堂出生地平和坂仔，也同时建起了一座林语堂文学馆，并修复了林语堂故居，遇到重要的纪念日，故乡人便会举行一定规模的纪念活动和学术研讨会。

2016年11月26-28号，“海峡两岸第八届国学论坛”和“新子学深化：传统文化价值重构与传播研讨会”在厦门筼筜书院举行，杨玉英女史与其爱女同来参加会议。不清楚她是否在那时就产生了写这本书的想法。这些年间，国内有关林语堂研究的状况，收集已相对容易，但对其作品在英语世界的传播和接受方面的成果的搜集整理，可能就不那么容易了。此书分成若干专题，对英语世界有关林语堂的研究情况条分缕析，资料甚为丰富。相信该书的出版，将为国内相关领域的研究者提供一份很有价值的参考资料。

日前，我也正好收到由商务印书馆出版的由我们译注和阐析的“诸子现代丛书”《老子》。在这部书中，我们比较系统地介绍了林语堂对道家文化中的老庄思想所做的现代阐释。可以说，从林氏《老子的智慧》一书出版以来，国内学者，尤其哲学界，尚未见到有对该书作过深入研究与探讨的。我们希望该书的出版，能够使读者或获得一种新的体验和感受。

汤漳平
2020年11月3日

目次

上　册

序　汤漳平

导　论 …… 1

第一章　林语堂其人其文 …… 5

一、林语堂的生平与时代 …… 5

二、是什么造就了这个人？林语堂心理传记研究 … 13

第二章　批评家翻译家林语堂 …… 37

一、批评家与阐释者林语堂 …… 37

二、协同与阐释：林语堂与亚裔美国文学档案文件 …… 46

三、翻译理论家、翻译评论家和翻译家林语堂研究 …… 53

四、双重话语中独特的跨文化诗学：林语堂的“小评论”与《啼笑皆非》自译 …… 83

五、太平洋彼岸的剧场：作为一种创造性活动的林语堂自译 …… 96

第三章　文学家语言学家林语堂 …… 107

一、对苦力民主主义者的驯化：林语堂与自我民族志现实主义 …… 107

二、排印民族现代主义：林语堂与共和国的中国佬 …… 147

三、林语堂的文学之路，1895-1930 …… 152

四、把中国介绍给大西洋—西方：自我、他者与林语堂的抵制 …… 168

第四章　东西方文化传播者林语堂 …… 185

一、林语堂文化国际主义的思想渊源（1928-1938） …… 185

二、林语堂：为现代人重新诠释古人 …… 196

三、林语堂与作为一种社会批评的文化的跨文化传播 …… 211

四、林语堂的跨文化遗产：批评视角 …… 229

下　册

第五章　打字机发明家林语堂 …… 233

一、技术奇想：林语堂及其华文打字机的发明 … 233

二、散居汉字中的声音与文字：林语堂的打字机 ·· 238
三、林语堂与其中文打字机 ·························· 241
四、华文打字机的历史 ································· 249
五、林语堂：华文打字机（专利申请的一部分）
——编辑的话 ·· 252
第六章 幽默大师林语堂 ····························· 255
一、林语堂《论幽默》一文的语境分析 ············ 256
二、林语堂论幽默在全球社会中的地位：危机与
机遇：过去、现在与未来 ···························· 264
第七章 女性主义者林语堂 ························· 275
一、林语堂译本、改编本和重写本对中国女性
形象的建构与重建 ···································· 276
二、林语堂的“寡妇”及其改编问题 ················ 289
三、象征世界的自由时刻：对林语堂女性描写的
符号学研究 ··· 297
第八章 比较视野下的林语堂 ······················ 323
一、白璧德与林语堂 ·································· 323
二、食人主义的必要：蒙田《随笔》· 林语堂
《生活的艺术》· 中国性 · 文化翻译 ·············· 336
三、美国梦的两个中文版本：林语堂与汤亭亭的
金山 ·· 356
四、文本的迁移与身份的转变：林语堂、张爱玲
与哈金的双语作品自译 ······························ 365
五、自我、民族与离散：重读林语堂、白先勇和
赵健秀 ··· 372
六、书写外交：冷战时期跨太平洋的翻译、政治
与文学文化 ··· 388
参考文献 ·· 407
附录一 林语堂词典与《中国新闻舆论史》书评 · 421
附录二 林语堂著译 ·································· 437
后记（行素） ·· 443

导　论

在全球化日益加深的今天，中国和西方都需要从自身的传统和对方的视角来客观、全面地认识自己。异质文化、异质文明间只有通过互相不断的交流、对话，才能真正做到了解与沟通。《林语堂在英语世界的传播与接受研究》对异质文化语境中外国学者用英文撰写的、以林语堂及其学术成果为研究对象的英译文本和众多应用研究成果进行了全面搜集和系统编译，在文献材料上具备了原创性、稀缺性、完整性与权威性，为其他比较文学研究者、现当代文学研究者、汉学研究者和传播学研究者提供了大量珍贵的第一手材料，做了很好的学术准备，亦为国内与海外相关领域的研究者搭建起了一座汇通之桥。同时，该研究旨在开阔相关学术研究者的视野，让我们听到来自异域“他者”不同的声音，从而促使我们从不同的视角对自己的文化与学术研究进行反思。

《林语堂在英语世界的传播与接受研究》与作者十多年来一致从事的“中国经典在英语世界的传播与接受”系列研究一样，借鉴比较文学的研究范式，从系统、整合研究的角度出发，在大量阅读第一手英文资料的基础上，采用文本细读法、微观分析法、变异性研究以及跨文化比较研究的理论与方法，对林语堂在英语世界的传播与接受研究成果作了系统的介绍与梳理。本着客观、科学的态度，运用比较研究的方法，从异质文化的视角以及异质文化间的差异与互补作用于语言和思想文本来分析探讨林语堂在英语世界传播与接受研究过程中的发生、发展与变异。研究尤其注重从中西文化的异质性、文本流传过程中读者对异质文化的接受、过滤、误读与误解等方面来分析西方研究者对选题的取舍、美学的诉求以及中西林语堂研究的互动与借鉴，对拓宽中国经典研究的领域，促进国内外中国经典研究的交流与发展有相当的积极作用。

与作者之前的系列研究成果相比，《林语堂在英语世界的传播与接受研究》在章节架构和内容上均有所不同。本书根据林语堂的多元身份来谋篇布局，不是从英语世界林语堂研究者的译著或老生常谈的话题、观点去对其进行分析、鉴赏，而更多是选取研究成果中较具影响力的特色内容，如原作者自己的“序言”、“结语”、“注释”，或从“他者”之“他者”的视角，即异质文化的“他者”对其研究成果的评论、研究者自己在注释或引文中对“他者”观点与视角的引用与评价等内容做译介，来呈现英语世界研究者对林语堂其人、其文和其学术观点的解读。

需要肯定并加以强调的是,《林语堂在英语世界的传播与接受研究》旨在系统、全面、客观地译介林语堂在英语世界传播和接受研究的成果，作者无意对原作者的观点、视角、研究的深度与广度、甚至意识形态进行刻意地评价或批判,而只在原作者观点表述不清楚或有明显错误的地方以脚注的形式予以补充和修正，并标明“本书作者注”。

《林语堂在英语世界的传播与接受研究》以英语世界的林语堂英译文本和应用研究成果为主要研究对象，分八章对英语世界的林语堂传播与接受研究成果进行了系统呈现。

第一章为“林语堂其人其文”，选取了研究林语堂生平与著作的两篇博士论文，对其中相关章节进行了译介，以使读者对“他者”眼中林语堂的整体风貌有详细的了解。

第二章为“批评家翻译家林语堂”，对陈荣捷、苏真、Long Yangyang，Li Ping，Hu Yunhan 的五种林语堂研究成果进行了梳理，从而管窥“他者”眼中林语堂文学翻译与文学批评的特征、得失与影响。

第三章为“文学家语言学家林语堂”，选取了英语世界研究文学家、语言学家林语堂的四种成果向读者呈现“他者”眼中的林语堂，研究内容包括林语堂与自我民族志现实主义、林语堂与共和国的中国佬、林语堂的文学之路和自我、他者与林语堂的抵制等。

第四章为“东西方文化传播者林语堂”，选取了四篇相关的研究文章，以让读者了解“他者”眼中“东西方文化传播者”林语堂的视角与观点，研究内容括及林语堂文化国际主义的思想渊源、林语堂为现代人重新诠释古人、林语堂与作为一种社会批评之文化的跨文化传播和林语堂的跨文化遗产。

第五章为“打字机发明家林语堂”，对搜集到的英语世界研究林语堂及其华文打字机的五种研究成果做了选译，旨在让研究者全面了解相对于林语堂的其他身份来说比较陌生的打字机发明家林语堂。

第六章为“幽默大师林语堂”，选取了英语世界的两种关于幽默大师林语堂的研究成果进行译介分享，包括约瑟夫·桑普尔的《林语堂〈论幽默〉一文的语境分析》和罗斯林·乔伊·里奇的《林语堂论幽默在全球社会中的地位：危机与机遇：过去、现在与未来》，并对约瑟夫·桑普尔博士论文《林语堂与现代中国的幽默》的章节内容做了介绍。

第七章为“女性主义者林语堂”，对英语世界研究林语堂的女性主义观的三种成果进行了梳理，以了解“他者”眼中的“女性主义者”林语堂，内容分别为林语堂译本、改编本和重写本对中国女性形象的建构与重新建构；象征世界的自由时刻：对林语堂女性描写的符号学研究和林语堂的“寡妇”及其改编问题。

第八章为“比较视野下的林语堂”，选取了英语世界的六种比较研究成果，旨在让读者对林语堂与“他者”在思想、创作、文化传递、身份寻求等方面的相似与差异作细致的了解。这六种成果涉及白璧德、蒙田、汤亭亭、张爱玲、哈金、白先勇、赵健秀等与林语堂的比较研究。

研究林语堂作为著名的词典编撰家和报人身份的成果由于资料搜集整理的缘故，未能达到预期的目标，所以未立专章，而是以附录一“林语堂词典与《中国新闻舆论史》书评”的形式呈现。此外，本书作者还附录了“林语堂著译”。

参考文献分“专著”、“学位论文”、“期刊文章”和“其他英文文献”为学界研究者系统呈现了英语世界研究林语堂的文献，以方便研究者查询使用。

后记“行素”向读者交代了本书稿的缘起和找寻、研究林语堂的曲折过程。

第一章　林语堂其人其文

该章选取了英语世界学者研究林语堂生平与著作的两篇博士论文。对其中相关章节进行译介，可使读者对“他者”眼中林语堂的整体风貌有详细的了解。一是苏迪然的博士论文《林语堂的生平与时代》，另一是罗斯林·乔伊·里奇的博士论文《是什么造就了这个人？林语堂心理传记研究》。

一、林语堂的生平与时代

1991 年，哥伦比亚大学苏迪然（Diran John Sohigian）题为《林语堂的生平与时代》（The Life and Times of Lin Yutang）的博士论文发表[1]。论文分年记录了林语堂的创作成果，全面呈现了林语堂一生各个阶段的活动。此节对这篇长文的“摘要”和“导论”予以整理。

（一）摘要

林语堂是 20 世纪中国思想史和文学史上的主要人物，这项首次用英语对林语堂生平与时代进行的研究填补了我们对该时期的理解上的许多空白。林语堂对中国文化遗产的评价使他和其他人对过去进行重新审视。他对晚清时期的“小品文”（familiar essays）的考察即是一个重要的例证。20 世纪 30 年代，他被公认为中国的“幽默大师”，取得了巨大的成功。围绕他创办的杂志形成的文学圈包括作家老舍和周作人。围绕着林语堂和他的著作进行了许多激烈的政治和思想论争，甚至对“幽默”的优点也进行了辩论。林语堂在“幽

1　Diran John Sohigian. “The Life and Times of Lin Yutang”. Ph. D. dissertation, Columbia University, 1991.

默”中寻求人类对“啼笑皆非”的一种存在的理解。与“讽刺”相比，林语堂更看重“幽默”。他认为“幽默”源于时代的苦难，也是一种通过认识愚昧而获得智慧的追求。

该文也呈现了林语堂对美国文明的洞察。林语堂从小就通过与中国南方的美国人和美国影响的接触，开始了其长达一生的对中国文化和美国文化的考察。林语堂 80 岁的生命中有 30 年是在美国度过的。在那里，他成为了畅销书作家和政治上有争议的人物（特别是在 20 世纪 30 年代和 40 年代）。该传记研究不仅向人们展示了一位享誉国际的成熟作家和知识分子林语堂，而且还展现了一个聪明又调皮的孩子的、一个充满疑惑且时有烦恼的青少年的以及一个生气勃勃的、理想主义的年轻人的视角。

（二）导论

1. 在上海走钢丝

1936 年，中国正处于中日战争的边缘，林语堂博士在 40 岁时反思了他在上海广受欢迎并被誉为中国的“幽默大师”的文学成就。他把“幽默大师”比作“马戏团的走钢丝”（tightrope walking at the circus）[2]。的确，他的幽默小说，比如那些发表在《论语》半月刊上的作品，如马戏团的走钢丝，确实以其胆量引起了观众的兴趣和愉悦，而它们经常引发的争议也的确提供了一些奇观。

与此类似的还有另外一个重要的因素，那就是危险。一个错误的举动可能意味着灾难。在 20 世纪 30 年代的上海，死亡潜伏在奇观之后。没有法律安全网保证公正的审判和公民自由。午夜的逮捕、酷刑和集体处决成了每天的日常。林语堂所拥有的、或许可以用来打破这种沦陷的就是他的声望。林语堂将在空中走钢丝描绘成一种在需要指出真相的力量与避免审查和逮捕之间的微妙平衡。他必须以巧妙的、细腻的、微妙的方式指出真理。如果没有危险因素，林语堂认为他不会将其原本机灵的、狡猾的、视死如归的技巧变得温和以吸引读者。因此，他以讽刺的口吻感谢压制性的国民党为其提供了应对危险的重要武器，即让他成为了中国的“幽默大师”。尽管林语堂抗议国民党试图消灭共产党，但他从未相信，从左派对他的恶意攻击和对其幽

2 此为原文“导论”部分注释 1：The events of Lin Yutang's life that are described here are detailed and documented at the end of Chapter Nine and in Part V (Chapters Ten and Eleven).

默同样的（如果不是更大的话）不宽容来看，在共产党力量保护下，走钢丝会降低危险。林语堂确实相信，（引用乔治·梅雷迪思［George Meredith］的话）"喜剧观念的兴盛"是"对文明的考验"。林语堂对待喜剧的态度是严肃的。

作为一个走钢丝的人，林语堂确实知道很多充满危险和奇观的具有重大意义的时刻。例如，1933 年萧伯纳（George Bernard Shaw）访问上海。萧伯纳所到之处——印度、香港、上海、东京、开普敦、好莱坞——似乎都引起了轰动。记者们追赶着他，宴会一场接一场举行。这是一场"王室游行"，"君主和小丑"实为同一个人[3]。

作为欢迎诺贝尔奖获得者的中国公民保护联盟执行委员会的一员，林语堂是萧伯纳的翻译，也是他的随从之一。萧伯纳谈到有人在上海被枪杀的事情。林语堂和鲁迅都在《论语》半月刊上对此表示了赞赏。但是，中国公民保护联盟对绑架和酷刑的调查是不能容忍的。中国公民保护联盟的书记是林语堂的朋友和同事，在林语堂工作的中国科学院中央研究院前被子弹喷射而死。林语堂的另一个好朋友蔡元培现在正被侦探们跟踪。林语堂的侄子林惠元，一位反对日本侵略的政治活动家，也在上海被枪杀。林语堂雇有保镖，每当他从法租界回到家晚了，他的妻子都会变得歇斯底里。同年（1933 年），中国公民保护联盟解散，但林语堂继续以"幽默大师"的身份受到读者的欢迎。许多人认为，正是林语堂的声望使他活了下来。

也许，这些年来的痛苦、喜剧、谋杀与疯狂，这一切似乎都是一个离奇的梦。西格蒙德·弗洛伊德（Sigmund Freud），一个伟大的梦和笑话的收藏家，意识到两者之间的相似之处。梦，尤其是噩梦，常常在我们的意识中把荒诞笑话以滑稽的形式呈现。在林语堂的所有作品中，都出现了滑稽的、怪异的、梦幻般的漫画，如把自己描绘成一个走钢丝的人。我们发现，传统价值观的强大、粗暴，是残酷的军阀捍卫者。它食欲旺盛，并带有孩子的顽皮心智。在一个流氓横行的时代，他学会了做流氓，但他仍然保有农民的朴实和简单，从来没有足够聪明地摆出"民主领袖"、"革命者"或"政治家"的姿态。于是，出现了这个"老流氓"的官僚遗风。他对不太遥远的古代的纳妾制进行

3　此为原文"导论"部分注释 2：Rodelle Weintraub ed. *Shaw Abroad*. Vol.5 of *The Annual of Bernard Shaw Studies*. University Park, PA and London, 1985. See especially Piers Gray. "Hong Kong, Shanghai, The Great Wall: Shaw in China" In *The Annual of Bernard Shaw Studie.* Op. cit., pp.211-239.

抨击，对西方列强及其帝国主义战争和恶魔般的毁灭性武器予以诅咒，并对教条主义的、马克思主义的学生们抽的卷烟和他们那些该死的做法，例如像颓废的、资产阶级的痴迷者们一样，在美丽的春夜赏月等加以嘲讽。我们还发现了一个受西方教育的、也许是受传教士教育的、对西方人加以模仿的人，他长大后发现自己能说流利的英语，却不了解自己的许多文化遗产（甚至是那些没有文化的农民所熟知的民间传说）。他发现自己对外国人来说（作为一个对中国事物的评论员）是毫无意义的，而且甚至对中国人来说也是毫无意义的。后者如果听起来像是在说林语堂本人，那的确反映了一个嘲弄自己的男人的内心喜剧。林语堂幽默的基本要素是亲切、同情和理解，这些要素使之与讽刺有所不同。每个讽刺画面的背后都是痛苦地、富有同情心地去理解这些痛苦的尝试。

今天，我们发现，神经质灵魂的折磨和破裂的人际关系为当代美国的喜剧演员提供了让人发笑的能力。林语堂将悲喜剧称为“啼笑皆非”（between tears and laughter）。在试图理解他的笑声时，我们必须理解他的眼泪、理智和心理上的困境以及他遭受苦难的社会和历史环境。许多喜剧理论家认为，这种悲喜剧的流行和广泛的欣赏是现代意识所特有的[4]。在现代意识中，喜剧通常在被视为悲剧占主导的领域中发挥着更大的作用。从索伦·郭尔凯郭尔（Soren Kierkegaard）到汉娜·阿伦特（Hannah Arendt）等严肃的思想家已经认识到，悲喜剧对于理解现代人的痛苦和意识是至关重要的[5]。关于笑和幽默的主要科学著作如赫伯特·斯宾塞（Herbert Spencer）的《笑的生理学》（*The Physiology of Laughter*）（1860 年）和西格蒙德·弗洛伊德的《笑话及其与无意识的关系》（*Jokes and Their Relation to the Unconscious*）（1905），代表着他们那个时代严肃的关注主题的冰山一角[6]。许多人认为，由于对达尔文和斯宾

4 此为原文“导论”部分注释 3：Two important recent studies which focus on the rise of intense interest in laughter and humor in England are 1. Robert M. Polhemus. *Comic Faith: The Great Tradition from Austen to Joyce*. Chicago and London: Standford University Press, 1980. 2. Roger B. Henkle. *Comedy and Culture: England 1820-1900*. Princeton: Princeton University Press, 1980.

5 此为原文“导论”部分注释 4：Soren Kierkegaard (1813-1855) as an existential philosopher was more appreciated in the twentieth century than in his own time. He often mocked himself as a tragicomnic figure giving himself such names as “The martyr of Laughter”. Hannah Arendt, commenting on a remark by Berthold Brecht that tragedy is less serious in dealing with the sufferings of mankind than comedy.

6 此为原文“导论”部分注释 5：This is explained in greater detail at the end of Chapter

塞对人类情感和生存本能的研究的理性认识，引起了人们对悲喜剧的广泛兴趣。林语堂将幽默理解为一种可对创伤和痛苦做出反应的、深思熟虑的适应机制。林语堂在 1936 年写道："因为自有人生，便有悲喜啼笑。等到泪水干了，笑声止了，那世界也就一干二净了。"[7]林语堂受到西方思想家如乔治·梅雷迪思和乔治·桑塔亚那（George Santayana）关于"眼泪与笑声"这个主题思想的影响。这些作品使他更加赞赏他最喜欢的中国和西方的作家与思想家，如袁宏道、金圣叹、苏东坡、海因里希·海涅（Heinrich Heine）、弗里德里希·尼采（Friedrich Nietzsche）、亨里克·易卜生（Henrik Ibsen）和萧伯纳。门肯（H. L. Mencken）、史宾岗（Joel Singarn）和贝内德托·克罗齐（Benedetto Croce）的著作也影响了他对文学的理解。

尽管眼泪和笑声是普遍存在的，但现代意识中的喜剧观已被人们理解为不仅仅是摆脱悲剧的轻松幽默，还是除悲剧之外的其他东西。萧伯纳，这位对林语堂产生了重大影响的人，将 19 世纪末期看成是"喜剧完成了它对新物种的开发，当人们试图对其进行定义时，就把它称为悲喜剧。"[8]尽管中国文学一直充满着幽默感，但林语堂之前或之后的知识分子都从未如此迫切地赞扬、分析和理解中西文学中的喜剧理想。而且，林语堂一生最伟大的成就就是他于 1934 年撰写的《论幽默》，该文是中国人对幽默的能力所做的第一次重要的、认真的评价。有些人，比如说鲁迅，不断地挑战林语堂。而另一些人，像老舍，则受到了林语堂的极大启发。老舍是为林语堂的杂志撰文的"幽默的不朽人物"之一。林语堂对幽默的兴趣使他与周作人一道重新审视了中国文学的传统，复活了一些长期被人们忽视和压制的作品，如明代晚期公安派的坦率的、对话式的"小品文"。

关于林语堂"幽默"的文学辩论激起了一些被激怒的"文学斗殴"，震撼了 20 世纪 30 年代的上海文学界。林语堂的自由杂志在中国学生中特别受欢

Nine in this study. Humor and laughter were not only explained, but, in a great many books and articles, exalted. Freud, for example, exalted humor, not simply as a defense mechanism against suffering, but also "as one of their highest psychical achievements which enjoys the particular favor of thinkers." Sigmund Freud, translated by William Stachey. *Jokes and Their Relation to the Unconscious*. London: Penguin, 1991, p.228.

7 原文无引文信息。可参见林语堂著，徐诚斌译，《啼笑皆非》，西安：陕西师范大学出版社，2004 年，第 23 页。本书作者注。

8 此为原文"导论"部分注释 6："Tolstoy, Tragedian or Comedian?" In *The Collected Works of Bernard Shaw*. Vol.29, *Major Critical Essays*. New York, 1932, pp.274-275.

迎，这尤其激怒了左派。实际上，对幽默的辩论反映出了人们对待文学、文化和政治的态度的深刻差异。林语堂在汉语词汇中创立了“幽默”一词（源自英语单词“humor”），赋予了其比传统的“滑稽”更丰富的价值。对林语堂来说，“滑稽”只是“想要有趣而已”（trying to be funny）。

2. 美国和中国的智慧与愚蠢

在西方，林语堂被誉为“哲学家”，他通过《吾国与吾民》（1935）和《生活的艺术》（1937）的出版来研究人类智慧。这两本书都成为了畅销书，被重印了几十次，并被翻译成了十几种不同的语言。《吾国与吾民》以坦率的、直截了当的、优美的方式展现了中国文化的骄傲与耻辱。同样，《生活的艺术》也揭示了人类日常生活的美丽与令人同情之处。在东方，林语堂是研究人类愚蠢的“幽默大师”。老舍在 1934 年写道：林语堂“聪明尽在胡涂里，冷眼如君话勿多”[9]。林语堂来自福建省一个偏僻的中国村庄，是一个单纯的“山区男孩”，有着结实的土布般的智慧。他同时又是一个在亚、美、欧三大洲的精英学校，即，上海圣约翰大学、哈佛大学和莱比锡大学接受过综合教育的人。他如此精通中文和英文，以至于使大西洋和太平洋两岸的知识界和广大读者都为之欣喜。与中国的情形一样，在美国也围绕着林语堂的一些著作如《啼笑皆非》（1943）和《枕戈待旦》（1944）产生了争议。

从种族态度到对华政策，这些作品都在宽泛的主题上向西方提出了挑战。虽然林语堂对蒋介石的“独裁主义”持批评态度，但在 1942 年的延安“整风”运动后，毛泽东的“极权主义”让他变得更加不安。林语堂“原谅”了蒋介石过去的罪过，并在第二次世界大战后继续站在他的身后。在抗日战争期间，他在中国与蒋介石会面了六次以上，经常恳求蒋介石进行改革并审慎地试探独裁者的脾气。林语堂的立场引发了与美国朋友如艾格尼丝·史沫特莱（Agnes Smedley）、赛珍珠（Pearl Buck）和埃德加·斯诺（Edgar Snow）的长期纷争。尽管在美国的争议从未像在上海走钢丝那样危险，但它却留下了痛苦和破裂的友谊。还好，林语堂保持了他的幽默感。

林语堂的跨文化人格尤其令人着迷。他来自福建的沿海地区，该地区在商业和移民方面与西方有着长期的联系。林语堂是 19 世纪晚期和 20 世纪中国来自该地区的四位著名作家兼翻译评论家之一。另外三个是严复（1854-

9 此为原文“导论”部分注释 7: Lao She. “Lun-yu Liangsui” (《论语两岁》, *Two Years of the Analects*), *LYPK* (November 16, 1934), p.5.

1927）、林纾（1852-1924）和辜鸿铭（1857-1928）[10]。1936 年后，林语堂在美国生活了 30 年。但是，作为一个进步的新教改良派牧师的儿子，甚至在小时候进入厦门的美国教会学校之前，他就受到了美国思想的影响。

尽管对作家林语堂来说，对他的影响来自全球，但林语堂与美国在思想和情感上的联系比其他任何国家（当然，中国除外）都多。在成长的过程中，美国和中国的跨文化影响和比较是他年轻时着迷和内心折磨的一部分。林语堂出生在一个充满戏剧性转变的世界里，变化带来了新的视野、希望和梦想。像他这样的男孩有着在鸦片战争之前根本就不存在的梦想，如梦想成为新闻工作者或在美国学习科学。而林语堂的父亲则最受地平线之外的“狂野的梦”的鼓舞。父亲和儿子都是梦想家，他们脚踏实地，有决心奋斗并计划使梦想变成现实。然而，美丽的梦想也有其丑陋的一面：鸦片成瘾、在枪口下被迫签署的条约以及在开辟新视野后蒙羞的失败。的确，美国和其他国家也像豺狼一样，在鸦片战争和第一次中日战争中也获得了像大英帝国和日本侵略者一样的好处。变革也令人感到不安和暴力，它还带来了困惑、焦虑、沮丧和绝望。林语堂早年生活在各种“之间”中：帝国与民国之间、基督教与儒教之间、中国农村与国际条约港口定居点之间、官员与革命者之间以及传教士与炮艇之间。如前所述，他甚至将自己定位为介于两种文化之间的混合体。他因其一只脚跨东方而另一只脚跨西方并用一颗真诚的心挑战两种文化而举世闻名并大受称赞。不管是被轻视还是被爱戴，他都是一个卓越的人物。

这是第一本介绍林语堂的生平及其生活时代的英文书，也是一次大规模的传记尝试。它提供了宽泛的历史视角，因为作为作家、散文家和幽默大师，林语堂对那个时代的趋势和事件做出了回应，而这往往需要背景信息。本研究的重点是林语堂的思想发展、对西方的反应及其个人成长（1895-1927）、他作为中国“幽默大师”的崛起（1928-1936）以及他作为西方特别是美国受欢迎而有争议的“哲学家”的崛起（1935-1949）。他的后半生（1950-1976）则论及较少。

10 此为原文“导论”部分注释 8：Yen Fu, through his translations and commentary, introduced to China the writings of Charles Darwin, John Stuart Mill, Herbert Spencer and Adam Smith. Lin Shu was the first major traslator of Western fiction and a classical prose writer. Ku Hung-ming, a European-educated and long-time subordinate of reformist viceroy Chang Chih-t'ung, was a critic of Westernization and Western culture in Europe and China.

3. 四十与八十回望

当林语堂 40 岁（1935）的时候，他身体健康，朝气蓬勃，享誉国际。他是三个迷人的、才华横溢的女孩们那骄傲而溺爱的父亲。在获得国际公认的“幽默大师”、学者、哲学家和社会评论家的称号之后，当被记者和其他人问及“林语堂，你是谁？”时他感到不得不加以解释。在这样的情况下，林语堂开始了第一次自我理解的尝试[11]。

最后一次自传体式的尝试是为了庆祝了他的第 80 个也是最后一个生日（1975 年）。80 岁时，他获得了诺贝尔奖提名，并完成了他职业生涯的“巅峰”之作——《当代汉英词典》（*Chinese-English Dictionary of Modern Usage*, 1972 年）[12]。这是一项让他收到许多褒贬不一的评论以及他的医生严厉责备的工作。因为他把这项工作看得比他稳定的心电图来得更重要。他“心脏病的初期征兆”开始出现，医生要求他卧床休息。在他生命的最后几年，他处于虚弱的状态，坐在轮椅上，而且也容易从床上掉下来。如果从床上掉下来，没有人帮助就不能再爬上去。他挣扎着用一只几乎无法控制笔的颤抖的手，用一种不如曾经的记忆，来碎片式地、不连贯地写他的《八十自叙》。他觉得自己的生活就像“风中的残烛”。他的女儿林太乙和林相如（小名“妹妹”）和他的妻子现在在香港照顾他。他比许多比他年轻的同辈更长寿。但不幸的是，并非他所有的女儿都比他活得更久。他的长女林如斯就在他生前自杀了。

1989 年，林太乙在台湾出版了关于她父亲的传记《林语堂传》[13]。我的这本书既不能也不可能与她的相提并论。在她的《林语堂传》出版之前，我已经完成了我这本书稿的大部分。但是，我根据她书中提供的材料进行了修订。我要感谢她提供的许多见解和事实。她的书是一个非常个人化的家庭传奇，以一位资深作家的敏感和敏锐的眼光来描述有意义的细节，描绘她童年和成年与父亲在一起的回忆。她坦率地讨论了许多敏感的、令人困扰的家庭

---

11 此为原文“导论”部分注释 9：These autobiographical writings by Lin Yutang was listed in chronological order as follows: a. *Poem on My Forty Years*（《四十自叙诗》）, dated late August 1934; b. *The Autobiography of Lin Yutang*（《林语堂自传》）, 1936; c. *Why I Am a Pagan*, 1937; d. *Why I Came Back to Christianity*, 1959; e. *My Steps back to Christianity*, 1959; f. *From Pagan to Christian*, 1959; g. *Juniper Loa*, 1963.

12 此为原文“导论”部分注释 10：Lin Yutang. *Memoirs of an Octogenarian*. Taipei: Meiya Publications Inc., 1975

13 此为原文“导论”部分注释 11：林太乙. 林语堂传. 台北：联经出版事业公司，1989 年版。

事务，如个人财务和姊姊林如斯的自杀。她还着重研究了我这本书中未曾详细探讨的领域，如林语堂博士的语言学研究、他在其华文打字机和字典编纂工作中所涉及的困难和创新等。

反之亦然。我的书重点介绍了林语堂在文学和思想史上的地位，强调了林语堂在其职业生涯中的许多方面，这些在林太乙的书中要么是被简单提及要么是被忽略了。例如，我更仔细地研究了林语堂对宗教的质疑和坚定的信仰。我书中详细阐述的关于辜鸿铭和其他人对林语堂的影响在林太乙的书中却没有被提及。此外，我也更详细地关注了林太乙书中仅简短提及的一些争议，如关于林语堂戏剧 1928 年在山东引起的沸沸扬扬，以及林语堂在纽约与埃德加·斯诺和艾格尼丝·史沫特莱的辩论。此外，我认为林太乙要么是在谨慎地逃避，要么是在避免或不愿集中精力关注那些涉及国民党的政治敏感问题，而这些问题在今天的台湾仍然很敏感。但是，她的那本书的主要目的是摆明事实，尤其是在那些被谣言笼罩的领域，并允许读者得出自己的结论。

关于林语堂的话题，无论是从他自己的作品还是从其他评论其人其著的人的角度来看都是广泛的。它涵盖了林语堂 60 年的研究、文章、讲座、非小说和小说作品以及论文。林语堂用中英文写了 40 本书和数百篇文章。尽管林语堂的所有英文著作都已译成中文，但他的中文著作却没有被译成英文。我希望在本书中提供的林语堂的中文著作的英译以及发掘到的一些早期的英文著作能够填补这个巨大的空白，并提供一种对林语堂博士一生的综合理解。我认为，这些空白常常严重损害了西方人对本世纪中国这一重要人物的理解与欣赏。

二、是什么造就了这个人？林语堂心理传记研究

2013 年，澳大利亚阿德莱德大学罗斯林·乔伊·里奇（Roslyn Joy Ricci）的博士论文《是什么造就了这个人？林语堂心理传记研究》（What Maketh the Man? Towards a Psychobiographical Study of Lin Yutang）发表[14]。除第一章“导论”和第八章“结语”外，全文另有六章。此节译介整理“摘要”、“导论”、“结语”和每一章的“概要”。

14 Roslyn Joy Ricci. “What Maketh the Man? Towards a Psychobiographical Study of Lin Yutang”. Ph. D. dissertation, University of Adelaide, 2013.

摘要

语言学家、哲学家、小说家和发明家林语堂博士是20世纪30年代中期至50年代中期美国最有影响力的中国文化传教士。对林语堂成就的理论分析一直是北太平洋两岸研究的重点。本研究表明了为什么他一生都会做出特别的选择并以特别的方式做出反应。心理传记理论构成了本研究的框架，因为它提供了一种在文本中进行搜索的结构，以了解林语堂为何做出了导致其对跨文化文学做出持久贡献的选择。它着眼于林语堂童年和青年时期建立的基本信念、为何成人时期的重大事件会增强或改变这些信念以及为什么在某些情况下会引发新的信念。林语堂的生活是通过主题视角、基本因素、学术和职业、女性的影响力、同龄人的投入以及宗教、哲学和幽默来进行考察的。他经历的大部分的人生旅程已记录在案。该论文表明了为什么他感到自己不得不像以前那样行动和写作。这样做提供了可能的情景，说明林语堂的才能为何得到发展，以及他的人生历程如何以特定的方式在特定的地点和时间发生演变。例如，它显示了林语堂童年和青年时期以及成年后特定事件形成的基本信念对其一生历程的影响。论文分析了林语堂对道教、儒教和佛教理论的了解是如何影响其儿童早期的基本信仰基督教的，并认为他的基督教信仰中融合了中国的传统信仰。论文还指出了女性是如何在影响林语堂生活的特定方向方面发挥中心作用的。这项研究表明，源于林语堂一生的信念、主题和模式的写作，对其来说，对新世纪全球社会是有用的信息。承认他的基本信仰以及重大事件是如何增强或改变基于这些信仰的模式，可能有助于教育工作者创造能够使学习获得成功的更丰富的环境。这些信息显示了写作如何能够为读者提供信息并影响社会观，并且证实了在幼儿时期与自然接触的重要性。与自然的接触在形成合理的组织结构以在未来生活中集中注意力和保持情绪稳定方面的作用不可低估。在暗示为什么林语堂选择特别的方向而不是其他方向时，人们承认，尽管不能在时间或空间上准确无误地再现其出生以及建立了他的基本信念的童年和青年的情况，但仍有可能重现一些激发了这位跨文化作家成年时期的重要事件，其中包括学习新语言和体验旅行。这些事件可以被复制，以塑造21世纪的学习环境。

第一章：导论

人类历史不是人类理性明智指导的产物，而是由情感力量塑造

的——我们的梦想、我们的骄傲、我们的贪婪、我们的恐惧和我们对复仇的渴望。——林语堂[15]

1.1. 简介

林语堂是一位著名的中国文献学家、语言学家、哲学家、发明家、政治评论家、诗人、小说家、中国经典翻译家和中国文化的阐释者。从 20 世纪 30 年代中期到 60 年代中期，林语堂主要用英文进行写作。在美国，他的观点是关于中国思想的最受追捧的观点[16]。他的书成为美国公众了解中国文化的信息文件，而他则成为当时最有影响力的跨文化作家之一。他的书为西方读者提供了对中国文化的洞察和具有挑战性的哲学问题。其中有几本成了畅销书，先是在美国，然后在全世界被译介。林语堂对 20 世纪全球读者的影响主要是通过他的哲学论著《生活的艺术》(该书到现在仍然以多种方式激励着读者)，通过他的小说如《京华烟云》，通过他的译作如《中国印度之智慧》以及诸如互联网和 You Tube 之类的媒介媒体[17]。尽管林语堂的性格和品格通过他写作的特别的方面得到了很好的研究，但它们对于本研究是最有用的，可以作为他童年和青年时期的基本信念，然后探索他一生中发生的行为模式和主导主题的来源。他在其著作中呈现的那些并非总能被其评论家们所接受的对中国文化的看法以及他暂时的对其他文化的严厉批评，都因其作品的价值而在很大程度上被给予包容。了解林语堂一生中那些建立了他的基本信仰的影响，以及那些导致其成年后的信仰或价值观发生改变或得到增强的经历，可以提供一种阐释其生活的方式[18]。对林语堂生活中有意义的经历或主题(这些事件的核心人物、地点和历史因素)的探索表明这些因素是如何有可能对其著作产生影响的——特别是女性在多大程度上影响了他的生活选择和作品。

本文的主要目的是建立林语堂从童年和少年时代起的基本信念，并追溯

15 此为原文注释 1：Lin Yutang. *Confucius Saw Nancy and Essays about Nothing*. Shanghai: Commercial Press Ltd., 1936, p.95.

16 此为原文注释 2：Appendix A, p.232: Lin Yutang's book publications in English.

17 此为原文注释 3：a. Lin Yutang. *The Importance of Living*. New York: The John Day Company, 1937; b. Lin Yutang. *Moment in Peking: A Novel of Contemporary Life*. New York: The John Day Company, 1939; c. Lin Yutang. *The Wisdom of China and India*. New York: Random House, 1942.

18 此为原文注释 4：Paul Newall. "Philosophy of Religion, Part 1". *The Galilean: Magazine and Library*, 2005: "A properly basic belief is one that is held in an immediate, basic way. Not on the foundation of other beliefs but because it is certain for us."

贯穿其成年生活的主题，以巩固、改变这些信念或建立新的主题。在写林语堂的生平故事时，有必要考虑为什么他选择某种生活方式，并对他所写和所说的东西的可能动机加以辨别。确定为什么要进行心理传记的案例研究的最佳方法是，因为正如威廉·鲁尼恩（William Runyan）指出的那样，“这是定义我们了解人类生活中的事件和经历的极限能力的方法。”[19]林语堂的生活选择并非来自任何特定原因，而是来自多种环境因素，如家庭的、历史的、政治的、文化的和心理的因素。

本论文的第二个目的是研究那些对林语堂的性格、信仰和行为起到形塑作用的、有意义的影响，表明他为什么成为20世纪重要的跨文化作家，以及他的著作为何在21世纪继续在各种艺术和社会科学领域影响着中国大陆的、台湾的和西方的文化。林语堂的信仰和主题表明了那些可以帮助教育工作者培养年轻作家作为跨文化调停者的行为模式。他的作品，尤其是他的生活哲学，为读者可以更好地适应21世纪全球社会的压力提供了难得的见解。

之前有关林语堂生活和写作的书籍和论文都采用了特别的方法，如1993年，他的女儿林太乙从子女的视角，以其1989年用中文撰写的论文为基础出版了《林语堂传》。1991年，苏迪然（Diran John Sohigian）从历史和政治的角度撰写了关于林语堂的英文论文。1996年，钱俊从历史和跨文化的角度完成了他关于林语堂的博士论文[20]。1998年，Shen Shuang的博士论文对林语堂和其他两位作家的作品做了比较和重读。蔓德琳娜·李（Madalina Lee）的博士论文为1928-1938年间林语堂“文化国际主义”的起源辩护。2008年，Lu Fang特别关注了林语堂著作中的女性形象，将他的论述限制在四个特定的文本中[21]。次要的学位论文、发表在万维网上的传记、书中论及林语堂的章节、期刊杂志上的文章、网站以及对林语堂的介绍不胜枚举，其中有些在我这篇

19 此为原文注释5: William M. Runyan. *Life Histories and Psychobiography*. New York: Oxford University Press, 1982, p.164.

20 此为原文注释6: a. Diron J. Sohigian. “The Life and Times of Lin Yutang”. Ph. D. dissertation, Columbia University, 1991; b. Anor Lin. *Biography of Lin Yutang*. Beijing: Zhongguo Xiju Chubanshe, 1989; c. Lin Taiyi. Biography of Lin Yutang. Taipei: Linking Publishing house, 1993; d. Qian Jun. “Lin Yutang: Negotiating Modernity between East and West”. Ph. D. dissertation, University of California, 1996.

21 此为原文注释7: Madalina Y. Lee. “The Intellectual Origin of Lin Yutang’s Cultural Internationalism, 1928-1938”. MA thesis, University of Maryland, 2009.

论文中有引用。但是，这些研究都没有从心理传记的角度来研究他的生活，也没有人关注那些关键的、潜在的主题，如女性或宗教信仰在影响林语堂生活哲学方面所起的作用。

本章探讨了本研究的目的、重要性和方法，支撑这些的理论基础以及对文中所有的全部术语的定义。特别是，本章将心理传记作为分析林语堂生活历程的工具。它将从威廉·托德·舒尔茨（William Todd Schultz）、丹·麦克亚当斯（Dan McAdams）和迈克尔·豪（Michael J. Howe）的理论出发并参考威廉·鲁尼恩和埃里克·埃里克森（Erik Erikson）的理论来进行阐述，并从中采用可辨别林语堂生活史的可能原因和结果的方法。它将突出显示关键事件以识别林语堂生活中的重大事件，以及这些事件对他做出的选择以及他所创作的文学作品的影响[22]。最后，将对本论文后续章节的内容加以概述。

1.2. 林语堂的重要性

1.2.1. 对西方社会的贡献

林语堂在西方普及了中国古典文学。他创造了一种使汉字罗马化的新方法和一种检索它们的新系统。1930年后，他主要居住在美国。多年来他的中文文本的翻译和生活哲学一直很受欢迎。他的众多作品代表了一种弥合东西方文化差异的尝试。尽管他多次被提名诺贝尔文学奖，但却与其无缘。

林语堂的第二本英文著作《生活的艺术》（*The Importance of Living*），与伯特兰·罗素（Bertrand Russell）的《征服幸福》（*The Conquest of Happiness*）（1930年）和戴尔·卡耐基（Dale Carnegie）的《如何停止烦恼和开始生活》（*How to Stop Worrying and Start Living*）（1948年）一起，被认为是20世纪下半叶在西方国家盛行的开创性的“自助”书之一[23]。该书是1937-1938年间美国销售最好的图书，连续52周蝉联《纽约时报》畅销书榜首。正如我们稍后将看到的那样，它将继续激发着各行各业的人们。2005年，投资专家马克·史库森（Mark Skousen）引用了该书，并将书中的观点作为其论文“林语堂如何能使你成为一个更好的投资者：投资思想，而非股票……当所有的行业都低

---

22 此为原文注释8：Morris Massey. *The Pople Puzzle: Understanding Yourself and Others*. Virginia: Prentice-Hall Company, 1979, p.8.

23 此为原文注释9：a. Bertrans Russell. *The Conquest of Happiness*. New York: Horace Liveright Inc., 1930; b. Dale Carnegie. *How to Stop Worrying and Start Living*. Suffolk: Richard Clay Ltd., 1948; c. Reviewer. “Best-Sellers”. *Times*, 7 March 1938.

迷时”的基础[24]。从 20 世纪 50 年代中期到 90 年代中期，林语堂在中国经历了一段不受欢迎的时期。此后，林语堂被中国文学界重新发现并被给予了高度评价。

1.2.2. 对中国文学的重要性

林语堂是 20 世纪 20 年代和 30 年代由一群杰出的中国作家组成的“语丝”派的重要成员。“雨丝”派反对同一时期的另一文学团体，即《现代评论》的作家们[25]。这两个群体共同构成了中国文学革命的基础，与该时期的民族革命斗争平行。这两个叛逆的文学团体的意义及其领导者鲁迅和胡适对林语堂一生的选择产生的影响将在第六章予以探讨。

中国重新发现了身为作家的林语堂，但并未像欧美人那样认可林语堂为向新世纪的全球社会发出挑战的导师。在中国，林语堂在 1928 年出版了《剪拂集》，并在 1930 年出版了《林语堂时事述译丛刊》(其中《从军日记》为谢冰莹著，林语堂译)。1930-1933 年间，他出版了九本有关英语教学的书[26]。1928-936 年间，林语堂是上海三本杂志《论语》《人间世》和《宇宙风》的主编[27]。他的机智灵巧，加上其政治评论，成就了他简洁有力的新闻思想。这些新闻思想吸引了中国读者，使林语堂成为 20 世纪 30 年代著名的作家和编辑。他在中国读者中广受欢迎，这使得他的作品对汉学研究具有重要的作用[28]。

1.2.3. 对世界文学的贡献

林语堂最典型的一本为西方读者所写的名为《吾国与吾民》的书在美国

---

24 此为原文注释 10：Mark Skousen. “How Lin Yutang Can Make You a Better Investor: Investing in Thought, Not Stock...When All Sectors Are Down”. *The Oxford Club: Investment*. The Investment U E-Letter: Issue #480, Monday October 24, 2005.

25 此为原文注释 11：Airen Huang. “Hu Shi and Lin Yutang”. *Chinese Studies in History*, Vol.37, No.4, pp.37-69.

26 此为原文注释 12：a. Lin Yutang. *Jian Fu Collection*. Shanghai: Bei Hsin Book Company, 1928; b. Lin Yutang. *Letters of a Chinese Amazon and Wartime Essays* (by Hsieh Ping-ying). Shanghai: Kaiming Book Company, 1930; c. Lin Yutang. *Kaiming English Books* (3). Beijing: Commercial Press, 1930; d. Lin Yutang. *English Literature Reader* (2). Shanghai: Kaiming Book Company, 1930; e. Lin Yutang. *Kaiming English Grammar* (2). Shanghai: Commercial Press, 1930; f. Lin Yutang. *Reading in Modern Journalistic Prose*. Shanghai: The Oriental Book Company, 1931; g. Lin Yutang. *A Collection of Essays on Linguistic*. Shanghai: Kaiming Book Company, 1933.

27 此为原文注释 13：Qian Suoqiao. “Lin Yutang” In Alba Amoia and Bettina L. Knapp eds. *Multicultural Writers from Antiquity to 1945*. Westport: Greenwood Press, 2002, p.267.

28 此为原文注释 14：Qian Suoqiao. “Lin Yutang” In Alba Amoia and Bettina L. Knapp eds. *Multicultural Writers from Antiquity to 1945*. Westport: Greenwood Press, 2002, p.267.

很畅销，为其后的35本书以英文（后来以其他欧洲语言）出版树立了典范。到1973年，林语堂所有的小说都被译成中文并出版[29]。从1949年到邓小平（1904-1996年）逝世，林语堂的著作在共产党领导人中并不受欢迎。1956-1996年间，在中国，无论是发表林语堂的著作或读他的书在政治上都不是明智之举，因为林语堂被中国共产党宣布为右派。在当时，他的观点被认为是反革命的[30]。从1996年起，林语堂的著作在中国重新开始流行，其著作的重要性也得到了重新肯定。

由于中英文读者以及许多欧洲语言译本的读者都对他的著作有相当的了解，那些影响他的生活选择和写作的因素对于我们对其文本进行批判性分析及其对中西方读者的文化敏感性产生的效果非常重要。理解那些塑造林语堂的影响力，从而理解他的写作，旨在提高中西文化之间的了解，将增强他的写作对新世纪读者的价值。

1.2.4. 本研究对亚洲研究的贡献

通过在20世纪致力于改善中西方社会理解的例子，林语堂为跨文化交流开辟了一条道路，该道路仍然是21世纪跨文化作家和哲学家的原型。新世纪的全球市场以及随之而来的中西方文化之间加强互动与理解的需求，确保了通过文学实现跨文化交流的持续价值。跨文化传播要求了解林语堂作为20世纪杰出的跨文化作家和将中国价值向西方读者进行诠释的阐释者的地位。他的哲学和小说创作表明了那些影响他生活和创作的因素。这项研究提供了一个论坛，通过林语堂卓越的作品来探讨他的生活，揭示发展和增强其独特的社会哲学、小说翻译和非小说创作的事件和行为模式。

1.2.5. 本研究对心理传记的贡献

林语堂艺术创作的影响使他成为20世纪的著名人物，满足了心理传记研究对象的先决条件。根据威廉·舒尔茨（William Schultz）的观点，“心理生物学的典型焦点”是“具有明显的历史意义的个人。”[31]对林语堂的这项研究将

---

29 此为原文注释15：a. Lin Yutang. *My Country and My People*. New York: The John Day Company, 1935; b. Lin Yutang. *Memoires of an Octogenarian*. Taipei: Mei Ya Publication Inc., p.86.

30 此为原文注释16：Sanderson Beck. “Republican China in Turmoil 1912-1926”, accessed 22nd May 2008. http://an.beck.org/21-3-Republican China1912-26, html.

31 此为原文注释17：William Todd Schultz. “What Is Psychobiography?”, accessed 18 March 2008, www.psychobiography.com (WP).

在心理传记研究的大背景下增加写作的多样性。绝大部分关于林语堂生平和思想的既存著作都集中于对他一生的理论方面进行分析，如他对东西方现代性或中国文学中文学幽默的贡献。因而，人们温和地忽视了物理环境的重要性、他周围的人以及塑造他的哲学观和文学作品的关键事件。这些都是心理传记应解决的空白。

第二章概要

从上学到其最后的日子里，林语堂都过着流浪的生活。他从一个国家迁移到另一个国家，学习新的语言的需要也因此而生。在其成长的岁月里，出现了三种语言：做学术研究需要的汉语、他母亲使用的汉语方言和英语。英语是使他成为全球作家的语言。林语堂的写作生涯长达60年，确保了他对中美两国读者的重大影响，甚至死亡也不能阻止林语堂的思想继续影响有创造力的思想家们。挑战在于确定林语堂生活中的哪些方面对他有足够的影响力，以增强或改变他的性格或行为，从而影响他的人生历程。这些将在随后的章节中进行研究：成长岁月、学识和职业、女性、同龄人、宗教、哲学和幽默。这项研究将与双语研究有所不同，因为它仅涉及可获得的英文资料，并以西方看待林语堂的视角为基础。

第三章概要

幼儿时期的经历为年轻的林语堂创造了基于根本信念、愿望和目标的行为方式。时间和空间的因素都影响着林语堂的成长方式，并通过信仰加强了他的生活理论。最初给予他关爱的人，如他的父母和兄弟姐妹，尤其是二姊美宫，以及传教士和童年的玩伴，都影响了林语堂的发展信念。

历史的影响，如光绪皇帝使用西方科学方法来对中国进行现代化改造的观点，影响了林语堂的父亲，并因此影响了他作为家庭教师来教育他的孩子们。林语堂的根本信念源于其成长时期他那秉承了光绪皇帝的西方现代化思想的父亲。父亲林至诚希望林语堂在中国农村生活时接受西学与光绪皇帝的现代化目标相吻合。从整体上看，中国的主要政治动荡对于林语堂童年时代生活其中的坂仔乡来说是次要的，为其提供了日后创作的画布。

没有什么直接影响林家的政治事件。但是，随之而来的中国政治权力和文化规范的转变，如对欧洲渗透者的强烈抵制、日本的入侵以及西方商人鼓励大量吸食鸦片，生成了他成长和受教育的环境。林语堂在一个常有西方传教士访问的基督教家庭中长大，并在国际条约港口厦门的西方教会学校接受教育。很幸运，他没有在童年时期因军事行动或强烈的文化抵制而遭受家庭损失。

对于林语堂来说，他位于一条四面环山的大河边的坂仔的家这个自然环境，设置了一种以自然为治疗主题的信任模式。这一主题因林语堂在鼓浪屿，一个被大海包围的丘陵岛上上学的日子而得到了加强。在上海，他在圣约翰大学附近的一条河里去钓鱼。在那里，他从结构化的学习中逃离出来，以一种水道的方式进行反思。像耶拿（Jena）、莱比锡（Leipzig）、北京、巴黎、新加坡和纽约这样的人为环境对林语堂以后的生活提出了挑战。他在一种既建构又自然的环境中蓬勃发展，如他的出生地坂仔和鼓浪屿，那里的环境特征始终围绕着他。鼓浪屿还塑造了林语堂在后来的岁月里广泛使用的多元文化架构的价值。

对于一个农村出生的中国孩子来说，林语堂的教育是不合常规的，因为在父亲的鼓励下，英语占了主导。在坂仔和鼓浪屿有传教士，其后在上海圣约翰大学有基督教教授。对他的父亲而言，基督教信仰意味着英语和西方科学，因此不难理解林语堂为何一生都将这两种东西作为他的目标。林语堂的正规教育环境发展了他的英语文学技能。他父亲的愿望，希望儿子在英国的牛津大学或德国的柏林大学接受教育，使林语堂渴望继续接受正规教育，直到父亲的愿望实现为止[32]。在林语堂童年时代的烙印中，西方教育和基督教信仰一直源于他的父亲。正如林语堂通过用英文的跨文化创作使他成名和发财一样，他从庭院到厨房的水槽的发明也预示着他在晚些时候华文打字机字符键盘的发明。

林语堂在离开家人到鼓浪屿去接受他的小学高年级教育和中学教育的时候，他肯定想念母亲给予他的无条件的爱。但是，他认为自己的二姊美宫和他的父亲是他卓越人生、追求学术成就和成名的关键动力，这一点以后将作进一步探讨。林语堂在其 1959 年和 1976 年的自传中都提到了他的二姊美宫的早亡、她未能实现的学术抱负以及他童年的恶作剧为她带来的额外的工作。在二姊美宫死后，他放弃了基督教信仰。二姊渴望接受高等教育，这对他后来的人生产生了强烈而持久的影响。她对林语堂一生中的一些重要决定起着

32 此为原文注释 554: Lin Taiyi. "Introduction" In Lin Yutang. *The Importance of Living*. Op. cit.

至关重要的作用。正是他二姊的话激励林语堂去实现她的理想。林语堂的二姊，他的童年导师，被剥夺了受高等教育的资格，不幸早逝，这不仅促使林语堂努力追求卓越的学业，而且也对妇女为争取教育公平而进行的普遍斗争表示同情。

林语堂的父亲和二姊为其仅受到传记作家挑战与改变的生活树立了榜样，并让民众将其看成是重大的情感事件，如成功、爱情、战争和财务压力[33]。但是，林语堂成长的岁月中有许多影响他的因素，可以从其成年时期的选择中看出其模式或主题。对林语堂来说，其中一个可识别的主题是女性的影响力。从童年开始，女性一直影响着他的一生。在接下来的几章中，将探讨反复出现的场景模式，这些模式证实了林语堂的价值观或因其一生中重大的情感事件而改变了他的基本信念[34]。下一章将讨论林语堂的父亲希望儿子在西方一所著名大学接受教育的愿望所导致的结果，以及林语堂为实现父亲对他的愿望所做的努力。

第四章概要

林语堂以在中国、美国和欧洲获得的中英文教育和学问为基础，开始了他的写作事业。他带来了许多以西方哲学和中国经典为基础的知识，这些知识是他建立自己的理论时汲取的。然而，林语堂热衷于吸收中国民间传说的原因是其童年时代这些传说的缺位。他建立了读者群，根据自己的爱好编辑和出版杂志，尤其是幽默风格的作品。

在赛珍珠（Pearl Buck）的鼓励下，林语堂为美国读者撰写了他的第一本书，这本书为他的余生铺设了职业道路。林语堂接受了这个“特殊事件”，并在此基础上加上其他作品来建立一种“强化的历史”，使跨文化写作成为生活的“共同脚本”。在美国，林语堂通过撰写与他的祖国息息相关的主题来建立读者群，以增强他的方法，并确立他在其所使用的语言和文化中的影响力。他的中英文作品同样地吸引读者，不用说他的主要作品都被翻译成了其他语言。这是一种独特的品质，使他对全球社会的贡献持久不衰。在接下来的 30 年中，林语堂以美国为基地，广泛游历，同时在杂志上发表文章并在全球范

33 此为原文注释 556：Morris Massey. *The Pople Puzzle: Understanding Yourself and Others*. Op. cit., p.8.

34 此为原文注释 557: Morris Massey. *The Original Massey Tapes*. Cambridge: Enterprise Media, 1972.

围内出版他的作品。赛珍珠和她的丈夫理查德·华尔希（Richard Walsh）继续以导师、编辑、出版商和顾问的身份支持着他。在第二次世界大战期间，林语堂冒着在美国不再受欢迎的风险，发表了反对美国缺乏对华支持的愤怒言论。在其华文打字机的发明几乎使他破产以及因版税与华尔希发生分歧之后，林语堂离开了庄台公司（The John Day Company）的保护。

林语堂用了一个反应逆境的脚本来作为机会的基础：徒劳无功的商业冒险变成为了新的冒险的动力——做大学的领导、搞发明和演讲。林语堂的《当代汉英词典》是他一系列写作的高潮，实现了由他父亲和二姊美宫激发的他一生的雄心壮志，成为一个有用的、有名的人。

正如英语通过他的跨文化写作成为他成名和发财的手段一样，他为打字机发明的中文字符键盘也为以后的互联网字符写作和翻译程序提供了指南。他的打字机获得《科学美国人》（*Scientific American*）杂志的认可，意味着实现了他父亲的另一个梦想：他希望自己的孩子为西方科学做出贡献，因为他将其视为人类的未来。林语堂用他的创造力在台北设计了一个跨文化的家。“早期生活史对成就产生的影响”在林语堂后来的学术和职业创作生涯中成为有力的推动力。林语堂接受将其作品作为中国本土的消息来源，使他成为20世纪西方读者最受欢迎的中国文化译者之一。童年的烙印是终生的，但这并不是林语堂一生的唯一主题。女性影响了林语堂的性格和人格的发展，以及他为写作所作的选择。从生到死，她们都是他一生中显而易见的存在。

第五章概要

“吾宁愿信赖女子的判断强于男子的判断。”[35]——林语堂

从摇篮到坟墓，女性是林语堂生活之屏上的主要特征。他的教育和信仰坚定地将她们确定为根本信念及其改变的推动者。通过他的母亲、二姊美宫以及西方的女性传教士，它们对林语堂在其成长时期确立的正确的根本信仰至关重要。林语堂的童年玩伴赖柏英启发他创作了一部小说，并重述了他纯洁的青年时代的历史、其情感成长受到陈博士拒绝他向其女儿陈锦端的求婚以及他后来娶翠凤为妻的影响。育有三个女儿是对林语堂提出要培养女性的学术能力这个价值观的考验。他致力于女儿们的教育并为其提供就业机会，这证明了他在促进女性的教育和职业平等方面的诚意。女性在树立林语堂正

35 此为原文注释 928: Lin Yutang. *My Country and My People*. Op. cit., p.85.

确的基本信念以及提供情感挑战以增强或改变其童年和青年时期最初的价值观的重要性表明了她们是创造和肯定林语堂的性格、品格和价值观的主要影响。

向心上人陈锦端求婚被其父拒绝，成为了林语堂一生的灵感来源。娶翠凤是一种责任，但她在整个婚姻生活中对他的坚定奉献赢得了他的爱戴与尊重。他们给了三个女儿一切机会让她们通过教育和职业发展自己的潜能。林语堂因为他写的关于女性的文章而被认为是一个女权主义者。他选择翻译以坚强女性为特征的传统故事，并在小说中让女性具有强有力的人格特征。尽管林语堂认为，除了体力之外女人在所有方面都与男人是平等的，但他并不赞同所有的西方女性主义价值观。他用了许多刻板的、角色颠倒的西方女性主人公作为诱使他犯下可能的如淫秽和抽烟等不当行为的诱惑者。林语堂发现所有文化中的女性都引人入胜，尽管传统的中国女性所呈现出的威胁要远少于西方女性。他用女性来支持他的创造力，以此显示出他对女性智力的信任，如林太乙对其打字机的支持，黄肇珩对其字典的研究。

在林语堂作为教育家和作家的整个职业生涯中，妇女占据着重要的地位。赛珍珠和史沫特莱等作家以及宋氏三姐妹等政治活动家对他的职业和性格塑造的曲折有不同程度的影响。林语堂以强大的、否定传统的中国女性为基础进行创作，她们不顾传统以追求人生旅程，并捍卫东方女性的传统以抵御西方女权主义者提出的某些变革。正是在这些情况下，林语堂暴露出自己的偏见，并为中国女性与男性之间的关系的传统价值观辩护。是那些良好的举止决定了林语堂决定接受邀请与赛珍珠见面的重要决定，而其他作者对此一无所知。从林语堂的角度来看，他与赛珍珠的友谊因她对其经济困境所持的恶劣态度而终止。

最初，林语堂并没有被损失带来的压力压倒，但是随着家人和亲密朋友的死亡，包括他一生中的几位重要女性的死亡，他的力量逐渐受到侵蚀。毫无疑问，对林语堂来说，最后几年里最重要的情感事件就是失去了他的大女儿。大女儿林如斯的死加剧了他的心脏病并导致了他自己的死亡。女性是林语堂的几部关于“偏爱生活”与“心理防御”的“强化历史”书籍的催化剂，因而是写作和生活的“共同脚本”。但林语堂也受制于他的文学同龄人对他的不公平对待，其中大多数都不是女性。

第六章概要

毫无疑问，文学同仁在林语堂确定自己的基本价值观和塑造新价值观方面发挥了作用。鲁迅和胡适强化了林语堂“喜欢的人生故事”的属性。鲁迅加强了林语堂作为“雨丝”派作家的根本目标，而胡适则体现了林语堂理想的友谊。林语堂与胡适的友谊表明了他与朋友们保持长期牢固关系和承诺的能力。但这种行为受到了他在20世纪40年代末和50年代初与赛珍珠及其丈夫华尔希之间的关系的挑战。林语堂将赛珍珠和华尔希看成是他早期在美国取得成功的导演。他们的职业和地位使林语堂进入了西方文学社会的稀缺机构，但是在林语堂需要的时候，他们拒绝了他，从而失去了做永久朋友的权利。林语堂感受到了家人和同龄人的失去。这对他的态度是一种挑战，并由此加剧了他在自己的人生结束之前完成目标的焦虑。亲人和朋友的失去改变了林语堂的脚本，他从撤退到乡村，再到穿越北太平洋，为他的家人争取和平与安全。这成了林语堂一生的脚本。从此，他带着跨文化的生活哲学，越过海洋。

第七章概要

由于基督教的养育，林语堂对自己的根本宗教的承诺日渐衰弱，直到他人生的秋季，那时他看到了一种在基督教的价值观内适应中国人文主义和灵性的方式。宗教是林语堂一生的主导力量。被作为一名基督徒养育，从少年时代到他人生的秋季他都在质疑基督教的实践和人道阐释。他对自己的文化遗产，尤其是道家和儒家的宗教/哲学的研究，揭示了他所珍视的理想。他后来重返基督教，意味着他的信仰体系中有一个共同的特征，即容纳了基督教、道教和儒教这三者的兼容要素。林语堂对异教的主张受到了异教信仰依赖于对上帝的接受这一基本原则的限制。这使他更容易返回对基督教的信仰，因为他对其根本信仰真正领悟的是神职人员的教理，而不是基督教本身。林语堂晚年重返教堂做礼拜是两个因素导致的结果：他妻子的毅力和她对教堂的选择，因为那里的布道使《圣经》中的西方科学融为一体，就像林语堂的父亲在他的童年时代就提倡这些特质一样。在这里，我们看到林语堂通过改变环境-地理位置回复到其幼儿早期的价值观。很容易看出当林语堂意识到自己错过了他的文学遗产即祖国的神话和传说时的失望与其成年早期通过沉浸在中国古典文学中以吸收这些文学遗产的渴望之间存在联系。他在宗教和哲学方面的独特方法使每个领域都相互依赖，这与舒尔茨(William Todd Schultz)

共同脚本对其他六种方法的证据的依赖是极为相似的。

从他的哈佛时代开始，林语堂的宗教信仰就与西方哲学交织在一起。中国思想和西方哲学都引起了年轻的林语堂的积极回应和质疑。随着成年时期他与这些人的关系逐渐成熟，林语堂利用对东西方两者的熟悉来构想将和平作为全球前景的直观预测。这些看法也证实了林语堂对人类状况、人类关系和政治预测的卓越见解。林语堂认为他的哲学对西方人的生活比对中国人的生活更具指导性。他认为西方读者不会轻易接受中国人的哲学思想，这是一种一半儒家的人文主义与一半道家的自由主义的混合体。尽管如此，林语堂的观点仍然被西方文化学者所阐释，他的生活哲学也被许多西方社会的人试图用来应对新世纪的现代生活节奏。和平是林语堂的“共同脚本”，源于他的宗教信仰和个人生活哲学。

幽默也是林语堂生活的重要组成部分。在他的口头和书面作品中，这成为了他的“共同脚本”。此后，他视幽默为通过大脑的化学反应的一种变化因素的科学观被科学所接受。直到 21 世纪，林语堂的哲学和幽默文本继续在多学科领域被使用，由此使他的创造产生了价值。然而，林语堂自称热爱矛盾，这使得对他的脚本进行实证阐释变得更加困难。对他的写作和演讲的整体看法揭示了他一生中那些格式化的信仰和重大情感事件，这些信仰要么再次肯定了他的那些根本信仰，要么在他的成年时期产生了新的特征。

第八章结语

> 林语堂是一个完全的人，固执己见地通过对小众思想的批评成为了一个全能之才。[36]——吴纳逊（Nelson I. Wu）

8.1. 引言

无论从一种心理传记研究中能获得什么，在评估结果时必须承认，在一定程度上不可避免地要受到研究者的学术训练的偏见的影响，因此该研究呈现的只是对林语堂生活的一种观点。涵盖本研究得出结论的作者并没有声称要取代其他的阐释或正确的观点，它们确实为林语堂在其人生历程中为什么选择某些在经验传记中不容易解释的路线提供了合理的解释。理解林语堂为何坚持某些信仰并做出某些选择对于理解他的目标是至关重要的。心理传记

36 Ryan Murray. “Lighting a Candle and Cursing the Darkness: A Brief Biography of Lin Yutang”. 1999, accessed 12 December 2008, http://www.g8ina.enta.net/lin.htm.

研究有助于理解他为什么做出这些选择。当今的领导人或他们的父母或祖父母想了解中国这个国家时，林语堂就成了心理传记的一个重要主题，因为他是 20 世纪 30 年代美国获取中国信息的重要本土信息提供者。心理传记研究本身并不是传记，而是一种可以使人们更加深刻地了解林语堂为何作出重大决定并以特定方式发展自己的职业生涯的方法。他的想法在新世纪仍然引起了全球读者的共鸣，因为他的人生哲学，如幽默作为一种治疗物的价值，或富有成效的闲适的休息和放松，为当代西方社会的身心健康提供了发人深省的指导。林语堂的观点因而通过全球社交媒体吸引了新的全球受众。21 世纪的创造性的学术著作引用了林语堂的观点来作为对各种理论和偏好的启发，这就是为什么必须进行心理传记研究的原因。这种方法论通过寻找林语堂生活中的模式或主题来探索林语堂著作背后所隐含的东西。其后，在他的一生中他都遵循着这些东西，以便找到那些共同脚本或主题，那些在特别的方向上控制着他、影响着他的选择、使其特定的模式变得根深蒂固或对其根本信念予以挑战的共同脚本或主题。产生这个跨文化作家、发明家和敏锐的社会评论家的环境审美和事件序列可以为父母、教育者和政治人物为他们所照顾的孩子、学生或公民提供创造类似的刺激性环境的可能性。这就是心理传记所擅长的。它为阅读像林语堂这样的学者的话语提供了框架。从事心理传记研究的研究人员的背景各异，这确保了它在将来作为一种跨学科方法而获得越来越多的赞誉。心理传记在学术上的广泛应用对于提供支撑基本传记的原始资料来说是至关重要的。

在这项研究中，心理传记为研究人员提供了解释林语堂在写作中所说的自己，并利用其他研究人员的观点对他做出了合理的假设，以阐明他为什么以特定的方式行事、激发他独特才华的原因以及揭示这种认知将如何最终使他人受益。尤其是，心理传记提供了一种结构，可以揭示林语堂一生中创作的作品，从而使研究人员可以就这些作品如何在当代社会中发挥作用做出假设。这项研究表明，林语堂童年和青年时期的环境因素和重要的情感事件对他的性格和人格发展至关重要，而成年期的重要事件影响了他的行为方式或新行为的改变。它表明，从林语堂的童年和青年时期的根本信念中衍生出的一些模式和主题通过成年后的强化得到了巩固，形成了反复出现的文字。必须始终牢记，这项研究是一个人对林语堂生活的看法，应在其他研究者的背景下加以考虑。然而，几乎没有人认为林语堂的早年生活是他的性格和人格的基础。

8.2. 影响林语堂信仰的因素

8.2.1. 童年

童年和青年时期对林语堂的性格和事业成就产生的影响比他一生中的任何时期都要大，因此林语堂的许多行为方式和经久不衰的作品都源于这一时期。林语堂出生的历史-政治氛围之所以重要，主要是因为他的父亲将光绪皇帝关于西方教育、现代化和崇尚西方科学原理的思想灌输给了他的孩子们。

林语堂的父母、兄弟姐妹特别是他的二姊美宫、玩伴赖柏英、女性传教士、牧师和老师，都在林语堂的根本信念和独特个性的形成上发挥了作用。他的父亲在树立和塑造林语堂对教育、西方科学和宗教的信仰方面发挥了重要作用，而且也是其品格和价值观的榜样。他的父亲将这些价值观灌输到那些塑造了林语堂成年生活的不朽作品中。逃避这些故事只是为了丰富和巩固它们。林语堂将父亲对他的特别关爱解释为他早熟的证据，这增强了他对自己智力的信心。作为父亲和林语堂儿童早期的主要老师之一，他的父亲为自己的孩子树立了受过典型教育的和平主义者和富有成效的梦想家的榜样。林语堂的性格和人格特征很大程度上归功于他父亲的期望，但其他因素也有助于他的基本价值观的形成。

8.2.2. 林语堂与女性

光绪的姨妈慈禧也许是林语堂选择写作或翻译的坚强女性角色的原型。他翻译了当代女兵谢冰莹的日记，并创作了《武则天传》。林语堂的父母和姐妹，以及他们当地的基督教社区，为他提供了一个合意的童年保护壳，帮助他探索自己的才能，找到那些他想培养和融入自己事业的人，以及那些他宁愿放弃的人。林语堂童年时代的女性——他的母亲、二姊、赖柏英和他的女性传教士老师——为他一生中的女性树立了高标准。她们也为他一生中存在的女性问题种下了富有同情心立场的种子。他的母亲提供了一个母亲无条件的爱。其童年时代的缠足使她的脚瘸了。除了方言，她不会读其他的文字，这限制了她学习文学的机会。她逗弄孩子们的能力塑造了很好的幽默感。她为林语堂在写作和反对缠足文章中使用口语的职业愿望提供了动力。他的二姊扮演了林语堂的导师兼母亲的角色。当他们的母亲的因缠足而瘸的双脚使她无法干体力活和因缺乏正规教育而没有能力顾及他的智力成长时，二姊就照顾他的身体需求。记忆中二姊美宫对少年时代他的魅力很敏感，她对他的恶作剧的反应养成了他的自我，增强了他把负面行为诠释为积极的、强化的、刺激的心理防御能力。赖柏英与林语堂分享了初恋的天真和童年玩伴的慷慨精神。林语堂对她的回忆和她在《赖柏英》中的角色都与大自然息息相关。在林语堂的心灵中，自然是大地母亲，是女性的。女性在帮助他为小说和非小说主题拟定人物和情节方面所起的作用怎么评价都不为过，因为她们对于他的大部分作品都是至关重要的。女性的影响几乎渗透到了林语堂生活的方方面面，使她们成为其性格和个性形成的重要部分。

8.2.3. 宗教

母亲无条件的爱，和作为当地基督教社区领袖的父亲或传教士的教育，让林语堂对基督教的信仰深有感触。林语堂从小就受到教育要尊崇上帝和基督教法则，但作为一名基督教徒，他没有机会听当地讲故事的人讲有关中国传统神话和民间传说的故事。在大学期间，林语堂在保留对上帝的信仰的同时，拒绝了教会的教义。在年轻时充满各种疑惑的时期，二姊的去世导致他在大部分的成年时期里拒绝基督教教义。林语堂一生的宗教信仰都依赖于一个田园主题，这个主题影响了他的态度和价值观，进而影响了他的性格和品格。在乡下的环境中成长的林语堂，在其成年后的大部分时间里都发展了一种异教徒信仰与自然融为一体的亲密关系。只有通过经常去教堂的翠凤的坚持，以及在特别的教堂的讲道中对科学的接受，才吸引了他重新接受基督教教义，尽管其中包含了一些道教和儒教的价值观。这种信仰成熟的循环使林语堂用了半个世纪的时间来对中国和印度的灵性的基础进行研究和反思。大自然从来没有远离过林语堂的信仰。

8.2.4. 大自然

无论他一生居住在何处，林语堂始终对自己的周围环境很敏感。他住的地方离山、江或海从来都不远。这很容易从他的作品中看出来：坂仔四面环山，建在河岸边。鼓浪屿是一个四面环海的丘陵岛。上海的圣约翰大学就在长江入东海的入海口附近。通过把城市环境作为农村景观来阅读，林语堂适应了他一生中的村庄、城镇和都市。阅读在北京后街书店里发现的中国传统文学作品，林语堂通过将自己投射到这些叙事的更自然的时空中，从而逃避了这座城市的限制。纽约的摩天大楼对林语堂构成了挑战，直到他学会了将它们视为高山。在纽约的大部分岁月里他都住在东河附近一个大公园对面的公寓里。在法国，乐魁索城（Le Creusot）建在三个大湖的边上，以主导巴黎的阿尔卑斯山和塞纳河为背景，它们为林语堂提供了亲近大自然的充足的机会。新加坡是一个被新加坡海峡环绕、两边分别是南海和马六甲海峡的海岛。林语堂不仅在这里住了几个月，而且也在这里完成了他的最后一部小说。新加坡岛上有高楼大厦，这使他想起纽约的摩天大楼，从而使他想起了他童年时代的山脉。在法国芒通（Menton），林语堂选择了带翠凤从新加坡的苦难中恢复过来的地方，坐落在地中海的角端。后来在阳明山，林语堂在山中得到了安慰。山是他如此崇拜的地形。最后，林语堂在香港岛上与在世的另外两个女儿住在一起。香港本身就是一座山（与新界的山脉相距不远）。林语堂去世时被山水环绕。具有特定描述性设计的空间之间的这种清晰的运动链是林语堂童年时代形成的主题，它为林语堂的创造性作品提供了滋养的、丰富的环境。林语堂声称，山水风景对他的幸福和品格的形成至关重要，他对乡村风景的热爱在其著作中延续着，并因其不断迁移的生活而得到加强。

8.2.5. 旅行

旅行一直是林语堂生活的一部分。毫无疑问，他一年一度乘船去漳州看望他的祖父母，后来又去鼓浪屿上学，这给他带来了感性的愉悦。林语堂没有提到他去上海和后来到北京的旅行，而他童年时的乘船旅行却被提及，这也许表明他对成年岁月里旅行的热情态度的变化。其蜜月旅行是林语堂唯一提到的乘船旅行，尽管在他的研究生时代和以后的生活中有很多这样的旅行，以及一定时间长度的飞行。这再次表明旅行可能已经成为他日常生活的一部分。在不同国家间的不断迁移和搬家的主题帮助林语堂实现了他的全球主人翁感，最终使他能够将自己描绘成一个世界公民。林语堂在童年、青年和成年时期使用船只到达他上学的地方，有助于培养他对水上旅行的热爱。

8.2.6. 学识、同龄人与出版

从林语堂的父亲，他的家庭教师到在香港中文大学编辑他的最后一本学术著作，教育成了林语堂一生的脚本。林语堂不仅拥有文学学士、硕士和博士学位，而且还获得了美国机构授予的至少两个荣誉博士学位。尽管他尊重这些学位，但他认为通过阅读来进行自我教育、将教育责任放在个人身上是最好的老师。林语堂的个人经历还使他以一条以中国传统风格建造的父系住宅沿线性发展，经历了鼓浪屿的多元文化建筑、欧洲的地中海、法国和德国建筑，再到在台湾设计自己的住宅。地中海-中国风格的综合住宅补充了他的跨文化哲学创作。它融合了两种文化风格，但都以一种在李渔的传统家居设计规则下值得捍卫的独特设计超越了二者。接受跨国学习机构的教育和多元文化的建筑设计使林语堂成为了一个跨文化的思想家和作家。

林语堂的学术创作是一个脚本，从童年时期的作品到他在圣约翰大学的试卷再到他发表的论文，贯穿了他的一生，引起了当时著名学者的注意。后来，他的论文在哈佛获奖对其经济产生了帮助。他凭着自己的德语能力申请到耶拿大学的研究生入学资格使他感到高兴。获得硕士学位后，他在莱比锡大学的博士学位论文标志着他在高等教育方面的最终成就，并由此完成了父亲对儿子的期望。回国后，林语堂与胡适的友谊以及与鲁迅和其他“雨丝”派作家——陈源和周作人——的交往，使他的写作更加的针锋相对。在 20 世纪 30 年代的中国，林语堂赢得了用中英文写作的作家的声誉。仅次于林语堂的学术著作的，是他的华文打字机，其基础是他在中国语言学上取得的最初成就，即始于 1917 年的《上下形检字法》（Chinese Index System）的出版。林语堂承认，他的明快华文打字机的发明很大程度上源自本文。这一学术脉络以林语堂的杰作（*magnus opus*）（即他的《当代汉英词典》）为巅峰，使他在学术上的声望比他的父亲或二姊美宫所能期望的更进一步。从童年诗歌到汉英词典，这条语言之线并不是精心编排的，而是作为一种寻求名声和实用性的脚本而相继展开的。这个脚本一直持续到他说出生命的最后一句话。然而，与林语堂的学术成就平行的是另一个被称为非学术的创作，即提供其赖以生存的收入的创作——写小说、为杂志和报纸自由撰稿以及在中国编辑杂志。

林语堂的首次创作尝试得到了兄弟姐妹和老师的回应，这使他对吸引读者的能力产生了最初的信心。正是这种关注使他有信心将写作当成自己的事业，甚至在其他收入途径使他失望的情况下。他通过将负面的评论理解为正面的关注来将其视为肯定。童年故事是林语堂讲故事的基础，尽管这些故事可能主要是《圣经》故事。直到他在《浮生六记》和《红楼梦》等作品中遭遇了中国传统神话、传说和历史人物之后，他的创作才有了传统的中国男人和女人的叙事声音。有趣的是，他用其最后一部小说《赖柏英》来缓和自己年轻时失去的机会，而且只有通过心理传记研究才能解释这些细微差别。在美国，林语堂以其对美国读者的贡献而闻名，他是小说和非小说类书籍的作者，既是关于中国的本土信息的提供者，也是报纸和杂志的全球社会评论员。他的非小说类著作也包括其哲学著作。

8.2.7. 哲学

他在美国以及后来在世界范围内进行翻译的书籍，都源自中国本土的书籍、小品文和文章，以及他个人的哲学文章和发表在报纸上的随感，尽管这些是否是非学术性的还有争议。随着他对什么能吸引美国大众的了解的信心的增强，他转向了对中国和印度古代宗教和哲学文本的翻译，同时获得了旨在增进东西方人之间理解的脚本。林语堂强化了他的主题，即通过这些经典的译本向西方读者介绍中国文化，并从他在美国出版的头两本书《吾国与吾民》和《生活的艺术》里受欢迎的论文中选择了他的主题。林语堂把他关于孔子的有争议的独幕悲喜剧翻译成英文是事实与虚构之间的飞跃。剧中，他构建了两个历史人物——孔子和卫灵公夫人南子之间的虚构的对话。这开始了他对创造性写作的尝试。他的小说创作从《京华烟云》开始，这本书让林语堂获诺贝尔文学奖提名，最后以《赖柏英》结尾。在这两本书中，他都以生活中的相识人物为原型，塑造了自己的一些坚强女性形象，这种选择一直持续到《赖柏英》。除了出版书籍，林语堂还设法在美国出版了许多短篇小说和杂志文章，其中有不少摘录自他的非学术著作。他的最后一本书《八十自叙》也是他非学术性著作中的最后一部。对于全世界的广大读者来说，正是这种非学术性的、描写喜欢的生活秩序的著作，最能反映林语堂的思想，也证实了心理传记在揭示动机和目标方面的重要性。

在美国，林语堂作为中国本土信息的提供者和社会评论员的角色使他肩负着重担。第二次世界大战的爆发，导致了通过林语堂的创作来提高中国的需求以及因美国忽略为其家园提供物资而呼吁它承担起以欧洲为中心的义务。在林语堂的预测中，中国将在第二次世界大战后通过共产主义和冷战转向其他政治途径的预言变成了事实。林语堂展示了一种技巧，这种技巧在其成年后变得更加明显，即他对未来政治和社会行为的预测。林语堂展现出卓有成效的洞见的另一个脚本是他的幽默理论及其实用性。

8.2.8. 幽默

始于母亲的嬉闹捉弄伴随着林语堂的一生，直到他在写作中将其发展为幽默，尽管在第二次世界大战期间日本人入侵中国时这种幽默感有所减轻。林语堂的幽默包含两部分：一是他的幽默理论，另一是他对幽默的实际运用。林语堂关于幽默价值的理论因其在当代社会中的实用性而在西方学术界得到认可。他以一种实用的方式在写作中运用幽默感，通过将消极的回忆变成微妙的、富有创造力的幽默感，从而使他对陈锦端父亲对他的求婚的拒绝表示轻视。林语堂的独特见解，是他对陈博士希望从一个有名望的家庭中获得一个富裕的求婚者的希望（且他“差不多是成功的”）的嘲弄性言论，这仅在心理传记研究上看才有意义，因为实证的传记作者很少会涉及像这种隐秘思想的细微之处。幽默成为一种心理防御：痛苦的回忆成为未来的积极动因。作为一种文学风格，从林语堂童年时代的健康食谱和对老师批评的报复到其在北京的成年岁月里发展为一种成熟的风格，幽默显然是一种后见之明。对中国文学而言，它是林语堂最容易被当今的文学研究者识别的遗产之一。但是当林语堂反对政治领导时，这也成了一种保护他的心理策略。

林语堂作为和平使者的幽默始于其童年。按照基督教教义，兄弟姐妹间是不准争吵的。维护兄弟姐妹之间以及整个社区的邻里之间的和平与宽容是父母的职责。尽管和平在童年时代就被铭刻在心，但作为成年人的林语堂却认为，和平是一种智慧、理性精神与幽默相结合的产物。人类只有通过正义的和平才能实现自足的生活。中国动荡的政治以及他的一位兄弟和一位学生由于政治而导致的死亡，加剧了林语堂一生对和平的负面认识，他对中美政治关系和世界和平的未来的预言已经非常接近事实。不幸的是，他的这种睿智并没有扩及他的主要发明，即打字机上的投资上。

8.2.9. 发明

发明是始于林语堂的童年时代的另一个主题。在其童年时代，治伤的中药粒“四灵散”和厨房管道设备的发明导致了后来自动牙刷的发明，然后是扑克游戏机的发明，最后是华文打字机的发明。发明是一种获得认可和奖励的方式，这种方式逐渐引起了他对打字机的痴迷。最终，他回到了成功的出版事业中，最终以吉祥的巨著《当代汉英词典》收官。所有这些都是富有创造力的产品，它们因他的智慧而广受赞誉。林语堂通过发明追求名望的过程在他的一生中形成了一个持久的脚本。然而，只有打字机和词典才被当代社会认为是有用的工具。找到并记录这些线索可以确认心理传记的价值。这为林语堂为什么选取某些方向、选择写某些小说、传播特定的社会评论和翻译特定的文本提供了可能性。

8.3. 成年时期因重大情感事件而改变的模式

二姊的去世是一个增强了林语堂在大学学习中取得好成绩的动力的重大情感事件，目的是最终成名和变成一个有用的人。陈博士拒绝他对女儿陈锦端的求婚也是一个重大的情感事件，它导致了林语堂与务实的翠凤结婚。翠凤为富有创造力的一家之主林语堂提供了稳定的婚姻环境。拒绝激发了他成为他生活中所有可能的一切，包括为家人提供好的生活。这些重大的情感事件是消极的经历产生积极的结果的例子：消极的经历对积极的结果的证实成为人们首选的生活秩序，有时甚至成为林语堂的心理防御。积极的经历证实了林语堂的生活选择和脚本有助于主题和目标的强化。婚姻和赚钱养家的角色是一个重大的情感事件，由于新婚妻子的病以及随后被取消的奖学金使林语堂变得成熟。后来因打字机模型的失败和华文银行系统的崩溃引起的财务损失是重大的情感事件，导致他失去了赛珍珠和她的丈夫华尔希的支持。林语堂与其他出版商一起尝试其他类型的作品，甚至他失去出版商赛珍珠和华尔希也变成了积极的结果，这是他在赛珍珠、华尔希和庄台公司合作期间没能追求的。每当林语堂遇到危机时，这种顺应力就会大放异彩。这是一种性格特征，使他度过了失落和消极的时期。

林语堂对知识和社会改进的另一个支持机制来自同时代人的支持。胡适和鲁迅将林语堂融入了一个学术研究圈子，并对20世纪初期席卷中国改革运动的文学变革的优点进行了辩论。蒋介石、宋美龄以及上海和巴黎圈子的成员等社会同仁激发了林语堂的生活观，并通过以下方式为他提供了衡量其写作的基线：他想为主流读者写作，这就需要知道他们的想法。诚然，他的朋友圈主要是由艺术家和政治思想家组成，但尽管如此，它为指导林语堂的创造性思想和其他观点的扩展提供了基线。

林语堂信仰的其他挑战是亲人和朋友的死。二姊美宫与和真是发生在他青年时代的重大情感事件。而胡适的死，尤其是女儿林如斯的死，使他晚年的健康每况愈下。林如斯的自杀对于林语堂的一生至关重要，但是，通常的解释在于使他免于更大的负罪感。心理传记鼓励对写作的背景和上下文语境加以考虑，对信息的意图做出合理的假设。在阅读林如斯留给父亲关于自己自杀的文字时，再考虑到留言所放的位置，她的信息很可能是针对父母，主要是父亲而非其美国前夫的。接受我对她遗言的另一种解释就意味着林语堂承受了更大的负罪感。他声明家人和朋友的去世使他对生活的整体状况感到失落。

8.4. 林语堂的性格特征与智慧

林语堂在特定的时间和地点出生的巧合，以及来自家庭和受教育的机会的抱负构成了主题的基础，这些主题在他一生中都被重大事件所消除或加强。进行心理传记研究发现了许多模式和主题，这些模式和主题构成了林语堂一生中积累的常见脚本。林语堂对幽默和富有创造力的闲暇等生活方面的融洽和洞察力，是他最终与读者互动的基础。他对翻译文本的选择反映了他扎根于中国传统的哲学根基：这些文本加强了他成为一个平衡而有用的人的决心。根据林语堂的直觉，其小说和主题中的人物成为他想象力的源头和表达另类生活的机会，这有助于他摆脱一些未实现的愿望。

林语堂对女性整体的崇敬，以及他鼓吹女性的特殊才能的勇气，如直觉（作为右脑活动），使他对人类行为有了深刻的了解。被林语堂高估的一种认知经历是幽默，这成为他个性的重要组成部分。他将幽默作为一种合理的理论提出的建议帮助他与各种文化轻松地互动，并且仍然证明其对新世纪的读者来说是发人深省的。朴素和幽默帮助林语堂通过全球和平的口号产生了深刻的思想。在相同的和平主题上，林语堂面对危机的冷静态度常常将消极的经历转化为积极的结果。令人鼓舞的结果促使他采用平静的举止作为其持久的品质。然而，平静的外表并不意味着他忘记了那些轻辱，如陈博士拒绝了他年轻时向他女儿陈锦端的求婚。他通过在鼓浪屿买下陈家的房子来证明自己的经济实力。林语堂本可以炫耀自己一生的成功，但他对沉默的个人满足感感到满意。将拒绝变成机会，他将此主题添加到他一生的脚本中。只有随着林语堂著作的线索，并经历他所居住和写过的一些乡村和城市景观，我才能更深地理解孩童时代的林语堂和成人岁月的林语堂。心理传记鼓励研究人员深入研究文本并与作者产生共鸣：通过坂仔、漳州、鼓浪屿、厦门大学、台北的阳明山和香港岛的实地研究，我才能感受到林语堂选择居家的环境时对乡村的热情。心理传记使研究人员能够承担起研究的重任，在二维文本后面寻找其三维结构，并观察环境输入的后果。因为林语堂公开的生活故事是他们的重点，所以它揭露了被传记作者们绕开的脚本，而心理传记研究则探索了他的性格和品格的隐秘元素。

8.5. 该研究的贡献

林语堂的生活为我们提供了跨文化的模式，通过非小说和小说、社会评论和幽默变化为家庭、教育、出行、哲学、宗教和创造性的可能性提供了建议。显而易见，亲密的家庭成员之间的认可和鼓励能使孩子得以获得自己的人生最佳状态。就像林语堂一样，这可能会对人的性格和品格产生终身影响。

一个鼓励将阅读折衷地看成是个人目标的教育体系，尽管在近几十年来已被某些西方教育系统所采用，有着挑战正规的教育方法的优点。同样明显的是，以失败的态度来对待正在改变的目标并不一定有害：将其看成机会，失败就可能会带来未来的成功。对林语堂来说，东方哲学家为加强西方哲学价值和补充他的哲学论点提供了信息来源。这些提供了观察生活的方式，为西方现代性提供了情感健康的平衡。林语堂在基督教价值观内包容中国传统信仰是一个关键，它可以帮助一些苦苦寻求精神财富的人。他将宗教的条款当作个人经历，使每个读者可以有自己对教义的独特接受或拒绝，并形成自己的信念来维持和支持它们。林语堂对世界和平的希望是值得称赞的：他对幽默实现这一目标的希望是有远见的。但考虑到世界上每种文化都有其独特的幽默风格，他的希望并不容易实现。其哲学的深奥、预言的洞察力以及他对人性的理解的直觉结合在一起，产生了林语堂的智慧，一种为未来创造跨文化机遇的智慧。

第二章　批评家翻译家林语堂

提及林语堂，很多人首先想到的就是他作为文学批评家和翻译家的身份。该章对陈荣捷的期刊文章《批评家与阐释者林语堂》、苏真的期刊文章《协同与阐释：林语堂与亚裔美国文学档案》、Li Ping 的博士论文《对林语堂作为译论者、译评者、译者之批判研究》、Hu Yunhan 的博士论文《双重话语中独特的跨文化诗学：林语堂的“小评论”专栏文章与〈啼笑皆非〉自译》、Long Yangyang 的期刊文章《太平洋彼岸的剧场：作为一种创造性活动的林语堂自译》等五种林语堂研究成果进行梳理，从而管窥“他者”眼中林语堂文学翻译与文学批评的特征、得失与影响。

一、批评家与阐释者林语堂

1947 年，美国华裔学者、达特默尔学院的中国哲学与文化教授陈荣捷（Chan Wing-tsit）的文章《批评家与阐释者林语堂》发表[1]。这是学界较早系统地评论林语堂对中国文化的批评与阐释的成果。全文译介如下：

林语堂是一位如此不太好理解的作家：那么杰出、那么多才多艺、那么具有煽动性，而有时又显而易见是那么前后矛盾。我们张开双臂欢迎林语堂博士写一本自传来告诉我们他自己的思想和精神的演变（或者毋宁说革命）。只有这样，才可准确理解林语堂其人。然而，有一件事是可确定的，那就是，林语堂的声音是一个批评家对中国式的和美国式的生活方式所发之声。他常被称为是一位中国哲学家。如果是这样的话，他不能算是一位专业的哲学家，

1　Chan, Wing-tsit. “Lin Yutang: Critic and Interpreter”. *College English*, Vol.8, No.4, 1947, pp.163-169.

而是一位对生活给予批评、对古代智慧给予阐释的哲学家。

1895年，林语堂出生在一个基督教牧师家庭，并在这个家庭中被抚养长大。那个年代，成为一名基督徒意味着不仅在行为举止、思想甚至言语方面成为一个非中国人，而且是成为一个反华的人。他在中国的传教士机构受教育。在这样的机构里，忽略中国哲学被认为是一种美德，而热爱中国艺术则几乎是一种罪过。这样的传统注定会最终爆发激烈的反应。难怪林语堂会对基督教给予尖锐不公的批评，而对中国的哲学和艺术给予深情的拥护。

在哈佛大学和莱比锡大学经过专门的学术训练后，林语堂于1923年返回中国将其才能用于教学和研究中国哲学。尽管林语堂在其幼年时代受到的中文教育并不充分，但在短短的几年里他成为了一位杰出的哲学家。但是，20世纪20年代的中国充满了喧嚣、内战、水灾和饥荒，那时的中国也通过知识复兴、共产主义和国民革命处于一种动态的转变之中。林语堂不再对能平静地研究哲学感到满足。像许多中国知识分子一样，他开始对社会问题和政治问题予以有力的批评。林语堂加入到了抗议的大合唱中。

林语堂的抗议采取的不是像共产党那样的流血的形式或像自由主义者那样的建设性改革的形式，而是采取对军阀、沙文主义的儒家以及反动的封建主义进行讽刺性的攻击的形式。与20世纪20年代中国所有的抗议之声一样，林语堂的声音也是尖刻的。然而，使得他的批评特别具有吸引力的是蕴含其中的幽默（humor）。他喜欢嘲弄中国的顽固分子们。他对那些遗留的贪污犯和三流的小偷们进行冷嘲热讽。在编辑的一本中文期刊中，他设了一个名为"老古玩店"（Old Curiosity Shop）的专栏。他在该专栏中发表军阀和反动派的荒谬言论，让他们表现得如此滑稽以致于读者忍不住捧腹大笑。这些不仅仅只是好笑好玩而已。林语堂的批判既是娱乐也是精神上的针砭，满篇皆流淌着泪水与欢笑。

这种辛辣的幽默为中国年轻的知识分子们受到压抑的情感提供了一个自然的发泄口并成了林语堂广受欢迎的主要原因。更重要的是，他有意无意地为中国文学创造了一种新的氛围，一种具有人情味、充满同情、智慧和幽默的氛围。智慧和幽默在中国文学中常常享有第二位的荣光，正如乔志高（George Kao）博士出色的文集《中国幽默文选》（*Chinese Wit and Humor*）[2]

2 此为原文注释1：George Kao. *Chinese Wit and Humor*. New York: Coward-McCann, 1946.

雄辩地展示的那样。但是直到 20 世纪，儒家的形式主义将幽默贬低到了有伤尊严的程度。在儒家看来，一个绅士，是不应该搞笑的，至少是不应该在写在纸上的文字中。至于军阀、共产党和改革者，他们全都高度紧张、嘴唇蹦得紧紧的。中国需要笑声。因此，毫不奇怪的是，当林语堂取笑儒家或吃狗肉的将军时，他的读者能享受到一种放松的狂喜感。读者们称林语堂为“幽默大师”（Great Master of Humor）。他们模仿他的风格。他们在中文作品或者至少是小品文（familiar essay）中，带进了一种放松感和一种新鲜的氛围。或许，说林语堂创造了中国现代文学的一种新风格有些夸大其辞。然而，幽默这种成分一直存在于中国现代文学作品中。

带着其苦涩和辛辣讽刺的批评家林语堂，不仅吸引了中国的年轻知识分子们，而且也吸引了那时正在中国任教的赛珍珠。在她的鼓励下，林语堂用英文撰写了《吾国与吾民》（*My Country and My People*）。该书于 1935 年出版[3]。此书出版后，林语堂立即开始了一系列畅销书的创作，几乎隔年一本。林语堂成了一位向西方阐释中国的人。

中国很少有像林语堂这样随心所欲地赞美同时又严厉地谴责其对象的阐释者。赛珍珠称《吾国与吾民》是“迄今为止关于中国的最真实的、最深刻的、最完善的、最重要的书。”[4]那些对林语堂的相似的褒扬来自四面八方，称赞他优美的英文。的确，林语堂的英文是迄今为止中国人所呈现出的最棒的英文，它总是对其读者有着一种魔力。而且，由于林语堂对中国智慧的阐释，使其语言变得如此真实，如此具有说服力，如此鲜活，如此令人着迷。

同时，很多中国人和美国人对林语堂充满了愤怒。敏感的中国人对其心生愤怒，是因为他暴露了中国的恶习，这些恶习即是林语堂称为对大众进行剥削的“阳性的三位一体：官、绅、良”与“阴性的三位一体：面、命、恩”[5]。中国的政府官员对林语堂充满愤怒，是因为他攻击他们“搜刮民脂民膏”[6]。林语堂宣称大执法官（the Great Executioner）是唯一能拯救中国的救主。他挥着大刀，将废除面情、私宠、特权和官僚等掠夺国家以荣显家族的私心，并将把裁

3　此为原文注释 2：Lin Yutang. *My Country and My People*. New York：Reynal & Hitchcock, 1935.

4　此为原文注释 3：Lin Yutang. *My Country and My People.* New York：Reynal & Hitchcock, 1935 p.xii.

5　此为原文注释 4：Lin Yutang. *My Country and My People*. Op. cit., p.195.

6　此为原文注释 5：Lin Yutang. *My Country and My People*. Op. cit., p.190.

判长的旗帜（the banner of Justice）叉在城墙上[7]。中国的左派也对林语堂充满了愤怒之情，因为在他们看来，林语堂不过是一个试图对人民大众所受的残酷压迫一笑置之的小丑。对林语堂最愤怒的莫过于那许多的旧式的中国通们（Old China Hands），因为他对他们的上海观念尤其是其目中无人和不愿意理解中国人予以了嘲笑。特别是最近，英国人对林语堂非常生气，因为他在其《啼笑皆非》（*Between Tears and Laughter*）（1943）中把丘吉尔塑造成了一个恶棍[8]。美国的共产党及其同道（这些人总是容易被别人惹恼），尤其是当林语堂宣称要揭露中国共产党所做的许多丑陋的事情时，自然是不能饶恕他的[9]。

纯粹从政治上或从个人来看，对林语堂的这些批评都是与其作为一个中国的阐释者的林语堂不相干的。但其中有一个严肃的批判，不管是从中国人还是从美国人的角度来看，都值得引起密切的关注。这个批评即是，林语堂与中国人是不合拍的（out of tempo with the Chinese people）。这些批评者说，当中国人民处在流血的革命中时，林语堂却认为中国人民总是愿意屈服于暴政。当中国的改革者们谴责“保守”（因循守旧）是中国衰落的主要原因时，林语堂却说它是“一种自豪”，是“内心丰富的真正标志”，是“值得大加羡慕的天赋”。当中国的妇女们正反抗其被限制在家中并为其在太阳下的位置而奋战时，林语堂却告诉美国人中国妇女并不想要独立[10]。在中国人民正在为填满他们的饭碗而绝望地斗争时，林语堂却告诉其读者中国人天生就鄙视财富，并对生活水平的提高持质疑的态度[11]。人人都知道，一般的中国人都是日出而作日落而息的，而林语堂却将此认为是真正的中国哲学，即，“在中国人心目中，凡是用他的智慧来享受悠闲的人，也便是受教化最深的人。”[12]对现代的中国人来说，科学与万能的上帝是同等的，但林语堂却说，科学的死亡猎犬正在慢慢靠近西方[13]。中国的法西斯们正在试图通过礼乐来复兴儒家的社会

7 此为原文注释 6：Lin Yutang. *My Country and My People*. Op. cit., pp.172, 178 and 362.

8 此为原文注释 7：Lin Yutang. *Between Tears and Laughter.* New York: The John Day Company, 1943.

9 此为原文注释 8：Lin Yutang. *The Vigil of a Nation*. New York: The John Day Company,1944.

10 此为原文注释 9：Lin Yutang. *My Country and My People*. Op. cit., pp.46, 72 and 146.

11 此为原文注释 10：a. Lin Yutang. *The Importance of Living.* New York: Reynal & Hitchcock, p.155; b. Lin Yutang. *The Vigil of a Nation*. Op. cit., p.90.

12 此为原文注释 11：Lin Yutang. *The Importance of Living.* Op. cit., p.150.

13 此为原文注释 12：Lin Yutang. *The Vigil of a Nation*. Op. cit., p.176.

管理体系以控制中国人的生活[14]。而且，林语堂将通过音乐来进行管理的儒家学说作为通向自由之道提供给世界。当中国人正数以千万计地死去时，林语堂却有心沉浸于闲谈月球、岩石、花园、梦想、抽烟、焚香、如何优雅地老去的艺术以及孔子在雨中唱歌！难怪许多中国人把林语堂的《吾国与吾民》称为《吾国与吾阶》(*My Country and My Class*)，或借用双关，将其称作《卖国与卖民》(在汉语中，“卖”[*mai*] 意为“出卖”或“背叛”)[15]。也难怪很多美国人谴责他浅薄、不负责任、机灵、诙谐。但仅此而已。

这样说林语堂并非完全公平。前面所提及的大部分其实是对林语堂作品的歪曲。当我们把这些作品放在恰当的语境中去看时，我们会发现林语堂的阐释与中国人的生活和理念并不是那么相悖的。比如，法西斯对儒家思想的滥用，并没有歪曲通过和谐与秩序来实现世界和平的儒家理想，此乃通过音乐来执政的真正意思。没错，林语堂确实是喜欢写中国诗歌、喝茶、躺下休息的艺术、性的吸引力、臭虫、洋泾浜英语以及磕头的健身价值，但他也写中国人的悲伤、纳妾制的邪恶、妇女缠足的“畸形与堕落”、作为行贿手段的九道菜宴席、共产党的作家鲁迅的伟大、对共产主义革命的挑战、权利法案的必要性以及中国的风暴与压力及其精神觉醒的全部表现[16]。合情理的是，在林语堂对中国人的生活和中国人的思维的综合描绘中，他是否做出了正确的阐释。

对于林语堂在总体上是否对中国进行了可靠的阐释，毋容置疑的是，至少对那些没有经验的、不知情的人来说，他对中国艺术进行了杰出的阐释。但技术专家或历史学家会发现他是一个外行。绝大部分专家和历史学家主要是处理一些外在的东西，并会不知不觉地漏掉某些中国人会在其中寻求到安

---

14 此为原文注释 13：Lin Yutang. *Between Tears and Laughter.* Op. cit., p.72.

15 在 2010 年发表的《技术奇想：林语堂及其华文打字机的发明》的注释 30 中，作者约翰·威廉姆斯（John Williams）也提到了这个现象：在不喜欢林语堂坦承中国问题的那些中国知识分子中流传着一个玩笑，认为林语堂的《吾国与吾民》(*My Country and My People*）应该读成“*Mai Country and Mai People*”（*Mai* 为双关，是中文里“卖”字的读音。）本书作者注。

16 此为原文注释 14：a. Lin Yutang. *My Country and My People*. Op. cit., pp.164-168；b. Lin Yutang. *The Vigil of a Nation*. Op. cit., pp.154, 224； c. Lin Yutang. *Moment in Peking*. New York: The John Day Company, 1939; d. Lin Yutang. *A Leaf in the Storm*. New York: The John Day Company, 1941; See concluding chapters of *My Country and My People*; *With Love and Irony*. New York: The John Day Company, 1940, and *The Vigil of a Nation*.

慰和鼓舞的内在精神，而林语堂不仅使得中国艺术对其读者来说明白易懂，而且使得中国艺术对其读者来说是有意义的。林语堂阐释中国艺术生活的著述是我所知道的对抒情风格、内在法则或精神以及中国艺术的意境的最佳介绍[17]。他关于书法的文章也是论及该题目中最好的。他对中国文学生活，尤其是对中国诗歌的讨论，是最具启发性、最令人着迷的。翻译和撰写关于中国最伟大的诗人李白和杜甫的学者有很多，但唯独只有林语堂能让其读者感觉到李白的浪漫的放弃和杜甫的艺术的约束。林语堂的《中国印度之智慧》（*The Wisdom of China and India*）（1942）是一本关于中国文学的华丽选集，真正现代地、活灵活现地呈现了中国的智慧。在该书中读者不仅能看到儒家和道家的经典之作，还能看到对“中国诗歌”、“中国人的生活的素描”以及“中国人的机智和智慧”的有趣展现。书中这些有趣的东西包括了 17 世纪的谚语、18 世纪的诗歌和书信、19 世纪的故事以及 20 世纪的讽刺短诗。我们在别处是找不到如此迷人、如此有趣的中国散文文集的。林语堂以非同寻常的、迷人的方式来处理那些我们熟悉的散文，这些散文大都源自这本或那本集子。林语堂以一个诗人的感受和孩子的喜爱来对其加以引用、翻译和讨论。在向西方读者介绍时，李笠翁（李渔）关于柳、女人的服饰以及睡眠的艺术的那些精细研究的文字[18]，袁中郎（袁宏道）那些描写瓶中花的令人愉悦的篇章，以及张潮那些令人着迷的关于花与女人、关于雨、关于悠闲与友谊的文章[19]，打开了西方读者的眼界，让其看到了一种尽管次要但却相当有趣的中国文学的形式。

同样卓越的是林语堂对孔子的阐释。一个哲学家或历史学家将会发现，林语堂的《孔子的智慧》（1938）是非批判式的[20]。但是对于将孔子作为一个人而作的系统而雄辩的介绍以及将儒家教义作为中国人生活中的一个鲜活的因素的介绍而言，我还未发现有哪本书内容的选取是如此的平衡，翻译是如此的清晰和流畅，对人文精神和儒家思想的合理性的呈现是如此的具有说服力。

林语堂对老子和庄子的道家思想的处理甚至更棒。收录在其《中国印度

---

17 此为原文注释 15：Lin Yutang. *My Country and My People*. Op. cit., Chapter viii.

18 此为原文注释 16：Lin Yutang. *My Country and My People*. Op. cit., pp.324-328.

19 此为原文注释 17：Lin Yutang. *The Importance of Living*. Op. cit., p.310.

20 此为原文注释 18：Lin Yutang. *The Wisdom of Confucius*. New York: Modern Library, 1938.

之智慧》中的《道德经》译文是最佳的[21]，它不仅是具有挑战性的哲学作品而且也是令人陶醉的文学作品。林语堂在道家思想中注入了他自己的说服力使得译文具有了魅力和挑战性。当然，在翻译时，林语堂显得太随意了，这使得其译本更像是阐释而非翻译。但是，林语堂的译本超过了其之前所有的译本。他不像许多西方作者所为的那样，将老子之道作为消极的或虚无的东西来加以展示，而是将其作为一种敏感的、合理的、相当现实而深刻的生活智慧之道，正如中国人通常理解它的那样，因为事实上林语堂已经被道家思想折服了。

不难理解为什么道家思想对林语堂具有特别的吸引力。林语堂的声音主要是抗议之声：对战争的抗议、对过度征税的抗议、对社会的人为和僵化的抗议、对虚伪的抗议，以及对城市生活的肤浅和物质化的抗议。为此，他提倡简单化的生活，提倡满足、平静、自发性，提倡返璞归真，提倡女性的柔顺，也提倡如婴儿般的天真。道家最伟大的追随者庄子甚至比他走得更远。对他而言，"纯洁的人"（a pure man）应如新生的牛犊。他对利己、名誉和成就持毫不掩饰的鄙视态度。其理想的生活是闲散、平静、自由和流浪。这样的哲学思想是诱人的，尤其是在战争、被压迫和混乱的年代。作为一个爱国的、想要寻求一条出路的中国人，林语堂找到的自然是道家对快乐的抗议之声。而作为一个对物质的、不知足的美国生活方式的批判者，他则会自然而然地提倡道家思想中的闲散、静养以及内在的平和。

这并不是说林语堂是一个道家。中国人都同时信仰儒教、道教和佛教，只有极少数人例外。但是，与绝大部分中国人不同，林语堂更信道教而非儒教。这是真的，因为他对道家思想给予了有力的强调。事实上，在林语堂的著作中，道家思想常常被给予了过度的强调。他将中国人的性格描绘为：（一）稳健；（二）单纯；（三）酷爱自然；（四）忍耐；（五）消极避世；（六）超脱老猾；（七）多生多育；（八）勤劳；（九）节俭；（十）热爱家庭生活；（十一）和平主义；（十二）知足常乐；（十三）幽默滑稽；（十四）因循守旧；（十五）耽于声色[22]。他在别处说，中国人"有着一种近乎戏弄的好奇心和天赋的才能，有一种梦想和崇高的理想主义，能够利用幽默感去纠正他们的梦想，有决定

21 此为原文注释 19：Lin Yutang. *The Wisdom of China and India*. New York: Random House, 1942.

22 此为原文注释 20：Lin Yutang. *My Country and My People*. Op. cit., p.40.

自己反应的能力和随意改变环境的自由。”[23]或者，换一种不同的表达即是，中国人有着“伟大的现实主义、不充分的理想主义、很多的幽默感，以及对人生和自然的高度诗意的感觉性。”[24]如果把这些用来描绘一个具有百分之六十或八十成分的道家，那将会是卓越的。实际上，林语堂相信，中国人“天性倾向于伟大的道教，而中国文化则更倾向于儒教，”[25]其立场往往是很难靠得住的。按照林语堂的说法，“中国文化中重要特征之田野风的生活与艺术及文学，采纳此道家哲学之思想者不少。所有优秀的中国文学作品在本质上都充满了道家精神。道家学说总而言之是中国人想揭露自然界秘密的一种尝试。”[26]显然，是对道家思想的这种过度强调导致了林语堂在开始编译其《中国印度之智慧》时挑选那些道家著作的。同样，在其《生活的艺术》（*The Importance of Living*）一书关于“谁能最好地享受生活”那部分，著名的例子举的是道家而非儒家。他想要让我们相信，瓦尔特·惠特曼（Walt Whitman）和亨利·梭罗（Henry David Thoreau）与中国人是很接近的[27]。纵观其全部的著作，有相当数量的篇幅给了老子和庄子。老子和庄子的确对中国人性格的成熟以及对中国人思想的自由做出了贡献。而且，在这些方面，老子和庄子深深地启发了中国的文人们。但是，道家的神秘主义和原始主义却从未与典型的中国人的气质，即讲究实际、讲求社会伦理和相信现世相吻合。林语堂自己承认，“中国人的气质，在总体上来看，是具有人文情怀的、不信仰宗教的、非神秘主义的。”然而，他又说，“这在一定程度上是正确的。”林语堂坚持认为，中国人在“机械与心灵以及物质与精神这个新的综合上来看”是神秘的[28]。事实是，中国哲学已经达到了不用依靠神秘主义的综合程度，正如新儒家思想的理性主义和实证主义有力地予以证明的那样。

一旦我们理解了林语堂对于道家思想的特别偏爱，我们就能理解他为什么会说“中国人作为一个民族，通过对文明的一种本能的怀疑与坚守原始的生活方式，避免了城市生活所带来的退化。”[29]中华文明是一种“热爱原始主

23 此为原文注释 21：Lin Yutang. *The Importance of Living.* Op. cit., p.66.
24 此为原文注释 22：Lin Yutang. *The Importance of Living.* Op. cit., p.4.
25 此为原文注释 23：Lin Yutang. *My Country and My People*. Op. cit., p.56.
26 此为原文注释 24：Lin Yutang. *My Country and My People*. Op. cit., p.556.
27 此为原文注释 25：Lin Yutang. *The Importance of Living.* Op. cit., p.569.
28 此为原文注释 26：Lin Yutang. *The Wisdom of China and India*. Op. cit., pp.567-568.
29 此为原文注释 27：Lin Yutang. *My Country and My People*. Op. cit., 39.

义的”文明[30]。中国人尊崇愚者[31]，使他们受世人的欢迎和敬爱[32]。中华文化是一种悠闲文化，中国人在闲暇时是最聪明最理智的[33]。中华文化最好的产物是对这种悠闲生活的浪漫崇尚[34]。中国人生活的艺术是，“名字半隐半显，经济适度宽裕，生活逍遥自在，而不完全无忧无虑的那个时候，人类的精神才是最为快乐的，才是最成功的。”[35]“中国人有一种自己独特的幽默，他们总喜欢开开玩笑，这种狰狞的幽默建立在对生活的滑稽认识之上。”[36]“中国人的心灵在许多方面都类似女性心态。中国人的头脑，就像女性的头脑充满了庸见。中国人的头脑羞于抽象的词藻。中国人的思维方式是综合的、具体的。”[37]

如果仅从一定程度加以考虑，所有这些观点都是足够正确的。这些观点从中国人的方方面面对道家进行了阐释。在中国诗歌、艺术和文学中，道家的游戏、安静、闲散、自由、反复无常、忧郁、平和以及自然本能的精神都是显而易见不可否认的。但是，典型的中国人不是道家。而且，中华文化蕴含的东西也不止文学和艺术。幸运的是，林语堂并没有忽略这些。他指出：依据中国儒学的观念，“对于人类尊严的最高理想，是一个顺其自然而生活，结果达到德参造化之境。”[38]这便是儒家所倡导的“中庸”学说。林语堂充满崇拜之情地对其进行了阐释[39]。林语堂认为，“道家思想是伟大的否定，而儒家思想则是伟大的赞美。儒家思想，通过其关于‘礼’和‘社会地位’的理念，代表着人类文化与约束。而道家思想，则因其强调对自然的回归，对人类的约束和文化持质疑的态度。”[40]道家思想和儒家思想，彼此间是互

30 此为原文注释 28：Lin Yutang. *The Importance of Living.* Op. cit., p.39.
31 此为原文注释 29：Lin Yutang. *The Importance of Living.* Op. cit., p.110.
32 此为原文注释 30：Lin Yutang. *The Importance of Living.* Op. cit., p.41.
33 此为原文注释 31：Lin Yutang. *My Country and My Peopl*e. Op. cit., pp.135 and 322; Lin Yutang. *The Importance of Living.* Op. cit., Chapters x and xi.
34 此为原文注释 32：Lin Yutang. *The Importance of Living.* Op. cit., p.152.
35 此为原文注释 33：Lin Yutang. *The Importance of Living.* Op. cit., p.85.
36 此为原文注释 34：Lin Yutang. *My Country and My Peopl*e. Op. cit., p.70.
37 此为原文注释 35：Lin Yutang. *My Country and My Peopl*e. Op. cit., p.80; Lin Yutang. *The Importance of Living.* Op. cit., p.108.
38 此为原文注释 36：Lin Yutang. *The Importance of Living.* Op. cit., p.143.
39 此为原文注释 37：I Lin Yutang. *The Importance of Living.* Op. cit., pp.111-112 and 143；Lin Yutang. *The Wisdom of Confucius*. Op. cit., Chapter 3.
40 此为原文注释 38：Lin Yutang. *My Country and My Peopl*e. Op. cit., p.116.

相恭维的。“所有的中国人在成功时都是儒家，失败时则是道家。我们中的儒家建设、奋斗，而道家旁观、微笑。”[41]总体上，儒家思想起着相反的影响，抵消了道家的无忧无虑的哲学理念。“我们大家都是天生一半道家主义者和一半儒家主义者。”[42]当儒家思想和道家思想的幸福结合达成时，其结果是甜美的、合理的。在阐释中国人的这种“最高类型的生活”(highest type of life)时，我相信林语堂也正处于他自己生活的最佳状态。“Reasonableness”（情理）包含了两方面的内容，即“人性”与“天理”或“外部原因”。合情理则精神更现实、更人道[43]。从这种合理性中派生出了典型的中国人的性格特征，即，温和、忍耐、消极避世、超脱老猾、对生活充满强烈的兴趣、人道主义精神、幽默滑稽、成熟老练、通情达理、因循守旧以及热爱家庭生活。

简言之，当林语堂过度强调道家思想时，他是作为一个对他在中国和西方所发现的糟糕情形给予批判的批评家而这么做的。而当他强调儒家思想和道家思想的综合时，他是在阐释中国人生活中那些由来已久的方方面面。因此，林语堂并非一个完美的、对中国给予阐释的阐释者。那谁是呢？如果我们小心地对其对道家思想的过度强调避而不谈的话，我们将会发现，林语堂对中国的许多方面都给予了非常好的阐释。

二、协同与阐释：林语堂与亚裔美国文学档案文件

2010 年，芝加哥大学英语系教授苏真（Richard Jean So）的期刊文章《协同与阐释：林语堂与亚裔美国文学档案文件》发表在《现代小说研究》上[44]。文章以林语堂小说《唐人街》的创作背景和过程为切入点，分析阐释了该小说创作的缘起、编辑与作者之间的协同与阐释以及亚裔美国文学的共性与个性。此节摘译文中独特的、有价值的观点如下：

（一）1947 年春，由于感受到一种新的、热门的文学主题，于是他们叫林语堂写一种新的小说，即关于“华裔美国人”的小说，专门阐释“华人在美

41 此为原文注释 39：Lin Yutang. *My Country and My People.* Op. cit., p.55.

42 此为原文注释 40：Lin Yutang. *The Importance of Living.* Op. cit., p.112.

43 此为原文注释 41：Lin Yutang. *My Country and My People*. Op. cit., pp.90 and 109；Lin Yutang. *The Importance of Living.* Op. cit., p.423.

44 Richard Jean So. “Collaboration and Translation: Lin Yutang and the Archive of Asian American Literature”. *Modern Fiction Studies*, Vol.56, No.1, 2010, pp.40-62.

国的经历”[45]。林语堂愉快地接受了他们的建议并迅速地开始了写作《唐人街》（*Chinatown Family*）的任务。该小说将成为由大型出版社出版的第一部亚裔美国小说并明确地以华尔希和赛珍珠所称的“华裔美国文学作品”进行市场营销。（第 40-41 页）

（二）可是，一个小障碍挡了这个计划的道，那就是，林语堂实际上对华裔美国人或华裔美国人的经历一无所知。尽管他自己是一个华裔移民，但他只是在一个有文化的、高雅的社会精英圈里活动，对唐人街劳工阶层的穷人们的争斗和辛劳完全不了解。因而，写作《唐人街》的计划逐步发展成林语堂、赛珍珠与华尔希之间的一个复杂的合作冒险。具有讽刺意味的是，赛珍珠和华尔希，之前组织了一场运动来推翻排华法案，要远比林语堂更了解华裔美国人。在林语堂的写作过程中，他们给林语堂介绍了很多令他尊重的研究华裔美国人的专家。华尔希经常寄关于排华的历史学、社会学研究资料给林语堂并为他建立了与中国大使馆之间的联系。他辛勤地浇灌林语堂《唐人街》的各个文稿并一丝不苟地修改了林语堂小说对华裔美国人的描绘中那些可感知到的历史错误。艺术的自主性屈服于编辑协同的一种侵略形式，而研究取代了灵感，社会学取代了文本叙事。（第 41 页）

（三）最终，对作者自主性的抑制只是勉强掩饰了一种明显的政治和意识形态目的。华尔希和赛珍珠对废除排华法案的投资到 1943 年的时候还没有结束。他们想象林语堂的小说能在其后期对华裔美国人即，一个微型的美中民族，应该怎样产生一种明晰的视觉。1943-1950 年间，一个常常被忽略的亚裔美国研究时期，标志着一个新的但却不确定的亚美社会生活时期。突然间，就出现了一类合法的华裔美国移民。尽管考虑到其实际立法变化的缓慢，但此类人的可见人口却是完全呈现出来了。一种繁荣的现代“华裔美国人”的想法尽管还没有在现实中存在但已存在于人们的头脑中，而且华尔希和赛珍珠对于他们应该是怎样的有着非常清晰的概念。《唐人街》的创作因而要在美国的亚洲种族身份新话语的生产中体现出一种至关重要的位置。乍一看《唐人街》的编辑过程相当平凡，但实际上它明确有力地表达了意识形态的一种

45 此为原文文内注。标明引文选自华尔希 1947 年 9 月 30 日给林语堂的信。可参见：Richard Walsh. *Letters and Memos. Archives of John Day Correspondence: 1926-1969*. Princeton University Library, Manuscripts and Rare Books Collection, Princeton University, New Jersey. “To Lin Yutang”. 30 Sept., 1947. Box 218, Folder 24. 本书作者注。

动态地形或位置。（第 41 页）

（四）如果说华尔希的参与代表了一种强制的协同合作，那小说的形式则承载了那个过程的物质轨迹。而且，如果说这个协同是为一种更大的意识形态服务的，那小说的实际档案文件则阐释了给那种意识形态以保险但却在小说内部本身保留了其不可见的那种冲突和异议的力量。（第 41-42 页）

（五）林语堂的《唐人街》档案文件因而明确有力地表达了两个对亚裔美国文学研究来说至关重要的分析范畴。一是协同，即，在过去美国白人和亚裔美国人是如何相互影响的？这样的相互作用又是如何影响了亚裔美国文学形式的产生的？华尔希和林语堂的协同合作证明了由种族庇护和与我们的直觉相反的、反对种族的、由利益驱使的官僚政治的形式来调解的一种复杂关系。档案文件标志着美国主流文学与亚裔美国文学文本交叉的所在。二是，亚裔美国作家是如何阐释诸如跨太平洋的“种族”这个概念的字面意思和象征意义的？这样的阐释是如何形塑亚裔美国文化的轮廓的？在写《唐人街》的时候，林语堂希望在美国文学形式中对汉语的核心概念加以阐释。通过阐释，他试图对诸如“平等”这样的概念给予跨国的甚至是全球意义上的清晰的解释。档案文件也标志着中国文化与亚裔美国文化相遇的双语的、跨国的场所。在其持有不同国别、不同语言、不同声音中（其复杂性因而在文本表面丢失），档案文件返回来给予我们一种疏离的过去，这个过去起到一种使我们对我们所阅读的文本感到迷惑的作用。（第 43 页）

（六）下面我将试图对《唐人街》的文学档案文件进行广泛的重建，其范围将跨越太平洋直达上海，并包括中文和英文两种材料。本文弥补了白人和亚洲作家以及美国文化与中国文化相遇时的危险，旨在建构亚裔美国文学形式和亚裔美国种族身份。（第 43 页）

（七）从 1948 年开始，在华尔希给其同事的一系列备忘录中，他设想了“一种新的小说类型”，一种关于华人在纽约的故事。这种小说将会产生一种新的读者群，即公众不再对中国感兴趣，而是变得对“移民经历”感兴趣。庄台公司的市场部对此表示赞同并热心支持华尔希的远见。事实上，他们的研究表明美国公众将会喜欢这样的小说。但他们仍然对一个重要的事实予以警告：对诸如《京华烟云》这样的关于中国主题的小说的需求是因为其产生的现实效果或准确反映美国大众想要了解中国生活的能力。林语堂小说的美国读者是根据其现实主义的题目来判断其作品的。因此，在写作《唐人街》的时候，市场部的工作人员建议林语堂像其之前的小说那样相似地处理被严格定义的实际理念。小说必须像新闻记者那样报道华裔美国人的实际状况，必须用他们自己的话，以一种“民族志”（ethnography）的形式，通过对事实的有序安排来设计文学叙事。（第 43-44 页）

（八）当然，创作出版《唐人街》的主要目的是为了赚钱。但是，在华尔希的财政动机的背后还有其真正的政治远见。他对林语堂作品的认同以及他在庄台公司的服务，也基于一种更为包容的意识形态的层面。1942 年，他帮忙组织了废除排华法案公民委员会并利用其出版社来宣传该运动。40 年代，他还组织了东西方组织，这是一个致力于美中文化交流的团体。华尔希由此想象《唐人街》可在美国的政治话语中起到有用的调停作用。尤其是，像华尔希在其给林语堂的第二封信中所描绘的那样，他希望《唐人街》可为修复第二次世界大战后中国共产党崛起之时日益变糟的美中关系。华尔希认为唐人街是美中关系的一个缩微，而且通过记录和谐的融合和进入美国的中国移民的“共同化”，小说将信奉一种更大的美中政治团结缩影的模式。（第 44 页）

（九）作为一个流亡的著名作家去到美国的林语堂，很明显对在美华人的经历几乎是不了解的。这些华人绝大部分都是非法进入美国的海外华工。但是华尔希相信，林语堂在这方面的知识的欠缺是能够通过监督和修正来处理的。为按时完成小说，他向林语堂制定了严格的工作计划。林语堂每个月要写一章，写完后华尔希会迅速地“修改”。然后林语堂再根据华尔希的修改备注进行修正，改完后再开始写下一章。小说的创作由此变成了一种文学协同合作的形式，而且，经过这个过程，最后的小说文本将与华尔希想象的那样成为华裔美国人的一种事实记载。（第 45 页）

（十）实际上，华尔希喜欢林语堂寄给他的第一章，但该章存在一个非常紧迫的问题：考虑到 20 世纪 30 年代的排华法案，冯家，这个由孙子、儿女组成的大家庭怎么可能在美国存在呢？他们又是如何合法地到达纽约城的呢？在华尔希看来，林语堂的第一章似乎是完全不符合现实的。整个冯家人像典型的美国白人家庭那样行事——吃三餐、做工、约会——这些显然是与历史现状相冲突的。（第 45 页）

（十一）在写《唐人街》时林语堂面临着一个真实的矛盾境地，这种矛盾境地在他与华尔希的合作中变得更加清晰可见。林语堂希望通过这本小说来确定 1943 年后的新“排华”主题，但小说的创作是在排华期间，由此呈现出一种显而易见的矛盾。小说必须回写未来之过去，是一个推测性的主题。华尔希强烈地感觉到了这种矛盾的力量，而且担心它会给小说的接受带来负面的影响。……林语堂很快寄回了他经过谦虚修改的文本，但华尔希还是不太满意。实际上，他只是对小说中涉及他所谓的“移民点”（the immigration point）的历史准确性变得更加在意。那一周，华尔希给林语堂寄了很多关于中国移民的最新研究资料，包括《亚洲人》（*Asiatics*）和《法案》（The Law）。同时，他还让林语堂与中国驻纽约大使馆的几位专门负责移民的官员联系。华尔希觉得林语堂是不可能通过自我反思、内省或文学创作来自行“纠正”的。对小说的修改要求进行用心的研究，它需要管理，需要官方的监督，而且最重要的是，需要编辑的监管。（第 46 页）

（十二）第一章的最后一段为：

“可是事情并不像表面那么简单。移民局的官员、移民法都需要一一应付。这些移民法好像是专门防止中国人到美国而制定的。可是他们也知道找寻一些办法来应付法规。义可到美国的方法是跳船。一个洗衣店老板不能合法地接家人到美国来。……为了使他们在法律上能站住脚，终于什么都办好了。”（第一章）

文中，华尔希的编辑修改痕迹是显而易见的。开篇显然是对排华法案的历史的明显取用。随后是对冯家，包括义可是如何到美国的形象解释。实际上，林语堂甚至似乎是在对我们可在华尔希给他的许多信中找到的史料的那种侵略性的话语进行模仿。

（十三）而是，尽管有华尔希的引导，林语堂仍然将其小说想象为是对新的社会形式和意识形态尤其是对他自己的亚裔美国人身份的生成，它不必与华尔希或庄台公司的要求一致。林语堂试图通过利用超出庄台公司的编辑范围的那些概念的更宽泛的领域来赋予他的小说这样的观点。完成后小说的第二部分尤其体现了作者与编辑之间日益增长的摩擦或距离。（第 48 页）

（十四）1948 年秋，在与华尔希的通信中，通过创作其小说的第二部分，林语堂开始夺回他小说的掌控权。华尔希之前明显的编辑之手开始缩到后面。编辑的命令和喜好从六月初的档案文件中几乎消失了，而且在其通信中林语堂的口吻开始逐渐变得自信起来。最后，华尔希相信了林语堂非凡的文学天才，并接纳了林语堂在小说开头两章中的小“错误”。华尔希决定让他的著名作者再一次不受束缚地漫游。小说的第二部分由此表明了更多我们典型地称之为文学创造性的东西，即，一种特别的美学思维的实现。从华尔希的编辑束缚中获得自由后，《唐人街》剩余的部分记录了这种自治感。但是我认为小说仍然保持着与社会政治材料的丰富档案性之间的那种深厚关系。对林语堂而言，文学自由仅仅意味着对华尔希强行给他的那些档案文件的替换。在最后一部分，我提供了集中对《唐人街》的最终版本的细读以检验一种自主的亚裔美国文学审美的出现和林语堂对重要社会史料的不可见档案文件的处理，包括从他在上海时的那个时代中所借取的那些。（第 53 页）

（十五）小说对《美国独立宣言》的借用当然不是随意的、偶然的。它直接暗示了林语堂早在 30 年代在上海时对《美国独立宣言》的翻译。而且，语言的概念及其与《美国独立宣言》的观点之间的关系也显而易见是与林语堂早期对小说的处理以及他要将其阐释为白话文的努力是一致的。（第 54 页）

（十六）小说与林语堂在上海时创作的作品之间的联系在下面一段中变得更加清晰。该段勾勒出了汤姆对《美国独立宣言》的日渐吸收和理解：

“第二天，历史老师在课堂上说：‘汤姆 · 冯，站起来告诉大家《美国独立宣言》的内容。’汤姆让全班同学大吃了一惊。他停了一下，然后说道：‘当一个民族想打破另一个民族加诸于他的束缚时，他们应该向其他的人民宣布他们之所以这么做的原因。政府的存在是为了保护我们的神秘、自由和追求快乐的权利。没有任何人能把这些权利剥夺掉。如果政府侵犯了我们的这些权利，那我们就可以推翻这个政府，另外建立一个新的政府。’全部同学仔细地听着，没有一个人想到可以用这么浅显的话把《美国独立宣言》表达出来。……当历史老师听着汤姆把他昨天讲的观点如此清晰地表达出来后，他两眼发亮，脸上露出了快乐的神情。”（第 54-55 页）

（十七）林语堂对丽莎 · 劳（Lisa Lowe）社会学见解的着迷是有一个显而易见的基础的：确定唐人街“民主”的“根本模式”，即那种能综合、可在中美民主中找到的自治形式的模式，丽莎 · 劳有效地塑造了一种更宽泛的文化整合形式，这种形式概括了小说第一部分中林语堂对汤姆 · 冯的社会化。“模式”和“民主”这两个关键词在这里是很重要的。林语堂在上海时的著作没能制造出中国自由民主的可持续发展模式。《唐人街》的挑战在于它想象了一种给予中国人的形象的美中民主形式。丽莎 · 劳一下子就同时解决了两个问题。（第 56-57 页）

（十八）这或许是华尔希自始至终想要林语堂做的。我们可从前面的讨论中回想到华尔希鼓励林语堂通过阅读当代社会学研究资料去发现唐人街并将其沉浸其中。在华尔希的信中可以清晰地听见对一种自我民族志（self-ethnography）的召唤。但我还是认为，在该段中产生了文学审美的形式，而其他的段落则代表了对由华尔希所强制的现实主义理念的一种突破。（第 57-58 页）

（十九）这里的叙事通过使用比喻将社会现实区别为影响与描绘、感觉与物质性而超越了纯粹的现实主义。唐人街就像一个人，它能呼吸、流汗、摇摆、沉思。这种叙事同时再现和反映了现实，并由此将华尔希早期对现实主义的严格命令扩大至将“影响”和“比喻”的更为丰富的引用包蕴其中。于是，我们兜个圈又回到了原地：华尔希的编辑限制，在小说创作早期的时候感觉是那么的强烈，慢慢地它让位于一种文学自主的聚集感，在对亚裔美国文学声音的全面认识的出现中达到极点。（第 58 页）

（二十）我认为，林语堂的例子使对亚裔美国文学经验来说似乎是永恒的社会状况（如白人文化机构庄台公司与亚裔美国作家之间的紧张）变得戏剧化。然而，亚裔美国文学书写的档案文件显示出一种未曾料到的相遇形式，它超越了我们所建立的用来描绘通话与抵制这样的相互影响的分析类型。我们或许可以说，档案文件，有力地表达了经验的各个至关重要的时刻，即白人编辑与亚洲作者之间的协调合作，以及文学概念的跨国界流动。这些，由于各种各样的原因，被我们在 1965 年后所写的亚裔美国文学史在选择的时候省略了。（第 58-59 页）

（二十一）我们倾向于相信，亚裔美国小说代表了一种自主创新类型，一种与单个作者的创作代理之间的直接联系。尽管档案文件，为了显示某些已知的文学或美学感受，允许我们在亚裔美国书写内部重新架构文学的现时概念而非证明亚裔美国文学作品。但为了考证这些感受是如何通过现实世界、实际的接触与会面而产生的，我仍然建议把我们的注意力转向编辑与作者以及营销策略之间的相互影响。这个方法将为对亚裔美国文学审美定义的长期争论提供一些必要的安慰，并在亚裔美国文学内确定其真实性。希望我的方法将通过探究这些术语以丰富这些争论，亚裔美国文学、亚裔美国种族认同正是藉由这些术语而建构且将继续建构的。（第 59 页）

三、翻译理论家、翻译评论家和翻译家林语堂研究

2012 年，香港城市大学 Li Ping 研究林语堂的博士论文《对林语堂作为译论者、译评者、译者之批判研究》出版[46]。包括“导论”和“结语”在内，作者共分六章对林语堂及其翻译活动做了分析阐释。文后的 22 个附录是作者的亮点呈现，对论文主体起到了一定的补充。此节节译第三章、第四章、第五章的“论点概要”和第六章“结语”如下，以飨读者。

第三章“论点概要”（Summary Remarks）

正如上面的部分中所表明的，林语堂在其他的文章和译著中更多论及他在 1932 年撰写的那篇《论翻译》（*On Translation*）中没有提及的翻译理论和其他许多方面。因而，令人惊讶的是几乎没有研究从系统的描述性方法这个角度来阐释林语堂的翻译理论。

尽管根据《翻译研究词典》（*Dictionary of Translation Studies*）的解释，对术语“翻译理论”（theory of translation）的使用是“充满困惑的”[47]，但理论是翻译研究不可或缺的组成部分。随着这个主题的发展，翻译研究被认为是一门学术学科，詹姆斯·霍尔姆斯（James Holmes）把这门学科描绘为“现在作为在这个领域内组织学术活动的一个实体框架。”[48]根据霍尔姆斯的描绘和费米尔（Hans J. Vermeer）的翻译目的论（Skopos theory），林语堂的理论可被归为多种不同的类型。

1. 一种一般的、特定的理论

1.1. 一般理论

一般理论既不是专门关于文化的也不是专门关于某个文类的，它对所有文本来说都是有效的，如费米尔的翻译目的论。林语堂提出了翻译的三个标准（即忠实、通顺和美）和对译者的四个基本要求：一是译者对于原文文字上及内容上透彻的了解；二是译者有相当的国文程度，能写清顺畅达的中文；三是译事上的训练，译者对于翻译标准及手术的问题有正当的简介；四是所译原文，不可不注意于文字之美的问题。译者应该具备的这些基本素质在今

46 Li Ping. “A Critical Study of Lin Yutang as a Translation Theorist, Translation Critic and Translator”. Ph. D. dissertation, City University of Hong Kong, 2012.

47 Mark Shuttleworth and Moira Cowie. *Dictionary of Translation Studies*. Shanghai: Shanghai Waiyu Jiaoyu Chubanshe, 2004, p.185.

48 Mona Baker ed. *Routledge Encyclopedia of Translation Studies*. Shanghai: Shanghai Waiyu Jiaoyu Chubanshe, 1998/2004, p.277.

天看来可能似乎太普通了，以致于有人可能会质疑这些能否形成一种理论。但在中国翻译史上，林纾并非唯一一个不懂目标语的译者。在中国的翻译传统中，在定义一个译者时，具备双语能力和双重文化能力不是必不可少的主要成分。在这方面，林语堂如果不是第一个也是最早提出这样的要求的理论家之一。因而林语堂把翻译看成是以译者为中心的，这个观点恰与费米尔的翻译目的论相似。两者都强调了译者的能力，这对一部好的翻译作品来说是至关重要的。此外，在林语堂看来，翻译既是一门艺术也是一门学科。作为一门学科，是为知识之一种的翻译有它自己的标准与技巧，而且翻译是需要训练的。作为艺术，翻译需要运用技巧和审美以便根据美的法则来制造产品，而且译者必须拥有艺术才能。

1.2. 特定理论（或者用霍尔姆斯的术语来说，是一种“专门理论”）

这是关于笔头翻译的理论（媒介受到限制的），是关于英汉之间的互译的理论（地域受到限制的）。它处理的是依序从词、短语、习语到句子的特别的语言（排序受到限制的）。它是关于诗歌、散文、文学书籍的文学翻译（文类受到限制的）。它是关于将中文经典翻译成现代英语、将现代英语翻译成白话文的翻译。它处理的是诸如中国习语的转译和翻译等特定的问题（问题受到限制的）。

2. 一种规范的描述性理论

显而易见的是，林语堂并不总是实践他自己提出的翻译要求。一方面，在《论翻译》一文中，林语堂批评了几篇时见报端评译论译的文章或散见于译书序言中单辞片句论译的意见，如严复的《天演论译例言》和傅斯年的《译书感言》，认为他们都是直接出于经验的话，未尝根据问题上的事实做学理的剖析，所以立论仍不免出于主观而终不能达到明确的定论。另一方面，除了《论翻译》（*On Translation*）和《论译诗》（*On Poetry Translation*）这两篇文章本质上具有理论性和规范性外，几乎他一生中所有论翻译的观点都出现在他译文或他自己的以及为他人译著所写的序言中。在黄嘉德看来，甚至林语堂的《论翻译》一文也是以他自己的个人翻译经验和思考为基础的[49]。所有这些都是关于实际的翻译方法的讨论（以过程为导向的）以及或者对特定的翻译的描述性评论（以产品为导向的以及以目的为导向的）。在翻译研究中，纯

49 黄嘉德，《翻译论集》，上海：西风出版社，1940 年版，第 viii 页。

粹哲学的和理论性的讨论非常重要，但是源自那些有技巧的、成功的翻译家们讨论翻译方法和翻译的得与失的观点也是必需的。因此，林语堂的理论既是描述性的也是规范性的，它与费米尔的翻译目的论非常相似："它并不严格地界定描述与说教式的规范。"[50]

3. 一种融合了东西方元素的理论

在翻译史上，有很长一段时间，至少在远至翻译理论受到关注的时候，中国和西方就发展了一条各自独立的道路："东方是东方，西方是西方，二者绝不会相遇。"（用鲁德亚德·吉卜林［Rudyard Kipling］的话说）林语堂或许是第一个试图融合东西方理论的翻译理论家。他的理论框架主要源自严复的翻译理论和克罗齐的美学理论。林语堂试图将这两种理论融合起来并根据他对这两种理论的阐释、他的语言专业知识和翻译实践发展了一种自己的理论。林语堂的翻译理论不仅丰富和巩固了严复的力量，同时也是后来许多学者扩展中国的翻译理论的灵感之源。林以亮在评论林语堂的三个翻译标准是其基础的时候，强调了不同空间、不同时间、不同语言和不同文化背景的译者与原作者之间交流的重要性[51]。刘婧之甚至认为严复的翻译模式是 20 世纪 50-60 年代中国翻译理论的范式[52]。而且，在 21 世纪的转折时期，我们可以看出在所谓的"新"理论中有许多是对林语堂翻译模式的修正版本，如黄忠廉的"翻译变体理论"[53]和韩子满的"杂合理论"[54]。许渊冲承认，他的"三美论"（即，意美、音美、形美）部分受到了林语堂"五美论"（即，音美、意美、神美、气美、形美）的启发[55]。甚至在马祖毅[56]的中国现当代翻译理论文集中，11 章中有 9 章是与林语堂的翻译观相关的，这些相关的章节分别为：第一章《论译名研究》；第二章《论直译与意译》；第三章《论信、达、雅》；第四章《论形似、意似、神似和化境》；第五章《论翻译美学》；第六章《论翻译风格》；第七章《论翻译批评》；第八章《论文学翻译》；第九章《论译诗》。作者

50 Hans J. Vermeer. *A Skopos Theory of Translation: Some Arguments For and Against*. Heidelberg: TEXTconTEXT Verlag, 1996, p.26.

51 林以亮，《翻译的理论与实践》，载刘婧之编，《翻译论集》，香港：三联书店，1981 年版，第 85 页。

52 刘婧之编，《翻译论集》，前面所引书，第 v 页。

53 黄忠廉，《翻译变体研究》，北京：中国对外翻译出版公司，2000 年版。

54 韩子满，《文学翻译杂合研究》，上海：译文出版社，2005 年版。

55 许渊冲，《翻译的艺术》，北京：五洲传播出版社，2006 年版，第 4 页。

56 马祖毅，《中国翻译通史》（第 4 卷），武汉：湖北教育出版社，2006 年版。

在第三章《论信、达、雅》、第五章《论翻译美学》和第八章《论文学翻译》中对林语堂对其观点的贡献予以了承认。在中国，林语堂的文章《论翻译》和《论译诗》被当成是翻译研究的必读书目。然而，很少有人关注林语堂在其英文著述中的翻译观。中国的翻译研究不仅应包括那些译成中文的外文研究成果和那些用中文写的翻译著述。朱纯深认为，语言文化之间的差异不应该被认为是这种互动的一种障碍或为所谓的“我国翻译理论的自成体系”之要求所做的一种证明方式。他敦促中国翻译研究应该超越国别并扩展至国际互动[57]。在当今世界一门学科的明显特征可以通过与该领域中其他体系之间的相互影响以更加有效地塑成，因此，林语堂的英文译著应包括进中国翻译研究中。

4. 一种以艺术为取向的理论

与其同时代的绝大部分译者一样，林语堂更看重实践而非理论的重要性，但他仍然比其同时代人形成了更多关于翻译的艺术的理论。他是第一个将翻译看成是美术之一种的中国译者，并对翻译与艺术之间的关系进行了相当深入的分析。20年后，傅雷得出了相似的观点：“以效果论，翻译应当像临画一样，所求的不在形似而在神似。”[58]然后钱钟书对此提供了进一步的阐释：“文学翻译的最高理想可以说是‘化’。”[59]而且，林语堂把翻译技巧看成是一种艺术。他认为对一件文学作品的欣赏并不仅仅只是源自故事本身而且也源自其讲述的方式[60]。为不同读者生产不同的文本是译者的责任，而且翻译文本应该作为一种艺术作品以其自身的权利以目标语的形式独立存在。在林语堂看来，作为一种艺术的翻译有着双重的意思：首先是译者应该把翻译当成一种艺术并使其成为一种艺术，其次是同一个源语文本根据译者对目标语和源语的要求由不同的译者翻译出来的文本应该是不一样的。因此，林语堂将译者，而非源语文本和目标语放在了他理论的中心位置，这与费米尔的观点非常相似。翻译的成功与否取决于译者的特别天赋以及他受到的相应训练。因此，翻译起到两个方面的作用：一是有用性，二是审美素质。

57 朱纯深，“走出误区，踏进世界，中国译学：反思与前瞻”，载《中国翻译》2000年第1期，第2-9页。

58 傅雷，“翻译与临画”，载刘婧之编，《翻译论集》，前面所引书，第68页。

59 钱钟书，“林纾的翻译”，载刘婧之编，《翻译论集》，前面所引书，第302页。

60 林语堂，《语言学论丛》，上海：开明书店，1933年版，第340页。

5. 一种跨学科的理论

林语堂是第一个将现代语言学和心理学看成是能为翻译理论提供哲学基础的译者[61]。随着现代语言学的发展，翻译单位（the unit of translation）这个概念被林语堂提了出来，他认为“翻译单位应该被放置在句子而非单词的层面上。”（即，翻译应该以句子为单位）[62]大约25年后，同样的语言学观点被维纳（Jean-Paul Vinay）和达尔贝勒纳（Jean Darbelnet）在其《英法文体比较》（*Stylistique comparée du francais et de l'anglais*）中予以了证明。林语堂的各种翻（自）译证明，翻译单位的范围可从句子到段落再到整个文本。林语堂的另一个洞察是，文体风格有其“外在形式和内在形式”[63]。乔姆斯基（Avram Noam Chomsky）认为在一个句子中有深层结构和表层结构的理论与林语堂的观点有某些相似之处。尤金·奈达（Eugene Nida）翻译理论中著名的“功能对等”（functional equivalence）概念，即，形式对等和动态对等，在某种程度上受到了乔姆斯基句法理论（theory of syntax）的影响。至于翻译中的心理学，林语堂认为它不仅与源语作者创作时的心理相关，而且也与译者翻译它时的心理相关。对他而言，为了更好地理解源语文本，译者有责任在翻译时研究源语作者的心理。同时，译者在翻译时的心理会对译文的质量产生影响[64]。在这方面，林语堂非常先进。但正如杨晓荣指出的，后代译者在此方面却没取得什么进步[65]。

6. 一种有着发展观点的始终如一的理论

然而，尽管林语堂的贡献被得到认可，但在当代翻译理论的语境中他的一些观点仍然是存在着争议的：

6.1. 关于翻译的单位

林语堂并未从文本的有效性中受益，语言学和话语 / 文类研究试图得出一个更宽泛的理念，认为文字的意义是由一个文本或者甚至是一种话语或文类来决定的。将句子作为一个切实可行的翻译单位肯定是太狭窄了。随着现

61 陈福康，《中国译学理论史稿》，上海：上海外语教育出版社，1992年版，第329页。

62 林语堂，《语言学论丛》，前面所引书，第331页。

63 林语堂，《语言学论丛》，第341页。

64 林语堂，《语言学论丛》，第328页。

65 杨晓荣，《翻译批评导论》，北京：中国对外翻译出版公司，2005年版，第192页。

代语言学的发展，翻译单位不再被限制于句子，而是被扩大至句群、段落甚至整个文本。

6.2. 关于忠实

翻译之“忠实”的四种类型并不是非常的清晰可辨。林语堂没有对哪些东西构成翻译之“忠实”做出清晰的阐释。

6.3. 关于“精神”和“总意义”(*gesamtvorstellung*)这两个概念

这两个都是不能被用来指导翻译和翻译评价法则的模糊概念。

正如可清楚地看出的那样，林语堂的翻译观是根植于他的文学翻译实践的。他没有意识到在这个变化的世界中翻译的多面性。实际上，对他来说很难想象不得不为了打官司而去翻译一个最糟糕的文学文本。好的翻译的大部分标准都是不实用的。对一个像林语堂那样的多产作家和翻译家来说，没有太多论及翻译和文化迁移这可能是他一生最重要的贡献和成就的东西，是相当令人惊讶的。

第四章“论点概要”(Summary Remarks)

考虑到林语堂对别人的和他自己的翻译所做的批评，我们现在可引出林语堂的翻译标准并检验这些标准是否与他的翻译理论是一致的。

1928-1929年间，林语堂翻译了一系列关于文学批评的文章。事实上，在林语堂被公认为翻译家和翻译理论家之前，他已经是一个著名的批评家。1928-1936年间，林语堂一直在为《中国评论周报》(*The China Critic*)写稿并因其“小评论”(The Little Critic)专栏而出名。正如赛珍珠对林语堂所作的评价：

> 在那个批评权威有着真正危险的年代，“小评论”大胆地、自由地进行批评，拯救了自己。我确信，只有通过幽默和智慧，他的观点才能被表达出来。[66]

林语堂的批评思想在很大程度上受到了克罗齐美学思想和史宾岗的影响。正如林语堂自己回忆的：

> 白壁德教授在文学批评方面引起了轩然大波。他主张保持一个文学批评的水准，和 J. E. Springarn 派的主张正好相反。……我不肯接受白壁德教授的标准说。有一次，我毅然决然为 Spingarn 辩护。

66 Lin Yutang. *With Love and Irony*. New York: The John Day Company, 1940, p.ix.

> 最后，对于一切批评都是"表现"的原由方面，我完全与意大利哲学家克罗齐的看法相吻合。所有别的解释都太浅薄。[67]

根据克罗齐及其学派的美学思想，"任何文学或美学行为只能根据其表现力来判断，而不用考虑外在的标准，像诗歌中的音步或语言中的语法。"[68]林语堂把表现力作为评价文学翻译的主要标志。欧文·奥尔德里奇（Owen Aldridge）认为：

> 史宾岗肯定歌德的问题"作者对自己提出的建议是什么？他在多大程度上成功地执行了自己的计划？"是"所有批评的引路明星"。林语堂在其中文文集的前言中将其阐释为"如何才可以忠实于原文，不负著者的才思与用意。"[69]

在一个许多作家同时也是翻译家的时代，其文学观常常在他们自己的翻译中被采纳。因此，有很好的理由相信，林语堂有的翻译批评观源自他自己的文学批评观。在其翻译批评中，林语堂关注的是源语文本的意思在目标语文本中是否得到了准确的表达，以及目标语文本是否能作为一件艺术作品立足（如果源语文本本身就是一件艺术作品的话）。前者关注的是翻译的"忠实"，而后者关注的是"通顺"和"美"，这恰与林语堂的三个翻译标准是一致的。

在林语堂看来，对一部艺术作品的鉴赏是因个体而不同的，而且有受主观影响的倾向，每件事都依赖他的"情绪"、"位置"和"时间点"[70]。一个批评家的蜜糖，有可能是另一个批评家的砒霜。因此，要使翻译批评标准化是不可能的。与凯瑟琳娜·莱斯（Katharina Reiss）的翻译批评模式相似，林语堂在翻译批评中对不同的文类也采用了不同的标准。对于政治文本批评，他更多关注的是译文的忠实。对文学文本的批评，尤其是对他自己的著作的翻译他更多关注的是三个特别的方面。一是译者应该署上他的真字而非匿名。在他看来，"只要标出译者姓名，译笔文句可由译者负责[71]。"二是，目标语译者应该能流畅地书写并优雅地变化并能进行不欧化的审美。林语堂认为，"一

67 Lin Yutang. *Memoirs of an Octogenarian*. Taipei/New York: Mei Ya Publications, 1975.
68 Lin Yutang. "In Defense of Pidgin English". *The China Critic*, Vol., VI, pp.742-743.
69 Owen Aldridge. "Irving Babbit and Lin Yutang". *Modern Age*, Vol.41, Issue 4, 1999, pp.318-327. 中文原文可参见林语堂的《论翻译》。本书作者注。
70 Owen Aldridge. "Irving Babbit and Lin Yutang". *Modern Age*, Vol.41, Issue 4, 1999, p.321.
71 林语堂，"《语堂文集》序言及校勘记"，载陈子善编，《林语堂书话》，杭州：浙江人民出版社，1998年版，第329-334页。

切文法形式和结构”只是“表达意念的工具。”[72]所有的翻译都必须恰当地表达。三是，源语文本中的引文应该正确地加以翻译（回译），如他对越裔准确地回译《生活的艺术》进行了赞扬，尽管译者该译的中译本并未得到林语堂的授权[73]。忠实、通顺和美之间是绝不会互相矛盾的。它们之间在翻译理论和翻译批评中根本的不同在于强调而非类别上的不同。有的文本更多强调的是忠实，而其他的文本则可能更多强调的是通顺。如果盲目地坚持一种标准，比如绝对的忠实或政治上的正确，那它对翻译理论和翻译实践，对翻译批评中的所有文类来说都将是有害的。

除对不同文类采取不同的标准外，林语堂还根据目的语的功能和翻译目的论而持不同的标准。甚至对同一个文类，如戏剧，他认为还应根据目的语文本是否是众所周知的名著以及它是为纸本读者还是为舞台而写的而持不同的标准。更为重要的是，林语堂可能是第一个将更多的关注放在译者的创造性和源语文本读者的反应上的翻译批评家。例如，他没有批评熊式一为了适应英国舞台而自作主张改变了《王宝钏》中的某些事实。相反，他称赞熊式一是一个创造者，“高明勇敢地”对其加以了处理。在西奥多 ·萨沃里（Theodore Savory）看来，有的批评家似乎忽略了“翻译的原始功能”是“克服对源语文本的无知”[74]。诺纳德 · 诺克斯（Ronald Knox）也说：“翻译本应为没有技巧或是可能没有机会接触原著的读者，他希望以原著能提供给译者的同样的兴趣和享受来读译著。”[75]换句话说即是，翻译是为那些或是不能理解原著或是无法得到原著的人而不是为那些能够获得并理解源语和目标语的人而做的。前者的读者或许会发现源语有趣而令人满意，而后者的读者或许会批评译文不忠实，忘了翻译原本不是为源语读者而做的。赛珍珠和熊式一的翻译碰巧产生了这样的效果，而林语堂作为一个批评家并没有注意到二者。根据翻译目的论，翻译是一种受目的所驱使的活动。所有译者都是为了某种特别的目的而翻译。译者和批评家的目的不必彼此一致。根据批评家是否赞同译者的目的，他可能为了对译文进行褒扬而强调他所欣赏的部分，或者为了贬抑译文而对某些部分予以反对。结果是，如果批评家不对翻译目的论予以考虑的

72 林语堂，《开明英文文法》，上海：开明书店，1933 年版，第 iii 页。

73 林语堂，“《语堂文集》序言及校勘记”，前面所引书，第 331 页。“此译不错，引用中文无误，又凡引用中文各段，附加英译。”

74 T. H. Savory. *The Art of Translation*. Boston: The Writer Inc., 1968, p.57.

75 Ronald Knox. *On English Translation*. Oxford: Clarendon Press, 1957, pp.4-5.

话，那他的观点就会变得不那么重要。然而，不管批评家的观点是什么，他都应该相信，翻译是，聊胜于无。

我们已经认识到了林语堂的贡献。然而，在当代翻译理论语境中，他对翻译的评价和批评都是有局限的。一是，林语堂的批评仅局限于文学翻译，尽管他偶尔也对其他文类的翻译进行评价。二是，林语堂的批评主要是以书评或译评的形式呈现的。与当代以理论为基础的翻译批评相比，林语堂的评价似乎更具主观性和印象式。三是，对林语堂来说，最重要的标准是通顺、地道和自然，正如清晰地显示在他为郑陀、应元杰译其小说《京华烟云》所写文章《谈郑译〈瞬息京华〉》中所表达的希望那样："但无论中西，行文贵用字恰当。总之，欧化之是非姑勿论，用字须恰当，文辞须达意，为古今中外行文不易之原则。"[76]具有讽刺意味的是，如果我们采纳这些标准来评价林语堂的译著的话，会发现大部分都与其要求是不相符合的。他所犯的一个致命的错误是，他把好的文笔与好的翻译混淆了。好的文笔仅仅是构成好的翻译的基本元素之一。

正如彼得·纽马克（Peter Newmark）所指出的，"翻译批评是翻译理论与翻译实践之间的一个重要连接。"[77]在对林语堂的翻译理论和翻译批评观进行阐述后，我们现在来对其翻译实践加以考证。

第五章"论点概要"（Summary Remarks）

前面对译者林语堂的研究更多关注的是他的汉译英，而几乎没有关注他的英译汉和自译。研究者更多关注的是他如何进行翻译而几乎没有关注他是怎么翻译的且为什么要这么翻译，是他对某一文本的一种翻译而非对同一文本的多种翻译。林语堂多次感谢他一生中那无休止的矛盾，先是在他写于40岁时的自传体诗中，然后是在《生活的艺术》一书中。他接受这样的假设："如果这里有自相矛盾的话，那么，以中国人的立场来说，我对于自相矛盾这件事是觉得快活的。"[78]最后一次是在他80岁的时候，他承认"我只是一团矛盾而已，但是我以自我矛盾为乐。"[79]为了理解林语堂的翻译理论和翻译实践之间的这种显而易见的矛盾，我们试图在当代翻译理论与实践的语境中提供一

76 林语堂，"谈郑译《瞬息京华》"，载陈子善编，《林语堂书话》，前面所引书，第348页。

77 Peter Newmark. *Approaches to Translation*. Oxford: Pergamon Press, 1981, p.184.

78 Lin Yutang. *The Importance of Life*. New York: The John Day Company, 1937, p.71.

79 Lin Yutang. *Memoirs of an Octogenarian*. Op. cit., p.1.

种新的视角。

在很大的程度上，林语堂的早期翻译观是思考或观察的片段，一直到他被邀请为吴曙天编辑的《翻译论》一书写序之前他的翻译理论都还没有系统，没有充满哲理[80]。在这篇题为《论翻译》的文章中，林语堂清楚地指出了他的观点，本质上它是关于将外文译成中文的观点，这与他同时代的大部分译者是一样的。尽管赛珍珠认为"林语堂的名著《京华烟云》可与托尔斯泰的《战争与和平》相媲美"、"其他任一本关于中国的小说与它相比都将黯然失色"[81]，但他甚至没有自己将其译成中文。后来，他在序言或导论中以其汉译英文本为例讨论翻译方法，但却从未以系统的、充满哲理的方式来对其予以讨论。然而，它是最早的、为数不多的、既做汉译英又做自译而且还谈论自己的翻译的译者之一。他在这方面对翻译理论和翻译实践的贡献长期以来一直被忽视或低估了。

在讨论语言学家蒯因（Willard van Orman Quine）的"翻译的不确定性"（indeterminacy of translation）时，冼景炬（Sin King Kui）对指定不同语言之间的转变模式的观点是否正确表示了怀疑，认为并没有最佳的翻译方法，而只有与翻译目的相对应的最恰当、最合适的方法[82]。实际上，早在 1942 年，在为自己的《庄子》英译本写的"译序"中，林语堂又一次对任何绝对的人为标准或评价方法做了警告：

> 人类知识的任何分支，甚至是对地球上的岩石和天空的宇宙辐射线的研究，当其达到一定的深度的时候都会涉及到神秘主义。而且，中国道教似乎跳过了对自然的科学研究，仅凭洞察就得出了同样直观的结论。因此，一点也不奇怪，爱因斯坦和庄子会对所有标准都是相对的表示赞同，因为他们必须赞同。[83]

林语堂从未将任何翻译理论或翻译方法看成是绝对的。他非常灵活地根据环境调整自己。他根据时代环境、场合的要求来做决定，并相应地行事。

80 吴曙天编，《翻译论》，上海：上海光华书局，1933 年版。本书作者注。
81 Nora Stirling. *Pearl Buck, a Woman in Conflict*. New Jersey: New Century Publishers, 1983, p.200.
82 冼景炬，"从体格翻译者的角度看蒯因的翻译不决定论"，载刘述先等编，《分析哲学与语言哲学论文集》，香港：香港中文大学新亚书院，1993 年版，第 24-25 页。
83 Lin Yutang. *The Wisdom of China and India*. New York: Random House, 1942, p. 626.

与鲁迅喜欢“硬译”不同，林语堂因不同的目的使用各种不同的方法。他把翻译看成一门艺术的翻译理念不仅应该从美学的角度，而且还应该从源语文本和目标语文本的文学、社会和政治多元体系的角度来理解。传递林语堂的翻译策略的语内的、语外的和语际的因素包括：（一）被翻译的单位的本质和大小；源语文本的语言，不管是中文还是英文，不管是古典的还是现代的；源语文本的文类，是小说、论说文、诗歌、戏剧，还是演讲词；源语文本的作者，是另有其人还是译者本人。（二）翻译的情形或语境：目标语文本是什么时候（是20世纪20年代，还是30年代或40年代）、在哪里（是在中国还是在美国）、为谁（中文读者，还是中国的英文读者，还是全世界的英文读者）翻译和出版。我们常常是在一个特定的语境中翻译一个文本。因此，一个源语文本刻意在不同的语境中因为不同的目的而被翻译成许多的目标语文本。

与鲁迅相比，林语堂是一个自成风格的文化和哲学作家与翻译家。鲁迅的翻译实践似乎与他的翻译观是一致的，但他的翻译观和文学观之间却是自相矛盾的。很少有研究者注意到鲁迅用两种不同的法则来指导他的写作和翻译。就翻译而言，鲁迅认为其主要任务是尽可能地忠实于原文本，“顺”和“雅”居其次，而这样做会导致其译义表达和句式结构的不通顺。鲁迅为其小说制定了这样的法则：

> 没有相宜的白话，宁可引古语，希望总有人会懂。只有自己懂得或连自己也不懂的生造出来的字句，是不大用的。[84]

由此可见，鲁迅的“翻译语言”和他的“文学语言”之间是存在着显然的不同的。鲁迅自己的小说和小品文所使用的语言表现出几乎没有受到西方语言的直接影响，而他在将外文作品翻译成中文时喜欢欧化，且他的文字方法却导致“其句子完全无法理解”[85]。但林语堂的翻译观却与他自己认为从西方学习新思想和新文类并将优秀的中国文化传递给西方的必要性的观点是一致的。不管翻译的目标和文类是什么，他总是倾向于翻译出一种易于理解的目标语文本。林语堂认为，在译者掌握了源语文本的“整体理念”和“整体意

84 鲁迅，“我怎么做起小说来了？”，载《鲁迅全集》（第4卷）. 北京：人民文学出版社，2005年版，第526-527页。

85 Leo Chan Tak-hung. “What’s Modern in Chinese Translation Theory? Lu Xun and the Debates on Literalism and Foreignization in the May Fourth Period”. *TTR: traduction, terminologie, rédaction*, Vo.14, No.2, 2001, p.202.

义”后翻译的心理过程与创作的过程是一样的[86]。决定林语堂翻译风格的主要是他更多强调目标语文本的通顺和美。他讨厌在英译汉时使用非中文的表达形式，因为他相信中文足以丰富到表达任何意思[87]。因此，在林语堂的“翻译语言”和“文学语言”之间似乎没有明显的不同。读者常常对一个文本究竟是他自己写的还是他翻译的感到迷惑。“附录三”列了许多林语堂原本用英文写的文章以及他自译为中文或用中文改写的文章，但由于缺乏对林语堂双语写作习惯的了解而被其他译者重译。

第六章“结语”（Concluding Remarks）

在翔实地阐述了林语堂的翻译观、翻译批评观和他的译著后，我们现在可以来回答如下的问题了：（一）中国和世界的翻译研究可从该研究中获得什么洞见？（二）作为翻译家、翻译批评家和翻译理论家的林语堂将会为我们留下什么遗产？

1. 作为文化传递的翻译所固有的问题

萨沃里的《翻译的艺术》确定了六对与翻译的本质相关的问题：

第一对：译文必须给出原文的词语；译文必须给出原文的意思。

第二对：译文读起来应该像读原文本；译文读起来应该像是在读译文。

第三对：译文应该反映原文本的风格；译文应该有译者的风格。

第四对：译文应该读起来像是读与原文本同时期的作品；译文应该读起来像是读与译者同时期的作品。

第五对：译文可在原文本基础上增减；译文决不能对原文本做增减。

第六对：诗应该被译成散文；诗应该被译成诗。

林语堂对这些问题的立场是：译文必须表达出原文本的意思，应该读起来像原著，应该反映出原文本的风格，应该读起来像是读与译者同时期的作品，它可以对原文本进行增减，而且，如果原文本是用诗的形式来表现的话那它就应该被译成诗的形式。这些或许可以看成是对林语堂翻译理论、翻译批评和翻译实践的简要归纳，但这些并没有告诉我们太多激励他长时期从事翻译的目的，即，通过翻译促进跨文化间的交流。

---

86 林语堂，《语言学论丛》，前面所引书，第 337 页。

87 林语堂，“怎样洗练白话入文？”，载《人间世》第 13 期，1934 年，第 10-18 页。

该研究揭示了翻译和文化传递中的一些固有的根本问题：如何处理（一）给出原文本意思与使其读起来像是在读原文本之间的张力；（二）归化与异化之间的张力；（三）好的原作与好的译作之间的张力；（四）在译者工作的社会文化语境中译者的个人喜好与赞助人的操纵之间的张力。

1.1. 文化翻译中的得与失：目的证明手段的合法性

很长一段时间，翻译批评更多关注的是源语文本与目标语文本之间形式与意义相对应的程度。然而，由于源语文本与目标语文本之间存在着语言和文化的差异，在翻译的过程中有些东西可能会丢失也有些东西可能会获得，尽管绝大部分时候都是无意的。这在文化翻译中尤其严重，恰如林语堂的翻译中所显示出来的那样。下面的引文就是对这个问题的最佳概括：

> 译者必须在从源语到目标语的不同语境中继续试图传达真实的意义和功能，清楚其译文有可能在传递“什么”、“怎样”、“何时”、“为什么”、“谁”以及“哪里”时失去了平衡。而这正是翻译的目的：失去同时又获得。”[88]

翻译理论家和批评家常常更多关注在翻译中失去了什么而不是获得了什么，认为源语文本与目标语文本之间的对应程度更为重要。但有的却主张在需要和恰当的地方，译者可以对源语文本加以完善。亚历山大·泰特勒（Alexander Fraser Tytler）曾经说，译者的职责是以特别的方式支持原作：“千万别因原作而崩溃”，以及自由地给原作增加一些东西以“增强其力量”或改正其不准确之处[89]。思果的观点与此相似，他认为目标语文本不应该也没有必要被源语文本所束缚，译者应该在他觉得需要的时候大胆地添加、删除、改变和重写，不必害怕被人批评说源语文本并非如此[90]。接受型的学者指出“翻译应该如它本来那样去读，而不是以其意思与源语文本的对应程度”，并提醒说，“如果将译文与源语文本相比较，会发现得比失多。”[91]

---

88 Machie Chae, Jan Walls & Li Zhengyi. “Preface: Lost and Found” In Pan Wenguo & Tham Wai Mun eds. *Contrastive Linguistics: History, Philosophy and Methodology*. London and New York: Continuum, 2007, p.5.

89 A. Levefere ed. *Translation, History, Culture: A Source Book*. London: Routledge, 1992, p.129.

90 思果，《译道探微》，北京：中国对外翻译出版公司，2002 年版，第 67 页。

91 Leo Chan Tak-hung. “What’s Modern in Chinese Translation Theory? Lu Xun and the Debates in Literalism and Foreignization in the May Fourth Period”. Op. cit., p.20.

这里真正讨论的是忠实与可读性之间显而易见的张力。爱德华·费兹杰拉德（Edward Fitzgerald）坚定地宣称："一只活蹦乱跳的麻雀胜过一只填饱了肚子无法动弹的鹰"，"一只活狗"胜过"一只死狮子"[92]。一种忠实但却干瘪、没有可读性的翻译对他来说是毫无价值的。译者必须有超越源语文本束缚、创作具有可读性且能按其自己的权利进行欣赏的目标语的自由。活麻雀最著名的例子就是19世纪中叶费兹杰拉德自己英译莪默·伽亚谟（Omar Khayyam）的《鲁拜集》(*Rubaiyat*)、19世纪末20世纪初林纾对西方小说的中译，以及20世纪初埃兹拉·庞德（Ezra Pound）对中国古诗的英译。源语文本的限制问题还没出现在林纾和庞德那里，因为二者都不懂他们翻译的文本的语言。如果说确实有他们译文的源语问题的话，那就是别人告诉他们然后他们据此进行翻译创作的大脑文本。然而，他们的译著却受到了读者的欢迎。据说费兹杰拉德英译的《鲁拜集》"比任何出版的英文诗集卖得都要多。"[93]而林纾的译著影响了整整一代中国读者[94]。"1915 年庞德英译的中国古诗文集《华夏集》一出版就赢得了诗人和读者的心。"[95]所有这些译者都是很好的"媒人"[96]，通过他们作为"开胃菜和诱惑物"[97]的译著给予目标语读者一些源语文本的外国文化的味道，这种开胃菜和诱惑物的魅力是如此之大以致于读者被激励去了解更多的源语文化。如钱钟书就承认林纾的翻译曾促使他学习外语[98]，而马悦然（Göran Malmqvist）也曾承认林语堂的著作曾激励

92 Eugene Chen Eoyang. *The Transparent Eye: Reflections on Translation, Chinese Literature, and Comparative Poetics*. Honolulu: University of Hawaii Press, 1993, p.74.

93 Jin Di. *Literary Translation: Quest for Artistic Integrity*. Manchester: St. Jerome Publishing, 2003, p.30.

94 Lin Shu also influenced Chinese translators of that time. According to Pollard, Lun Xun in 1903 "accepted unquestioningly the contemporary assumption that translation was rewriting to suit the tastes and expectations, not to mention the comprehension, of the Chinese target readership." See David Pollard. "Translation and Lu Xun: The Discipline and the Writer." *Chinese university Bulletin Supplement,* No.21, 1991, p.8

95 林纾也影响了他那个时代的中国译者。据卜立德（David Pollard）说，鲁迅 1903 年"毫无疑问接受了同时代的假设，认为翻译是为了适合中文读者的口味和期待而非理解进行的重写。"引自卜立德文章。David Pollard. "Translation and Lu Xun: The Discipline and the Writer". *Hong Kong: Chinese University Bulletin Supplement*, No.21, p.8. 本书作者注。

96 钱钟书，"林纾的翻译"，前面所引书，第 304 页。

97 W. J. F. Jenner. *Insuperable Barriers? Renditions*. Hong Kong: Centre for Translation Projects, CUHK, 1986, p.22.

98 钱钟书，"林纾的翻译"，前面所引书，第 304 页。

他学习中文[99]。

因此，在翻译中的这两种受到限制的例子中，我们有像费兹杰拉德、庞德和林纾这样总是能吸引批评家和崇拜者的译者。像林纾，他一直因其不忠实但却受到高度赞扬的文学成就而受到严肃的批评。亚瑟 · 韦利（Arthur Waley）甚至说“他翻译的狄更斯小说比原著更好。”[100]《拯救溺水的鱼》（*Saving Fish from Drowning*）是谭恩美（Amy Tan）2005 年出版的一本小说，其中译本是由中国的一位侦探小说家蔡骏翻译的，就是另一个相关的例子。译本因其林纾式的翻译风格在大陆受到了批评家的攻击。但奇怪的是，原作者谭恩美和中方出版商而非译者，却都说只要结果是理想的，手法无关紧要。据 2006 年 11 月 3 日的报告，在大陆第一次印刷的该书销售量达 85,000 册。事实上，谭恩美的其他著作的中译本卖得并不好。由此可见，使得《拯救溺水的鱼》成为畅销书的不是原作者而是译者。对于出版商来说，卖得好的就是好译本。

而在另一端，我们有像鲁迅那样强调译文看起来像译文的重要性的译者。对他而言，一个译本是否容易被读者接受不是译者关心的首要问题。重要的是输入新的表达方式、新的观点以及目标语语言和文化中不存在的新因素[101]。批评家找到的是不被接受的方法。一个批评家评论说，“事实上，鲁迅依靠各种各样的论证，政治的、美学的、语言的，以证明他的方法只显示出一种对自由主义的非理性的痴迷是正确的。”[102]显然，自由主义本身是不能保证忠实的。换句话说，即便是译者采用了一种自由的方法，目标语文本也可能是不忠实的。而且，奇怪的是，它使读者和目标语之间产生了距离，正如卜立德（David Pollard）的评论：“如果一个译者说他的译本并不试图取悦读者而是使他感觉不舒服，甚至是使其‘有受挫感’、‘厌烦’、‘生气’的话，那这个译者的头脑一定是有问题的。”[103]林语堂回忆说：“从我个人来讲，我一直跟许

99 马悦然（Göran Malmqvist），“想念林语堂先生”，载《“跨越与前进：从林语堂研究看文化的相融”国际学术研讨会论文集》，台北：林语堂故居，2007 年版，第 1 页。

100 Leo Chan Tak-hung. “What's Modern in Chinese Translation Theory? Lu Xun and the Debates in Literalism and Foreignization in the May Fourth Period”. Op. cit., p.217.

101 鲁迅，“鲁迅的回信”，载刘婧之编，《翻译论集》，前面所引书，第 13 页。

102 Leo Chan Tak-hung. “What's Modern in Chinese Translation Theory? Lu Xun and the Debates in Literalism and Foreignization in the May Fourth Period”. Op. cit., p.19.

103 David Pollard. “Translation and Lu Xun: The Discipline and the Writer”. Op. cit., p.14.

多世界经典无缘，因为我年轻的时候碰巧看到的是一些作品的糟糕版本或译本。”[104]像鲁迅的译著就有可能让读者看了后不想读某些世界名著。没有哪位译者能强迫读者去读他的译著。用卜立德的话说即是，“马克思主义者与其事业是相连的，但读者却与其著作并不相连。他们不会对其感到‘受挫’、‘厌烦’、‘生气’，他们只是走开而已。”[105]林语堂从没想过让其读者与他的翻译保持距离。他译著中那些偶尔的显而易见的文学性不能理解为是他想在目标语文本中介绍外国的东西。

根据费米尔的翻译目的论，每一个翻译文本，即便是源语文本没有什么特别的写作目的或意图，也是为某个预期的接受者或读者而翻译的，这就是“决定一个译本目的的最重要因素之一”。这个预期的读者或观众有“特别的文化、世界知识、期待和交流需求”[106]。一种不得不对此加以考虑并根据翻译目的进行的翻译。在费米尔看来，“对忠实的要求从属于翻译目的论法则。”但他也认为，忠实仍然是源语文本和目标语文本之间的关系中一个重要的因素[107]。

林语堂的目的是显而易见的：做中西方文化的媒人。他主要关注的是目标语文本是否容易地甚至广泛地被一般读者所接受。为达到这个目标，他想确保目标语文本是流畅的、易读的。与鲁迅的“忠实要比流畅更好”的法则相反，林语堂采取了一个更灵活的方法让译本忠实的方法，在源语文本的不同语义层面上操作而不会忽略译文的流畅和可理解性。他根据不同的目标语读者和文本采取了不同的翻译方法来进行各种各样的调整。有的文本被译成双语的，如《浮生六记》。有的是加了注释的编译，如《孔子的智慧》。有的被改译，如《英译老残游记及其他选译》。而有的不得不英译和重编，如《英译重编传奇小说》。他会为不同时代的不同读者翻译相同的文本。因而，每个译本都很好地得到了目标语读者的接受。这解释了为什么他的作品至今仍然在中国和美国出版。

当把翻译当成一种文化传递，杜博妮（Bonnie S. McDougall）提出了文学翻译中的“快乐原则”（the pleasure principle）。在她看来，“在当今的跨文化

104 Lin Yutang. *The Wisdom of China and India*. Op. cit., p.31.
105 David Pollard. “Translation and Lu Xun: The Discipline and the Writer”. Op. cit., p.15.
106 Christiane Nord. *Translating as a Purposeful Activity: Functionalist Approaches Explained*. Shanghai: Foreign Language Education Press, 2001, p.12.
107 Christiane Nord. *Translating as a Purposeful Activity: Functionalist Approaches Explained*. Shanghai: Foreign Language Education Press, 2001, p.124.

市场，如果中国的翻译出版商将读者的快乐作为主要目的来加以积极寻求的话，中国在世界文学文化中的声誉将会得到极大的巩固。”[108]林语堂在他那些不仅是出于其个人兴趣而且也是为读者快乐而翻译的作品中对此进行了证明。宗像清彦（Kiyohiko Munakata）在评论《中国艺术理论》（*The Chinese Poetry of Art*）时认为：

> 对学者的追求而言，该书并非一种可靠的工具，但因其经过深思熟虑选择的材料和通顺的翻译，而且它有趣、乐读，对中国艺术进行了很好的洞察，对学生和一般读者将会是极为有用的。[109]

宗像清彦的评价是公平而中肯的。林语堂从来不是为学者的追求，而是考虑他的读者在阅读时的反应和快乐。正如西奥·赫尔曼（Theo Hermans）指出的：“一个文本，作为一件艺术品，当其在实际的交流过程中作为一个刺激物，当读者对其做出反应时，只能作为一件具有艺术美的物品源于生活。”[110]通过使其读者对他的作品做出反应，他让自己的作品在外国具有了永恒的生命力。

1.2. 林语堂个案中的自由与操纵

在理论中，一个译者自由地选择译什么和如何译。但在实际的翻译中，不同时代的不同译者享有不同程度的自由。在文学翻译中，尤其是当其翻译目的是文化传递时，翻译活动就根本不是一种纯粹的个人自由了，而是与赞助商如出版商和编辑调停和协作的结果。通过翻译过程中各种各样的选择，翻译文本不仅向读者表明了译者的翻译目的，尤其是当译者作为他自己的代理人的时候，而且也表明了代理人或赞助商的目的。我们在前面简略讨论了文学体系、文学标准与赞助商之间的关系。现在来对林语堂的翻译发生其中的美国和中国的外在语境进行更详细的批评式的阐述。

正如苏珊·巴斯奈特（Susan Bassnett）所言：“翻译绝不可能在真空中发生。它总是连续发生的，而且发生其中的语境必然会影响如何翻译。”[111]事

108 Bonnie S. McDougall. “Literary Translation: The Pleasure Principle”. *Zhongguo Fanyi*, No.5, 2007, p.22.

109 Kiyohiko Munakata. “*The Chinese Theory of Art* by Lin Yutang” (book review). *Journal of Asian Studies*, Vol. 27, No.2, 1968, p.385.

110 Theo Hermans. *Translation in Systems: Descriptive and Systemic Approaches Explained*. Manchester: St. Jerome, 1999, p.63.

111 Susan Bassnett & Andre Lefevere. *Constructing Cultures: Essays on Literary Translation*. Shanghai: Shanghai Foreign Language Education Press, 2001, p.93.

实上，林语堂是根据他自己对中西方的喜好来创作和翻译的，而鲁迅、赛珍珠和华尔希则是作为好朋友给了他一些有用的关于创作和翻译的建议。但在更深层次上，对中美政治和文学情况同时加以考虑的话，潜藏在林语堂的翻译过程之下，在鲁迅和赛珍珠的建议中，还存在文学体制、意识形态和赞助商之间的相互影响。

鲁迅是“五四”以来中国文学体制中的杰出人物。从 20 世纪 20 年代他们在北京的岁月以来林语堂深受鲁迅的影响。林语堂 1930 年前的绝大部分译文和文章都是在鲁迅编辑的期刊如《语丝》《奔流》或支持的出版公司如北新书局、春潮书局发表的。在其与中国共产党发生关联后，鲁迅的文学观和翻译观变得越来越以政治和意识形态为中心。当林语堂创立了一系列期刊来促进闲适的、幽默的、随心所欲的散文时，鲁迅却试图劝阻他出版此类非政治的文章，建议他应该从事一些英汉翻译。在遭到林语堂的拒绝后，鲁迅转过来反对林语堂并对林语堂的期刊和文章发起攻击，在他反对林语堂的文章如《论语一年》和《小品文的危机》中，他攻击小品文是“摆设”、“只是士大夫的清玩”[112]。在这个意义上，鲁迅作为中国文学体制中一个强有力的职业作家，在体制内发挥着作用，并通过加强他认为文学的作用是什么或应该是什么这个概念的普及性来以一种间接的方式使其意识形态和诗学主张发挥作用。意识形态，这个“也作为一种对形式和主题的选择与发展的限制”[113]，也通过左翼作家联盟产生了影响。为抵制林语堂的影响，左联甚至创办了诸如《太白》《萌芽》月刊等杂志。

同样，华尔希一家不仅是林语堂的亲密朋友而且也是他 1936-1953 年间在美国的出版商和赞助商。林语堂是赛珍珠为庄台公司签约的“第一批作家之一”。林语堂最初的成功应归功于华尔希一家，赛珍珠负责阅读和修改林语堂的书稿而华尔希负责林语堂著作在美国的出版和营销。林语堂自己和他的女儿林太乙也承认赛珍珠和她的丈夫华尔希所起的巨大作用。钱锁桥和苏真对林语堂著作的研究进一步证明了林语堂与其赞助商赛珍珠和华尔希之间的协同与操纵。在林语堂移居美国之前，他计划翻译五、六本著名的中文书。但华尔希建议他应该先用英文写《生活的艺术》（*The Importance of Living*）以后再来翻

112 鲁迅，“‘硬译’与‘文学的阶级性’”，载《鲁迅全集》（第 4 卷），前面所引书，第 582-586 页。

113 A. Lefevere ed. *Translation, History, Culture: A Source Book*. London: Routledge, 1992, p.16.

译中文名著。事实上，除了在其关系结束之前不久于 1951 年出版《英译老残游记及其他选译》，1952 年出版《寡妇、尼姑与歌妓：英译重编传奇小说》外，庄台公司几乎没有出版过林语堂的译著。还有一事。1942 年林语堂曾写了一本他自认为是“最深刻”、“最有启发性的”散文集，但赛珍珠和华尔希却拒绝出版。华尔希先是提醒林语堂要注意他在美国的公众形象和写作题目：

> 但我认为在任何西方思想或风格的影响下写一整本书是会犯大错误的。你是一个中国人，你在这个国家的伟大声誉是建立在你从一个中国人的视角以中国人的方式来写作的技巧之上的，即便你是用英文来写的。当你以欧洲人或美国人的视角来写的时候，那你就是在做与使得吴经熊（John Wu）的作品不可能在美国出版的同样的事情，这种事情就是受过欧洲教育的中国人常常被指责的事情，你想要成功的话就必须得避免它。[114]

在华尔希看来，林语堂是一个在美国的中国作家和翻译家，他用英文创作和译成英文的作品应该属于美国文学体系的外围。一旦林语堂试图跨越中心立场的界限并用美国文学风格来写作的话，美国本土作家就会感觉到自身受到了挑战。华尔希接着告诉林语堂，“一般的美国读者”是不会喜欢用散文形式来写的书的，而且“美国公众是不会买散文集的”[115]。作为一个自由作家和译者，林语堂如果卖不掉自己的书那就无法生存。因此，他的创作和翻译的主题与风格是由具有中国特征的畅销书来决定的。华尔希“友善的建议”实际上是一种微妙的操纵。作为赞助人的出版商华尔希是将保护和提供主题、声誉和林语堂著作的销售这三种东西当成其工作来做的。

正如苏真所言，“华尔希和林语堂的协同合作说明了一种通过种族庇护以及与直觉相反的、一种去种族化的、受利益驱使的官僚机构的形式来调停的复杂关系。”[116]庄台公司在林语堂与其签约之前几年就已出现财务问题。林语堂的系列畅销书，尤其是《生活的艺术》使出版公司免于破产。当该书被选为 1937 年 12 月的美国“每月读书会”的“每月一书”然后高居《纽约时报》

114 Qian Suoqiao. “Lin Yutang’s Masterpiece”. *Ex/Change. Newsletter of Centre for Cross-Cultural Studies*, No.4, 2002, pp.20-21.

115 Qian Suoqiao. “Lin Yutang’s Masterpiece”. *Ex/Change. Newsletter of Centre for Cross-Cultural Studies*, No.4, 2002, pp.20-21.

116 Richard Jean So. “Collaboration and Translation: Lin Yutang and the Archive of Asian American Literature”. Op. cit., p.42.

畅销书榜首达 52 周时，“庄台公司终于结束其财务危机。”[117]出版公司或许不能为林语堂这个在美国的中国人提供很高的社会和政治地位，但可给予他更好的经济保障。林语堂与出版公司之间出现的最后决裂主要是由各种各样的财务原因造成的。当林语堂因试图发明华文打字机而出现财务困难时，他甚至不能从华尔希那里借到一个硬币，这让林语堂非常失望。同时，林语堂发现“华尔希，听从其会计的建议，从林语堂的特许费中扣除了比他认为合乎情理的要多的大笔预扣税。”[118]而且华尔希出版的林语堂的所有著作的版权都不属于作者，而是属于出版商，这使得林语堂非常生气并决定把其著作的出版权给夺回来。林语堂与出版商之间的友谊和协同合作立即结束了。

因此，华尔希提供的所谓的赞助，在勒弗菲尔看来是“某种像权威（人或机构）的、能促进或阻止文学的阅读、写作和改写的东西。”[119]鲁迅和赛珍珠都扮演了勒弗菲尔所谓“在文学体系之内的专业人士的角色”，前者通过阻止林语堂用中文写作而促进了他进一步翻译外国文学作品，而后者则通过阻止他翻译中国文学作品而促进了他的英文创作。不可否认，林语堂在创作和翻译方面都是一个天才。同样也不可否认，在当代翻译研究中广泛讨论的“赞助”是一个非常重要的社会和文学现象。因此，像鲁迅和赛珍珠的赞助产生的影响不能忽视，因为他们分别帮助林语堂在中国和美国赢得了相当的文学声誉。他们对林语堂产生的影响应该是可控的、适度的。根据翻译目的论，“对是否该翻译以及该如何翻译等问题的决定是译者的专业‘作用’的一部分，而且，或许也是他个人的道德信念。”[120]林语堂接受了鲁迅和赛珍珠的建议，因为他是赞同他们的目的的。当他不赞同他们的目的时，他拒绝接受其建议。林语堂在其文章中几次宣称：“我要有能做我自己的自由。”[121]

但不管源语文本是译者林语堂还是出版商选取翻译的，不管调整、重写和杂交是否是译者个人的实践还是出版商的建议，它们全都有着相同的目的。正如费米尔所说：“不是与源语文本相等的要求而是翻译目的在引导翻译过

117 Nora B. Stirling. *Pearl Buck, a Woman in Conflict*. New Jersey: New Century Publishers, 1983, p.178.

118 Nora B. Stirling. *Pearl Buck, a Woman in Conflict*. Op. cit., pp.206-207.

119 A. Lefevere ed. *Translation, history, Culture: A Source Book*. Op. cit., p.15.

120 Hans J. Vermeer. *A Skopos Theory of Translation: Some Arguments For and Against*. Op. cit., p.35.

121 Such as: a. Lin Yutang. *Kaiming First English Book* (reviewed version). Shanghai: 1933; b. Lin Yutang. *Western Book Reviews on Shui Hu Chuan* (1934) In Chen Zishan ed. *Lin Yutang's Books and Letters*. Hangzhou: Zhejiang Renmin Chubanhse, 1998.

程。”[122]要么是译者说服赞助商“为预期目的获得最佳源语文本的最佳方式”[123]，要么是译者被赞助商说服。如果双方不能达成共识，那他们必然产生最终的决裂，恰如林语堂与鲁迅和赛珍珠之间那样。

林语堂的文学信念也对其翻译产生了一些影响。在其用双语写的论文如《予所欲》和《有不为》中，林语堂公开宣称了他生活和事业上的选择。“《论语》十诫”不仅是“论语社”同仁的戒条，也是林语堂事业的指导原则。他为翻译选择的题目及其在翻译中的策略选择从未超出这些戒条。

2. 林语堂留给翻译研究的遗产

在现代中国文学世界里，在很大的程度上对一个作者的评价不得不由鲁迅的看法来决定。在很长一段时间里，鲁迅对 20 世纪 30 年代林语堂的批判性的评价决定了林语堂在中国被接受的状况，甚至他俩还在世时都承认，尽管其文学和意识形态不一致但他俩是老朋友。伊罗生（Harold Issac）在他那本《重逢在中国》（*Re-Encounter in China*）中告诉我们他和林语堂在中国所经历的一种象征性的死与重生[124]。自 1981 年 5 月林语堂被看成是“现代伟大的散文家林语堂”以来，他的其他身份如“翻译理论家”、“翻译批评家”和“翻译家”被一步步得到认可。正如一位学者准确评论的那样，“21 世纪的我们需要林语堂。”[125]

1972 年，林语堂宣称他刚完成的《当代汉英词典》应该是他终身事业的“冠顶之作”[126]。德威特·华莱士（DeWitt Wallace），《读者文摘》（*Reader's Digest*）的创办者补充说，“每一个读过林语堂巨著的人，都将会发现林语堂的这顶‘皇冠’上嵌着许多珠宝。”[127]中国近年来从多种角度对翻译进行了探索：文学研究、文化研究、比较文学、语言学、哲学、美学、社会学等。尽管我们不时会发现对林语堂著作的参考，但与他的同时代人相比，对作为一个翻译

122 Hans J. Vermeer. *A Skopos Theory of Translation: Some Arguments For and Against*. Op. cit., p.51.
123 Hans J. Vermeer. *A Skopos Theory of Translation: Some Arguments For and Against*. Op. cit., p.35.
124 Harold Issac. *Re-Encounter in China*. Hong Kong: Joint Publishing Company, 1985, pp.125-141.
125 王兆胜，“二十一世纪我们需要林语堂”，载《文艺批评》2007 年第 3 期，第 83-96 页。
126 DeWitt Walace. “Lin Yutang: A Memorial”. *The Reader's Digest*, No.28, 1976, p.i.
127 DeWitt Walace. “Lin Yutang: A Memorial”. *The Reader's Digest*, No.28, 1976, p.i.

理论家、翻译批评家和翻译家的林语堂的研究，还是很少的。

2.1. **林语堂留给翻译理论的遗产**

林语堂留给翻译理论的遗产在第四章“林语堂的翻译批评”和第五章“林语堂的翻译实践”中已经讨论过。这里我们来探讨林语堂翻译观的理论内涵。与其同时代人如严复和鲁迅相比，林语堂没有盲目地追随或对其观点照单全收。相反，他给予自己的阐释和实践，对他们的观点进行了改善并发展了自己的理论。从当代翻译理论的角度来看，林语堂的许多观点至今仍然是有效的。我们在第一节的第二部分中提及，该文是以译者为中心的研究，而且研究本身成了中国译者研究的一部分。

首先，林语堂是中国翻译史上第一个打破直译和意译严格二分的人。当杰里米·芒迪（Jeremy Munday）称赞尤金·奈达“摆脱了认为一个拼写词有一个固定的意思并朝向一个意义的功能性定义，在这个定义中词通过其语境‘获得’意义并能根据文化产生各种不同的回应的旧观念”[128]并对他“将翻译理论拖离了‘直译与意译’这种停滞的争论并将其带进了现代时期”的成就予以赞扬[129]。他不知道林语堂早在奈达之前 30 年左右就已经这么做了。对林语堂来说，“直译”和“意译”这对术语的用词是错误的，因为它们不能反映出翻译过程中真正发生的情况。当“直译”被理解为“以词为基础的翻译”时不一定是不合适的。例如，短语“study of the problem”可以以每个词的意思为基础翻译为“问题之研究”。但以词为基础的翻译不能一成不变地应用到所有的情形中，如习语“牧师的鼻子”和“街头的阿拉伯人”[130]。另一方面，当“意译”被理解为“以意思为基础的翻译”时，可以不用考虑源语文本的限制而加以应用，而且被像严复和林纾那样的译者滥用了。在翻译过程中，林语堂保持着应该将关注点放在一个以单个的词的意思为基础组成句子的那个句子的整体意思上[131]。当然，林语堂没有意识到这个概念可以延伸到文本的句子层面上，甚至作为一个整体的话语层面上，如今天的文本与话语语言学所做的那样。林语堂抛弃“直译”和“意译”的自由理念是可行的，具有理论

128 Jeremy Munday. *Introducing Translation Studies: Theories and Applications*. London and New York: Routledge, 2001, p.38.

129 Jeremy Munday. *Introducing Translation Studies: Theories and Applications*. Op. cit., p.53.

130 林语堂，《语言学论丛》，前面所引书，第 332 页。

131 林语堂，《语言学论丛》，第 331 页。

上的创新和重要性。与奈达、纽马克或费米尔的理论相比，林语堂的理论或许不那么系统，但与其同时代的罗曼·雅各布森（Roman Jakobson）和瓦尔特·本杰明（Walter Benjamin）相比，林语堂作为一个理论家的贡献不可谓不重要。正如谭载喜对他的评价：

> 中西方翻译理论经过半个多世纪演变成了一种几乎相同的模式，即，从随意的评论和半下意识的评论到对翻译进行高度故意的、成体系的讨论，从简略的前言，通过书中的补充章节，到研究翻译的专业论文。[132]

实际上，"随意的评论和半下意识的评论"为当今中西方的近代翻译理论奠定了基础。

其次，林语堂也是中国翻译史上第一个将语言学和心理学应用到翻译研究中的人。实际上，当代的许多翻译理论中的其他概念，如目标语读者的接受、语境对于理解源语文本和目标语文本的重要性、不同目标语文本的功能、翻译中的社会文化因素、译者的积极作用、中西语法间的相似与差异、方言与风格，以及创作与翻译之间的不同等等，林语堂全都在不同的情形下进行过探讨。但他基于自己的创作经验或思考对这些概念的绝大部分的探讨，都随意地散见于他译著的前言或是论翻译的文章中，而非当代翻译理论那样使用相同的形式，系统地、逻辑性地、激辩地加以呈现并在专门的论文和书中加以讨论。尽管林语堂的理论只是碎片，但其洞见或对当代理论产生的影响却是不容忽视的[133]。例如，林语堂在1965年总结说好的翻译有两个基本的因素：一是，译者必须理解源语文本。二是，译者必须有足够的能力翻译出一种完整、自然的目标语。任缺哪一个都将导致翻译的失败[134]。后来，古特（Ernst-August Gutt）[135]和奈达[136]也表达了相似的观点。

第三，林语堂是费米尔翻译目的论的应用典范。

（一）作为一个译者，林语堂是一个理想的费米尔实践者，一个双语、

132 Tan Zaixi. "The Chinese and Western Translation Traditions in Comparison". *Across Languages and Cultures*, Vo.21, No.1, 2001, pp.51-72.

133 马祖毅，《中国翻译通史》，前面所引书，第279-406页。

134 林语堂，《无所不谈》，台北：开明书店，1974年版，第334页。

135 Ernst-August Gutt. *Translation and Relevance: Cognition and Context* (2nd edition). Manchester: St. Jerome Publishing, 2000.

136 Eugene Nida. *Language and Culture: Contexts in Translating*. Shanghai: Shanghai Foreign Language Education Press, 2001.

双文化专家，在实际的翻译中起着积极的核心作用。

（二）费米尔认为，译者可以是他自己的代理人。林语堂绝大部分情况下是他自己的代理人，他自己决定该翻译什么，该如何翻译它们。而且，林语堂的自译和英译汉或英文创作证明作品的创作者、发送者和代理人可以是同一个人。但有时他也被出版商所代理或操纵，由出版商来决定他该翻译什么且该如何翻译。然而，由于林语堂并不靠翻译为生，他自由地接受或拒绝代理人的安排。当他的目的与代理人的目的相同时，这意味着他们之间会有成功的合作。但是，当林语堂的意图与代理人如鲁迅和赛珍珠的不同时，他就会拒绝。

（三）林语堂的翻译实践表明，一种源语文本可以根据不同的目的翻译成许多目标语文本。译者有阐释源语文本并生产出一个或许多个不同于其他译者生产的译本的自由。

（四）林语堂的许多译本常常被看成是他自己的创作而源语文本作者很少会被读者和研究者记住或提及。

（五）作为一个中国人，林语堂的汉译英和英译汉双向翻译（自译）对费米尔的这个观点起了支撑作用:“一个译者可以要么属于源语文化要么属于目标语文化。”[137]根据一个译者的母语来判断其成就并不总是恰当的。

（六）林语堂翻译的主要目的是跨文化交流，即，通过英译汉将西方的知识和文化介绍到中国，同时通过汉译英将中国文化介绍给西方。他摆脱了被狭窄定义的“忠实”理念，并根据其目的生产出最恰当的译著。为让译文文本具有可读性和能被读者接受，他采取了各种各样的翻译策略。他的译著的销售及其被看成是目标语作者都证明他这么做是正确的，同时也证明了费米尔的信条：为达目的，可以不择手段。

（七）林语堂也可以被称作是一个特例，这个特例表明翻译目的论“不仅对非文学文本是有效的”[138]，而且也可运用到文学文本中。

作为一个一般理论，翻译目的论为翻译提供了一些通常的理论指导，而林语堂的翻译实践则为该理论提供了具体的例证。

---

137 Hans J. Vermere. *A Skopos Theory of Translation: Some Arguments For and Against*. Op. cit., p.109.

138 Jeremy Munday. *Introducing Translation Studies: Theories and Applications*. Op. cit., p.81.

2.2. 林语堂留给翻译批评的遗产

翻译批评有助于提高翻译实践的质量。很长一段时间里中国的批评家们更多关注的是一件译作的好坏与否或恰当与否。早在1933年，鲁迅就指出批评家应该对其低质量的翻译负大半的责任[139]。他提出了批评家的四个责任：一是指出坏的；二是奖励好的；三是，倘没有，则较好的也可以；四是，倘连较好的也没有，则指出坏的译本之后，并且指明其中的那（哪）些地方还可以于读者有益处[140]。至于第四个责任，鲁迅建议的是"剜烂苹果"的方法[141]。由于鲁迅在中国文学界的显赫位置，找出一件译作中的错误常常成了中国翻译批评的主要作用。

林语堂采取了一种不同的翻译批评方法，这个方法与他的文学批评方法基本上是相同的："当一个作家因为憎恶一个人，而拟握笔写一篇极力攻击他的文章，但一方面并没有看到那个人的好处时，这个作家便是没有写作这篇攻击文章的资格。"[142]翻译批评应该更多关注其好的一面而非坏的一面，如林语堂对赛珍珠翻译的《水浒传》的评论即是。而且，当批评家在对其坏的一面进行批评时，他应该给译者提供一种建议的译文或给出一种可能的改正方法，如林语堂对《京华烟云》中译本的评价。总体上看，林语堂的翻译批评是幽默的、实事求是的、建设性的，比如他与读者讨论莪默·伽亚谟诗歌的翻译，以及与李青崖讨论关于幽默的翻译。然而，鲁迅的翻译批评，或许意在具建设性，但却由于他那辛辣的写作风格、政治立场和意识形态偏见而具破坏性。他与梁实秋之间对翻译的论争，超出了翻译批评本身而变成了个人攻击。中国当代批评家可主要分为两类：一些忙于"剜烂苹果"而常常忘记了译作中好的部分或好的翻译，而绝大部分则仅仅称赞译本好的部分而假装没有看见坏的翻译或"烂苹果"。真正愿意并且敢于直言不讳地评论别人的为数不多[143]，更不用说去帮助读者改正错误了。他们确实应该向林语堂学习，从事友善的、建设性的、实事求是的翻译批评。没有健康的、公正的翻译批评，翻译理论或范式实践就不可能有好的进步。

139 鲁迅，《鲁迅全集》（第5卷），北京：人民文学出版社，2005年版，第275页。
140 鲁迅，《鲁迅全集》（第5卷），第316页。
141 鲁迅，《鲁迅全集》（第5卷），第317页。
142 Lin Yutang. *The Importance of Living*. Op. cit., p.389. (Chapter 12）
143 杨晓荣，《翻译批评导论》，北京：中国对外翻译出版公司，2005年版，第54-55页。

林语堂将翻译批评当成一种目的驱使的活动。在翻译批评中关键的是批评家对于译者的目的要有一个清晰的看法。如果忽视了翻译的目的，那翻译批评就不再重要。正如林语堂在其翻译批评中所做的，翻译批评的第一条法则应该是预期的翻译目标是否已经达到或者已经实现了多少。其次，批评家可以从读者的角度去看源语文本以评价译文文本是否具有可读性或通顺。最后，批评家可以从双语专家的角度去评价译文文本是否忠实，因为他甚至可能比译者更了解源语文本和目标语文本。因而对林语堂而言，翻译批评不应该是把批评家自己的看法强加给译者，参照翻译目的论，它应该是批评家与译者之间的一种相互作用。翻译批评的主要目的不是找出目标语文本的哪些地方违反了翻译原则、翻译理论或翻译标准，而是应该评价它是否成功地获得了它的预期目标。

最后，由于其多重身份，作为一个翻译批评家来说林语堂是独特的。没有多少译者同时又是翻译批评家，也没有多少作者同时是批评家，更不用说是对自己的作品进行批评了。实际上，林语堂是少数从事翻译评论同时又是译者-批评家和作者-批评家的人之一。译者-批评家的身份能让其更好地理解翻译的过程，提供建设性的批评意见。而作者-批评家的身份能告诉我们一件译作是否忠实于原文。林语堂在翻译批评中的多重身份可以提醒我们翻译批评过程中批评家的身份及其主观性的重要性。即便到了今天，“文学翻译评论或文学翻译批评都不可能作为一门艺术得到全面的发展，它不同于文学评论或文学批评。”[144]尽管林语堂的翻译批评是书评的形式，即现在所谓的译评，而且没有可被证明的理论框架和体系框架，但他根据不同标准为不同的文本类型提供了一些特别的批评，这些可为莱斯（Katharina Reiss）建立在文本类型学及其功能基础上的翻译批评模式提供证明[145]。

2.3. 林语堂留给翻译实践的遗产

正如前面指出的，林语堂的翻译理论观是以其翻译实践为基础的。他的理论是受其翻译实践所驱使的，是建立在一种自下而上的方法之上的。他常常在为自己的或他人的书所写的“序”中、在自己写的书评或翻译批评中表达其翻

144 Carol Maier. “Reviewing and Criticism” In Mona Baker ed. *Routledge Encyclopedia of Translation Studies*. Shanghai: Shanghai Foreign Language Education Press, 1998, p.205.

145 Katharina Reiss. *Translation Criticism: The Potentials and Limitations*, translated by Erroll F. Rhodes. Shanghai: Foreign Language Education Press, 2004.

译观。几乎林语堂所有的讨论对一本特别的书或一篇特别的文章来说都是专门的。他采用了诸如阐释、改编、重写和多重翻译等手段，使其翻译方法灵活多样[146]。当他以同样的文本生产出不同的译本时，这显得尤其明显："翻译是一种艺术"，且"译学无成规。"[147]林语堂强调了从不同角度阐释同一个文本和与特别的翻译目的相一致的重要性。他的"一"对"多"和多项翻译实践提供了丰富的翻译实例，在此基础上他编撰了著名的林语堂《当代汉英词典》。

林语堂的翻译实践也证明了他中英文双向翻译的能力。在林语堂将中文译成英文的文学翻译实践之前，做这项工作的主要是世界各国的汉学家。英国汉学家葛瑞汉（Angus C. Graham）曾宣称："我们几乎不能把翻译留给中国人来做，因为少有例外，最好的是译成他们自己的语言而不是把他们的语言译成外语。"[148]他甚至举了一些特别的例子，如 Wong Man 的翻译来证明中国译者的译文之"可怕"、"听起来更像是汉诗而非英诗"、"破坏了英文句法而又没有教会读者中文句法"以致于它们"成了一种中国式的英语表达。"[149]葛瑞汉忘了，一些中国译者如辜鸿铭和林语堂，他们在其他国家学习了多年，发展了自己的双语双重文化甚至是多语或多重文化的能力。如果葛瑞汉知道"林语堂的英文书的读者比任何汉学家的都要多得多的话"[150]，那他是不会得出这样的结论的。实际上，在 20 世纪，存在好几种汉译英的翻译模式。潘文国对葛瑞汉的观点给予了强烈的反驳。他争辩说，西方译者中也存在译文质量参差不齐、译文不能令人满意的地方，而且没有合法的理由来决定究竟谁的译文更好[151]。

每种文化都有其自身的习俗、规范和文学体系。翻译是一种不可避免要涉及至少两种语言文化的活动，即，在每种水平上存在至少两套标准体制。

146 余斌甚至在文中使用了"加、减、乘、除"来描述林语堂在《寡妇、尼姑与歌妓：英译重编传奇小说》中的翻译方法。可参见：余斌·"林语堂的'加、减、乘、除'——《中国传奇小说》读后"，载《读书》1989 年第 10 期，第 49-55 页。

147 林语堂，《语言学论丛》，前面所引书，第 342 页。

148 Angus C. Graham. *Poems of the Late Tang, Translated from the Chinese with an Introduction*. Harmondsworth: Penguin, 1965, p.37.

149 Angus C. Graham. *Poems of the Late Tang, Translated from the Chinese with an Introduction*. Harmondsworth: Penguin, 1965, p.24.

150 David Pollard. *The Chinese Essay*. Hong Kong: The Chinese University Press, 2000, p.371.

151 潘文国，"译入与译出——谈中国译者从事汉籍英译的意义"，载《中国翻译》2004 年第 2 期，第 40-43 页。

正如前面提到的，由于源语与目标语及其文化之间的不同，调整是中、英文间的翻译中所必需的。而且，从中文译成英文要比从英文译成中文难，因为英文读者对中国的了解通常要比中国读者对西方的了解少。例如，中文字和中文地名，在很多英语读者听起来是相当奇怪的，因而，在翻译时需要更多的阐释或注释，而很多外文名已经成了中国语言文化的一部分。中国读者相对来说更了解英文，因为在 19 世纪下半叶中国多次被西方列强打败后中国人就开始接触英文了。有外国人到中国来，也有中国学生自己去或被派到西方去。自 19 世纪 60 年代以来，中国政府连续采取措施训练本土的双语译者。英语现在已经成了最普及的外语，而且在中国建立了完整的从小学到大学的英语教育体系。我们讨论了林语堂关于中、英文之间的调整和交换的指导法则。许多的例证表明，在中国创作、出版、售卖的林语堂的汉译英著作与其在美国创作出版和销售的不同，中国的许多学者和译者对此并不清楚。

鲁迅的“忠实比通顺更好”的翻译法则在中国产生的影响比任何人所期待的都要大，其原因不在于理论更在于意识形态。由于鲁迅身为最伟大的革命作家的地位，以及毛泽东对他的支持，鲁迅所倡导、促进的“忠实”、“直译”甚至“硬译”等规定和法则成了经典。鲁迅的地位在毛泽东时代坚定地保持着，而且他的标准对中国译者继续产生着影响。Jin Di 指出，在 1978 年举办的一个全国会议上，一个中国翻译公司发布了关于翻译过程的权威文件。文件制定了一条指导法则：“力求准确性和可读性，若二者不能兼具，需具准确性。”[152]这种权威性的声音实际上是在追随鲁迅之路，但在权威思想所认为的正确的方向上走得稍稍远了一点。中国所有的出版商和译者都不得不追随正确的方向并确信他们的出版物，不管是中文的还是英文的，在政治上和意识形态上是正确的。正如勒弗菲尔所言：“在翻译过程的每一个层面上，都能表明，如果语言与意识形态和（或）诗学本质发生冲突，则后者容易胜出。”[153]杨宪益的绝大部分汉译英著作就是好的例子。根据他对与 Qian Duoxiu 和 E. S-P. Almberg[154]以及金圣华[155]的访谈时所作的评价，杨宪

152 Jin Di. *Literary Translation: Quest for Artistic Integrity*. Op. cit., p.37.

153 A. Lefevere. *Translation, Rewriting and the Manipulation of Literary Fame*. London: Routledge, 1992, p.39.

154 Qian Duoxiu & E. S-P. Almberg. “Interview with Yang Xianyi”. *Translation Review*, No.62, 2001, pp.17-25.

155 金圣华，《认识翻译真面目》，香港：天地图书有限公司，2002 年版，第 143-165 页。

益在选择源语文本或整个的翻译过程中并没有太多的自由。他承认，社会的、政治的和经济的力量对其作品产生了非常大的影响[156]。他不得不忠实于赞助商以及那个时代盛行的意识形态。翻译成了巩固中华人民共和国官方文学经典的方式之一。

今天意识形态的条件有了很大改变。但鲁迅的翻译观，在一定程度一定范围内，仍然对许多中国译者产生着持续影响，尽管读者不再读他的译作。一些批评家指出了中国译者在汉译英中出现的问题，如，批评中国译者试图“尽可能相关地解释字面意思”，“似乎翻译并非一种为了取悦一般读者的正在进行的练习，而是抚慰正在窥视译者肩膀，等待着扑向其错误的指导者。”[157]中国的编辑和译者宣称，他们的汉译英文本旨在跨文化间的交流，但“似乎既非翻译方法也非这些译著的实际流通能证明其意图。”[158]现实表明，这类译著的绝大部分多年来都在外国代理处“沉睡”着[159]，在中国卖出去的比在国外卖的还要多。许多中国读者正在通过这些译著来学习英语。但正如孔慧怡（Eva Hung）警告的，“那些意在通过这样的译本来学英语的人会被有助于明显缓解跨越语言和文化分歧的压力而受鼓舞，没有意识到在很多情况下，这种跨越仅仅只是一种幻觉。”[160]因此，错误的指导法则不仅暴露了汉译英文本的不足而且也暴露了语言学习的不足。

正如林语堂在中国和美国的不同译本之间的沟所最好地证明，一个译者有可能不能在同一个译本的不同版本中使用所有相同的翻译策略，老舍的《四世同堂》译本的命运不仅显示出在译成英语时一个源语文本能够为了满足目标语读者的需求是如何被改动的，而且也表明如何让中国作者和译者满足美国文学体系的需要。或者，如老舍的《骆驼祥子》，能不经译者允许而接受其被改变。如果老舍今天还在世的话，他是否能接受对其作品做这样的改变还值得质疑。由于英译本是为美国的一般读者的，译者必须将目标语的诗学及其读者的口味加以考虑。但体系之间的改变总是与赞助商紧密联系的。如果赞助人或赞助方，常常是出版商，意识到其目的不能被实现的话，那他们的

156 Qian Duoxiu & E. S-P. Almberg. “Interview with Yang Xianyi”. Op. cit., p.23.

157 W. J. F. Jenner. *Insuperable Barriers? Renditions*. Op. cit., p.27.

158 Eva Hung. “Translation and English in Twentieth-Century China”. *World Englishes*, Vol.21, No.2, 2002, pp.328-329.

159 吴越，“如何叫醒沉睡的‘熊猫’”，载《文汇报》2009 年 11 月 23 日，第 1 页。

160 吴越，“如何叫醒沉睡的‘熊猫’”，第 1 页。

期待就不能得到满足，或者甚至造成连续的困扰，那他们就可能要求做改变。翻译是把双刃剑，它可以成为跨文化之间的一座桥梁，也能成为不同文化间的障碍或防火墙。在我们明白中国经典文库是否有机会进入一般英语读者的家或是为学者、教师和做中国研究的学生而被保存在大学的图书馆里之前仍需要一些时间，就像杨宪益的著作一样。

最后，必须指出的是，林语堂并不总是像他倡导的那样进行翻译。他在1932年写的一篇文章中严肃地批评了一字一字的翻译模式，不相一致地，这种模式却可常常在其译本中找到。而且，作为一个意欲将中国文化介绍给西方的作家，他头脑中并不总是有清晰的目标语读者。他译著的很大部分对非中文读者来说是很难理解的。大概，林语堂没有预先想到翻译文化负载文本的难度究竟有多大。他译本中缺乏的似乎是对作为文化传递的翻译之问题的外在反映。

3. 结语

林语堂首先是一个翻译家。作为一个多产的、先驱式的翻译家，他在中、英两种语言和文化间绘制了之前未被绘制的新领域。现在采用的中英对应词如“幽默”（humor）、“啼笑皆非”（between tears and laughter）、“惆怅”（disconsolate, disappointed）、“落落大方”（very poised and dignified）以及其他许多术语，就首次出现在林语堂的译著中。对一个译者来说，或许没有比将一个人所参与其中的语言和文化中那已经被绘制的范围加以扩展这项巨大的工作更有意义的了。这就是为什么林语堂将其词典看成是他事业的里程碑的原因。他的《当代汉英词典》就是他著作中许多新绘制词语的具体体现，它们为他之后的所有英汉互译者奠定了基础。

对林语堂而言，从他作为一个译者的漫长生涯中产生的是，翻译最根本的是一种在作者的强烈共鸣引导下受目的所驱使的活动，一种对读者的强烈责任感，一种渴望交流的强烈意识和对风格的审美感。译者从词语开始，但却更进一步确定其内涵意义并与目标语标准一致重新创造它。一个成功的译者是能取得其预期目标的。

该研究试图对翻译理论家、翻译批评家、翻译家林语堂进行一个综合的批判式的描绘。正如林语堂自己所说，有时发现自己不会做什么比发现自己会做什么更重要。林语堂的翻译理论观极具洞察力，但我们不能就此认为他是一个伟大的翻译理论家。然而，他对直译和意译二分法的排除，可作为翻译批评和翻译实践的一种有效的工作法则。

约翰·内斯特罗伊（John Nestroy）曾指出："是在每一个发展的本质中，其显得比它实际上要伟大得多。"[161]但林语堂可能与此相反。在林语堂的翻译著作中仍然有许多值得探讨的东西，如与自译、回译、经典翻译、诗歌翻译、对幽默的翻译，尤其是在文化传递过程中好的翻译与好的原作之间的内在张力等相关的问题。林语堂对《红楼梦》的翻译和研究应该是一个很好的探究这些问题的起点[162]，因为他花在《红楼梦》上的时间和精力比他花在其他作品上的要多得多。

四、双重话语中独特的跨文化诗学：林语堂的"小评论"与《啼笑皆非》自译

2017 年，英国杜伦大学 Hu Yunhan 的博士论文以《双重话语中独特的跨文化诗学：林语堂的"小评论"专栏文章与〈啼笑皆非〉自译》为题对林语堂的文本自译进行了研究[163]。此节选取博士论文第四章《探寻自译者林语堂》译介如下。

第四章、探寻自译者林语堂

该论文的一个核心原则是林语堂的自译可看成是以文学创作为形式的一种翻译活动而非一种纯粹的文学活动，即，作为自译者的林语堂被同时拆分为一个双语作家和一个作者 / 译者。从这个角度来看，遵照安托瓦纳·贝尔曼（Antoine Berman）的翻译批评观，林语堂自译的文本决策逻辑是嵌入这一翻译对象的主体（即作者）的自我理解之中的，其可用如下三个范畴来建构：林语堂的自译立场、计划和自译者林语堂的视域。

---

161 Stuart Shanker. *Ludwig Wittgenstein: Critical Assessments*. London: Croom Helm, 1986, p.67.

162 According to Liu Guangding, Lin Yutang translated *Honglou Meng*. But up to now, nobody can provide a copy of it. As far as I know, Lin Yutang translated parts of it but he did not finish it. Lin Yutang surely had many unpublished manuscripts. According to my personal communication with the staff in the Lin Yutang house (Taipei), many manuscripts and papers of Lin still need to be sorted out. 可参见刘广定，"林语堂英译《红楼梦》"，载刘广定，《大师的零玉：陈寅恪、胡适和林语堂的一些瑰宝遗珍》，台北：秀威资讯科技出版公司，2006 年版，第 167-176 页。

163 Hu, Yunhan. "A Singular Cross-cultural Poetics in a Dual Discourse: A Study of Lin Yutang's Self-translation of *the Little Critic* Essays and *Between Tears and Laughter*". Ph. D. dissertation, Durham University, 2017.

本章通过上述三个范畴，以对林语堂自译的探索为主题，并将其作为对林语堂的文本决策模式进行评价之前的一个关键阶段。

4.1. 林语堂的自译立场

运用贝尔曼对翻译立场的定义来探讨林语堂的自译立场，可以说，林语堂的立场是将其对翻译对象的感悟与其对周遭关于文学与翻译的论述的内化相结合。在贝尔曼看来，翻译立场可以通过译者对翻译的陈述、语言立场和文本立场来进行重新建构。

而对于林语堂，他的"沉浸于语言之中"（being-in-languages），即他与英语和母语之间的关系，是不能脱离他的文化立场来加以考查的。林语堂的双重文化身份已经被很好地认识到了。该研究对此予以认同，并且会表明，林语堂的文化立场不仅突显了他的"沉浸于语言之中"，而且突显了他的文学立场和翻译理念。

4.1.1. 国际化的文化立场

本节旨在明确林语堂的文化立场，并特别参照他在使用外语来介绍一种文化时对异质性的程度所持的态度。本节特别追溯了林语堂早期教育背景的细节，以他的基督教信仰和他后来对中国文化的积极寻求为特征。这可为林语堂成熟的文化立场提供基础。

生于 1895 年的林语堂，在基督教文化中长大和接受其早期教育。他将其称为"基督教的保护壳"[164]。这个壳带来的是英语语言以及西方的生活方式、哲学和文学。"被培养成一个基督徒，就等于成为一个进步的、有西方心感的、对新学表示赞同的人。"[165]他甚至到了"中国之毛笔竟弃而不用，而代之以自来水笔"的程度[166]。

回想这段获得国民意识的经历，林语堂提到了两位大师：胡适博士和辜鸿铭。林语堂本能地支持胡适的自由主义政治哲学，但他并不认同胡适的反儒学立场，这正是胡适领导的中国文化复兴的根本。相反，林语堂被辜鸿铭是如何使中国文化与西方文化相兼容所吸引。

林语堂所受的国学训练使他的文化立场变得客观，这种客观表现为同时

164 Lin Yutang. *From Pagan to Christian*. Cleveland and New York: World Publishing Company, 1960, p.33.
165 Lin Yutang. *Memoirs of an Octogenarian.* Op. cit., p.34.
166 Lin Yutang. *Memoirs of an Octogenarian.* Op. cit., p.28.

对两种文化的超然与依恋。在他自我民族化的过程中林语堂采取的是从西方文明中退回的策略，然后经过国学的训练，他的中国文化立场变得合理。毕竟，国学本身就是从非中华民族中心主义的立场来认识中国的。在回忆中，林语堂注意到了超然的这种早期形式的积极的一面，正如他将“中文的无知对于我日后进一步探询中国习俗、神话和宗教具有奇怪的后遗效果”[167]看成是自己被暂时地与中国的环境相隔绝。而这种超然的成熟形式则成为了林语堂的表达方式，尤其是当他对西方读者说话时，这一点可从他的《生活的艺术》一书的“自序”中看出：“我也想以一个现代人的立场说话，而不仅以中国人的立场说话为满足。”[168]

这种超然是林语堂所谓的知识分子的最高类型，即，“上识之士”，其“将现代文化作为整个世界的共有文化，一种属于所有人的世界性文化，同时又不让自己的民族文化融入世界文化，以使自己的优势可以弥补他者的不足。”[169]

林语堂的大部分名著都具有跨文化的目的，从广义上讲，他的每一部作品都具有翻译的本质，而且自然也包含了狭义的翻译本质。褚东伟将林语堂描绘成“一个自然的译者”[170]。在这样的状态下，林语堂并不是专门从事翻译的，他在文学方面的成就更大。因而翻译对他而言不是达到世界主义的目的，而是手段。

为了考察林语堂的双语作品，其特征是，这些作品既有原作也有译文，接下来的部分将会分析林语堂采取其翻译立场之前的文学立场。

4.1.2. 将中国的“性灵”与西方的文学表现主义相等同

对林语堂来说，世界主义是一种跨文化的美学，这在他的文学活动中表现得尤为突出。1927 年，林语堂到了各种各样的思想并存和繁荣的世界大都市上海，并同时以出版商、编辑、专栏作家、译者和散文家的身份活跃其中。林语堂 1927-1936 年间的上海岁月见证了他的美学主张，贝奈戴托·克罗齐（Benedetto Croce）所表达的表现主义，被发展成了他的根本诗学，且这一节

167 Lin Yutang. *Memoirs of an Octogenarian.* Op. cit., p.28.
168 Lin Yutang. *The Importance of Living*. Op. cit., p.x.
169 林语堂著，徐诚斌译，《啼笑皆非》，长沙：湖南文艺出版社，2017 年版。见“中文译本前言：为中国读者进一解”。
170 Chu Dongwei. “Lin Yutang: Arthoring the Self and Manipulating Translation”. Ph. D. dissertation, Guangdong University of Foreign Studies, 2008, p.3.

揭示了林语堂是如何在中国语境中用中国古典文学的概念“性灵”来表达其表现主义美学的。

为此，本节着重说明林语堂的表现主义诗学与史宾岗和克罗齐的表现主义之间的理论渊源，然后通过林语堂的精神主张和道家哲学，接着阐释了在林语堂看来与西方的表现主义相对的中国的表现主义“性灵”。本节意在指出，通过把中国的“性灵”等同于西方的表现主义，林语堂不仅确立了影响中国文学文化的立场，从而确立了其同胞的审美生活，以及与中国诗学相对的他自己的表现主义诗学。尤其是后者，为下一节阐释林语堂的翻译观做了铺垫。

1919-1920年在哈佛大学期间，通过史宾岗和克罗齐的著作，林语堂与文学表现主义有了最早的接触。同时，在白璧德的领导下，新人文主义的势头增大。

白璧德的人文主义思想对那个时候在哈佛大学的中国留学生包括吴宓、梅光迪和梁实秋这些后来成为中国学衡派的领军人物来说是一种鼓舞。学衡派致力于振兴旧学，因此热衷于介绍白璧德的作品。但对林语堂来说并不如此。白璧德开了一门叫“史台尔夫人等早期浪漫派的广义鉴赏式批评”的课程，林语堂注册了这门课，并有一阵“不得不去借”白璧德常读的桑塔·班夫（Saint-Berve）的《凛然风貌》（*Port Roya*l）一书来读。然而，差不多半个世纪后再回忆此事，林语堂仍然认为：“我不肯接受白璧德的批评规范，有一次曾毅然为史宾岗辩解，结果和克罗齐将一切批评起源视为‘表现’的看法完全吻合。”[171]

在林语堂著作的其他主题中，克罗齐的影响是显而易见的。来看看他在《开明英文文法》一书的“序”中说的话：“因此，语法本身涉及这些概念，以及这些概念的表达。对于这些问题，所有的语法变化和结构都是相关的和从属的。通过克罗齐的观点，使这种被解放的语法观成为可能……。”[172]

尽管具有文学洞见，但由于当时儒家的主要话语，“性灵”被边缘化了。在经过三个多世纪的遗忘后，这一观念因周作人，现代中国文学复兴的领导者之一而得以复活。周作人低估了袁中郎文学风格的历史性，认为它是文学

171 Lin Yutang. *Memoirs of an Octogenarian.* Op. cit., p.43.

172 Lin Yutang. *The Kaiming English Grammar Based on National Categories*. Shanghai: The Kaiming Book Company, 1933.

的线性发展，并认识到中国文学发展的两个趋势：教条主义和表现主义。周作人认为，当前的文艺复兴正朝着明末后期同样的方向发展。

林语堂赞同周作人对表现主义思潮的支持以及周作人对明代后期以“性灵”观为基础的表现主义的辩护。值得注意的是，通过“性灵”，特别是在袁中郎对“性灵”的表述中，林语堂找到了进入中国文学界的一条路，并回想起他对袁中郎的发现：“近来识得袁中郎，喜从中来乱狂呼。”[173]

根据林语堂的理解，在理论层面上，“性灵”是与西方表现主义的一个交汇点，而在实践层面上，“性灵”则为影响中国当代文学提供了立足点。林语堂是通过对以下三种与人合编或发起的期刊的编辑和撰稿而实现的：《论语》《人间世》和《宇宙风》。

林语堂的非虚构中文著作，尤其是他为这些期刊的撰稿，是他发展其“性灵”诗学的主要场所。然而，显而易见在同一时期林语堂为其主持的英文周刊《中国评论周报》的“小评论”专栏撰写的文章中，许多中文文章无法建立其独立存在，因为它们之前是英文专栏文章。实际上，林语堂为“小评论”写作时发展的风格也惠及他在美国的畅销书的创作：“同时，我还发展出一套文风，秘诀是将读者当做心腹知交，宛如将心底的话向老朋友倾吐。我的作品都有这种特色，别具风情，使读者和你更亲密。”[174]

这种秘密风格首先在林语堂的英文作品中进行了尝试，这在他倾诉自己的思想时与他对表现主义的阐释是一致的。用中文撰写的文章与那些他为《中国评论周报》“小评论”专栏撰写的英文文章的平行存在导致了现在的研究对如下问题的探索：如果确实如此，那么这种等同的文学观念将如何影响他的迁移过程呢？为此，我们将从林语堂的翻译观来探询其自译。

4.1.3. 林语堂论翻译

林语堂对“性灵”和表现主义的诗学的看法本身就是此观念的体现，即，如果一个观念要在中国施加影响，那它就必须采取中国形式。这与林语堂跨文化交流的立场特别相关，翻译是他主要关注的问题。为了解释林语堂的自译决策，本节从两个方面着手研究林语堂的翻译观：林语堂对翻译的评论和其表现主义的翻译。

173 可参见林语堂《四十自叙诗》，载《论语》半月刊，1934 年 9 月 16 日。
174 Lin Yutang. *Memoirs of an Octogenarian.* Op. cit., p.69.

本着克罗齐表现主义的精神，正如他在《写作六原则》和《论翻译》中对艺术才华和相关培训加以分别一样，林语堂将才华视为文学创作和翻译的门槛。其中，林语堂论及其翻译法则、翻译技巧和翻译的态度。

4.1.3.1. 林语堂对翻译的评论

辜鸿铭的翻译实践将合理地赢得林语堂的钦佩，因为辜鸿铭的跨文化成就对林语堂的思想观产生了普遍的影响。林语堂高度称赞辜鸿铭“有深度和卓识”，“他了不起的功绩是翻译了儒家四书的三部。”林语堂认为辜鸿铭的翻译是“对于它们较深意义的了解，是意义与表达方法二者愉快的配合。”[175]

尽管将经典翻译成英文很难，但辜鸿铭却使得儒家经典能被“深切了解”：“观念不同，思想不同，而更糟的，是中文文法的关系只用句子的构造来表示，没有字尾变化，且没有常用的连接词和冠词，有时更没有主词。”[176]

结果，林语堂看到了中国哲学观念上翻译的“大陷阱”，因此，“中国哲学的‘源头’，直到今天，仍被覆盖在似雾的黄昏中。”[177]对此，林语堂举了苏格兰汉学家理雅各（James Legge）编译的中国经典《远东的圣书》（*Sacred Books of the Far East*）对“天时不如地利，地利不如人和”一句的翻译为例，称其为“经过翻译的迂迴累赘的话”，并将其与辜鸿铭的译文做了比较。

理雅各的翻译显然是对中文的直译，似乎是在回应贝尔曼早期对直译的号召。但林语堂是对理雅各的逐字直译持反对意见的，认为它是“对文字的盲目崇拜，一种真正的外国远古气氛，比意义更是显明忠实的标志。”[178]这样的学究式的忠实将原文意义置于迷雾中，而且甚至剑桥大学的中国文学教授翟理斯（Herbert A. Giles）也认为孔子是一个“好吹牛、平凡、陈腐的三家村老学究”。[179]

而辜鸿铭的翻译则相反，“不只是忠实的翻译，而且是一种创作性的翻译，古代经典的光透过一种深的了然的哲学的注入。”[180]

林语堂认为辜鸿铭翻译成就的动力因素在于他对西方哲学的熟悉。辜

175 Lin Yutang. *Memoirs of an Octogenarian.* Op. cit., p.52.
176 Lin Yutang. *Memoirs of an Octogenarian.* Op. cit., p.53.
177 Lin Yutang. *From Pagan to Christian.* Op. cit., p.50.
178 Lin Yutang. *From Pagan to Christian.* Op. cit., p.50.
179 Lin Yutang. *From Pagan to Christian.* Op. cit., p.51.
180 Lin Yutang. *From Pagan to Christian.* Op. cit., p.50.

鸿铭尤其精通阿诺德（Matthew Arnold）、卡莱尔（Thomas Carlyle）、拉斯金（John Ruskin）、爱默生（Ralph Waldo Emerson）、歌德（Johann W. Goethe）和席勒（Friedrich Schiller）的思想，通过他们的“陶冶”，辜鸿铭才能更好地了解儒家。

4.1.3.2. 表现主义的翻译

林语堂对翻译的思考集中在他的《论翻译》一文中，这是他的学术选集《语言学论丛》中的一篇文章。该文着重强调对译者母语的翻译，因此与贝尔曼的话语是一致的。正如该书书名所示，文章四个部分中有三个部分是从语言学的角度来探讨翻译的。

但是，在第四部分关于艺术文的翻译中，林语堂认为译者的语言能力非常重要。林语堂将翻译概念化为一种艺术形式，并认为译者是实现翻译艺术的动力，该书与贝尔曼对译者主体性的主张是相符合的。林语堂认为，翻译的问题体现了译者的认知和所涉及的两种语言之间的辩证关系。他用翻译的三条标准即忠实、通顺和美详细阐释了双重因素。第一条和第二条法则涉及语言维度，是我们下一节讨论的核心。

相比较，美的标准，即该文最后一节讨论的主题，关注的则是艺术的维度，克罗齐对翻译的相关陈述在本节的开头和结尾都被作为林语堂的基本立场被提及：“论真，我们可以承认，Croce 的话：‘凡真正的艺术作品都是不能译的’。”[181]随后用了圆括号加以解释：“Croce 谓艺术文不可‘翻译’只可‘重作’，译文即译者之创作品，可视为 Production，见 Benedetto Croce: *Aesthetics*. 72.”

林语堂继续阐释在翻译艺术文时，诗歌的不可译、原文之风格与其内容的问题以及外在与内在的体裁问题等。在结束该节也是全文时，林语堂重新陈述了克罗齐的观点，即，翻译即创作（translation is not reproduction but production）。林语堂对此作了进一步解释：

> 译学无一定之成规，且译书无所谓最好之译句。同一句原文，可有各种译法，尽视译者国文之程度而差。……就使二译者主张无论如何一致，其结果必不相同。[182]

181 林语堂，“论翻译”，载林语堂，《林语堂名著全集》（第 19 卷），长春：东北师范大学出版社，1994 年版，第 318 页。

182 林语堂，“论翻译”，前面所引书，第 320 页。

4.1.3.3. 作为翻译语言的汉语之可取之处

忠实的标准是与译者和原文的关系以及译者对作者的责任相对应的。对此，林语堂具体阐释了“忠实之四等”、“‘直译’‘意译’名称之不妥”、“字译与句译”、“忠实非字字对译之谓”、“字典辞书之不可靠”、“字典之用处”、“忠实须求传神”和“绝对忠实之不可靠”。

通顺的标准是与译者和国文的关系以及译者对本国读者之责任相对应的。林语堂分以下几个小标题对此进行了阐释：“行文之心理”、“译文须以句为本位”和“译者须完全根据中文心理”。

这个翻译理念的背后是林语堂对传统的翻译理念的不满意，这个传统翻译理念根据二进制的标准来传达信息，即，要么直译，要么意译。与此相反，林语堂建议在译者对于文字的理解的基础上来制定翻译标准，此理解也是译者对原文本进行编码和解码之所在：“按译者对于文字的解法与译法不外两种，就是以字为主体，与以句为主体。”[183]

字译是不对的。林语堂解释说，因为将各个单词堆积起来的含义可能与原始含义有所不同。相反，句译时句子的意思是与其他句子互相连贯互相结合的。句子是原作者呈现其思想的单位，而且在翻译过程中呈现其思想时，句子也应作为单位。这意味着译者可以在两个方面进行实践。一是“译者自应对于原文字义有深切入神的体会，字义了解的确是句义了解的根基。”[184]

林语堂关注了艺术文翻译的语言层面。他提及艺术文的外的体裁与内的体裁问题：“外的体裁问题，就是如句之长短繁简及诗之体格等。内的体裁，就是作者之风度文体，与作者个性直接有关系的，如像理想、写实、幻象、奇想、乐观、悲观、幽默之各种。”而对内的体裁的翻译“全在于译者素来在文学上之经验学识”，“非文学之教员或指导书所能代为指明。”[185]

4.2. 两个计划

林语堂著作的双语特色自然也包括了他的翻译。然而，根据林语堂自己1975年的盘存清点，他的39部由原作和译作组成的主要出版著作中，有35部是用英文创作的。其中的小部分有中文版本，包括1930-1936年间的50篇“小评论”专栏文章和《啼笑皆非》的前11章。这两个计划在地域上因林语

183 林语堂，“论翻译”，前面所引书，第309页。
184 林语堂，“论翻译”，第312页。
185 林语堂，“论翻译”，第320页。

堂从上海移民到纽约而分开，1936 年标志着林语堂文学语言的变化。1936 年后，他很少发表中文文章。作为 1936 年后他唯一的一部中文出版物，《啼笑皆非》的前 11 章与他较早发表在《中国评论周报》"小评论"上的专栏文章形成了鲜明对比。因此，通过仔细观察这两个计划，可以了解林语堂对中文的诉求。

4.2.1. 出售表现主义的文学作品的计划

林语堂的出版物中没有提到《中国评论周报》"小评论"专栏与他创办的一系列中国期刊之间的联系。正如钱锁桥于 2011 年编辑出版的《自由普世之困：林语堂与中国现代性中道》[186]中所揭示的那样，专栏文章中有 50 篇（约占三分之一）有相应的中文版本，主要发表在这些中文期刊上：《论语》17 篇，《人间世》3 篇，《宇宙风》5 篇，还有 5 篇发表在其他刊物上。中英文论文在语言上有着实质性的区别，当时分别由林语堂的两大努力来支撑：一是建立他独立评论家的身份，二是检验他在辩论中运用的"性灵"诗学技巧，并为此一种接一种地创办或与他人共同创办了三种期刊。

鉴于此，尽管"小评论"的翻译计划从未被提及，但我们可以通过"小评论"专栏和林语堂创办的几种期刊的原则来获得。

《中国评论周报》是当时唯一一本英文综合期刊，主要致力于对中国社会各个方面的自由评论。它由一群受过西方教育的人文学科专业人士经营，他们希望将中国现代化带入正轨。《中国评论周报》主要不是面向外国的，其读者以英语阅读习惯为特征，形成了一个精英社会阶层，他们对西方价值观并不陌生。林语堂与《中国评论周报》编辑委员会的同仁们有着共同的教育背景。他于 1928 年开始为《中国评论周报》撰稿。1930-1936 年间，林语堂负责"小评论"专栏，一共发表了 160 余篇关于时事、大众文化、中华传统以及宗教等的文章。

正是这些文章深受赛珍珠的关注，随后她邀请林语堂撰写那些后来成为《纽约时报》的畅销书。实际上，《吾国与吾民》和《生活的艺术》中的主要观点和态度正是他"小评论"专栏上的文章所持有的。林语堂将其"小评论"专栏的写作看成是一个"直言不讳"的独立评论家的身份创造。这种态度与他所理解的表现主义相同，尽管《中国评论周报》和"小评论"专栏的主要目

186 Qian Suoqiao. *Liberal Cosmopolitan: Lin Yutang and Middling Chinese Modernity: Ideas, History and Modern China*. Leiden and Boston: Brill, 2011.

的都不是文学。

用英文，林语堂可以自如地实现其表现主义的理想。而用中文，他则必须通过在一种接一种创办的期刊中发表论文来捍卫它们并进行辩论。另一方面，这些期刊也受到社会关注，正如林语堂在《论语》中为“幽默”的辩护：“倘是我能减少一点国中的方巾气，而叫国人取一种比较自然活泼的人生观，也就在介绍西洋文化工作中，尽一点点国民义务。”[187]

另一方面，这些期刊文章的成功不能不提及林语堂以市场为导向的写作技巧。林语堂这样回忆他主持的“小评论”专栏：“我发展出一套文风，秘诀是将读者当做心腹知交，宛如将心底的话向老朋友倾吐。”[188]

4.2.2. 说与“治道”之同胞的计划

据林太乙说，她的父亲从来没有时间翻译自己的作品，因为他被赋予了过多的创造力。这是不准确的。林语堂翻译自己“小评论”专栏的文章就是反证。另一个反证是他的《啼笑皆非》。与未提及“小评论”专栏上的英文文章与其中文文本之间存在关联不同，在《啼笑皆非》一书的“中文译本序言：为中国读者进一解”中，林语堂明确指出了他自译该书的目的：

> 吾不欲失人，故以此书译出，公之吾国读者。……惟求得关心治道之有心人，读到一二道得衷曲之处，颔首称善，吾愿足矣。[189]

其与英文原著之间的关系林语堂也说得很明白：“本书原著，系为西方人士而作，所谓对症下药也。”[190]

而在“序言”的最后，林语堂说明了自己与这部译著的关系并再一次提及其英文原著：

> 本书第一至十一篇，由著者自译。十二篇以下，由徐诚斌先生译出。……原文所无，译文中加释加注之处，以［］号别之。[191]

4.2.3. 对两个计划的批判性检验

1932年，林语堂在牛津大学做了一场题为“中国文化之精神”的演讲。

---

187 林语堂，“方巾气研究”，载林语堂，《林语堂名著全集》（第14卷），长春：东北师范大学出版社，1994年版，第171页。

188 Lin Yutang. *Memoirs of an Octogenarian.* Op. cit., p.69.

189 林语堂著，季维龙、黄宝定选编，《林语堂书评序跋集》，长沙：岳麓书社，1988年版，第283页。

190 林语堂著，季维龙、黄宝定选编，《林语堂书评序跋集》，第283页。

191 林语堂著，季维龙、黄宝定选编，《林语堂书评序跋集》，第285页。

他在该演讲的自译文本中插入的“序言”里说道：

> 此篇原为对英人演讲，多恭维东方文明之语。……若和平忍耐诸美德，本为东方精神所寄托。……国人若不深省，中夜思过，换和平为抵抗，易忍耐为奋斗，而坐听国粹家之催眠，终必昏聩不省，寿终正寝。愿读者对中国文化之弱点着想，毋徒以东方文明之继述者自负。中国始可有为。[192]

同样，林语堂在“关于《吾国与吾民》的创作”（1937）中，又一次回忆说几乎是半道上又重新开始的：

> 因原来以为全书须冠以西方现代物质文化之批评，而越讲越深，又多论辩，至使手稿文调全非。[193]

在他的第一本畅销书《吾国与吾民》中，主题被完全改变为中国人的精神生活和中国社会风貌，并且语调也被改变为平静的赞美和陈述。可以看出，林语堂会在以西方读者为中心的作品中调整有关中国的信息，而在以中国读者为中心的作品中，他也会对信息进行改写。

这就使得我们会问：林语堂在以中国读者为中心的作品中是否用同样的方式来对信息加以改写呢？如前所述，林语堂对这两个计划的理解是不同的。或许，将林语堂没有对其发表在“小评论”上的英文文章与其中文文本之间的关系予以说明视为一种否认是不公平的。但是，可以肯定地注意到，不认识到而且不提及较早版本的存在，实际上是允许在其后对文本进行自由创作的一种方式。

因此，可以将具体计划与当时林语堂的主要任务联系起来。在林语堂主持“小评论”专栏期间，林语堂的文学技巧还仍然处于一种试验状态，而且他的作品主要集中在介绍西方文化。而后者则与他在 20 世纪 30 年代晚期所做的相反，即，将中国文化介绍给西方，但本质上是相同的概念，尽管林语堂的文学技巧在 20 世纪 30 年代晚期已臻成熟。

这两个都反映了林语堂的读者意识但却分别属于那个时期林语堂的主要写作计划，因而可与不同的语言维度相关联。“小评论”专栏上的文章更多依

---

192 林语堂，“中国文化之精神”，载林语堂，《林语堂名著全集》（第 13 卷），长春：东北师范大学出版社，1994 年版，第 139-140 页。

193 林语堂，《关于〈吾国与吾民〉》，载陈子善编，《林语堂书话》，杭州：浙江人民出版社，1998 年版，第 358 页。原文无注。此为本书作者注。

赖的是文学技巧，而《啼笑皆非》则更多依赖信息与论证。

4.3. 自译者林语堂的视域

该节探讨了上节分别描述的两个计划中自译者林语堂的视域。在贝尔曼看来，这意味着要调查语言、文学、文化和历史方面的参数，这些参数既可以展现又可以限制林语堂的自我翻译行为。

4.3.1. 自译批评文章时林语堂的视域

自译“小评论”专栏上的文章时林语堂的视野，首先被置于南京国民政府 10 年（1927-1937）的历史背景中。南京国民政府 10 年是中国现代化的一个时期，当时受过西方教育的专业人员被置于社会建设的最前沿。而文化语境首先在地缘上与上海有关，那个时候的上海是社会经济发展和新闻自由的先驱。1928 年以后，由于政治压力，北京知识分子的外流使上海的声音进一步分化。

这是林语堂移居上海的历史和文化背景。从 1927 年起他就专门从事写作，因此，他开始密切地参与到那个历史和文化背景下的文学和语言环境中。

4.3.1.1. 文学语境

本小节从小品文的流行来探讨林语堂自译“小评论”专栏文章这个计划的文学语境。

林语堂创办的期刊因其小品文的风格而连续受到大众的欢迎，其前提条件是周作人所倡导的“性灵”复兴后公众对小品文的认可。在《美文》一文中，周作人呼吁中国作家从西方的文章中寻求榜样，以自己的风格写作，并以明代“性灵”派作家的精神来思考。周作人认为，通过小品文的形式来复兴“性灵”，能给中国新文学开辟出一块新的土地来。一系列拥护者对周作人的呼吁做了回应。一个最突出的例子是，一篇题为《文章做法》（1926）的文章将小品文当成一种与论说文、说明文、记叙文和文献记录并行的创作风格进行了讨论。

小品文在 20 世纪 20 年代的蓬勃发展与上海出版业尤其是期刊的繁荣息息相关。在出版物方面，期刊经常出现，分布范围广。在容量方面，期刊适合刊载随笔。

小品文的根深蒂固的理论基础和公众接受度有助于营造一种文学语境。在此语境中，林语堂可以出售自己的以读者为中心的小品文。

4.3.1.2. 语言学语境

在左派革命现实主义文学理想的支撑下，艺术创作的使命是否定和颠覆他们认为使中国落后于西方文明的东西。当涉及到将外国文学作品翻译成中文时，正如鲁迅的翻译，关注的唯一方向就是通过逐步引入外国句法来改革中文写作体系的使命。这正是鲁迅“拿来主义”策略的体现。

引入外国句法不可避免会带来尴尬的句子，正如梁实秋在批评鲁迅对阿纳托利·卢纳察尔斯基（Anatoly Lunacharsky）的《论艺术》（*On Art*）和《文学与批评》（*Literature and Criticism*）的翻译中扭曲了原文本时所说的那样，认为它是“硬译”，并将其主要原因归咎于鲁迅的早期观点，即，认为中文句法本质上是不足的。但是鲁迅并没有从语言学的角度来解决这一不足，而是从一系列的翻译对应中来加以解决的。

与鲁迅相反，林语堂能够从多种语言间相互不兼容的角度来探究汉语的特性：“我们在中国，向来看见英文文法的‘词类’、‘格’、‘态’等真如天经地义，所以《马氏文通》要削足就履地将中国古文配入英文文法的格律里，一若天下谈语言文法者，非以英文文法为蓝本不可。”[194]

再次，在这种相异的背景下，通过这种普遍认识，中文甚至变得更加不同，但是林语堂的立场从未指向与主流声音相反的方向：“一语言有一语言的语性，语法句法如何，皆须跟从一定之习惯。”[195]

这意味着：“译者必须将原文全句意思详细地体会出来，吸收心中，然后将此全句意义依中文语法译出。”[196]

林语堂对中文的立场与鲁迅相反，表明他对语言翻译的期望与后者的要求是相反的。为了对其“硬译”进行辩护，鲁迅解释道：“保留其原来的语气，并精通原来的句法模式。装进异样的句法去，古的，外省外府的，外国的，后来便可以据为己有。”[197]

但在林语堂看来，这种期望似乎不太可能：“且欧化之大部分在于词汇。若语法乃极不易欧化，而且不能句句皆欧化也。”[198]

194 林语堂，《论旧文法之推翻与新文法之建造》，载《林语堂名著全集》（第 13 卷），前面所引书，第 222 页。

195 林语堂，《论旧文法之推翻与新文法之建造》，第 317 页。

196 林语堂，《论旧文法之推翻与新文法之建造》，第 317 页。

197 参见鲁迅，《关于翻译的通信》，载《二心集》，上海：上海合众书店，1932 年。

198 鲁迅，《关于翻译的通信》，第 318 页。

外国思想必须包含在中国的形式中，因为：“无论何种语体于未经‘国化’以前都是不通，不能以其为翻译而为例外。”[199]

综上所述，林语堂对“小评论”专栏文章的自译反映了他对见证了现代汉语和文学的自由蓬勃发展的那 10 年在语言和文学立场上的参与。

4.3.2. 自译《啼笑皆非》时林语堂的视域

相比之下，尽管与林语堂对“小评论”专栏文章的自译不同，英文版本的《啼笑皆非》是在美国出版的，但林语堂自译的视域被第二次世界大战高度民族主义的环境所笼罩。著作中的艺术价值倾向于被其社会职能所遮蔽，而且这样的标准常被不同流派的作家采用。这可从林语堂《啼笑皆非》一书的“序”中所表明的动机“盖一感于吾国遭人封锁，声援无方。再感于强权政治种族偏见，尚未泯除。三感于和平之精神基础未立”和目的“以究世乱之源……复为可与言者进一解”中看出[200]。

可以假定林语堂的文化、文字和语言立场是一致的，以及在战争时期林语堂的自译《啼笑皆非》是如何受到更广泛的文学标准的影响的。

五、太平洋彼岸的剧场：作为一种创造性活动的林语堂自译

2019 年，英国女王大学翻译与阐释中心 Long Yangyang 题为《太平洋彼岸的剧场：作为一种创造性活动的林语堂自译》的文章发表在《亚太翻译与跨文化研究》上[201]。文章探讨了林语堂对其为 20 世纪 30 年代的美国观众创作的中文戏剧《子见南子》的自译，以探究翻译过程中表现出的创造力，确保所译戏剧的表演性。借鉴林语堂对“自译”这个概念的理解，即他所理解的自己作为中国人的自我与讲英语的“他者”之间的转移，该文分析了他为美国观众对原文进行重新创作时采用的三种策略，即，镜像效果、音乐效果和舞台旁白，认为这部中文剧的表演性需要译者的语言和戏剧干预。林语堂敏锐地意识到，与原作一样，翻译的剧本也是由演员为现场观众表演的。林语堂打算创作一部新剧本，以展示他对自译的

199 鲁迅，《关于翻译的通信》，第 318 页。

200 林语堂著，季维龙、黄宝定选编，《林语堂书评序跋集》，前面所引书，第 282-283 页。

201 Long Yangyang. “Transpacific Treatre: Lin Yutang’s Self-translation as a Creative Act”. *Asia Pacific Translation and Intercultural Studies*, Vol. 6, No.3, 2019, pp.216-233.

理解，即自译不仅仅是单纯地寻求源语文本和目标语文本两者之间含义的等同。该文得出的结论是，对林语堂来说，以自译开始，最终导向了精心的创作。而正是他长期以来对观众的关注所产生的这种创作确保了戏剧的表演性。

1928 年，林语堂根据《论语》和其他先秦经典为依据创作了独幕悲喜剧《子见南子》，发表在鲁迅、郁达夫合编的《奔流》月刊第 1 卷第 6 期上。该剧描绘了孔子与卫灵公夫人南子的一次会见。剧中，林语堂将孔子和南子描绘成正常的男人和女人，他们平等、愉快地交谈，反映了林语堂对男女平等的倡导。在林语堂为《子见南子》所写的“序”中，记下了对这部剧的反对指控：“学生扮作孔子，丑末角色。女教员装成南子，冶艳出神。”[202]但是，林语堂创作这部戏剧的目的不是要侮辱孔子，而是要将这位中国古代的哲学家作为现代语境中一个合理的人来展现。孔子的这种人性体现在林语堂把孔子看成是一个有个人魅力的、幽默的、有缺点的圣人的认识上。通过将孔子表现为现代语境下的理性个体，林语堂努力利用原剧本的表现力，使他能够让一个过去的、遥远的文化“他者”为其当代美国观众尽可能地保持其活力与相关性。应哥伦比亚大学中国学生的请求，林语堂将《子见南子》自译为 *Confucius Saw Nancy*，作为 1931 年 11 月 21 日至 22 日在纽约国际大厦举行的中国学生抗洪救灾委员会为中国洪灾受害者提供的福利计划的一部分而上演。

（一）林语堂的自译观

假如“没有任何翻译在最终本质上能力求与原著相似是可能的”这个观点正确的话，那么明白每种翻译都是一种涉及原文本的转换的挪用就变得至关重要。因此，译者在某种意义上是从对等概念出发的，该对等概念试图将原文本与呈现的新语境这两个世界联系起来。

翻译时，在自我变化的过程中失去了什么和获得了什么可以被认为是由中文和英文本身的特征来决定的。当从中文译成英文，或从英文译成中文时，概念本身就披上了不同的衣服及肤色，因为那些字眼会有不同的音色及不同的联想。在林语堂看来，正是这种差异不可避免地需要进行文本的转换。因

202《山东省立第二师范宋还吾答辩书》，载林语堂，《林语堂名著全集》（第 13 卷），前面所引书，第 295 页。

此，当他阐释说“思想方式、概念、意象、每句话的音调，在英语与中国话之间非常不同。说英语时，人们用英国的方式来思想，而用中国话来说话时，就不免用中国的方式来思想。如果我在一个早上写两篇题目相同、见解相同的文章，一篇是用英文写，一篇用中文写，这两篇文章自会显现有别，因为思想的潮流随着不同的意象、引述及联想，会自动地导入不同的途径”[203]时，他指的是自己相互矛盾的语言身份。

这个观点不仅证明了林语堂的英文自我与中文他者之间的相互作用，而且还揭示了他的道德焦虑，即他无法克服假定的语言的不可通约性。这种不可通约性似乎持久存在于翻译区中，艾米丽·阿普特（Emily Apter）将其描述为“没有单一的、离散的语言或单一的沟通媒介”[204]。正是在此区域中林语堂明确指出：“对孔子的思想之整体系统若没有全盘的了解，欲求充分了解何以孔子有如此的威望及影响，那真是缘木求鱼了。”[205]该主张强调的事实是，在表现中美之间的文化意义时，翻译过程必然会对其进行干预。因此，他将自译的实际过程，即自我的变化阐释为“我必须用更精确的逻辑思想的框架，阐释中国人的良心及直觉的知识，且把西方思想的建议放在中国直觉的评判下测验。”[206]

在林语堂的案例中，自我的这种张力在说英语的译者和中国作者的身份之间移动，这预示着译者在伦理上必须考虑目标受众。林语堂以这样的方式预言了保罗·里科（Paul Ricoeur）对译本自治性的诗意化描述：“文本的生命摆脱了作者的有限视野。文本现在的含义变得比作者写作时想要表达的意思更多。”[207]同样，林语堂以自我表象的方式打开文本而不是传达原文的含义。正是这种打开文本的行为既体现了译者的事业，又激发了观众的回应。舞台与观众之间的这种联系的核心是表演性。为了考察林语堂是如何激发《子见南子》的这种表演性的，下一节将探讨林语堂创作的三个方面，我将其称之为自译标志。首先，他是如何寻求我们可称之为镜像效果的；其次，他是如何创造音乐效果的。最后，他是如何即兴创作舞台旁白以促进演员的身心运

203 Lin Yutang. *From Pagan to Christian*. Op. cit., p.58.
204 Emily Apter. *The Translation Zone: A New Comparative Literature*. Princeton: Princeton University Press, 2006, p.6.
205 Lin Yutang. *The Wisdom of Confucius*. New York: Random House, 1938, p.46.
206 Lin Yutang. *From Pagan to Christian*. Op. cit., p.60.
207 Paul Ricoeur. *Interpretation Theory: Discourse and the Surplus of Meaning*. Fort Worth: Texas Christian University Press, 1976, p.30.

动，从而为美国观众确定和设计进入该剧的途径的。

（二）镜像效果

正如苏珊·巴斯奈特（Susan Bassnett）所指出的，戏剧文本是由译者和观众共同撰写的。她指出，戏剧性的文本应“当作不完整的东西，而不是完整的单位来读，因为只有在表演中才能充分发挥文本的潜力。”[208]对林语堂来说，正是译者的舞台构建与观众的想象力的共同创作才产生了镜像效果（借用劳伦斯·韦努蒂［Lawrence Venuti］的术语）[209]，这种镜像效果旨在唤起观众的熟悉感。为实现这种镜像效果，林语堂所做的努力的一部分是更改了女主人公南子的名字，其目的是在目标语语境和原始语境之间建立一种联系感，从而在观众中唤起一种共谋的感觉，一种加布里埃尔·马塞尔（Gabriel Marcel）描述为“通过情感我发现这毕竟与我相关”的感觉[210]。由于女主人公的原名“南子”对美国观众来说意义不大，因此林语堂将“南子”更改为了“Nancy”。这是一个常用的英文名字，它保留了原著的大部分语音排列方式，因此是一个让美国观众更容易表达和理解的翻译选择（或我们称之为“舞台语言”）。林语堂在这里作为作家、观众和译者的努力围绕着在中国古代的“南子”与最终将在现代美国进行表演的“Nancy”之间创造了一种流动。这一转换揭示了林语堂对戏剧翻译过程的思考不仅是对代码转换（从“南子”到 *Nan Zi*）的思考，而是对文化记忆（从“南子”到“Nancy”）的包装。

当南子试图说服孔子让男女同学加入她打算创立的“六艺研究社”或“国术讨论会”并邀请孔子“领导指教”时，观众的文化记忆被进一步唤起。她建议，如果有她或其他几位姑姊妹加入进来，她可以亲自照料茶点。“茶点”在中文原文本中被南子描绘成“甜淡酸辣”和“寒热冷暖”，按其字面意思可译为“food that is sweet, light, sour and spicy”和“all of which can be prepared either as hot or cold”。但在美国舞台上明确表达这些词语时，这些词语的描述性太强而无法表演。就像“*Nan Zi*”一样，这些以解释性语言而非舞台语言为特征

208 Susan Bassnett. “Variations on Translation” In *A Companion to Translation Studies* edited by S. Berman and C. Porter. Hoboken: Wiley Blackwell, 2014, pp.128-129.

209 Lawrence Venuti. *The Scandals of Translation: Towards an Ethics of Difference*. London: Routledge, 1998, p.77.

210 D. Johnston. “Valle-Inclan: The Meaning of Form” In *Moving Target: Theatre Translation and Cultural Practice* edited by C. A. Upton. Manchester: St. Jerome, 2000, p.90.

的信息性描述就像在为美国观众读一个脚注。因此，尽管他们有潜力完全理解原文本的意思，但他们仍然极有可能与原文本内容保持分离状态。但是，他们对剧本原初意义的理解是以牺牲戏剧表演为代价的，这与仅仅在意义世界中运作无关，而是与在舞台上呈现一部流畅而引人入胜的戏剧相关。劳伦斯·韦努蒂的观点“翻译通常等同于归化”[211]如果也同样适用于戏剧翻译的话，早在 70 多年前就已经在林语堂在英语舞台上表演的一部中国话剧的方法中被预示了。在接受语境中，中文原文本变形为一种英国的、莎士比亚式的表达模式：

> 南子：二来对于茶点一切，我也可以躬亲照料，省得难免有照应不周。包你甜淡酸辣，都能适中。寒热冷暖，无不相宜。[212]
>
> Nancy: Secondly, I shall be able to attend to the refreshments personally. I can assure you that you will have the coolest drinks, the choicest tea and the most delicious cakes.[213]

尽管“the coolest drinks, the choicest tea and the most delicious cakes”并不等同于“food that is sweet, light, sour and spicy”和“all of which can be prepared either as hot or cold”，但这样翻译产生了一种效果，其特征是与观众建立了一种联系。这种联系激发了人们对参与的渴望。在这此过程中，他们对现实世界的主观体验与（原文本中存在的）他者的生活体验联系在一起。美国观众可能想知道，生活在远古时代的中国人是否也像现代的他们一样有饮料、茶和蛋糕。他们最终得到的答案并不重要。重要的是，他们的认知参与有效地抵消了潜在的挫败感，而挫败感可能源于他们不能理解中国“他者”的遥远与异质性（如果上述诗行按字面意思来翻译的话）。其结果是，林语堂鼓励这种参与的努力表明了他在英语语境中对中国文学的现代性予以深刻传达的追求。这样做的目的不是要把中国文学奉为神圣之物，而是要将其视为能够进行创造性阐释的东西，而这一阐释主要是为了确保其在美国舞台上演出的表演性。

通过将灌输中国文化特质的原文本台词转变成有意义的英文台词，并添加一条从中国古代学者的角度表达对现代妇女权利的讨论的台词，林语堂设

---

211 Lawrence Venuti. *The Translator's Invisibility: A History of Translation*. 2nd edition. London: Routledge, 2008, p.5.

212 林语堂，《林语堂名著全集》（第 13 卷），前面所引书，第 282 页。

213 Lin Yutang. “Confucius Saw Nancy”. Chapter 1 In *Confucius Saw Nancy and Essays about Nothing*. Shanghai: The Commercial Press, 1936, p.29.

法使目标受众立即对所展示的事物产生了一种熟悉感。正如大卫·约翰斯顿（David Johnston）所指出的那样，戏剧翻译是“对写成戏剧文本形式的特定表演进行不断的解释和成角度的/重新定向的过程的结果。”[214]从这个角度来看，林语堂的翻译随着时间的推移重新定位了他对观众的关注，探讨了如何将戏剧作品重新适应新的、不可预知的表演。

（三）音乐效果

林语堂的翻译不仅仅是基于对中美字符和情境的类似追求。为了使翻译的剧作在美国舞台上发挥作用，他认为还需要考虑其他两个因素：音乐效果和舞台旁白，二者共同构成了实现他不断努力建立的镜像效果的手段。音乐效果以声音的实质性为特征，集中在翻译剧本的表演性上。例如，通过韵律和重复，角色的感觉得以体现并由此得以传达。这些是林语堂追求文化相似性的关键情感流，观众的反应是认识到可能存在的任何文化差异都建立在对人类情感生活的更深刻理解上。例如，不是从语意上去翻译，林语堂的译文捕捉到了声音的再现：

例一：孔丘：妇人之口，可以出走。妇人之谒，可以死败。[215]

Confucius: A woman's mouth can send you into exile. A visit with a woman could mean your death. (literal translation)

Confucius: Beware of a woman's tongue, sooner or later you'll get stung. Beware of a woman's pleasure, capricious as a merchant's measure. (Lin Yutang's version[216])

例二：孔丘：妇人之口，可以出走。妇人之谒，可以宿足。[217]

Confucius: A woman's mouth can send you into exile. A visit with a woman could prevent you from proceeding. (literal translation)

Confucius: Beware of a woman's tongue, sooner or later you'll get stung. Beware of a woman's pleasure ... unchangeable like the King's measure. (Lin Yutang's version[218])

---

214 David Johnston ed. *Stages of Translation*. Bath: Absolute Classics, 1996, p.11.
215 林语堂，《林语堂名著全集》（第13卷），前面所引书，第272页。
216 Lin Yutang. "Confucius Saw Nancy". Chapter 1. Op. cit., p.9.
217 林语堂，《林语堂名著全集》（第13卷），前面所引书，第272页。
218 Lin Yutang. "Confucius Saw Nancy". Chapter 1. Op. cit., pp.9-10.

按字面翻译忠实于原文本的意思，但不可避免地忽略了话语被深深嵌入其中的戏剧环境，可能导致剧本的标准化。相反，林语堂选择用“capricious as a merchant’s measure”和“unchangeable like the King’s measure”来代替“could mean your death”和“could prevent you from proceeding”，强调了文本的节奏性。这种策略不仅表明了林语堂对确保观众进入和参与戏剧的必要性的认识。更重要的是，它表明了林语堂坚决拒绝创作一部会被时空限制的隔离所困从而被观众拒之门外的翻译剧本。这样的翻译不能避免以疏远的方式表达原作，对于观众的个人生活来说可能是毫无生气、毫无意义的表现。如今，林语堂的策略已被舞台剧译者普遍接受，他们大都能意识到戏剧化改造的必要性。例如，莫里哀（Molière）的译者英国剧作家兰吉特·博尔特（Ranjit Bolt）就在他 2002 年为国家剧院翻译的莫里哀的《塔尔图夫》（*Tartuffe*）中插入了新的对句：“现在，还没吃完汤和肉，您就急着要吃甜食了。”这句幽默的话引发了观众的欢笑和赞誉，几乎在每篇评论中都会被评论家们提到。兰吉特·博尔特拒绝受到“忠实”的束缚：“我对莫里哀是忠实的，但我不认为那意味着我必须撰写可供 A 级水准的法国学生用作抄袭的文本。”并强调了真正忠实于原文意思的危险：“如果你忠实于文字，那你就会束缚自己。你就不会获得很好的展示。”[219]林语堂和博尔特都认为，音乐性使得表演的即时性得到了增强，这揭示出提供一种能由现场演员为现场观众表演的翻译的重要性。

林语堂扮演译者和剧作家的双重角色，通过与观众的互动，使表演具有表演性，且通过韵律而更具动态性的翻译来寻求这种表演性的效果。林语堂意识到将古汉语变成古英语对 20 世纪 30 年代的美国观众意义不大，而且会破坏他寻求实现的跨时空的亲缘感，于是林语堂为其同时代的观众对剧本进行了改编。然而，这并不意味着应该淡化原文本的本质和内涵，甚至在这个当代译本中也不能反映原文本。译文中，由于单词“tongue”与“stung”和“pleasure”与“measure”是押韵的，两行都被赋予了谚语的感觉。的确，林语堂的意图是通过押韵表示某种程度的“异质性”来捕捉古老的说话方式，但又不妨碍对其意思的理解。也即是说，林语堂的翻译倾向于引导句子的声音，好像它们是由以英语为母语的人讲的，但与此同时，他又可以把原文本的语调翻译出来。今天，戏剧化的音调对观众的影响是剧本翻译要考虑的关

219 B. Logan. “Whose Play Is It Anyway?” *The Guardian*, March 12, 2003.

键因素。西班牙剧作家胡安·梅约加（Juan Mayorga）在接受约翰斯顿（D. Johnston）的采访时谈到西班牙黄金时代的剧本翻译时说得很清楚："这就像是获得了一个毫无疑问的语言库，我们觉得这是我们自己的，但它仍属于过去。"[220]的确，正是这一被认可的时刻，（在我们自己的存在范围内的过去），可能引起观众渴望探索"他者"的过去。换句话说，如果译者的任务是将古汉语转换为当代英语，那不是古汉语的异化，而是古汉语和古英语同时存在的另一时代的异化。对翻译剧本来说，从而开辟了一种可能性，即，所使用的语言同时成为我们和"他者"的语言的可能性。正是这种同时性，促使观众对中文戏剧原文本的观众体验的了解。

（四）舞台旁白

如果林语堂对音乐效果的求助是产生镜像效果的重要手段，那么这表明他的理解，即翻译是为表演而进行的，不仅仅涉及一种不必考虑整体改编和演员身体和心理变化的语义的转换。可以说，它是译者进行干预的明确信号。对林语堂来说，潜伏在此过程中的最终结果是原作的视觉表现，因此，角色以舞台旁白的形式指示了角色为目标观众所采取的全部戏剧性动作。充分意识到中国戏剧是以演员为中心，而西方戏剧则是以文字为中心，林语堂补充了更详细的舞台旁白，以符合美国的舞台实践。在这一点上，林语堂的戏剧意识得到了突显。

例一：子路：司阍的可恶，他还不认得我吗？跟他争吵一会，待我按剑起来，才向我赔罪。对不起，让先生久候了吧？[221]

Tselu: Dame the gate-keeper! He pretended not to know me, and would not let me in, until I put my hand on my sword....Then he apologized. *[Then, remembering himself, he made a low bow to the old gentleman.]* I am awfully sorry. Did I keep you waiting very long?[222]

例二：子路：是的，要请你喝茶……[223]

Tselu: *[With increasing sureness, thinking he is murdering his*

220 D. Johnston. "Voices from the Field: Interviews with Directors---Juan Mayorga" In *The Spanish Golden Age in English: Perspectives in Performance* edited by C. Boyle, D. Johnston and J. Morris. London: Oberon Books, 2007, p.143.

221 林语堂，《林语堂名著全集》（第 13 卷），前面所引书，第 270 页。

222 Lin Yutang. "Confucius Saw Nancy". Chapter 1. Op. cit., p.9.

223 林语堂，《林语堂名著全集》（第 13 卷），前面所引书，第 275 页。

master] Yes, to invite you to tea.[224]

作为一种身体经验，对林语堂来说，表演需要的是，在这个戏剧语境中说的话是要通过演员的身体来进行调解的。这种身体上的突显反过来又被现场的观众所接受。林语堂在运用这种身体经验来创造演员与观众之间的理解渠道时，提供了具体的指示，以确保演员的行动符合他的意图。林语堂在英译文本中特别加入了提示身体活动的"*Then, remembering himself, he made a low bow to the old gentleman*"和提示心理活动的"*thinking he is murdering his master*"，这不仅是为了保持观众的注意力，而且对导演而言是为了确保话语被特定的动作补充，而不是对可能的动作进行阐释。肢体动作和思想流动的结合使英语世界的观众沉浸在戏剧中。的确，这些舞台旁白以一种根本力量投入其中，这种力量不仅在角色本身的经验范围内有效，而且更重要的是在观众的想象力范围内有效。换句话说，用这种方式，身体和认知信号相统一，翻译与 20 世纪 30 年代美国观众的理解和经验相关，因为没有激发起那种程度的参与共谋，任何中国"他者"的呈现都将被降级到绝对相异的遥远海岸。正如英语剧作家迈克尔 · 弗赖恩（Michael Frayn）所说："翻译剧本就像写剧本一样。第一个原则当然是，如果他是英语母语人士，那么每一行应该是特定角色在特定时刻会说的话。"[225]同样，译者伊兰 · 斯塔万斯（Ilan Stavans）也指出："人们在任何特定时刻如何感知世界取决于该时刻其所讲的语言。"[226]林语堂完全意识到，一个剧本无论是在过去，还是在将来，其能体验当前的机会都是短暂的。因此，在舞台上看到和经历的身体动作和心理活动将有助于观众抓住这一时刻。身体与认知相结合，旨在促进观众对表演的参与和分享，从而捕捉当下，即创造的相关性和共同理解的"现在"。

（五）结语

林语堂的翻译提出了这些自译的观点，所有这些观点都是他自己的，其目的不是为了自我创造或自我延伸。作为一个跨文化的调停人，随着时间的推移他依然关注观众，并从通常不会终结思考的戏剧作品中发现新的含义。在自我重塑的过程中将补充翻译时可能被感觉到失去的东西。正如皮奥特 ·布

224 Lin Yutang. "Confucius Saw Nancy". Chapter 1. Op. cit., p.9.

225 Michael Frayn. *Stage Directions: Writing on Threatre, 1970-2008*. London: Faber & Faber, 2009, p.204.

226 Ilan Stavans. "On Self-Translation". *The Los Angeles Review of Books*, August 23, 2016.

卢姆琴斯基（Piotr Blumczynski）在伊娃·霍夫曼（Eva Hoffman）的《迷失在翻译中》（*Lost in Translation*）一书中所看到的那样，自我的再现过程的确是证明翻译价值合理与否的过程，“翻译是在获得新的文化认同时体验和维护人格完整的唯一途径，其价值在于它带来的整合。”[227]布卢姆琴斯基的评论表明，翻译可以将自我的先前身份融入新的自我中。实际上，对林语堂来说，自我和被重塑的自我的完整性对其自译来说是至关重要的。那么，值得注意的是，林语堂设想自己是一位不受意义限制相反却将其创造力阐释打开并掌握了镜像效果、音乐效果和舞台旁白的作家、译者、观众和演员。通过语言和戏剧化的改造，最终确保了此时此地（20 世纪 30 年代）的观众对剧本的表演性。正如本文所证明的那样，林语堂被《纽约时报》（1976 年 3 月 27 日）赞为“对西方人，他对他那片土地及其人民进行了‘人性化’和‘现代化’的古老构想。”林语堂对表演性的保证，是沟通、理解和互动的工程，即使短暂地处于剧院这个安全环境中也是如此。正是在这一点上，充分展现了林语堂对于反驳对中国文化误解的必要性的敏锐认识，正如在美国舞台上对中国演员的种族歧视，使这种认识得到了彻底的显现。

227 Piotr Blumczynski. “Translation as an Evaluative Concept” In Piotr Blumczynski and J. Gillespie eds. *Translating Values*. London: Palgrave Macmillan, p.338.

第三章　文学家语言学家林语堂

该章选取了英语世界研究文学家语言学家林语堂的四种成果向读者呈现“他者”眼中的林语堂。一是苏真（Richard Jean So）的博士论文《对苦力民主主义者的驯化：林语堂与自我民族志现实主义》，二是苏真的专著《跨太平洋社区：美国、中国与文化网络的兴衰》第四章《排印民族现代主义：林语堂与共和国的中国佬》，三是 Hannah Wing-han Yiu 的博士论文《林语堂的文学之路，1895-1930》，四是 Long Yangyang 的期刊文章《把中国介绍给大西洋——西方：自我、他者与林语堂的抵制》。

一、对苦力民主主义者的驯化：林语堂与自我民族志现实主义

2010 年，哥伦比亚大学苏真的博士论文《苦力民主主义：1925-1955 年间的美中政治和文学交换》发表。除“导论：苦力、民主与文化”和“结语：1955 年后，事情崩溃了”外，作者分四章对 1925-1955 年间的美中政治和文学的交换做了阐释，每一章涉及一个政治或文学人物。第一章为《太平洋文化前线的碎片：艾格妮丝 · 史沫特莱（Agnes Smedley）与综合现实主义》。第二章为《自然的民主：赛珍珠与类比美学》；第三章为《对苦力民主主义者的驯化：林语堂与自我民族志现实主义》[1]。第四章为《被分隔的世界，被分隔的文字：老舍及其自译》。

1 Richard Jean So. “Domesticating the Coolie Democrat: Lin Yutang and Auto-Ethnographic Realism” In “Coolie Democracy: U. S.-China Political and Literary Exchange, 1925-1955”. Ph. D. dissertation, Columbia University, 2010, pp.155-216.

（一）合作小说

1947 年春末，庄台公司的主编华尔希给他的明星作家林语堂，中国著名的流散作家和小说家，写了一封信。华尔希几年前邀请林语堂从中国迁居到美国。20 世纪中国“激进的 30 年代”对林语堂并不友好。作为自封的“自由主义者”，他已成为中国共产党日益强烈反对的目标，遭到了越来越多左派作家的嘲笑和敌意。1936 年，他在其早些时候在上海结识的华尔希和赛珍珠的帮助下逃到美国，希望在国外重建他的文学事业。在此之后的 10 年，对林语堂来说要友善得多。1935-1945 年间，林语堂出版了三本畅销小说，其中包括《京华烟云》，这让他在美国有了声誉，成为纽约文学界广受赞誉的人，并成了诸如杜波依斯（W. E. B. Du Bois）和奥登（W. H. Auden）等作家的仰慕者。林语堂与庄台公司的合作伙伴关系以及华尔希的赞助，无疑对他突然获得极高的文学声誉起了重要作用。华尔希和赛珍珠出版了他的第一本小说，并认真编辑、修订、营销他在美国撰写的每一本书。1947 年春，他们感知到一个新的“热门”文学话题，叫林语堂写一种新的小说，一种似乎是史无前例的文学作品，一部专门关于“美国华人的经历”的“华裔美国”小说。林语堂欣然接受了他们的建议，并迅速开始了《唐人街》（1948）的创作。该书将成为一家重要出版公司出版的第一本关于亚裔美国人的小说，并明确地被华尔希当成“亚裔美国”文学或“华裔美国”文学来进行营销。

但是，有个小障碍阻碍了这个计划。林语堂对华裔美国人或华裔美国人的经历几乎一无所知。尽管林语堂自称是华人移民，但他生活在一个文化和社会精英聚集的高雅环境里，对唐人街穷苦的劳动阶级的烦恼和辛劳完全不了解。因此，写作《唐人街》的“计划”演变成林语堂、华尔希和赛珍珠之间复杂而微妙的合作。具有讽刺意味的是，赛珍珠和华尔希曾组织过旨在推翻《排华法案》（the Chinese Exclusion Laws, 1943）的运动，对美籍华人的了解远比林语堂更清楚。对林语堂来说，他们代表了一群了解华裔的“专家”，至少在名义上，他在写作过程中听从了他们的建议。华尔希定期向林语堂寄送有关排华的历史的和社会学的研究资料，并在中国大使馆为他建立了联系。他为林语堂的许多稿倾注了心血，并认真纠正了在他对华裔美国人的陈述中所感知到的历史错误或前后矛盾的地方。艺术天才或自治性屈服于日益增长的、有进取心的、持久的编辑合作形式的需求。研究取代了灵感，而社会学取代了文学叙事。

本章详细分析了林语堂与华尔希和赛珍珠等人的合作，以重新审视 1940-1950 年间华裔和亚裔的种族形成历史。压制林语堂的创作独立性的努力仅仅掩盖了华尔希和赛珍珠等的明确的政治和意识形态目的。正如我在上一章中所描述的那样，华尔希和赛珍珠在组织领导 1943 年的废除排华法案的运动中起着至关重要的作用。然而，他们对这项运动的投资并没有在 1943 年结束。相反，他们把林语堂的小说想象为美中国家的一个缩影，描绘出华裔的鲜明意象。对 1943-1950 年间的亚裔美国人的文化研究经常被忽视，这个时期标志着亚裔美国人的生活进入了一个新的但不确定的时代。突然，又出现了"合法的"美籍华人移民。但是鉴于实际的立法变化缓慢，这些个体的可见人口尚未重新出现，特别是在纽约市。兴旺发达的美籍华裔这个想法即使还没有变成现实但已经在头脑中存在了。而且，华尔希和赛珍珠对社会应有的面貌有着非常清晰的认识。因此，《唐人街》的生产就成为了在美国创造亚洲身份新话语的重要场所。

林语堂在美国经历的故事似乎类似于一种熟悉的关于亚裔美国人的历史叙事，他们到达美国、被同化、被强迫、有时被主流征服（在 1963 年之前，主要是美国白人社会组织）。然而，更广泛、更国际化的关注会使我们恢复将亚裔美国人的种族形成与中国社会发展联系起来的另一种历史。像他的白人女性同行史沐特莱和赛珍珠一样，林语堂在中美两国文化的边缘不安地存在着，经常充当两者之间的调停人。林语堂出生在中国东南部，一个中国基督教信徒家庭。他在福建省长大。由于他不会讲普通话而经历了被文化边缘化。而作为基督教徒的孩子，林语堂也被标记为社会局外人，只属于一个相对较小且古怪的华裔信徒社区。童年的这两种品质都会影响林语堂后来对"中国"和"中国性"的灵活的、非教条式的理解。林语堂获得了华南一所规模不大的基督教大学（圣约翰大学）的奖学金，该奖学金为他获得在哈佛大学和哥伦比亚大学学习英语和美国文学的奖学金提供了便利。他提前离开美国去了德国，完成了他的研究生学习，并在那里完成了他关于古汉语语音学的博士论文。他于 20 世纪 20 年代回到中国，先后在北京大学和厦门大学任教。他与鲁迅、胡适等中国文学名人结为朋友，并成为了一个有影响力的讽刺作家和杰出的散文家。在鲁迅的帮助下，林语堂于 20 世纪 30 年代初移居上海，并创办了两本受欢迎的刊物——《中国评论周报》和《论语》。但是，正如上文所述，30 年代中期对林语堂来说是可怕的。在有关中国未来问题分裂为左派、右派和自由派的过程中他拒绝选择任何一方，并对好战分子的意识形态持矛盾的态度。他的沉默和怀疑态度使他在左派和右派都招致了敌人，并于1936年被迫离开中国。不过，中国的失恰是美国的得。林语堂在1940-1950年间成为美国文学界的知名人士和著名作家，在美国和台湾相对舒适地度过了60年代，直至去世。尽管他注定在决定性的1949年后之后再也不能回到中国大陆。

林语堂身体的和思想的旅程使他成为亚裔美国人研究和中国研究好奇的对象。他在民族文化形成的关键时刻离开了上海和中国，而他到美国又为时尚早，无法有意义地参与到新兴的亚美文学的构建中。结果，学者们对林语堂的各种贡献做出了负面评价：对中国文学的左倾学者来说过于“美国化”，而对亚裔美国人来说则过于以自我为中心。

然而，本章将林语堂的跨太平洋双重语境重新联系起来，以考察其作为美中民主、认同和文化概念之间的重要密码的工作。特别是，我对林语堂通过一种异常有效的形式而达到“自然的”或“苦力的”民主这个概念的归化感兴趣，这种形式即是我所说的美中文化互动的“第三区”——用“中英文”写作。华尔希和赛珍珠决定邀请林语堂到美国的决定，是建立在基本的善意而非战略计划上的。他们希望林语堂写《唐人街》，不仅是构想一个理想的华裔美国人的主题，而且要产生一种更广泛的华裔英语社会话语，这是对美国民主和自由个人主义理念的支持。在上海，林语堂已经通过在上海出版但以英文撰写的《中国评论周报》等期刊的作品，对这种中英文的写作模式进行了试验，并对社会平等的美国理想予以了赞扬。华尔希和赛珍珠密切关注林语堂在上海的工作，因此有针对性地将他作为目标，因为他们认为林语堂和他的作品是重建赛珍珠失去的美籍华人自由主义梦想的最佳机会，这正是她之前构想的、以华裔美国文学的形式出现的自然民主。因此，写小说的工作就是在美国重建这种话语的工作。再次，这是为美国观众归化“苦力民主”的任务。因此，林语堂在美国的著作是苦力民主发展的重要一步。

我认为是作品的奇异的性质，即我认为的一个强加的或强制性的“合作”版本，引发了如下的问题：是什么样的美学形式和体裁促成了这种特殊话语的产生？是谁或什么授权其最终的生产？本章将说明，自我民族志在这种创作的概念化及其最终成果中起着至关重要的作用。在上海，制造一种新的英语话语需要大量的自我翻译，即将中文的主体性重新呈现为“外语”。在美国，林语堂试图重现这种话语并满足美国赞助商的相关要求的尝试，只会加剧这种“从外往里看”和自我疏离的感觉。我认为，一种特殊的文学形式，我称之为“民族志现实主义”，促成了美国和中国的这种建构、运动和最终的重建。此外，我还将表明，这种体裁鼓励了文化胁迫和意想不到的中介时刻。一方面，自我民族志现实主义体现了华尔希和赛珍珠的愿望，即将外在的知识条件强加于林语堂的文学作品之上。而另一方面，这也使林语堂产生了新的身份观念，有时甚至与两者不一致，因此代表了个体中介的偶然力量。

（二）在上海用英文写作

第一部分探讨林语堂通过《中国评论周报》等期刊的英语文章在上海形成英语话语的尝试。我将重点关注两个具体的例子，以探讨政治危机时期，这种写作是如何服务于在中国产生一种美国自由民主话语的。

林语堂于 20 世纪 20 年代末从北京抵达上海。正如戴沙迪（Alexander Des Forges）所言，到 20 世纪 10 年代中期，上海已经成为中国的“现代性场所”，这是由于其独特的地方政治结构、外国定居点、新兴媒体和印刷文化以及全球商业造成的[2]。上海 10 年代和 20 年代的社会历史反映了复杂的政治局势。在 19 世纪，该城市因德国、法国和俄罗斯的商业竞争而被分割成一块块的外国定居点，并因此获得“半殖民地”的称呼。到 20 年代后期，它已成为满足不同国家利益的“决战场”，特许外国经营的总面积比中国自己的要大几倍。尽管上海的大多数居民是中国人，外国人仅占上海人口的一小部分，但该市的大部分政治和金融基础设施，包括商业、道路和各种设施，都是由外国控制的。这种殖民结构影响了其大部分政治和经济生活，到 30 年代已全面形成。此外，中国国民党政府试图从 20 年代的外国让步中夺回控制权，加剧了这种社会地理的复杂性。民族主义者提倡民族主义和反帝国主义，并实行严厉的法治，以期在 30 年代使上海重返中国的控制。总而言之，上海代表着一个复杂的矩阵，在本地和国际范围内存在着多方面的相互竞争的政治利益，其政治、文化和自然地理零散而参差不齐。

上海“现代性”的一个关键方面是其独特而令人印象深刻的印刷和媒体

2 Alexander Des Forges. *Mediasphere Shanghai: The Aesthetics of Cultural Production*. Honolulu: University of Hawaii Press, 2008, p.15.

文化。到 20 世纪 10 年代初，已经出现了数量惊人的杂志、期刊以及蓬勃发展的电影、文学和广告文化。作家们涌向上海开始其写作生涯，新的出版社和新的期刊似乎每天都在激增。当然，城市独特的社会状况和充满活力的媒体文化有着密切的关系。上海成为“跨国”文学和文化生产的场所，主要是在占领了这座城市的本地人和外国人、西方人和非西方人等不同人群之间进行调停。这种庞大而充满活力的印刷文化催生了多元化的阅读公众，而公众又利用这种文化在不同的政治和种族社区之间进行调停，在对立的派别之间架起桥梁，同时也维护自己的本土或外国身份。媒体及其文化使“上海经验”成为可能。近年来，许多学者对城市的半殖民地地位和印刷界及其对主观性的影响进行了理论分析。例如，戴沙迪认为，上海的多元化媒体和多元的阅读公众促进了“激进的异质性”，在其中，现代和前现代、后传统和传统的不同版本都并存在一起[3]。这种形式的多元将城市标记为“杂交场所”（locus of hybridity），从而使其在全国范围内变得引人注目。史书美（Shih Shumei）认为，与印度或非洲的殖民主义不同，中国的半殖民主义以多个帝国主义国家的部分控制为特征，它创造了一种“没有霸权的统治，没有统治的霸权”的社会形式，激发了人们的种族和文化认同的灵活观念。上海知识分子可以将西方视为帝国力量和现代化的代理人，因此占据着流动的而非固定的主体位置，结果变成了一个“冲突缠身的文化空间”（a trife ridden cultural space）[4]。

林语堂进入这个文化领域的目的是明确的：在上海创建一个致力于自由主义和世界主义的新型阅读公众，这种读者既有本土认同感，也有国际取向。1928 年，他与一群接受过美国教育的中国知识分子一起，创办了《中国评论周报》。该杂志的宗旨很明确：他们在第一篇社论中宣布，它是一个致力于提高上海本土读者对“全球”问题的认识的“自由世界主义俱乐部”，并向国内外公众介绍中国和中国人。他们将“世界主义”定义为民族主义和国际主义的结合，从而将这一时期的两种主要话语结合在一起，同时也软化处理了两者的意识形态边

3 Alexander Des Forges, and also see Leo Lee. *Shanghai Modern: The Flowering of a New Urban Culture in China, 1930-1945*. Cambridge: Harvard University Press, 1999 and Meng Yue. *Shanghai and the Edges of Empire*. Minneapolis: University of Minnesota Press, 2006.

4 Shi Shumei. *The Lure of the Modern: Writing Modernism in Semicolonial China, 1917-1937*. Berkeley: University of California Press, 2001, p.238.

缘。正如 Shen Shuang 所言，该杂志以一种最奇怪的方式居住在上海的“多层城市公共文化”（multilayered urban public culture）中。一方面，《中国评论周报》扎根于上海地方政治，得到了国民党政府的部分支持。然而，与此同时，该杂志拥有为“全人类”说话和探讨超越阶级、民族、性别和种族界限的问题的普遍野心。该杂志希望进行跨语言的全球交流。它自称是一个“世界公民”，并重视我们今天与世界主义相关的许多特质：文化融合、灵活的身份认同等[5]。

该期刊提高这种意识形态的一个重要方面是其语言的使用：尽管该期刊在上海出版，并且主要针对讲汉语的读者，但该期刊几乎全部是用英文撰写的。我们知道，英语最近已上升到一种新的“全球文化商品”的地位。而且，《中国评论周报》的编辑们主要是由具有美国博士学位的中国知识分子组成，他们利用英语来促进该期刊的自身发展，使之成为与世界对话的世界性出版物。使用英语的目的是在当地语境中发挥期刊的全球影响，同时增加期刊在国外广泛发行的潜力。通过以外国术语来重新呈现上海，它还以一种近乎现代主义的姿态使上海读者对其熟悉的上海感到陌生。然而，正如 Shen Shuang 所描述的那样，矛盾是显而易见的：《中国评论周报》旨在将中国“介绍”到世界其他地方，与此同时，又迫使本土读者将自己的思想和生活“译介”成“外”语。这就是在上海用英文写作的悖论。不过，Shen Shuang 指出，期刊的编辑以及读者不一定认为这种情况是矛盾的。他们更有可能只是认为，期刊的方向是对与该城市自身相当的自相矛盾状况及其混合的政治景观与资本、文化和人民的全球流动的混乱融合的反映。但是，我还要补充说，该杂志的非凡形式也起到了一种作用。通过“外国人”的眼睛对自我的感知也使社会干预的时刻变得活跃起来，这是对一个更美好世界的看法。

《中国评论周报》为 30 年代的好几起政治事件辩护，但其中一项特殊事件将引起人们的关注和对其意识形态的检验：中华民权保障同盟会上海分会副会长杨铨（杏佛）被暗杀。我在第一章有关史沫特莱的内容中已经讨论了杨杏佛的谋杀案。1933 年 6 月，杨杏佛从上海中央研究院中华民权保障同盟会上海分会总部出来时被枪杀。中华民权保障同盟会的活动，特别是其倡导公民自由的活动，引起了国民党当局的不利关注。尽管没有得到证实，但人们普遍认为，刺杀杨杏佛的刺客是国民党派去的，而他的死是中华民权保障

5　Shen Shuang. *Cosmopolitan Publics: Anglophone Print Culture in Semi-Colonial Shanghai*. New Brunswick: Rutgers Press, 2009, pp.33-43.

同盟会政治活动付出的代价。

杨杏佛之死是一个重大的历史事件。不过，在这里，我对他作为媒体事件的死比对作为政治事件的死更感兴趣。也就是说，我对国民党在媒体中对该事件的镇压以及随后在中国的另一种用英语写作领域中对杨杏佛之死的争辩进行的尝试感兴趣。刺杀事件使上海的大部分报纸和期刊都陷入了沉默。很少有期刊、杂志或报纸报道这一事件。胡适的期刊《独立评论家》仅以最笼统、抽象的方式讨论了这一事件，而林语堂读者众多的《人间世》和《论语》却没有提及杨铨（杏佛）。的确，上海几乎没有媒体或刊物敢通过报道杨杏佛之死来挑战国民党。杰罗姆·格雷德（Jerome Greider）在他对中国自由主义的研究中写道："实际上，中华民权保障同盟会在那天上午和杨杏佛一道死于艾伯特大街"，随之而来的是在上海规范中国自由主义意识形态的梦想[6]。杨杏佛之死后的历史事件似乎证实了这一观点：事件发生后，中华民权保障同盟会上海分会立即解散，该组织分为左派（宋庆龄和蔡元培）和右派（林语堂和胡适）。对于杨杏佛之死的异议，似乎被推到了一个话语黑洞中。只有寂静，新闻界的寂静，才占上风。

这是大致准确的解释，但仍然掩盖了上海媒体的多样性和密度。即使政治异议总的来说似乎已被平息，它仍然能够零零星星地生存。在宋（庆龄）的极力催促下，同盟会仍试图审慎地、战略性地在新闻界宣传杨杏佛的死。他们在未公开指责国民党的情况下发布了有关杨杏佛被刺杀的少量信息。这些零零碎碎的信息有许多可以在像《申报》这样的主流期刊中找到。他们还通过向杨杏佛致敬，发表了对国民党在杨杏佛之死中的作用等更多批评性评论。评论将杨杏佛描绘成一个光荣而勤奋的年轻人，被惨遭刺杀。其中许多评论关注的是受害者而非害人者，从而将注意力从国民党身上转移，关注的仍然是对死者的缅怀。最后，同盟会还散发了对国民党的更明确的谴责，尽管其中大多数遭到了迅速的审查，但仍有许多至少以部分形式发表在《申报》和其他一些期刊上。总体而言，上海媒体的灵活性仍然允许抗议的微妙形式在公众对公开持不同政见者的更为广泛的遏制中存在。抵抗仍然存在。

特别是，在林语堂的英文期刊《中国评论周报》中，对杨杏佛之死的抗议最为有效。从 6 月初开始，同盟会与林语堂及其编辑（我们记得林语堂是

6 Jerome Greider. *Hu Shi and the Chinese Renaissance: Liberalism in the Chinese Revolution, 1917-1937*. Cambridge: Harvard University Press, 1970, p.279.

同盟会成员）合作，出版了许多明确的对国民党政府的批评意见。该期刊代表了发表此类文章的合乎逻辑的地方。正如 Shen Shuang 在研究中指出的那样，《中国评论周报》在 20 世纪 30 年代初已成为支持公民权利、支持民主的一个出口。它认为美国式的自由主义是其“世界主义”的构成部分，前者是后者的重要组成部分[7]。宋庆龄求助于《中国评论周报》作为一种方便的、重新发表反国民党的社论的方式。这些社论被证明太过煽动性，无法用中文自由印刷。其中许多已被审查或撕成碎片。据同盟会的内部档案，我们知道林语堂期刊中出现的英文材料是其早期用中文写作文本的综合版本。以英文的形式，他们以新的、具有说服力的面孔重新出现。

《中国评论周报》的社论对国民党政府予以了高度可见的、激进的批评。可能出现的最具有打击性的社论是 1933 年 6 月 11 日出现在头版的广告，标题为“谁杀害了杨铨？”

> 这种兽行直接连续涉及到丁玲和潘梓年的被绑架以及应修人的被谋杀，代表了只能被形容为狂奔的疯狗在上海发起的疯狂恐怖浪潮中的又一步。
>
> 按照其上级领导的命令实施这些罪行的人渣就像被拴在一起的野兽。有时他们互相打斗咆哮——结果就像是绑架丁玲的马绍武那样的下场，死在妓院外的一条街道上。
>
> 当疯狗乱跑时，每个人都知道必须采取什么措施来制止它们。我们呼吁所有宣称是正义、自由、人类尊严的游击队员们，大声疾呼反对刺杀杨铨及类似的野蛮罪行，并与我们一道帮助我们进行斗争。[8]

这篇英文文章在内容、语调和风格上与它的中文版本都有所不同。这篇文章是明确、公开而肆无忌惮的。在中文版本中，作者通常避免直接将国民党称为敌人。而在这里，通过标题“谁杀害了杨铨”，他们似乎嘲笑这种怯懦，并直接点名是谁该对谋杀负责，例如马绍武。此外，在修辞上，本文还通过与绑架丁玲（我们已经在第一章中看到过）联系起来，从中文版本中脱颖而出，从而确定了其在世界范围内的异议。我们在社论上自己的语言中看到了这个国际化的潜台词：与中文版本不同，该文通过隐喻、象征主义手法和比

---

7 Shen Shuang. *Cosmopolitan Publics: Anglophone Print Culture in Semi-Colonial Shanghai*. Op. cit., pp.33-40.

8 *The China Critic* (June 22, 1933), p.628. Author not identified.

喻性语言来表达杨铨之死的恐怖（“兽行”、“人渣”和“狂奔的疯狗”）。这种修辞代表了 20 世纪 30 年代在世界范围内发现的国际抗议话语经常出现的特征，但是这种语言并没有出现在中文原版中。因此，宋庆龄决定以英文形式发表该文，建议实施一个更广泛的计划。

这些言论的主要目的是抗议杨杏佛的被刺杀，而另一个可能更重要的目的是利用《中国评论周报》的独特形式，助长一个致力于民主、公民权利和个人自由的同盟会理想的英语话语在中国的出现。我想说的是，同盟会发表这样的言辞，是希望能召集更广泛的公众。例如，愤怒主要是林语堂和他的同伴想在读者中激发的：对朋友杨杏佛的死感到愤怒。然而，在激起这种愤怒的同时，他们也希望围绕有说服力的自由与民主话语来组织这种影响。他们认为，英语的抗议话语可能会成为中国更广泛的自由语言的基础。中国的自由话语只是零散存在，而只需要一个更广泛的话语就可以将自身与其相联系。通过在中国用英文写作的流传，一些看起来可能仅仅只是恐惧、仇恨或愤怒的东西可能会凝结成更连贯的异议话语。在 20 世纪 30 年代初期的上海，由于国民党的压制，这场抗议活动大部分处于休眠状态。然而，越来越多的英语话语可能会释放其能量。

究竟是什么构成了这种话语？它的基本理论和原理是什么？我们可能会问，促进其存在的美学形式和体裁是什么？我现在退后一步，考察林语堂的一系列创作，以重构催生这种特殊的英文写作形式的思想。林语堂在使这个概念理论化并使它在上海出现方面发挥了决定性的作用。但是，在继续之前，我有一个警告：正如其他许多人都指出的，林语堂不是一个伟大的政治思想家或作家。他关于自由主义、权利和民主的大多数思想都衍生自胡适、蔡元培以及在其之前的梁启超的观点。他的天才在于他有能力充当不同形式的话语之间的密码。林语堂并没有生产新的知识，而是在不同的思想领域（例如美国和中国的权利观念）之间进行了调停，并将它们组合成有吸引力的合成整体。结果之一就是受到英语世界观影响的“中国”构想。

通过美国文化批评著作，林语堂派生了他的民主话语概念。像他的导师胡适一样，林语堂也去了美国学习，但是与胡适在哥伦比亚学政治哲学不同，林语堂在哈佛大学学的是英语和比较文学。林语堂曾短暂地受到白璧德的积极指导，但很快就脱离了哈佛教授的“新人文主义”计划。尽管林语堂发现美国文化批评的新形式令人振奋，但他寻求一个比白璧德的道德主义和坚定的保守主义更灵活和动态的选择，这使他想起了儒家古典主义在中国早些时候遭到拒绝的情况。在哈佛大学短暂的停留之后，林语堂非正式地转到了哥伦比亚大学，与白璧德的对手史宾岗和布鲁克斯（Van Wyck Brooks）一起学习，史宾岗和布鲁克斯预示了一种更为开放的文学表达和批评模式。到 1919 年，林语堂发现自己陷入了美国的一场热闹的“文化大战”中，声称自己毅然“为史宾岗辩解”。

在 1919 年下半年的某个时候，林语堂读了一本曾经著名的批评论文集《美国批评：其功能和地位》（*Criticism in America: Its Function and Status*, 1917）。该卷包括史宾岗、门肯（H. L. Mencken）和布鲁克斯的许多重要文章，其中很多将成为他们最著名的代表作。林语堂与这些文本的适时接触会对他的思想产生敏锐而有力的影响。例如史宾岗的这篇《新批评》（*New Criticism*）为林语堂发展作为一种公共经验形式的写作观念奠定了基础。史宾岗在他的论文中与克罗齐的美学“表现主义”保持一致，通过致力于极端形式的浪漫主义批判理论来拒绝白璧德的“新人文主义”的传统主义。史宾岗紧随克罗齐之后，坚持认为每件艺术品都是个人愿景的独特表达，而不是其时代的文件或某种流派或惯例的体现，史宾岗拒绝古典文学批评的“旧规则”，以及将“道德、惯例、传记和历史”作为评估艺术品或文学作品的基础。在他自己的时代，他的“新批评”对美国知识界产生了强大的影响。但最近，他的思想却陷入了破损失修的状态。

然而，林语堂与史宾岗的相遇被证明是决定性的。1929 年，林语堂发表了史宾岗论文的权威译本，并附了一篇简短的评论文章《新的文评序言》。林语堂颇有先见地首先对史宾岗的“表现主义”的组织理念发生了兴趣，这个理念再次源自克罗齐对作为一种人类经验的“审美”的重视。然而，与史宾岗的大多数评论者不同，林语堂将这一概念从纯粹的美学背景中分离出来，并将其与社会观念相联系。大多数批评家，尤其是新评论家，都把史宾岗当成是对艺术家从外部经验中获得完全自主权的极端看法来阅读，他的作品只是具有内部“感性”或“印象”的有限功能。他们认为，艺术家的这种观念倾向于荒谬：通过将艺术品视为意识的“表达”，它将艺术家与现实隔离开来，使他成为社会的“非实体”或“非人”。然而，林语堂重新审视了“表现主义”作为“个性”与“社会经验”之间必不可少的调停力量。也就是说，表现是对主观感觉的一种纯粹而绝对的表达，使艺术家能够公开地遵循“现实”。实际上，是通过消除那些典型地对社会“经验”施加命令的任意约定。这常常导致林语堂所谓的在内在体验与现实之间，或“内在”与“外在形式”之间的“冲突”。但是，林语堂发现这种“冲突”是极有可能的。恰恰在“冲突”的那一刻，艺术家与现实之间发生了真实的社会相遇，他试图使“敏感性”与现实相调和。而且，或许更为重要的是，在这一刻，每个艺术家都产生了一种批判性的判断力，即一种能够明智地评估社会模式和人际关系的能力。因此，可以说，在内外冲突和最终和解中，艺术家发现了一种批判性的社会实践的可能性。总而言之，林语堂通过史宾岗对克罗齐的好奇重读讽刺性地使在美国的“适应”中失去的“克罗齐表现主义”的一个方面，即，其与社会现实的关系恢复了。

除了史宾岗，林语堂还密切关注布鲁克斯的著作，并于 1919 年将《美国批评：其功能和地位》一书中布鲁克斯的论文《批评家和年轻的美国》（*The Critic and Young Americ*a）译成中文。林语堂与布鲁克斯的著作相遇促使林语堂将史宾岗仍然有些抽象的“经验”概念社会化，并使文化与其民主话语的产生之间的联系变得更加清晰。凯西·布莱克（Casey Blake）在其对美国青年人的出色研究中，将布鲁克斯的“有机的美国民主”理论描述为努力产生一种新的、公开的现代文化的观念。19 世纪末，布鲁克斯认为，由于城市资本主义的个人主义的迅速发展而使美国社会变得“偏心”和“无根”。与大不列颠或法国不同，美国缺乏强大而连贯的本土文化，因此被证明容易受到新兴的科学和金融学科不断扩大的“技术理性”的影响。布鲁克斯游说了一场“文化复兴”，以恢复美国失去的“有机民主”传统。他写道，在反对资本主义工业主义分裂力量的情况下，“文化”可以构成“民主自我实现”的新的公共生活的基础。通过在规范的体制参数之外设定一个互动范围，文化将有助于在现代和民主的基础上重建失去的前工业时期生活的“有机统一”。布鲁克斯写道，文化是“民主的填充物”[9]，它促进了“个性”的繁荣。它使一个人能够与其他人生活在“有意识的同伴关系”中。换句话说，文化通过激励人们将自己视为集体的一部分，从而实现了民主社区的有机形式：自我实现和自由[10]。林语堂与布鲁克斯的相遇也有很大的影响。

9 Casey Blake. *Beloved Community: The Cutltural Criticism of Randolph Bourne. Van Wyck Brooks, Waldo Frank, and Lewis Mumford*. Chapel Hill: University of North Carolina, 1990, p.80.

10 Casey Blake. *Beloved Community: The Cutltural Criticism of Randolph Bourne. Van Wyck Brooks, Waldo Frank, and Lewis Mumford*. Chapel Hill: University of North Carolina, 1990, pp.77-121.

林语堂结合史宾岗和布鲁克斯的见解，在 20 世纪 30 年代形成了上海的文化民主语言。从 1931 年开始，林语堂开始在《中国评论周报》上发表多篇文章，专门阐述现代中国的权利和民主概念。正如我所认为的那样，这些论文大部分都反对国民党对言论自由和审查制度的压制，并阐明了自由权利的概念，这些都是胡适、梁启超等人思想的某种衍生。例如，林语堂通过对中国“衙门”阶级进行界定来描述“公民”的概念，通过将政治异议限制在自己所属的阶级中，从而阻止在政治上被赋予“自然权利”的“公民”阶级的出现。在内容上，这些文章模仿梁启超关于“新民”的著作和其他作品。然而，这些作品的独特之处在于它们对中国“民主话语”的想象，这得益于用白话文表达的战略部署和有力的交流方式。

特别是，林语堂提倡“小品文”的文学形式，以白话文为基础设想一种民主话语。小品文是一种写作风格，最初于 17 世纪在中国发展，在 20 世纪 30 年代开始流行，很大程度上是由于林语堂的热情。批评家们常常把这种体裁解释为一种中产阶级风气的休闲写作，一种对现代消费主义、个人主义以及所谓的“现代性中道”（middling modernity）这个概念感兴趣的人。

林语堂对小品文的想象在名义上与该读物相符，但他也概述了其在用法上更复杂的一个理念：激活一种将个人身份与较弱的社会环境联系起来的“表达”模式。林语堂对这种类型的社交潜力感兴趣。例如，小品文将身份表达为个人特定思想和敏感性的总和。但是，林语堂也将身份视为一种广泛的“性灵”的功能，通过开放和无中介的“表达”形式直接与社会相遇。这里，林语堂显然是借鉴了史宾岗的观点。表达或表达主义的概念既指社会实践，也指审美实践。表达当然代表了一个人的识别力和情感，但它也代表了一个人的社会行为和政治行为，例如选举。林语堂认为，小品文由于具有很强的本土特质，因此在实施“表达”这一概念时处于特别有利的位置。正如批评家所指出的那样，这种文学形式通过重视白话文的使用而避免了崇高和精英的演讲风格。小品文易于使用白话文，在个人思想和公共行动之间建立了牢固的联系。通过鼓励个人、作家和读者体现自己的敏感性，然后将这种影响释放给公众来做到这一点。正如林语堂所说，所有这些都是通过“表达”来组织的：同时作为情感和行动。

林语堂对布鲁克斯的阅读有助于进一步发展这种作为一种文学上的“社会化”的“民主话语”的概念。小品文的类型不仅仅促进了“表达”，还鼓励了更广泛的、真实世界的对话模式，即自发组织的公众中陌生人之间话语的反身传播。在这里，林语堂借鉴了布鲁克斯的民主文化概念作为“对话”。林语堂写道，小品文通过将自己与白话文的使用相结合，将自己束缚于碰巧遇到的任何人，从而流畅地“进入”社会。人们阅读，然后交谈，小品文在这个活跃的互动世界中都起着调和与促进的作用。这一运动的结果是一种“摩擦”，陌生人不仅彼此参与，而且还形成了无休止的对话。林语堂呼应布鲁克斯，指出这种摩擦对批判性社会思维的发展至关重要：一个人必须具备与他人面对面的能力，才能成为自我实现的主体并充分参与民主文化。总而言之，林语堂认为，这种体裁独特地为公共话语提供了一种模式，并且这种话语以其白话文形式和积极的交流形式，使民主成为现实。

从 20 世纪 30 年代开始，林语堂通过撰写和出版一系列小品文来将这一理论付诸实践。尽管其中许多主题集中在日常生活的“休闲”主题（如购物或远足）上，但其中有一些都集中在明确的政治主题上，包括在上海的言论自由和公民自由。一个重要的例子是林语堂在 1933 年将《美国独立宣言》翻译成中文。显而易见的是，他是以小品文的形式来翻译的。林语堂的译本不是第一个。1901 年，《美国独立宣言》的中译本就发表在东京出版的由中国学生创办的《国民报》月刊的前四期。翻译的出现是在中国思想向外国思想文本新开放的背景下出现的，如卢梭（Jean-Jacques Rousseau）的《社会契约论》（*The Social Contra*ct）和达尔文（Charles Darwin）的《物种起源》（*Evolution of the Species*）。该翻译被梁启超等人广泛阅读，并出现在邹容的《革命军》等后来的重要著作中。在 20 世纪 10 年代，该宣言成为孙中山三民主义著作的焦点，并在“五四”运动中浮出水面，成为中国自由主义的锚点。因此，它在 1935 年以中文的形式重新出现代表着一种奇怪的举动。不仅有少数评论家，特别是那些将小品文视为固有的非政治类型的评论家，将林语堂的翻译阐释为一种玩笑或讽刺。然而，林语堂故意选择创作一种新版本的文本，以推进他的文化民主观念。

林语堂的《美国独立宣言》译文与《国民报》的译文有两个重要的区别。在翻译时，林语堂想重新引入该宣言，为由文化民主组织的公众的出现提供新的基础。因此，林语堂决定以现代口语的形式来进行翻译，而不是如 Frank Li 所说的那样，像 1901 年版本那样用文言文。林语堂想强调文本所固有的“普遍性”或表现主义的自由思想，他认为这些思想超越了时间和地点。白话文的使用将有助于阐明而不是掩盖文本的这种品质。

但是，宣言过时而艰涩的语言仍然是一个严重的障碍：当文本的原始语言本身难以阅读时，如何展现这种内在性？在几次错误的尝试之后，林语堂决定将流行的门肯的《美国独立宣言》“英语文本”而不是 18 世纪那个最初的版本翻译成“中文文本”。门肯的版本将宣言中过时的语言“翻译”为现代俚语，早在 20 年前就已在美国出现。读者称赞它使用口语对文本进行了重新加工。林语堂在阅读《美国批评：其功能和地位》中布鲁克斯和史宾岗的文章时遇到了它。林语堂也很喜欢它。他认为，门肯的文本起到了恢复原文本所表达的权利的真实样子。林语堂觉得，门肯的文本纠正了 1901 年版本的不足。

林语堂在 1935 年秋天完成了他的翻译，并在不久之后将其发表在英文杂志《中国评论周报》上。正如其在序言中解释的那样，林语堂通过经常使用俚语和口语来使美国宣言的“权利”措辞自然化为一种本地化的社会习语，从而创作了一种灵活的中文白话文本。以下面的英译汉为例：

> [Mencken's Translation]
>
> When things get so balled up that the people of a country have got to cut loose from some other country, and go it on their own hook, without asking no permission from nobody, excepting maybe God Almighty, then they ought to let everybody know why they done it, so that everybody can see they are on the level, and not trying to put nothing over nobody.[11]
>
> [Lin Yutang's Translation]
>
> 咱们国事乱到这般田地，叫咱们不得不跟皇上分家，自起炉灶，除了老天爷以外，谁也不要管谁，所以这会子应向大家交个帐，说个明白，叫人家懂得这是怎么一回事，别疑心了咱们是在做什么坑崩拐骗蒙的好勾当。[12]

首先，这段译文利用北京北部方言将门肯的“美国公认文本”的俚语韵律译成中文。林语堂用了“咱们”这种称呼形式来翻译门肯文本中非正式的“我们”，并插入诸如“坑崩拐骗蒙的好勾当”之类的当地口语来模仿日常用

11 H. L. Mencken. *The American Language*. New York: Knopf, 1921, p.5.
12 《美国独立宣言》，载《论语》半月刊（1935 年 5 月），第 378 页。

语。此外，林语堂用更贴近当前中国危机的术语取代了门肯文本中将其内容绑定到特定历史语境（如“God Almighty”[全能的上帝]）的词语。例如，林语堂将“people of a country have got to cut loose from some other country”（一个国家的人民不得不与其他国家割裂）译为“不得不跟皇上分家”，这重新将原文本中美国的后殖民身份和公民身份的获得刻画为对现代上海内部权利和自由的压制。

写在这个译文之下的是一种对等理论，作为一种社会政治的“普遍性”的典范而得到了加倍。林语堂在其译文的末尾附上词汇表，以帮助读者了解几个难译的短语。然而，该词汇表不仅仅可为读者提供帮助，还主张将《美国独立宣言》的原始含义不仅直接“翻译”成现代汉语，而且也翻译成一种日益成为“通用”形式的英文或中文口语。例如：

Self-stand＝independent＝独立

No can＝cannot＝不能

Self-go＝be free＝自由

Shave earth’s skin＝rob people＝刮地皮

Beat drum and attack＝rise against＝鸣鼓而攻

No-government＝anarchism＝无政府主义

每行的第一个术语代表门肯的语言。第二个术语，代表文本的原始语言。第三个术语，是林语堂的翻译语言。林语堂等号“＝”的使用使关键短语（例如“自由”）的特殊性不受任何特定的社会或历史背景的影响。也就是说，图表的等号（＝）掩盖了每个概念表面的历史性或文化特殊性，例如“独立”，每行（英文或中文）中的任何术语或短语均不被视为原始的或真实的指标。每个都只是“通用”概念的表达。因此，本文的一个重要前提是其隐含的主张，即诸如“自由”与“民权”之类的概念代表了所有社会和文化中固有的价值观。林语堂希望提供一种话语手段，以在现代中国实现和传播这种思想。他是通过将这些看似已经构成了社会政治语言实践的一种“普遍”模式的政治概念加以渲染而达到这样的目的的。

更广泛地说，林语堂还希望将翻译作为一个更宽泛的计划的基础，以召唤一个全面的、社会化的民主话语。他认为翻译体现了“小品文”的最佳品质，读者将支持这种民主观，这项努力的一个明显成果是《中国评论周报》的社论“谁杀害了杨铨”，首先促使我们进行目前的分析，现在又将我们带回到整个视角。

在本节的最后，我将对林语堂的民主话语概念进行评价。一个明显的问题是，正如我们在同盟会的抗议活动中看到的那样，这个概念是如何成为一种明显的英语话语的？我想指出，林语堂对这个概念的想象总是存在着英语的趋势。的确，在对这个实体进行理论化的过程中，发生了微妙但重要的转变：这种话语的概念变成了严格的中英文话语。从一开始，林语堂就发现，要想在中国出现这种言论，就必须以美国的政治理想为基础，而且必须用其原始语言美国英语来传达。例如，林语堂毫无疑问地吸收了史宾岗、门肯和布鲁克斯的观点：他从不批评他们的思想，他只是将其输入中国。再以他将《美国独立宣言》“翻译”为中文为例：尽管林语堂表面上试图证明文本的“通用语言”并因此证明其对中国社会的适用性，但他实际上只是在指出其在英语中的内在性。林语堂在英文杂志上而不是在中文杂志上发表了他的译文，因此，这项工作的目的不是将文本介绍给新的中国读者，而是向讲英语的读者（中国人和其他人）表明该宣言可以翻译成中文，而且也许可以用中文来处理这样的观点。对英语而言，普遍性仅仅是一个代码。当时林语堂游说在英文期刊上发表同盟会关于杨杏佛被刺杀的抗议并不令人惊讶。他极有可能相信，只有用英文才能完全达到抗议的目的。

我认为，林语堂关于民主话语的观念在某种程度上作出了让步，这个观念是建立在自我实现和更新的文化原则基础上的。对英语的偏见一直使其在上海的理论化和实践变得不那么明朗。因此，林语堂对用英文来创作有关中国主题的作品的想象直接解决了这种紧张，即便是当它向着平等与权利的普遍理想示意的时候。早些时候，我通过提及为代理和激进的行动主义用英文来创作有关中国主题的作品的潜力来对 Shen Shuang 的观点作出回应，如我们在同盟会媒体闪电战中所看到的。这一点仍然成立，正如 Shen Shuang 认为的，用英文来创作有关中国主题的作品在中国仍然是一种崭新的世俗的观念。但是，仔细研究这种话语的起源，即其思想谱系，会暴露出令人烦恼的甚至可能使其释放的潜力受到损害的问题。稍后，正如我们将看到的那样，它将邀请林语堂的美国赞助商对其加以积极的重新使用。

（三）“群众运动”与现代中国

赛珍珠和华尔希是《中国评论周报》的热心读者。从 1933 年（《大地》以中文发表将近一年）开始，连续几年她为该杂志撰写有关文化的短文。同时，林语堂的期刊对她的书也进行了许多积极的评价，赛珍珠本人也对这些评价做出了个人回应。《中国评论周报》还密切报道了她在美国的文学运势，称赞她凭借《大地》获得了豪威尔斯奖和普利策奖，并向其读者报道了这种荣誉。赛珍珠和华尔希很可能认可了该杂志的国际化精神，即，旨在将中国人与讲英文的人团结成一个有关政治、文化和艺术的共享论坛，尽管这暗示了对《中国评论周报》独特构成的认可。他们认为，尽管中国作家用英文来创作有关中国主题的作品存在内在的悖论，但该杂志通过激励中国作家和读者通过一种“西方”的感觉，即，用英文来重新构想自己，从而促进了新的国际主义思想的出现。这种自我重建的结果只能是好的。如，1935 年，一位中国评论家发表了一篇关于《大地》的长篇论文，祝贺该小说将美国和中国的民主与自由概念结合在一起，这预示着我自己在第二章中对文本的细读。赛珍珠对这篇文章的认可暗含了一种信念，即，英文可以使中国作家辨别一种中国的、“自然的”民主传统。

赛珍珠和华尔希明确邀请林语堂到美国去，在中国之外开展这项工作，并在美国重建这种“用英文来创作有关中国主题的作品”的形式。到 1935 年，林语堂在上海和中国的地位不再。他拒绝站在左派一边或右派一边，这引起了鲁迅和茅盾等人对他的敌意。两位美国人，尤其是华尔希，认为林语堂是一个理想的候选人，不仅可以“转化”赛珍珠对美国自然民主的构想，而且可以提出一个更加广阔的关于中美文化的和谐构想。最初他们给林语堂提供了一个“试运行”：赛珍珠和华尔希请他从他自己的独特视角写一个对中国的“介绍”，该书即是《吾国与吾民》(1935)。这部小说巨大而快速的成功促使他们两人让林语堂同时以美国客人和华尔希在纽约的庄台公司的杰出作家的身份在美国多年居住。林语堂别无选择，只能离开中国。他于 1936 年 5 月到达美国，几乎是立刻就将自己转变成了一位著名的美国作家。他写了两本最畅销的小说《京华烟云》及其续篇《风声鹤唳》、一本同样著名的散文集《生活的艺术》，并为《纽约时报》和《国家》等期刊写了无数的社论。林语堂在美国的知名度是双重的：除了成为曼哈顿文学界广受赞誉的人物外，林语堂还赢得了奥登、杜波依斯和卡尔 · 范 · 多伦（Carl Van Doren）的称赞，同时也成为了一位杰出的公共知识分子，成了关于中国和美中外交关系问题的可信赖的声音。各种各样的人物，如欧文 · 拉蒂莫尔（Owen Lattimore）和莱因霍尔德 · 尼布尔(Reinhold Niebuhr)，听从他对日益增长的关于中国未来的“热门”话题的判断。突然之间，林语堂在美国成了家喻户晓的人物。他无处不在。每周，他出现在《纽约时报》、广播和书店里。五年内，这位流亡的中国人已成为美国最令人惊讶的文化名人。

林语堂的快速成名很大程度上要归功于赛珍珠和华尔希对他为美国读者的“包装”。可以肯定的是，林语堂写了自己的书，在他的作品中保留了强烈的自治权，但是他的两个赞助人积极地指导了他对主题的选择、他的写作风格以及对美国读者的自我呈现。这两位赞助人为如何通过他人的眼睛观察自己提供了一种“指导”，即我打算以“自我民族志”的形式进行考察的东西。基于他在中国的工作，林语堂特别容易感受或接受这种教育形式就不足为奇了。在许多方面，《中国评论周报》体现了民族志的一种实践，即把一个自以为是的“外国身份”自译成一种更占优势的语言，如英语。林语堂认为，这样的练习不仅有用，而且可以产生文化和谐。再一次，他对引发关于政治或文化的新观念不感兴趣，而只是对充当美国和中国这两个世界之间的“密码”感兴趣。“妥协”是很容易用到林语堂这位充满好奇心的中国流亡者身上的一个特征。一个表明赛珍珠和华尔希转换道路的有效标志是，林语堂的许多以前的外国朋友，如斯诺和史沫特莱，现在都成为了他的敌人。林语堂在《国家》上发表的文章中与斯诺发生了广泛的宣传争执，斯诺在文中指责他的前盟友成为了美国在华利益的代言人，而史沫特莱则抨击林语堂在 1945 年的广播节目中放弃了他们的激进中国的共同计划。或许最深刻的打击是，《美亚》（*Amerasia*）杂志，一本比华尔希的《亚洲与美洲》（*Asia and Americas*）更进步的刊物，通过列举林语堂对中国的特许权而中伤他。

那台转换装置是什么样的？赛珍珠和华尔希是如何将林语堂转变成他自己所在国家和地区的民族志学家的？将林语堂转变为一种“本土信息的提供者”落在了一个复杂的、相互交织的、一个可与美国的“文化”话语、民主和文学形式相竞争的复杂之网的十字路口。在“转变”林语堂的过程中，赛珍珠和华尔希抓住了这种话语的协同作用，以阐明战时美国和中国文化之间的许多独特联系。

首先，是第二次世界大战的背景。在美国甚至没有参战之前，美国政策制定机构就已经对中国产生了浓厚的兴趣和普遍的设想。正如我在第二章中所写的那样，美国农业学者、传教士和知识分子的扩散在 20 世纪 30 年代与中国建立了紧密的联系。从这些中国通手中传回美国的报道都将中国描述为一个“正在等待民主”的国家，并服从自由主义个人主义的美国形式。在20世纪30年代后期，随着战争的爆发，美国与中国的“特殊关系”变成了战略军事部署。美国政府向国民党政府提供了军事援助和金钱，以抵抗日本在亚洲不断扩散的战争机器。在媒体方面，对中国的这种军事兴趣一点点浸润到大众的想象中，并迅速演变为一种民族痴迷。美国读者强迫性地在《纽约时报》上追踪关于中国的战争报道，并在大众媒体上对中国抗日的军事方面和文化方面进行辩论。对中国的这种“迷恋”极大地帮助了《京华烟云》等小说的销售。林语堂抓住这一兴趣，成为人们对中国战争信息的强烈追捧者。

对中国的这种兴趣也融合了重要而广泛的国内知识体系，即美国“文化民主”的复兴。从20世纪30年代后期开始，美国对战争的反应转向了文化民族主义，这使得人们对“民主意识形态”作为美国文化的基础有了更广泛的兴趣。正如沃伦·苏斯曼（Warren Susman）和菲利普·格里森（Philip Gleason）指出的那样，美国人将“美国”作为一种理念，到20世纪30年代，这个“理念”已经成为“民主”的代名词。由此，问题就变成了美国该如何最好地适应这种民主愿景？玛格丽特·米德（Margaret Mead）和刘易斯·芒福德（Lewis Mumford）之类的知识分子回应说，民主是美国文化固有的，只有通过确定民主是美国文化固有的，并且只有将民主确定为“生活方式”，美国人才能充分体现这一理想。20世纪30年代后期，大量名副其实的作品似乎捍卫了这一原则。正如菲利普·格里森所写，美国研究的起源似乎应归功于这种新的知识形态。总之，在战争期间，“民主”和美国固有的“民主”文化理念在战争中经历了美国社会的迅速改头换面，从而恢复了18世纪早期的“美国主义”传统。

在这两种形式的文献中，美国的民主复兴与对中国的利益之间的联系并不明确，但两者之间的联系仍影响着其发展，特别是与美国的“文化”概念相关的时候。我对“文化”一词的使用以及我们对玛格丽特·米德的上述引用，会立即使人想到20世纪30年代美国人类学作为中美民主之间可能的调停者的重要性的日益提高。1880-1902年间，弗朗兹·博厄斯（Franz Boas）提出了“文化概念”，提倡相对的人类差异观，并通过对个体文化的演变进行情境化来“摧毁熟悉的东西”，从而使新的文化比较形式成为可能。一个重要的成果是对非西方文化（如日本文化）的新发现。到20世纪30年代，由于博厄斯的许多门徒如玛格丽特·米德和露丝·本尼迪克特（Ruth Benedict）等人的著作，这种“文化多样性”的观点在美国思想中已占据霸权地位。但是，在 20 世纪 30 年代对博厄斯的推论中，一个重要的转折是新兴趣的出现，不仅是对离散的、其他文明中的个体文化模式的确定，而且也是对将所有文化联系在一起的更广泛的“文化整体主义”（cultural holism）模式的确定。尤其是玛格丽特·米德，其目的是在广泛的社会世界中追踪“文化模式”，同时仍然抵制普遍主义的诱惑。这一转变的一个关键，（即便不是半讽刺的结果），是利用博厄斯的见解来重新审视美国文化。玛格丽特·米德和其他人想“比较”美国，如，萨摩亚文化（Samoan culture），以揭示美国文化自身的局限性，并支持他们认为的美国最大的美德“民主”。两种看似矛盾的姿态同时发生。另一方面，玛格丽特·米德认为所有文化都受到各种共同模式和“整体论”概念的束缚，同时，她也将美国民主化为独特的理想文化法则，一种甚至可能适合整个世界的法则。

这是林语堂与赛珍珠和华尔希相遇的关键背景。也许是由于弗朗兹·博厄斯、玛格丽特·米德和露丝·本尼迪克特对中国的兴趣有限，他们没有对 20 世纪 30 年代的人类学与 40 年代“对中国的痴迷”之间的联系进行研究。但是，正如我们可以在“排华法案听证会”（the Exclusion Hearings）中部分看到的那样，美国的中国观察家借鉴了人类学概念，尤其是对“模式”的关注，认为中国体现了一种新兴的自由民主形式，是非西方背景下传播美国政治理想的试验场。确实，与大多数美国知识分子一样，华尔希也接受了博厄斯的思想，即从相对论的角度比较文化的重要性。同时，他像 30 年代的玛格丽特·米德一样，也相信某些模式构成了所有的文化，而其中非常有吸引力的模式就是民主。因此，他立即意识到林语堂的使用价值。在中国，林语堂发表在《中国评论周报》上的文章已经证明了美中民主言论的可行性。而且，作为一个现实的、活生生的中国人，他特别有能力在美国完成这一愿景。剩下的只是将这些概念付诸实践，而林语堂就是那个完美的人选。华尔希几乎是立即让林语堂来实施这个计划。

林语堂与赛珍珠和华尔希合作的最重要成果是他的小说《京华烟云》（*Moment in Peking*, 1939）。这是一部长达 800 页的现代中国史诗巨著，其后林语堂因它而获得诺贝尔文学奖提名。该小说直接回应了华尔希为之设想的各种知识背景。林语堂的小说是在 1937 年开始构思的，也是日本人侵中国并发起了所谓的第二次世界大战太平洋战区的那一年。根据历史学家理查德 ·汉德勒（Richard Handler）和其他许多人的说法，也是在这一年，玛格丽特·米德对“文化问题”进行了“驯化”并引发了美国民主的高潮。从表面上看，《京华烟云》代表了林语堂试图以虚构的形式来表现他对“中国”的政治立场的尝试，他已经在数十篇社论和文章中概述过这一点，并试图以更具吸引力的媒介来推广他的观点。这部小说创作于喧嚣的 1938 年秋，直接回应了中国为改变命运而进行的艰苦斗争。它通过描绘北京两个强大的中国家族的兴衰来记录现代中国 20 世纪上半叶的动荡历史。这部小说以 1937 年日本对华北的侵略为高潮，是对日本军队的尖锐批评和对“全国在前线牺牲之勇男儿”的纪念。人们可以将这本小说当成一种政治宣言或仅仅当成一种明确的战前中国文献来阅读，就像许多人所做的那样。然而，如果这样做的话，将消除使其得以创作出来的协同创作和文化调停的复杂过程[13]。

华尔希在 1937 年冬写给林语堂的信中提出了“用英文来写一部现代中国的史诗小说”的想法。日本对中国的入侵以及随之而来的大量难民向中国内陆的迁移，特别吸引了美国的文化想象力。华尔希曾汇编了一本关于中国“激增的农民”形象的摄影集与林语堂分享，旨在引导他将小说概念化。这些农民的高尚在于其抵抗日本人的决心。实际上，华尔希对小说在图像之外的外观有着非常清晰的认识。他认为小说必须传达“群众运动”，即“群众朝着自由的大规模迁移或运动”的愿景，捕捉当前组织中国社会的“基本社会模式”。华尔希在信中主张，今天的现代中国面临着历史上最“奇怪而前所未有的时刻”，即转变为一个现代的政治和社会国家。华尔希还指出，对这一转变至关重要的是总体的“农民群众”的形象，他们体现了朝着全面政治机构或“民主”的统一运动。这里，华尔希将这一时期美国人类学和民主思想的各个方面整合在一起，形成了一个连贯的框架。在着眼于“模式”的修辞学时，他将这部小说想象成表现一种适时的中国民族志，一部由一位特别合适的作家创作的作品。此外，华尔希的“群众”言论似乎呼应了 20 世纪 30 年代人民阵线对英雄农民的想象。他认为美国人对中国农民的兴趣仍然太“缺乏连贯性”和存在理论上的不足，而且，他的愿景仍然是一个更精确的、根本的社会法则。他利用那个时代的“民主复兴”来论证说，中国人和美国人一样，都有一种“生活方式”，这种生活方式就是“民主”。华尔希总结说，当人们今天想到

13 Lin Yutang. *Moment in Peking*. New York: The John Day Company, 1939. Unnumbered front page.

中国时，往往会认为它是一个民族而非个体，故事的主人公应该是“中国本身，是中华民族”。像 20 世纪 40 年代初期的美国人一样，中国人民也在朝着自由与民主迈进。这里，华尔希利用这段时期的民族志想象来探索中国最近向集体主义的自由，即他称之为向“群众运动”迈进的过程，然后将这一概念部署为一种与美国民主本身一致的政治行为的形象。

林语堂最初接受了华尔希的理念，但很快就小说的文学形式（现实主义还是现代主义）与华尔希产生了矛盾。几个月后，林语堂完成了小说第一部分的部分草稿，并将其寄给了赛珍珠和华尔希。两人对这部小说的进展并不满意。简而言之，林语堂似乎与“群众运动”的想象背后的现实主义动力相悖，他是以鲜明的现代主义风格来写这部小说的，着重于诗意的语言、梦境和深刻的意象。两名美国人对此予以了坚决的批评并寄回了他的文稿：

> 你从一个宏伟的想法开始。我们俩都觉得你还没有把它显示出来。而且，我们仍然认为你选择把它写成诗意的文本时犯了一个严重的错误。撇开这个诗意的文本的质量不谈，事实仍然是，美国读者是不会接受它的……我们也感到使用这种视觉装置是错误的。当我读这本书时，我意识到，正如你在信中所说的那样，你写这本书是受到了中国事件的情感影响。我很容易理解这种情感如何渗透到你的这种写作中。但是我们必须记住军事和政治局势的真正含义，以及情感气氛是如何变化的。[14]

赛珍珠和华尔希很清楚他们对林语堂的期望。为了保留其政治和历史意义，这部小说必须避开现代主义的写作形式，如其对“视觉”的调用，它使文本从“现实”转向对中日战争的纯情感的、个人的反应。他们认为，这部小说旨在创作一部现代中国的民族志，可通过熟悉的民族志-现实主义这一手法，如第三人称叙述，将其译介给“美国大众”。赛珍珠和华尔希选择现实主义作为他们喜欢的类型也就不足为奇了。前面，我讨论了 19 世纪末“豪威尔斯式的”现实主义概念与其民主公共领域的幻化之间的紧密关系。同时，正如迈克尔·埃利奥特（Michael Elliot）和布拉德·埃文斯（Brad Evans）所表明的那样，20 世纪初期的现实主义也与美国人类学的崛起紧密融合。现实主义的理想目的是将民族志的使用与 20 世纪 30 年代的民主复兴联系起来。林语堂对此予以了刻薄的回应：

14 Walsh’s letter to Lin, dated 6/1/1938, CO123, Box 172, Folder 24.

> 我认为这是我写得最深刻也是最受启发的一本书，我们不能，或者似乎不能就这本书的主题达成一致意见。你认为它不会长久或不及时，而我认为这本书主要涉及我们所处时代的特征，试图剖析现代文明的病根。在完成手稿并将其寄给你之后，我读到了阿奇博尔德·麦克利什（Archibald MacLeish）为书商协会做的演讲。在我看来，它的倒数第二段当然可以完美地描述我的书的主题。
>
> 因此，几个月后（也许多年后），书将在塑造我们的历史中发挥极其重要的、严肃的作用。不仅仅是经济和政治理论方面的书。现在，语言艺术的真正劳动已成为数百年来从未有过的重要劳动，即诗人的劳动。他以如此的领悟、如此的姿态呈现在我们面前，使其劳动的形态和意义变得可见而热情。还有小说家的劳动，他们减少秩序，模仿我们生活中的混乱和不连贯。[15]
>
> 这充分表达了我的观点，以至于我可以将其视为本书的序言。你可能还记得我在最后说过，在本书中，我试图传达一种激情，而不是一种想法，激情就是其全部。因此，对于这本书的形式还有更多要说的——我从没打算把它写得富有诗意，而是在情感的影响和表达这种情感的努力下被迫把它写得富有诗意。[16]

他的回应强调了情感和表达的重要性，与他早期受史宾岗-布鲁克斯影响在上海创作的作品是吻合的。阐明民主理想并将其定位于“人民”，至关重要的是确定人民表达民主或体现民主的能力。与新闻学或纯粹的民族志学不同，小说在唤起一个人的整个情感世界的能力上具有异常强大的情感潜能，因此它在这本书中起着重要的作用。林语堂还援引了玛格丽特·米德关于“模式”的言论，但他认为是小说对情感和“激情”的兴趣使得这种模式获得可见性。这里，林语堂再次回到了他先前以“表现主义”作为民主话语基础的想象。

然而，赛珍珠和华尔希仍然不为所动。不幸的是，我们没有小说的真实手稿，因此无法查看对林语堂对小说文本的确切修改，但是基于后续信件，我们知道林语堂完全同意华尔希的要求，并以现实主义的风格对小说进行了

15 This is not cited directly by Lin (Yutang) but it comes from Archibald MacLeish. “Books in Democracy’s Arsenal”. Sat. Rev. of Lit., May 25, 1937.

16 Lin’s letter to Walsh, dated 6/26/1938. CO 123, Box 172, Folder 24.

重写。现在是时候进入实际的文本了。让我再清醒一点，尽管我已打算如何“读”这本小说。这部小说跨越了100年的时空，描绘了50多个主要人物，包括20多个情节，长达800多页。我不打算根据角色分析、情节描述或整体发展的标准来阅读这部小说。通常，我们假设小说即使在思想上是不完整的，但它至少在实质上是连贯的，它是一个作者的作品。但是，我对此进行了挑战，不是通过将《京华烟云》视为单一文学作品的令人信服的文本，而是通过研究塑造了其本质和外观“合作”的力量。我感兴趣的是，这部小说是如何记录华尔希的编辑胁迫以及如何以自己的形式来编码这种存在的。我将表明，这部小说逐渐体现了赛珍珠和华尔希对民族志视野的呼吁。不过，我的方法不是将小说的美学消减为一系列的政治姿态。相反，我仔细探究了几个关键的文本时刻，以表明小说获取的是民族志观点中的美学，并将其稳固地转变为一部20世纪30年代美国的民族志作品。

《京华烟云》讲述了四个著名的中国家族姚、曾、孙、牛及其在20世纪上半叶的命运转变。小说将他们的故事用作了解中国更广泛的历史变化的窗口，如1911年的辛亥革命、“五四”运动以及20世纪30年代中期日本对中国的侵略。历史领域很复杂，每个人物都以不同的方式忍受着中国的重大变化。但是，一个主题将所有经历统一为一种：个体的生与死、恋人的来与去以及金钱的得与失，但所有人物都被一项运动捆绑在一起，朝着共同的民族解放事业和自由、民主的新中国的建构迈进。木兰，姚家的女儿，是一个对这个时期的社会和政治发展的复杂经历有着特别兴趣的人物。她出生在上层阶级，后来在“五四”运动中变得激进，并在20世纪30年代成为政治难民。木兰的自我转变感，尤其是赛珍珠和华尔希的“群众运动”理论，将中国人理想化为民主的美洲原住民。

在小说的前半部分，木兰似乎生活在20世纪初的北京梦境中。她小时候和姐妹们住在一起，探索这座城市，仿佛它是一座荒诞的堡垒或梦幻般的迷宫。然而，木兰使用独特的“模式”语言来表达自己的经历，典型地将城市看成是一个“更大的模式”的一部分，或者本身就是“这种生活模式”的一部分。她的“模式”言语似乎是对玛格丽特·米德人类学的清晰援引，受到敏锐的神秘主义或抽象主义的熏陶。例如，她问：“什么伟大的精神组织了这种生活模式”，并补充说，这种模式似乎是“由众神设计的”，是一种

“梦幻般的虚幻”[17]。木兰奇怪的、想象中的游荡似乎体现了林语堂最初的“愿景”视觉的残留，只有赛珍珠和华尔希能在该书的前半部分中消除这种视觉。虽然我们在这里能辨别出这些残余，但我将表明，其余的文本能更有力地约束林语堂的写作风格和内容。如在小说的后半部分，木兰和她的情人立夫一起到泰山神庙旅行。泰山神庙本身被描述为一个神秘的虚幻世界：“一带随时变色的霞彩神奇的光波，在大地上飘过”。土地传达的奇异感传播到木兰自己的意识中。她看见情人的“眼睛上那副梦想的表情”，被大地温柔的黑暗笼罩着，“现在已成为一片灰褐，遮盖着大地。”[18]小说以丰富的文字来描绘了这一场景：

> 这时暮霭四合，黑暗迅速降临，刚才还是一片金黄的云海，现在已成为一片灰褐，遮盖着大地。游云片片，奔忙一日，而今倦于飘泊，归栖于山谷之间，以度黑夜，只剩下高峰如灰色小岛，于夜之大海独抱沉寂。大自然也日出而作，日入而息。这是宇宙间的和平秩序，但是这和平秩序中却含有深沉的恐怖，令人凛然畏惧。五分钟以前，木兰的心还激动不已，现在她心情平静下来，不胜凄凉，为前未曾有。外在的激动不安，已降至肝肠深处，纵然辘辘而鸣，她的心智，几乎已不能察觉。她一边儿拖着疲乏的腿，迈上石头台阶，心里却在想生，想死，想人的热情的生命，想毫无热情的岩石的生命。她知道这只是无穷的时间中的一刹那，纵然如此，对她来说，却是值得记忆的一刹那——十全十美的至理，过去，现在，将来，融汇而为一体的完整的幻象，既有我，又无我。这个幻象，无语言文字可以表明。[19]

该段本身似乎陷入了梦幻的、现代主义的狂欢。但是，在形式上它是由现实主义的法则和严格的自我观察感正式构成的。以前，木兰的抽象的想象与现代主义的、意识流样的散文相提并论，将叙事提升到非具体的境界。这里，尽管木兰似乎仍然在一个遥远的虚幻世界中飘荡，但她的精神住所却通过小说的现实主义形式得到了精心的管理。木兰不断观察自己（拖着疲乏的腿……她知道），这种叙述阻止了文本变得抽象。小说写道，木兰有一个“幻

17 Lin Yutang. *Moment in Peking*. Op. cit., p.171.
18 Lin Yutang. *Moment in Peking*. Op. cit., p.494.
19 Lin Yutang. *Moment in Peking*. Op. cit., pp.494-495.

象”，但是这个幻象是一个被报道的幻象，文本本身并没有成为林语堂在小说的原始版本中想要的“幻象”。总之，这是一个重要的段落，因为它记录了林语堂为支配小说最初的现代主义的幻象、创新的诗意感以及将文本转换为一个更严格的现实主义的形式而进行的斗争。他是通过将木兰并由此将小说本身转变为幻象的观察者而这样做的，而不是幻象本身的体现。例如，木兰所拥有的幻象虽然用抽象的语言表达，但仍然传达了一种独特的排序原则。世界可以被压缩为“过去”和“现在”、“有我”和“无我”这种逻辑二进制。这种对区别和秩序的认识反映了一种民族志世界观的出现。

小说的最后一部分完成了这一转变。在该部分中，木兰与从北京来的难民同行前往中国内陆的农村地区，以躲避日本侵略军。这里，小说展现了中国民族主义的兴起和对日本军队的顽强抵抗的生动场面，所有这些都以中国农民火热的群众运动的形式表达出来。现在，年长了 30 岁的木兰站在这一社会和政治形态的中心，她看到了决心抵制日本人的难民潮，“疯狂般的欢呼声又从群众中飞起，又在山谷中震荡”，而天台山花岗岩的峭壁也似乎加入了“群众的欢呼，山河不重光／誓不回家乡！”重要的是，木兰表示，中国的这种愿景更广泛地反映了她自己以及中华民族的新的自我感觉：

> 木兰觉得一个突然的解脱，深深在内，非语言可以表达。她以前也曾有这种解脱的经验，那是三十年前的中秋夜，她发现自己和立夫相恋的时候。在那次解脱时，她发现了自我，而在这一次的解脱，她却丧失了自我。因为由于这次的新的解脱，在这次的逃难的路途中，她开始表现出前未曾有的作为。[20]

我们或许可以说，这里，木兰开始表明一种更守规矩的、对于她自己和社会状况的民族志的感知。30 年前，她漂泊在杂乱无章的个人情感和情感碎片中，无法辨别她所属的社会的更广泛的“模式”。现在，她能够在更广泛的政治机构和行动结构中确立自己的个人身份，即作为一个中国人走向自由。又一次，木兰转变一个更好的社会“读者”也代表小说本身转变为一个民族志文本。它摆脱了现代主义的叙事，使文本可以发掘出民族的基本“节奏”，不可阻挡地朝着建立一个新的“民主现代国家”或赛珍珠所谓的自然民主而前进。与《大地》一致，木兰指出真正的中国老百姓是“扎根在中国的土壤

20 Lin Yutang. *Moment in Peking*. Op. cit., p.808.

里，在他们深爱的中国土壤里”[21]。木兰的新视野是小说本身的民族志自我。

这种转变的最明显证据可能出现在小说的最后几页。木兰继续穿行在中国的乡村，在路上她遇到一名突然要生孩子的孕妇。但是，在同伴们的帮助下，她干净利索地把孩子生了下来。特别是木兰，在帮助孩子分娩方面起了主导作用。此外，在孩子出生后，她也愿意照顾孩子：

> 夜里，婴儿哭时，木兰用棉花蘸了一滴蜂蜜，擦了自己的乳头，使乳头发甜。她把婴儿抱到怀里，婴儿就吮着乳头睡着了。木兰觉得有一种奇妙的快乐，觉得来哺育这个婴儿，她不是为自己，而是为了中国的将来，是绵延中华民族的生命。[22]

这一段与比它早七年出版的斯坦贝克（John Steinbeck）的《愤怒的葡萄》（*The Grapes of Wrath*）的最后一段有着不可思议的相似之处。林语堂对民粹主义集体主义的描写巧妙地映射了斯坦贝克的大萧条时期的民主民粹主义。两本小说都赞扬了高贵的农民的坚强不屈的力量，并描绘了如暴风雨和“土地”的压力的人类意识。的确，《京华烟云》结尾对木兰的观点的赞同是《愤怒的葡萄》中主人公约德（Ma Joad）所说的“赞同”：“我们就是人民。”

赛珍珠在编辑林语堂的小说时读了《愤怒的葡萄》，这段话也许比其他任何一段都印有赛珍珠和华尔希已经相当活跃的编辑之手的深刻烙印。考虑到斯坦贝克小说中的那一段，上面的场景似乎是仿照的，该段是美国小说中最著名的场景之一：

> 罗撒香（Rose of Sharon）呆呆地坐了一会，然后挺起困乏的身子，裹裹被子，慢慢走到角落里，低头看着那张憔悴的脸和那双鼓得很大的吃惊的眼睛。她在那人的身边躺下，那人慢慢地摇摇头。罗撒香解开被子的一角，露出她的乳房，说：“你得吃一点才行。”她把那人的头拉过来，伸手托住，说：“吃吧！吃吧！”她的手指轻轻地摩挲着那人的头发。她往上面看看，又往仓棚外看看，渐渐合拢嘴，神秘地笑了。[23]

两者的相似之处是很明显的：两个女人都在培养受灾的年轻农民或孩子，以维护自己种族的未来，这种姿态表明一种至关重要而又完全不同的血缘关

21 Lin Yutang. *Moment in Peking*. Op. cit., p.816.
22 Lin Yutang. *Moment in Peking*. Op. cit., p.812.
23 John Steinbeck. *The Grapes of Wrath*. New York: Viking Press, 1963, p.619.

系或社区形式。这是一种人类的行为，其纯粹的存在证明了顽强的“民族”意志。这里，我认为，华尔希在将林语堂转变为一个中国的美国文学民族志的计划达到其最丰富的形式。正如历史学家所言，诸如《愤怒的葡萄》和《美国悲剧》（*Tragic America*）之类的小说反映了美国文学通过采用美国人类学的分析工具作为一种文学叙事的方式“重新发现”美国的新趋势。他们试图将自己的民族作为一个未开发的、异质的民族与其重新相遇。在一次令人震惊的转变中，经历一次具有讽刺意味的逆转，通过成功地“训练”林语堂从民族志的视角用美国人的双眼来观察“中国”，并吸收了这种世界观。

古怪甚至尖刻的讽刺意味在这里应该是很明显的。赛珍珠和华尔希想通过林语堂的小说来帮助他辨识中国的民主，但林语堂在 20 世纪 30 年代初期在上海就记录而且部分地创造了“民主话语”这一理念。不过，没关系。赛珍珠和华尔希对林语堂的“方法”，即用英文来阐释有关中国的主题更感兴趣，而不是他对中国的独特的、微妙的见解。他们对林语堂的兴趣是美国理念的有用密码，就像赛珍珠所想象的那样，是一种跨太平洋的“类比”，即在中国发现的与美国形式完全对称的民主社会形式。急切的妥协者林语堂也同意这种令人遗憾的安排。很难想象一部 800 页的小说在很大程度上是思想妥协的产物，但是林语堂的小说却揭示出编辑压力和干预的稳定过程。林语堂成为了赛珍珠和华尔希一直希望他成为的那个中国的“民族志学家”。尽管林语堂无能为力只能妥协，但我们仍应牢记林语堂最初试图夺回其文本的控制权，即使最后是以失败告终了。这一摩擦时刻表明，在“自我民族志”的其他主体形式中存在着一种新兴的形式。正如我们将会看到的，林语堂将抓住这个摩擦，收回这种文学形式供自己使用。

（四）《唐人街》：自我民族志小说

第二次世界大战的结束，就像对美国人生活的许多领域一样，极大地改变了林语堂与华尔希的关系，也改变了华尔希对林语堂作为作家的价值的看法。直接说就是，尽管国民党和共产主义者之间进行了激烈的内战，但 1945 年后的时期标志着人们对中国的兴趣下降了，因此庄台公司的图书销售额也急剧下降。销售不好，而且越来越糟。用更有意义的话说就是，到 20 世纪 40 年代后期，共产党在中国获胜的可能性越来越大，这也标志着赛珍珠和华尔希在战后中国的社会和政治投资发生了一场小灾难，即，通过美国的民主法则，由美国领导重建中国的梦想。我们知道，赛珍珠和华尔希不仅仅是作家和编辑，他们还是重要的中美激进主义者，他们通过公共写作和机构建设竭力游说政客和决策者在战后支持“中国”这一特定设想。庄台公司只是美中互惠互助这一更大计划的一个组成部分，然而，作为其公众的“面孔”，该公司销售量的下降也意味着对社会的影响在减小。

需要一种新方法。1947 年末，华尔希给林语堂写了一封信，建议创作一种新型小说，即写关于“在美国的华人”的故事。华尔希写道，美中的政治关系很糟糕，而且随着中国共产主义浪潮的上升，两国之间的关系只会恶化。然而，华尔希最近做了很多工作，使得最近华人移民得以重新进入美国社会，这为通过最近重新塑造的“被民主化的苦力”或“华裔美国人”形象修复这种关系提供了机会。尽管中国威胁要“变红”（go red）并压制美国在亚洲传播民主的努力，但新的华裔美国人社区（特别是在纽约）的缓慢出现详细描述了美中关系的另一种模式，一种使美国与中国民主化的模式。华裔美国人的形象体现了这种新的政治形式。即使因为“真正的”中国向共产主义过渡，它也代表了潜在的美中政治状态。正如华尔希所说，这个梦想的未来掌握在“中国佬”（John Chinaman）的手中。

最后一部分提供对林语堂小说《唐人街》（1949）的文本细读，该小说标志着华尔希对林语堂所提建议的结果。文字记录了林语堂为体现华尔希对一个微观的“民主的”华人世界的文学形式所作的努力，并更广泛地再现了他对在美国文学中用英文来创作有关中国主题的作品的构想。正如华尔希提醒林语堂的那样，这部小说的目的既是记录，又是想象一个理想化的华裔美国人社区，以唤起一个由社会化的“苦力”人物组成的民主世界，以符合美国的政治价值观。这部作品的激动之处在于其产生的可能性。正如我在引言中详述的那样，在《排华法案》之后，有说服力的华裔美国人群体尚未在美国重新出现。因此，正如华尔希所言，他们的确可以将其塑造、发展、变幻成现实。在《排华法案》（1943 年）和进行更重要的移民法律改革的 1965 年之间的这段时间里，亚裔美国人的思想和社会历史大体上是安静的，通常将两者之间的关系视为美国冷战意识形态和种族偏好的支撑。缺乏实际的亚洲人和中国人大量涌入美国使得它更像是一个意识形态孕育的时代，而不是政治或社会变革的时期。但是，我认为，就美国人如何开始重新构想“苦力”的形象并重新评估其美国式民主和民权能力而言，这仍然是一个决定性的时期。这是一个“重新观察”的时期。至于林语堂，他已经证明了自己以文学民族志的形式观察自己的人民的能力。这里，华尔希希望他现在把目光转向美国语境，并在美国国内掀起一场关于“苦力民主人士”的新话语。

我用“自我民族志现实主义”一词来形容林语堂小说《唐人街》中所运用的文学形式。早些时候，林语堂在撰写《京华烟云》时，以相对论的“文化”概念为基础，用“外国文明”解读连贯的“模式”，从而采用了所谓的“民族志”的观点。然而，这部小说中的文学文本可能更恰当地栖息在民族志的思想或想象力之上，依靠人类学的人物而不是实际表演一种活生生的民族志为其特征。林语堂并不进行实际的民族志研究，他只是模仿其形式。然而，创作《唐人街》的呼声确实要求我们将其识别为“田野调查”的实际民族志，需要根据亲身经历和对“参与者观察”的宽松形式对纽约华人社区进行实地考察。玛丽·普拉特（Mary Pratt）在她的经典研究《帝国之眼》（*Imperial Eyes*）中，研究了非西方人对民族志话语的重新使用，以及他们到西方旅行以将该方法重新用作自我表达的主题，以挑起一种对西方人类学的“反驳”或抵制，否则，人类学将具有普遍性的力量和文明的、规范的世界观。但是，这种将非西方民族志的声音视为真实的阅读的局限性应该是清楚的。正如詹姆士·布扎德（James Buzard）所写，“自我民族志的”意识并不一定是纯粹的或权威的，仅仅因为它是由非西方主体来实现的。它也必须服从首先引起自身产生“抵抗”言论的各种民族志话语的逻辑、隐喻和形式。布扎德用一种非常精明的表述建议，自我民族志学家，尤其是散文作家，被摆在“大都市圈”及其周围以及东方与西方，并调解了对每个人的理解形式，而不是声称这仅是非西方的“真实性”或对西方的模仿。

在这方面，林语堂是一位出色的“民族志专家”。接下来，我将考察林语堂《唐人街》的写作，这是美国的出版机构要求产生唐人街形象的需求与林语堂自己试图表达一种文学代理形式和真实的小说声音之间的复杂的调停。文本的创作充满了忧虑和争议。一方面，它是由一个既有思想、研究议程和机构守则高度决定的。庄台公司的编辑们希望林语堂创作一本民族志，但自相矛盾的是，他们对文本看起来像是事先已经完成的一样有了一个想法。而且，林语堂在很多方面都完全参与了该体系的运作，并且不免受到这种安排的制约。另一方面，林语堂的独特文化地位，以及后来将自我民族志作为一种有效的文学形式的战略运用，即使面对华尔希的无数社论要求和干预，也将使真正的创作自主权和文学代理的潜在时刻成为可能。自我民族志产生了一种真正的文学声音。我们先来探讨一下制度背景。

以著名的流亡作家的身份来到美国的林语堂对美国华人的经历了解得很少，他们中的大多数是非法的“苦力”工人。但是，华尔希认为，这种知识上的差距是可以通过仔细的监督和修订来解决的。他为林语堂制定了及时创作小说的严格的工作计划。林语堂每个月写一章，华尔希很快就会对其进行“修正”。然后，林语堂根据华尔希的意见修改本章，之后再开始下一章的写作。由此，小说的写作变成了文学合作的一种形式。而且，华尔希相信，通过这一过程，最终的作品将符合华裔美国人的“现实”，并提出了对其未来的展望。

然而，华尔希低估了通过这种“合作”会导致的文字说服力的冲突和侵蚀。1947 年冬，林语堂完成了《唐人街》的前两章。这些章节介绍了小说的主要人物，包括父亲老汤姆 · 冯和小儿子汤姆 · 冯（Tom Fong），并设定了小说的场景：20 世纪 30 年代后期的唐人街。根据档案材料，我们知道该初稿的大部分与最终版本，即我们现在将其称为小说的文本本身没有不同。这两章提供了生活在纽约的中国移民家庭的世俗画面，并记录了他们的各种家庭动态和日常活动。但是，这两章的一个方面极大地困扰了华尔希，需要进行大量重写。根据他们的往来通信，我们知道华尔希强迫林语堂添加一个最初不存在的段落。

的确，华尔希非常喜欢林语堂发给他的第一部分文本，但是有一个非常紧迫的问题：鉴于 20 世纪 30 年代的《排华法案》，这个由祖父母、儿女组成的家庭如何能在纽约存在呢？他们都是如何合法到达纽约的？在华尔希看来，林语堂的第一章似乎不太可能，即使不是完全不可能的话。整个冯家的行为像一个典型的美国白人家庭——吃晚餐、找工作、约会——这与历史现实明显是冲突的。华尔希，也许他比其他任何美国人都更好，了解 1924 年《里德-约翰逊法案》（Reed-Johnson Act）施加的法律排斥的形式，该法案实施了前所未有的移民入境限额制度，并阻止东亚国家的个人入籍或获得合法的公民身份。众所周知，由里德 · 约翰逊完善的《美国国家起源法》（the U. S. National Origins Act）将中国移民由数额巨大减少至零，从而扭曲了美国唐人街的“正常”人口形式。1924-1940 年之间的美国华人是一个面临着数字灭绝的民族。因此，华尔希再次大声批评说：他们是怎么来到这里的？

林语堂在写小说时面临着一个真正的悖论。在与华尔希的信件往来中，他的小说获得了更清晰的可见性。林语堂希望利用这部小说来确定 1943 年后被排斥的“苦力民主人士”这一新主题，而该小说发生在排华时期，因此存在明显的悖论。这部小说必须将未来的、推测性的题材倒写回去。华尔希敏锐地感受到了这种悖论的力量，并担心这会对小说的接受产生负面影响：

> 但是，实际上，我非常担心移民点，以至于我一直在向各种不同类型的人咨询。昨天，我很幸运能和三个理想的受试者坐在荷兰美食俱乐部（Dutch Treat Club）就此问题进行咨询。他们是小说家荷马·克罗伊（Homer Croy）、评论家伯顿·拉斯科（Burton Rascoe）和报纸专栏作家，《洛杉矶时报》的李·希普利（Lee Shipley），他们对这个问题都特别谨慎。他们都同意，如果你不对母亲和两个孩子如何进入这个国家做出合理的解释，那么任何知道中国移民事实的人都会严厉地批评你……那天的晚些时候，我咨询了六个搞销售和广告的人，他们的看法是一样的。所以，请你立即到中国大使馆和其他地方，把这个问题搞清楚。[24]

林语堂迅速发回了他谦虚修改的文本，但华尔希并不满意。实际上，他只是更关注小说中所谓的“移民点”的“历史准确性”。那个星期，华尔希给林语堂寄了许多有关中国移民的最新研究报告，包括《亚洲人与法律》(*Asiatics and the Law*)，并让他与中国驻纽约大使馆的几名专门从事移民工作的官员保持联系。华尔希并不觉得林语堂可以通过纯粹的自我反思、内向思维或文学创造力来“矫正”自己。对小说的“纠正”需要进行认真的研究。它要求编辑监督和一个更严格的自我民族志版本。

终于，在经过几稿之后，林语堂完成了第一章，满足了华尔希对各种历史背景的要求。尤其是，他起草了一个新的、结论性的段落，几乎以经验的方式，对华尔希和其他中国移民“专家”表示了怀疑。第一章的最后一段如下：

> 可是事情并不像表面那么简单。移民局的官员、移民法都需要一一应付。这些移民法好像是专为防止中国人到美国而制定的。可是他们也知道找寻一些办法来对付法规。又可到美国的办法是跳船。……这只是权宜之计，为了使它们在法律上能站住脚。终于什

24 Walsh’s letter to Lin, dated 5/26/1948. Box 238, Folder 12.

么都办好了。[25]

华尔希巨大的编辑之手在这里应该是很明显的。文章开头明确援引了《排华法案》的历史，然后生动地“解释了”包括义可在内的冯家人是如何成功来到美国的。事实上，林语堂似乎甚至模仿了民族志精确的咄咄逼人的话语，这种精确我们在华尔希给林语堂的无数信件中可以发现。在一封特别的、充满责备口吻的信中，华尔希写道：

> 你将能找到他们逃避法律的一种方式。当然，有跳船……把自己装入桶中逃到岸上……走私穿过墨西哥边境，这似乎都是可能的——但你必须要解释一个中国女人带着两个孩子是如何一路到达纽约而没有被发现的。这是一项艰巨的任务。当你全力以赴写作时，我不愿意打扰你。但必须要这样办。[26]

本章加强语气的最后一行“终于什么都办好了。”(But the things was done) 似乎是对华尔希加强语气的信的最后一行“但必须要这么办。”(But it has to be done) 的回应，因为它们并行使用了“办, done”来作为结尾的观点。在后面的章节中，林语堂通过描述老汤姆·冯如何将其身份从“劳动者”转变为“商人”，从而完善了这一叙述，促进了他进入美国并将其家眷合法地接到美国。最后，经过数周的深入编辑修订，以及在唐人街的“田野调查”，对排华的关键条款终于有了明确的把握。

由华尔希掌管的庄台公司主导了《唐人街》的早期创作。除了我们上面的例子，华尔希还抨击了林语堂和庄台公司的一群语言“专家”，认为唐人街的广东话缺乏现实感。华尔希认为，讲北方话的林语堂不懂广东话，需要帮助以便捕获该语言的“声音”，并慷慨地寄送语言手册和翻译表给他。庄台公司的编辑团队曾多次抱怨该小说对白话的描述缺乏真实性。因此，小说的第一部分带有强烈的作者妥协的痕迹，即写作过程的标志不断被从上方强加的“现实”愿景缩小。即便如此，林语堂并不仅仅只是表现得像是庄台公司的木偶或人质。想象 20 世纪最令人印象深刻的中国作家之一林语堂完全屈服于美国的编辑兴趣或缺乏文学视野，这将是一种误导而且也不准确。相反，尽管有华尔希的民族志指导之手，林语堂还是将这部小说想象成是新的社会形式和意识形态的产生，这些新的社会形式和意识形态是他自己的华裔美国人

25 LinYutang. *Chinatown Family*. Op. cit., p11.
26 Walsh's letter to Lin, dated 5/30/1948.

身份观念所特有的，不一定与华尔希及其同事的观念相吻合。林语堂通过在华尔希和庄台公司的编辑领域之外的一个更宽泛的概念领域，努力使他的小说具有这种思想。特别是，小说后半部分的完成将引发林语堂这位中国作家与他的美国编辑的最终决裂。

根据华尔希与林语堂 1948 年秋天的往来书信，林语堂似乎已开始通过创作其后半部分来收回对其小说的控制权。华尔希早期可见的编辑之手开始逐渐淡出背景。到 6 月初，编辑授权等几乎从文本中消失了，林语堂在其书信中开始采用一种越来越有信心的口吻。最终，华尔希相信了林语堂独特的文学天才，并在继林语堂在小说前两章中的小“失误”后，决定让他这位著名的作家再次随心所欲。因此，小说的后半部分提出了更多的东西，通常被我们称为文学创造力，即独特的美学思想的物化。尤其是林语堂，开始为自己的特定审美意图对自我民族志加以改造，通过以自己的方式重新构想他的用英文来创作有关中国主题的作品的上海愿景，从而挑战了华尔希的早期主张。结果是，一个新兴的、自主的华裔美国人的“声音”出现了。

小说的后半部分描述了冯家被美国社会的稳定同化。故事集中在小说主人公汤姆·冯身上，他是冯家最小的儿子，一个在美国出生的华人。小说将其描绘成美中社会融合的潜在的理想实例。的确，小说的后半部分探讨了“苦力的”民主社会化的不同模式，即通过汤姆这个印象深刻的人物将中国主题纳入美国的自由民主中。小说将其在美国的经历描述成像是一种政治教育，同时教室也相应地成为了他被同化的主要场所。一个重要的场景如下：

> 汤姆一直在吸收着新的观念。当他上九年级的时候，他必须学习更多的美国历史。这些东西似乎离他很远，尤其是《美国独立宣言》。他从来没有读过这样艰涩难懂的东西，而且，这根本不是他所喜欢的英文。他去找老师帮他解释。……威特森先生知道一些新的思想渐渐在汤姆心中形成。他为汤姆逐行讲解了《美国独立宣言》的全文。他对汤姆所说的话，比他在课堂上所说的更多，因为汤姆在全神贯注地聆听。[27]

当然，这部小说对《美国独立宣言》的援引远非随意或偶然。它直接暗示了林语堂 20 世纪 30 年代在上海对《美国独立宣言》的早期翻译工作。此外，语言的概念及其与《美国独立宣言》的思想之间的关系也与林语堂对文

27 LinYutang. *Chinatown Family*. Op. cit., pp.90-91.

本的早期处理以及将其翻译成白话的努力产生了明显的共鸣。汤姆与《美国独立宣言》陈旧、艰涩的单调作斗争，然而，当其变成清晰的英语时，它表面上"普遍的"思想开始通过一种后语言的密码"渗透进"他的思想。威特森先生通过美国的口头演说使权利和自由的语言自然化。在这种情况下，我认为，汤姆取代了林语堂20世纪30年代初期的想象，将前政治的中国主题作为他的教育目标，这是他通过翻译《美国独立宣言》而致力于政治社会化的主题。汤姆是他在美国的新生。

在下一章中，小说与林语堂在上海从事的事业之间的联系变得更加清晰，该章概述了汤姆对《美国独立宣言》逐日增加的兴趣：

> 第二天，老师在课堂上说："汤姆·冯，站起来告诉大家《美国独立宣言》的内容。"汤姆让全班同学大吃了一惊。他说："当一个民族想打破另一个民族加诸他的束缚时，他们应该像其他的人民宣布他们之所以这么做的原因。政府的存在是为保护我们的生命、自由和追求幸福的权利。没有任何人能把这些权利剥夺掉。如果政府侵犯了我们的这些权利，那么我们就可以推翻这个政府，另外建立一个新的政府。"全班同学认真地听着，没有一个人想到可以用这么浅显的词句把《美国独立宣言》说出来。……当历史老师听着汤姆把他昨天说的观点如此清晰地表达出来时，他两眼发亮，脸上露出了快乐的表情。[28]

通过汤姆的声音，这段话模仿了门肯将《美国独立宣言》翻译成"美国式的文本"。林语堂将门肯的这个文本几乎逐字译成了中文。例如，汤姆说："如果政府侵犯了我们的这些权利，那么我们就可以推翻这个政府，另外建立一个新的政府。"而门肯则译为："当事情变得如此混乱以至于一个国家的人民不得不摆脱其他的国家或地区，那他无需征得任何人的许可就可以自己做出决定。"这种文本模仿的整体效果是使汤姆成为美国公民的榜样，一个理想的对象，他不仅可以背诵《美国独立宣言》，而且能理解其全部含义。这样，汤姆就代表了林语堂20世纪30年代在上海失败的中国自由主义计划，即中国民主世界的梦想的、理想的投机结果。1935年《美国独立宣言》的中译本和1948年的《唐人街》文本都强调了民主的想象中"白话"的品质及其作为一项政治计划的社交性。然而，林语堂在这里却以汤姆·冯这一不太可能的

28 LinYutang. *Chinatown Family*. Op. cit., pp.92-93.

人物显著地定位了民主的这种优点。汤姆比他的美国同学更能解释和阐发《美国独立宣言》的思想。

这种回到他自己过去的姿态暗示着作者自治意识的增强和华尔希早先的控制权之间分歧的增大。但是，这也标志着一种新型的"自我民族志"声音的出现，它与华尔希的想象完全不同，因此为小说的完成引发了新的出发点。从 1948 年初开始，《唐人街》在修辞和话语上发生了翻天覆地的变化。林语堂复兴了他在上海的民主著作，似乎这为新的词组如"苦力的社会化"(coolie socialization）的出现铺平了道路，使小说得以最终完成。正如我上面提到的，对华尔希而言，林语堂的小说的承诺在于其有能力实现一种新的美中身份认同，这种形式在华裔美国人的新兴形态之内是适合美国民主的。林语堂也有这种承诺感，但在这里，他终于摆脱了华尔希的眼光，并采用了自我民族志的形式来重新建构他早期的想象，在美国文学的形式之内作为一种独特的审美实践用英文来创作有关中国主题的作品。

的确，正是这种与真正的亚裔美国人的自我民族志形式的相遇才引发了这种转变。在 20 世纪 30 年代中期，林语堂开始对美国民族志及其对美国种族的研究产生了浓厚的兴趣。尤其是，林语堂通过与《亚洲与美洲》杂志的友好关系（该杂志发表了许多重要的社会人类学文章），使林语堂对罗伯特 · 帕克（Robert Park）和芝加哥社会学派的著作更加熟悉。他对他们的美国亚裔移民研究或被他们称为"寄居者"（the sojourner）的人物最感兴趣。正如 Henry Yu 所概述的那样，罗伯特 · 帕克及其同事认为，"美国的东方"对他们创新的"边缘人"（marginal man）论点提出了严峻的挑战，这一论点确定了非裔美国人在不同种族世界之间占据着重要地位。他们已经开始对美国的东方进行研究，以扩大他们在美国种族关系方面的工作，将新的美亚"文化接触"和"异国情调"的形式包括其中。他们尤其关注美国的唐人街：作为相对孤立、种族化的民族聚居区，唐人街呈现了一个理想的空间，可以在新的环境中检验种族同化的新思想。林语堂开始对其着迷。1934 年，他遇到了在美国出生的华裔作家帕迪 · 劳（Pardee Lowe），并与他成为朋友。20 世纪 20 年代帕迪 · 劳在美国的芝加哥与罗伯特 · 帕克（Robert Park）一起学习。两人往来频繁，帕迪 · 劳把他撰写的有关旧金山唐人街的一系列文章发给林语堂，林语堂帮他在《亚洲与美洲》发表了这些文章。文章详细介绍了唐人街的居民、社会行为和社区的自我民族志。

帕迪·劳民族志中的特别的一段引起了林语堂的注意。在对旧金山唐人街的研究的第二部分中，帕迪·劳解释说：

> [唐人街] 的地方政治牢固地立足于祖传村庄的基本模式。社区的社会控制权属于老年人、富人和商人。但是，每个人都有实际的、理论上的权利，可以在当地市政厅举行的股东大会上表达自己的观点。在基本的政治模式之上，疲弱的工会和贸易组织被叠加在一起，就像中国冬装的层层叠加。每个唐人街（如果有资格的话）有权参加所有这些众多的社团、协会和俱乐部。唐人街是一个民主移民社区，它由习惯和先例控制。它通过明智的道德劝说施加压力，形成压倒性的公众舆论。[29]

林语堂对帕迪·劳的民族志见解的迷恋有一个明显的根据：在确定唐人街的"民主"的"基本模式"，即，对在中国发现的固有管理形式与美国民主形式进行综合时，帕迪·劳有效地模仿了一种更广泛的美中文化交融的形式，该形式概括了《唐人街》第一部分中林语堂对汤姆·冯的"社会化"。"模式"和"民主"这两个关键词在这里至关重要。林语堂在上海的著作的失败，将在中国产生可持续的自由民主模式。《唐人街》的挑战是要根据"苦力的"形象创造一种美中民主形式。一下子，帕迪·劳似乎解决了这两个问题。"唐人街"或"新的"亚裔美国人主题将美国和中国的社会生活"模式"结合起来，同时又产生了一种新兴的美中政治话语形式，即，"民主移民社区"（democratic immigrant community）。

林语堂明确地将"唐人街"这个概念编织进《唐人街》的最后部分。我们来看看小说中的如下段落：

> 唐人街本身就是一个社团，而冯妈妈现在已经成为这个社团中的一员了。皮尔街与他们之前住的上城区完全不同。这条街的邻里都很亲近，至少每个人都互相认识。每个人通过道听途说知道每个家庭的情况和每家商店的营利情形。冯妈妈开始了解她的邻居们。她周围的邻居们都讲和她一样的方言，这让她感觉好像又回到了广东。她坐在店里，观察着，想着该送什么结婚礼物或生日礼物给这家或那家。[30]

---

29 Pardee Lowe. "Chinatown". *Asia and the Americas*, 3/1938, pp.129-130.
30 LinYutang. *Chinatown Family*. Op. cit., p.248.

与帕迪·劳的论文相似的主题应该是清楚的。通过冯妈妈，文本描绘了一个平等的、水平排列的社区。其社交是“紧密排列的”、“亲密的”，私人的家庭生活扩展到更广泛的公共领域，商业代表着公共的、集体的努力。与帕迪·劳的描绘相呼应，唐人街还表达了东西方相遇的地点，既融汇了中美两国（“让她感觉好像又回到了广东”），也逐渐形成了“社区本身”。这部小说受惠于帕迪·劳的主题是显而易见的。不过，在这里，我也想提请读者注意这段话中出现的美学形式。林语堂不仅模仿帕迪·劳的主题见解，而且也模仿他的呈现模式：自我民族志。像人类学的“参与者／观察者”一样，叙述者运用一种“厚实的描述”（thick description）形式（一种社会对仪式和行为的内在含义的恢复）来既站在一个社区内，又同时站在一个远离社区的地方，以产生一种连贯的叙事美学。讲述人听到并理解冯妈妈的“内部”方言，但立即将其语言翻译为英语，作为被报道的对话形式。

这也许就是华尔希一直希望林语堂做的事情。我们从上述讨论中回想起华尔希鼓励林语堂去“发现”唐人街社区。在他们的信中清楚地听到了对一种自我民族志的呼吁。但是，我想论争的是，这段文字以及其他文字所产生的文学美学形式，与华尔希最初设想的自我人种学观点是相悖的。再举一段为例：

> 这整个地区本身就是世界的缩影。婴儿在此出生，食物被消耗、排泄，死尸被涂上防腐剂完成其人生的历程。……男孩子们在这里打架、长大。冬天来临时，他们在街上烧木头箱子让雪溶化，夏天则几乎全裸地在水龙头或消防栓的水柱下穿进穿出。少男少女们在幽暗的街角约会。男人们为生活吃苦流汗。……老人们在夏天的傍晚坐在门前的石阶上乘凉。这里充满了生活的气息。人们的汗水打湿了夏天的夜晚。[31]

对文献、社会细节和效果的缓慢增长的叙述，反映了林语堂对创造民族志文学美学的兴趣。这些人通过他们的互动和社会纽带，创造了人类整体以及生与死和行动与反应的永无止境的“小宇宙”。然而，就其隐喻所影响的语言而言，该文本也激发了一种审美感，而不仅仅是民族志的视野。例如，在较早的时候，叙述者描述：“莱克星顿大道给人的感觉是迥然不同的。第二大道看起来像是郊区，这里空气和阳光似乎更充沛。人们生活在这个紧张、激

31 LinYutang. *Chinatown Family*. Op. cit., p.46.

动、沉思的宇宙之外。”[32]通过熟练地使用隐喻，这里的叙述通过辨别“社会现实”以及影响、描述、感觉和物质性，超越了纯粹的现实。唐人街像人一样，会“呼吸”、“出汗”、“振动”和“沉思”。叙事既代表了现实又揭示了现实，从而扩展了华尔希先前对“现实主义”的僵化禁令，以包括对情感和隐喻的更丰富的援引。于是，在这里，我们又回到了原点：华尔希在文本创作初期如此敏锐的编辑手腕，逐渐让位给了文学自主权，并最终出现了一个独立且得以完全实现的亚裔美国人的“声音”。

在结束本章的时候，我对林语堂通过英文文本构筑美中民主话语的尝试作最后总结。林语堂在中国的英文著作的目的是产生独特的异议和抗议形式，鼓励新的甚至激进的政治思想的产生。然而，与此同时，使这种英文文本如此引人注目的原因还在于使它们容易被美国重新挪用，正如我们在小说《京华烟云》中所见。《唐人街》的写作代表了林语堂试图夺回文学机构对自己著作的控制权以及他最初的“民主”话语。但是，这种文本迁移、发行和重建的整体成功还不是很清楚。林语堂文化间互相交流的局限性是什么？尽管采取了“民族志”的方法，但他的《唐人街》却掩盖了 20 世纪 40 年代亚裔美国人面临的一个基本问题，即种族主义和激进歧视的问题。文本中的人物，例如汤姆，偶尔会遇到白人种族主义者的反对者，但是这些危机很快就因善意的、自由的白人的宽容而被“解决”了。汤姆与曾经欺负他的白人男孩成为了朋友，义可（洛伊）娶了一个意大利裔美国女孩。因此，尽管林语堂在不同国家语境之间的运动激发了新的联系和思想，但同时也引发了许多深刻的知识盲点。这里，它意味着忽略一个语境中的全部社会含义以及美国白人、黑人和亚洲种族关系的动态。可以想象，与赛珍珠一样，林语堂在考虑国际框架内的身份时也将“种族”问题包括其中。然而，他的疏忽付出了高昂的代价。根据 1948-1949 年的书评，大多数读者认为这本小说证实了华裔美国人自然适合被“同化”的刻板印象，并由此逃避了黑人所面临的根深蒂固的种族问题，从而为 1950-1960 年间“典型少数民族”形象的出现打下了基础。

这样，林语堂无意间揭示了“苦力民主”这一概念的一些新出现的局限性，特别是以美国本土化的形式。在努力使赛珍珠的“苦力民主”观念“导入”美国并将其介绍给美国观众的努力中，他不可避免地遇到了一些问题。赛珍珠早已脆弱的“苦力民主人士”愿景开始出现明显的压力。林语堂怎么

32 LinYutang. *Chinatown Family*. Op. cit., p.45.

能无意地在其小说中忽略种族问题呢？苦力民主尽管对不平等现象提出了基本的批评，但它为什么却不能转化为对种族的批评呢？我们在林语堂的小说中开始看到的是，在美国语境中，是难以对西方民主制度施加真正的、根本的挑战的。赛珍珠和林语堂想将这一愿景“转化”为美国文化，但实际上更多的是将一个中国个体“转化”为一个美国个体的身份“模式”，这是一种基于同化和“多元文化主义”的初期模式。苦力民主能否承受这样的压力呢？在我的下一章也是最后一章中，我将观照另一位中国作家，林语堂的朋友老舍。老舍更直接地提出了这样的问题，以引起批评，而不是默许将苦力民主转化为美国文化和文学的局限性。

二、排印民族现代主义：林语堂与共和国的中国佬

2016 年，芝加哥大学英语系教授苏真（Richard Jean So）的专著《跨太平洋社区：美国、中国与文化网络的兴衰》在美国纽约出版。该书的第四章《排印民族现代主义：林语堂与共和国的中国佬》[33]共 44 页，对林语堂及其在美国出版的英文著述中与排印和民族现代主义相关的思想做了翔实的介绍。现将其中值得读者特别关注的观点译介如下：

（一）当然，林语堂与赛珍珠一样，但不同于保罗·罗伯逊（Paul Robeson），是一个坚定的自由主义者并对民族的传统理念及其对非西方人的社会影响持支持的态度。（第 122 页）

（二）包括胡风和郭沫若在内的左派人士对林语堂的国际化读者群和审美观的培养没有耐心，这两者都让人感到资产阶级的消极的自我满足。到了 20 世纪 30 年代后期，去美国的想法似乎是明智的。美国提供了一个更加宽容和灵活的文学环境。于是，在 1936 年，林语堂登上了去美国的船，再也没有回头望。（第 123 页）

（三）但是林语堂在上海时的出版野心超过了与他同时代的人，那些人仅仅只是想形塑中国的文化话语。除瓦解以僵化思想为标志的中国文坛外，林语堂还试图通过出版英汉双语文本以接近西方读者。其目的，正如 Shen Shuang 所认为的，在于培养一个“世界性的”中文读者、一个除中文外也精

---

33 Richard Jean So. “Typographic Ethnic Modernism: Lin Yutang and the Republican Chinaman”. Chapter 4 In Richard Jean So. *Transpacific Community: America, China and the Rise and Fall of a Cultural Network.* New York: Columbia University Press, 2016, pp.122-165.

通英文的读者、一个以英语为母语的非汉语读者，让他们知道中文也是能具有现代思想的。（第 134 页）

（四）20 世纪 30 年代林语堂在美的创作很大程度上属于“自我民族志”（auto-ethnography）。像《吾国与吾民》恰好是 20 世纪早期中国作家或日本作家用英文来创作的这类作品，这类作品意在向美国读者介绍“东方的”文化和价值理念。这一类的文学作品，从 19 世纪 80 年代到 20 世纪 30 年代都有，如李恩富（Lee Yan Phou）的《在华童年》（*When I Was a Boy in China*, 1887）、许芹（Huie Kin）的《一位早年中国部长的回忆录》（*Reminiscences of an Early Chinese Minister*, 1932）和姜镛讫（Younghill Kang）的《从东往西：一位东方佬的作为》（*East Goes West: The Making of an Oriental Yankee*, 1937）等等。（第 135 页）

（五）然而，对林语堂来说，这种文学类型被证明是适合他作品的一种理想形式。赛珍珠和华尔希把林语堂在上海的时候创作的作品看成是已经在为西方或美国读者表演的自我民族志。他俩的计划是，以广为宣传的小说的形式，恰当地把这个计划延伸到美国，给予林语堂必要的支持。比如，《吾国与吾民》中的一系列“导论”就使得这个办法非常的明确。赛珍珠把《吾国与吾民》这本书描绘成“我认为迄今为止关于中国的最真实的、最深刻的、最完善的、最重要的书。而且，最重要的是，它是一位中国人，一位现代的中国人，一位牢牢地扎根于过去却繁盛地开花于现在的中国人写的书。”[34]（第 136 页）

（六）华尔希从这种写作方法中看出了一种以强有力的、把中国主题带人现实存在的方法，那就是，他想要林语堂把那个时代的左派利益主题与使用自我民族志的方法来定位中国人的“本质”相结合。林语堂从一个显而易见的现代主义的立场往后推。他以“韵文”的形式来写小说的愿望和他相信作为文本的引导意图的“愿景”都表明一种增长的立场与敏感性。尽管问题与自我民族志并不相关，但林语堂仍然偏爱这种叙事方式。问题是，这种模式需要通过一种关于人类主体以及主观性的复杂内部状态的更深层次的概念来使其具有活力。基于林语堂对美国现代主义的解读，他相信文学与民族志之间的和谐，尤其是其“表现”能力，是可以通过现代主义获得的。（第 138 页）

---

34 此为第 4 章原文注释 38: Pearl S. Buck. *Introduction to My Country and My People*. Oxford: Oxford City Press, 2010, p.xii.

（七）读《风声鹤唳》的最后形式，很容易看出是华尔希赢得了这场争论。这本小说的写作风格与其之前的林语堂小说别无二致。如果说林语堂对该文本抱持了什么现代主义的野心的话，那就是有更深厚的现实主义风格埋藏在一股稳定的、高度描绘的、无夸张的“文档”中。然而，小说以其自身的物质形式取代了它的现代主义的愿望。那就是，林语堂没能在其文本的叙事中融入一种现代主义的精神，他转向了小说的物质性，即使用了排印工艺来传达某些期待的现代主义精神和复杂性。例如，小说文本中常常包含了（以拼音式的英语来呈现的）汉字，使得页面交织着英文和汉字，造成了语言的视觉游戏效果。再举一例。“Heaven has not been unkind to man, but man has been ungrateful to Heaven. Therefore SHAH! SHAH! SHAH! Kill! Kill! Kill!”[35] 单词“SHAH”是汉字“杀”（to kill）的拼音形式。当然，没有讲英语或汉语的中国人会同时用这个词的中英文形式来表达的。这种语言的呈现意在引发一种纯粹的视觉效果。当“SHAH”和“Kill”同时出现在同一页面时会吸引其物质呈现，把读者内在的注意力转移到外在的某些想象的叙事行为的场景中。这里，林语堂显然是利用了讲汉语的中国人用英文来写小说的劣势并将其转变成了一种优势。他发明了一种将语言媒介转变为一种令人激动的视觉和排印效果的写作形式。（第 138-139 页）

（八）林语堂已经在中国检验了这种形式的写作和出版。我们可在其对《美国独立宣言》的汉译中看到这种策略，它使得作者在最后同时以英文和中文的排印形式呈现。总体上看，当林语堂写到与政治相关的东西时，他相信以中英文词汇的形式出现在同一页面上以最大限度地表达出一个观点的全部意义是很重要的。（第 139 页）

（九）庄台公司缺乏在书写页面上印刷汉字的资源和技术装备，这从经费和技术方面来看是不可能的。这极度地困扰着林语堂。在他之前的一系列文章中，林语堂称赞汉字与生俱来的美及其在形式中蕴含意义的独特模式的能力。林语堂写道：“每个汉字都有其表意的符号，也因此，它具有了永生的保证。”[36]每个汉字都在其视觉表象中携带着几千年来汇集而成的丰富的意义，也因而每一个表意的象形文字都是不可译的，它只能是它。在后来的一

35 此为第 4 章原文注释 38：Lin Yutang. *A Leaf in the Storm*. New York: The John Day Company, 1941, p.217.

36 此为第 4 章原文注释 47：Quoted from Diran John Sohigian. “The Life and Times of Lin Yutang”. Op. cit., p.292.

排文字中，林语堂列举出了一长串汉字所具有的极致特征：力量、适应性、力量的保存、迅速、整洁、巨量、强度等[37]。将汉字用拼音式的英语来表达意在剥夺汉字的这些奇异的本质。（第 140 页）

（十）然而，林语堂通过将其注意力从小说文本转移到实际的设计上找到了一种摆脱这种僵局的出路。在出版《风声鹤唳》的最后阶段，在编辑完成印刷之前，林语堂与华尔希彼此间有好几封信件往来都涉及到书的设计。就是在这本书的设计中，林语堂认为保持汉字原貌的重要性。他发给华尔希这本书护封的很多可能的设计样式，这些设计全都反映出了汉字、留白的空间与英语语言之间的相互作用。（第 140 页）

（十一）如果文本本身的形式阻止了这种可能性，林语堂发现了一种经由书的物质呈现的后门来介绍汉字的方式。木刻形式的汉字出现在《风声鹤唳》的护封、精装的封面和扉页上。它们起到一种在视觉上确定其后的文本写作方向的作用。即便汉字不再出现在剩余的文本中，但它已经深深嵌入读者整个的阅读体验中。（第 141 页）

（十二）然而，文学现代主义以多种形式存在于 20 世纪早期，林语堂利用了其中一种叫"排印"的主要形式。"实验性排印"（experimental typography）能在文本中以一种比直率更微妙的文本革新和激进主义的方式注入一种现代主义精神。林语堂在汉字中识别到很多对其"愿景"理念来说至关重要的本质，即，一种深刻的内在启示和自我表达的能力。如果小说不能在其文本形式内部承受这种"愿景"，那小说本身的物质形式能。林语堂将故事的现代主义渴望转移到其自身的外在形式上。除在书的前页印上汉字外，小说还继续通过排印的手段在文本中使用汉字。比如，一块木匾上的刻字，在小说中被描写成"我佛慈悲"。这些汉字对美国读者来说是没有意义的，但它们如刻在页面留白处的实际的字一样意在制造一种视觉效果。对美国读者来说，在他们模糊的视觉中这些字可能是汉字。它们继续制造出书封面的汉字引发的那种效果。（第 143 页）

（十三）所有这些对林语堂来说都是重要的。他仍然相信他能在华尔希设计的僵硬的限制中制造出一种有趣的"民族现代主义"（ethnic modernism）。关

37 此为第 4 章原文注释 48: Quoted from R. John Williams. "The Teche Whim: Lin Yutang and the Invention of the Chinese Typewriter". *American Literature*, Vol.82, No.2, 2010, p.400.

键是，为了释放作者的“愿景”，华尔希和赛珍珠想象的“民族志的当务之急”（ethnographic imperative）需要一种文本游戏来调和。尽管一种天然的民族志现实主义束缚了这种愿景，但书的设计提供了一种自我表达和创造的安全阀。总体说来，汉字不得不在该小说中以某种视觉方式呈现。其精致丰富的形式中存在着太多的表达和美。文本与意象之间的边界的现代主义排印造成的困惑设置了一种理想的语境将汉字带入美国小说中。林语堂不可避免地会采用这种方法。在《风声鹤唳》的最后排印中，林语堂设置了一种朝向文学革新的路径。在其后来的小说如《唐人街》（*Chinatown Family*）中，他对这种方法的采用更甚。（第 143-144 页）

（十四）尽管林语堂对排印的冒险也显示出了这个计划的另一维度，但技术和交流工具得为这个计划的结果负相当一部分责任。这个计划不仅发生在文学呈现和书写的更多可见的行为中。在加强文本写作的技术框架内开辟了新的可能性，有趣的事情也发生了。对林语堂来说，印刷媒介由此使得向美国读者展现对民主的“中国佬”（John Chinaman）之想象的平凡过程变得令人激动。（第 144 页）

（十五）林语堂发明的打字机失败了。1947 年在曼哈顿与莱明顿经理们的会面是灾难性的，他的打字机在展示时无法工作。而且，很快发现打字机的价格太高而无法生产。这些都注定了打字机失败的悲剧。但是，林语堂发明打字机的时间及其未来，却是重要的。它与《唐人街》的写作时间是完全巧合的：前面所引的华尔希与林语堂之间的往来信件中常常包含了对打字机的长篇讨论。林语堂至少是同时在理念上思考着打字机和该小说，而且二者彼此都带着另一个的痕迹。约翰·威廉姆斯（John Williams）在精彩地阅读这本小说时得出了这样的结论，而且我在该部分的后面也会回到他这篇特别的论文。然而，我认为该小说不仅是把林语堂的华文打字机当成一种叙事工具来编码，而且这种技术也与文本的其他意识形态目的即对共和国的中国佬的表述是相互作用的。排印技术为使中国民主化提供了一种前所未有的手段。（第 155-156 页）

（十六）林语堂将其失败的发明写进了《唐人街》这本小说中。他既然这么做，正如 Tsu Jing 所指出的那样，是因为他原本就有大胆的用打字机来挑战英语全球霸权的计划。汉语，而非英语，是能作世界语言的。威廉姆斯列举了好几个打字机的技术形式作为一种情节设计的例子。例如，汤姆利用与中文打字机相似的罐头盒和电线来发明了一种粗糙的交流工具。但这种将打字机与小说的合并更多反映出的仅仅只是一种以叙事形式来复兴其发明的愿望。华文打字机本身代表了林语堂那始于上海 20 世纪 30 年代在美国得到发展的长期计划的延续。特别是，林语堂想要在排印中利用技术革新以构想一种新的干净利索地将英文和中文融合的写作方法。这种写作模式将会是灵活的、具有高度表达力的。为获得这样的效果，林语堂在《风声鹤唳》中篡改了“实验性的排印方式”。为将此计划进一步推行，他发明了华文打字机。尽管打字机最终并未成功，但是它为如何在小说文本内实施这种方法提供了想法。《唐人街》恰是这个过程的最终体现。（第 157-158 页）

（十七）林语堂真正的发明是一种新的写作形式，即排印民族现代主义。美国的民族现代主义的问题是它将其作者关进了可预测的并从总体上看来是世俗的一系列主题和写作风格的盒子中。正如我们在 20 世纪 40 年代末华尔希给林语堂的信中看到的那样，其参数是刚性的、强制性的。林语堂，通过在其英文著作中的反映以及那些取自其在上海的早期事业中的概念，部分是围绕着华尔希的那些要求的。林语堂关于打字机的著作告诉他，打字赋予了写作一种游戏感。远非减少因机械过程造成的写作的枯燥感，打字变成了一种游戏。正如林语堂在写给华尔希的一封信中所言，打字，是无止境的“恶作剧”。尤其是，在英文中打汉字会导致大量的错误和拼写问题，但是林语堂开始在一种新的语言的有趣和再生中找到了这些错误。（第 158 页）

（十八）和这些与他同时代的艺术家一样，林语堂运用技术干扰了文化转变的传统流向，并瓦解了文化传播的规范模式，即汉语在美国的同化。传播媒介在一定程度上把那些范畴搞得一团糟。这是“共和国的中国佬”期望并追本溯源其所属的思想传统，是一种实验性的全球现代主义。

三、林语堂的文学之路，1895-1930

1987 年，伦敦大学 Hannah Wing-han Yiu 的博士论文《林语堂的文学之路：1895-1930》发表[38]。除第一章“导论”和第十章“结语：‘路过’中国”外，正文共有八章，分别为：第二章：在两个世界之间被分隔；第三章：对身份的寻求，1923-1925；第四章：一个讽刺性的社会评论家；第五章：痛打落

38 Hannah Wing-han Yiu. “Lin Yutang’s Passage to Literature, 1895-1930”. Ph. D. dissertation, London University, 1987.

水狗；第六章：民主主义革命的呼唤；第七章：后北伐时期文学的“野性”；第八章：文学个体与批评策略；第九章：中国现代批评的作用。此节拟译介该文的“摘要”、“导论”和“结语”，以窥作者论文的思想全貌。

（一）摘要

在 20 世纪初的中国，林语堂所受的基督教教育和传教士教育对于他那个时代来说是不典型的。基督教教育和传教士教育使他对教条主义产生了强烈的反感，并对他的家乡产生了文化上的疏离感。后来，他又接受了当时的理性色彩：民族主义、革命、爱国主义和个人主义。前三种力量塑造了他在 1924-1926 年间的批评文章的热情的、浮夸的风格，这种风格反映了林语堂文学批评及其对创作过程的感知的即兴性质。由于林语堂的主观和文化爱国主义基本上带有反帝国主义的色彩，他于 1927 年 4 月加入了武汉的国民政府左派，担任其官方日报《人民论坛报》的编辑。在那里，他的政治理想主义遭到了粗暴的政治斗争的打击。1927 年，林语堂开始转向专业写作，在与无产阶级作家梁实秋、郁达夫和鲁迅之间的激辩中，他开始了自我评估的时期，并对当代西方作家和评论家进行了深入研究。到 1928 年，对文学美学的敏锐度和改革的动力使林语堂对读者和作品之间的关系有了新的认识，从而在他的讽刺作品中形成了微妙的印象。然而，他在 1928-1929 年间的创作和批判性著作表明，林语堂没有在其文学创作中实践他所宣扬的审美、幽默和精神的方法。林语堂强烈意识到，他的公众立场和自己对讽刺小品文风格的偏爱之间的差异，是他认为一个现代批评家所应具有的诊断和启发作用导致的结果。对林语堂文学理论由此而来的思想上的强调在 20 世纪 30 年代被全面谴责为与饱受战争摧残的中国是不搭的。对此，林语堂的反应是自我流放，并致力于重新发现和传播中国过去的道德和审美传统。

（二）导论

1976 年 3 月 26 日，路透社和美联社在香港发布了很长的林语堂讣告，《纽约时报》用了四分之一页的篇幅来宣布他的死讯。这是对一位非美国作家的致敬，表明了林语堂在美国受欢迎的程度。尽管林语堂的学术研究是一个受到争议的话题，但他在 20 世纪 30 年代和 40 年代作为中国文化的传播者而闻名。他的英文著作包括小说、散文集、阐释中华文明的散文以及对中国经典著作和近代小说的翻译。

林语堂作为一名东方译者的名声只是他在中国成功的一小部分。他充满活力但有争议的文学生涯长达 56 年。1936 年之前，林语堂在翻译、中国哲学、中国词典编纂和汉字罗马化方面的创新见解备受推崇。1928 年，他出版了《开明英文文法》（*Kaiming English Readers*），以帮助中国的中学英语教学，并被广泛使用。他在 1932-1936 年间创办的杂志使他进一步成为众人瞩目的焦点。正如夏志清（C. T. Hsia）在《中国现代小说史》（*A History of Modern Chinese Fiction*）中指出的那样，林语堂是同时反对共产主义和民族主义的伪善言辞的压迫的独立作家团体的领导人，他的杂志“对左翼作家联盟带来了相当大的阻碍，即便是在进步的学生圈子中，它们也广受欢迎。”[39]

林语堂创作所用的语言不仅仅限于中文，也不仅仅只满足于中国本土的读者。1927 年后，他的英文评论偶尔出现在本地和英美期刊上。从 1930 年 6 月开始，林语堂的评论定期出现在《中国评论周报》的“小评论”专栏中。正是通过这一专栏，林语堂引起了赛珍珠的注意。后来，赛珍珠鼓励林语堂用英文撰写了他的第一本书《吾国与吾民》。林语堂随后所获得的国际赞誉在国内引起了争议和报复。时至今日，林语堂经常被指控在公共场合通过揭示中国的家丑来赚钱。的确，林语堂让自己与几乎每一代都有的那些中国评论家一样变得声名狼藉。

20 世纪 30 年代，先是鲁迅，然后是胡风，公开谴责林语堂是一个自私的、颓废的“帮闲文人”[40]。40 年代，他被饱受战争摧残的在重庆的同行作家们贬称为“沉迷于不合时宜的东西”，这一指控与他在 1936 年后用英文出版的许多爱国作品，或他对“美国援华联合会”（the United China Relief）所做的贡献是不相称的。50 年代，他遭到西方和中国的一些自由主义者的谴责，因为他对共产主义的直言不讳的攻击，特别是对毛泽东提出的民主充满冷嘲热讽的注解以及为蒋介石的《中国之命运》（*China's Destiny*）译本所写

39 此为原文“导论”部分注释 3: C. T. Hsia. *A History of Modern Chinese Fiction*. New Haven and London: Yale University Press, 1971, pp.131-132.

40 此为原文“导论”部分注释 7: Lu Xun. *Bangxianfa Fayin* (《帮闲法发隐》) (Exposing The Secretive Promotion of Idleness), published with the penname Taozhui(桃椎), *Shen Bao Ziyoutan*(《申报 · 自由谈》), September 5, 1933. Lin Yutang's name was not specified in this article, although reference to Lin Yutang was clear from the context.

的序言[41]。具有讽刺意味的是，林语堂对共产党员侵害个人的自我表达权的强烈批评导致他的自由主义凭据要么被忽视，要么被视为保守主义的代名词。在新创办的新加坡南洋大学短暂停留之后（1956 年），东南亚的某些中国学术界指责他是机会主义分子，任人唯亲[42]。林语堂对基督教是一种制度化的宗教的不懈批评使他与一些保守的神职人员一样变得声名狼藉。60 年代，他关于美国华人和其他海外华裔的小说受到了言之有理的批评性评论。他最终退回台湾，尽管是作为一位受尊敬的公民而非作为官员，但最终还是遭到了很多人的排斥。自林语堂去世和“四人帮”被打倒以来，在中国发表的几篇文章中都提到了林语堂。然而，他被贴上“异端分子”或“坏蛋”的烙印，恰与英雄的、无私的鲁迅的光辉形象形成了鲜明的对照。在台湾，林语堂的声誉，或许正如所期望的，完全与中国大陆相反。为了政治上的权宜，林语堂对自己在 20 世纪 20 年代和 30 年代的左倾未作详细说明。的确，直到林语堂去世前一年，在他写自己的回忆录《八十自叙》时还是在要么包容国民党政府要么由衷地否认他过去的左派时期。70 年代初接受采访时，林语堂回应了提供“完整”作品清单的要求，他合宜地忘掉了自己 30 年代出版的东西。对于此间的著作，他只列出了用英文创作的作品和两种中文著作：《开明英文文法》和《语言学论丛》。他没有提及这个时期出版的八本中文论文集。

林语堂战前用中文创作的小品文大部分绝版了，一直到 20 世纪 70 年代。高质量的盗版和窃版本，代替了林语堂的原版著作，并因此以不公平的方式来呈现他。由于西方人熟悉的林语堂是 1936 年后的林语堂，一个其思想的沉思被描述为教条式的或轻率的宣传文体学家，因此，需要一本关于林语堂的连贯传记来弥补这种平衡。一本传记需要考虑到他 20 世纪 30 年代前的著作

---

41 此为原文“导论”部分注释 9：“Mao Tse-tung's ‘Democracy’”, *China Magazine*, Vol.17, April 1947, pp.14-24. A sequel to this article appeared in Ibid., Vol.18, pp.15-16, May 1947. See also “Foreword” to *Mao Tse-tung's Democracy: A Digest of the Bible of Chinese Communism*. New York: Chinese News Service, 1949. Chiang Kai-shek's *China's Destiny* is an authorized translation by Wang Chung-hui. New York: The MacMillan Company, 1947.

42 此为原文“导论”部分注释 10：*Nanyang Daxue Chuangxiaoshi* (*A History of the Founding of Nanyang University*), compiled and edited by Xinjiapo Nanyang Wenhuachubanshe, 1956. For the part Lin played in the initial organization of Nanyang University, see pp.103-116 and pp.131-173. For allegations of Lin Yuatng's nepotism, see pp.167-171.

的那些历史的和文体的因素，阐明他备受争议的声誉的起源，更有趣的是，揭示战前中国“个人文学”的曲折历史。

据我所知，林语堂写了四本自传体著作，其中包括一本自传体小说。也有几篇类似性质的短文。第一篇是应《吾国与吾民》出版商的要求创作的。1936 年 11 月和 12 月，该文的中译文分三期在《逸经》文史半月刊上连载。作者后来证实了该译文的真实性。本文主要由其童年、青年和 1932 年之前的事件组成。与其 30 年代的论争相关的事件几乎没有被提及。在他发表自传体论文之前，他曾在《吾国与吾民》（1935）中叙述过，尽管很简洁，关于他在大学和研究生时代经历的精神困惑。随后出版的《生活的艺术》一书极大地扩展了这个主题。关于与上帝的个人经历的一章，题为“与上帝的关系”，是专门写给那些遭受类似困境的人的。1958 年，林语堂反对建立宗教机构的思想缓和了。为了庆祝他决定重新信奉基督教，他在《从异教徒到基督徒》（*From Pagan to Christian*, 1959）中写了他的宗教经历。其中有很长的两章介绍他的早年岁月。1963 年，林语堂出版了小说《赖柏英》（*Juniper Loa*），尽管直到 1975 年他才公开了这部小说的自传体性质。为了庆祝他的 80 岁生日，林语堂出版了《八十自叙》（*Memiors of an Octogenarian*）。该书后来被宋碧云翻译成中文。由于尚未有关于林语堂的重要传记作品被编辑出版，我依靠林语堂的自传体著作来寻找与他早年岁月相关的事实。如果可能，我尽力用林语堂自己的记载来验证他的过去。

林语堂的早期职业生涯以浪漫的理想主义和反对不人道的道德规范和社会实践的反传统斗争为标志。从 1932 年到 1936 年，他对创作和批判自主权的坚定支持，得益于他对历史事件的反应和 20 世纪 20 年代中国文学中日益增长的启蒙主义。本文的主要目的是记录林语堂从 1895 年到 1930 年间的生活和作品的变化，并评价影响林语堂文学理论的力量，以及它们如何影响其文学风格、形式和内容的变化。林语堂确实成功地缓和了共产党的说教在进步的中国作家和读者中的影响，但在 1936 年 8 月，他自愿支持中共对抗日统一战线的要求。他采取了自我流放的方式，并在 41 岁时离开中国到纽约去创作英文文章和小说。1936 年，林语堂的离开标志着他对中国的无私关注的结束，以及他在西方追求诗意自我的开始。在中国现代文学的语境中，林语堂的努力是徒劳的，它是革命文学最终超越个人主义文学的症状。

林语堂的经历再次印证了体现在史景迁（Jonathan Spence）最近对被困于中国战争年代的作家们的道德困境的刻画。史景迁在《天安门：知识分子与中国革命》（*The Gate of Heavenly Peace: The Chinese and Their Revolution*）中描述了革命作家如何自愿放弃自己的"自我"，以期通过自己的牺牲来创造一个更好的中国。鲁迅在他的最后几年是"无私"的化身，同时他也以同样的标准来要求同龄人。他的兄弟周作人和他之前的文学助手林语堂是他为处于危机中的中国提出的文学理论最有影响力的、最明确有力的对手。周作人和林语堂既不同意鲁迅对当前形势的分析，也不赞同鲁迅提出的马克思主义的解决办法。1927 年，林语堂曾争辩说，马克思主义并不是一个能为个人的创造力留出多少余地的信条[43]。林语堂为解决忠于艺术与爱国主义之间的矛盾而艰苦奋斗，他离开中国文学界的最终决定只是强有力地说明了"中国文学的道德负担"的力量和不屈不挠。正如夏志清所悲叹的：

> 但那个时代的新文学，确有不同于前代，亦有异于中国大陆文学的地方，那就是作品表现的道义上的使命感，那种感时忧国的精神。当时的中国，正是国难方殷，企图自振而力不逮，同时旧社会留下来的种种不人道，也还没有改掉。是故当时的重要作家——无论是小说家、剧作家、诗人或散文家——都洋溢着爱国的热情。[44]

尽管林语堂的背景深深扎根于西方理性主义、人道主义和个人主义，但他与更传统的同胞作家们对这种道德着迷。但必须强调的是，他的世界观和文学理论使他对 20 世纪 30 年代中国面临的危机做出了不同的反应。

林语堂的个人主义的文学和批评理论重视创造力和多元化。事后看来，林语堂的理想注定会被挫败，因为他在一个既不能保证其人民的合法权又不能保证其选举权的社会中努力倡导个人主义，此二者是西方式社会存在的先决条件。民众意识通常比政治机构更不易接受变革，似乎已被集体利益和共识的前现代观念所赐予的安全惊呆了。在这个观念中，个人意味着政府和被统治者、老年人和年轻人组成的和谐实体的组成部分。确实，有人想知道林

43 此为原文"导论"部分注释 22: "Making China Safe for the KMT(GMD)" In *Letters of a Chinese Amazon and Wartime Essays*. Shanghai: The Commercial Press, 1930, p.132. In this article, Lin Yutang expressed his faith in the GMD Left government as the stronghold of democracy and individual rights in modern China.

44 此为原文"导论"部分注释 23: "Appendix 1: Obsession with China: The Moral Burden of Modern Chinese Literature". C. T. Hsia. Op. cit., pp.533-554.

语堂期刊的读者有多少能真正召唤必要的应变能力、智力信念、财务资源和职业独立性,以独立有效地生活在远离其传统的社区概念之外?1932年以后,日本的侵略加强了这种传统的集体利益倾向。因此,当政治意外事件要求作家们保持一致时,那些认同批评和持不同政见的文学的人将面临艰难的选择。由于林语堂的个人主义文学理论也可以解决因他的身份认同而造成的紧张情绪,其被东方和西方分裂,所以他的自我流放似乎是不可避免的。归根结底,林语堂的信仰不能被认为与他的时代普遍相关,尽管他有意识地传播个人主义作为对近代中国封建遗迹的解药。然而,重要的是,要认识到林语堂在不懈地促进个性及其作为现代文学最可宝贵的东西的所有属性方面的敏锐。

尽管林语堂的经历在他那个时代是不寻常的,但他的困境的现代版本仍然存在于使海峡两岸的中国现代作家感到困惑的选择中。在仔细描绘林语堂的过去时,读者可能希望对作家与文学之间的关系以及个别作家对他或她的环境的反应有更深入的了解。

本研究集中于林语堂在1930年1月之前发表的著作,但不包括他的大部分语言学和辞书著作。"结语"将概括性地论述林语堂20世纪30年代后的著作,以阐明他寻求实施他在1928-1930年间表达的文学理论的方式,以及他对中国危机的反应是如何导致他离开中国去往美国的。

(三)结语:"路过"中国

如第三章所述,林语堂对幽默的人生观的倡导与其对树立理性的、人道的和健康观的兴趣是密切相关的。1923年,他称赞幽默是揭露虚伪的工具。林语堂在1932年复活了幽默,部分原因是为了抵制那时在文学批评中普遍存在的教条主义。

1930年,左翼作家联盟成立后,对不结盟作家的攻击变得更加激烈和有组织性[45]。文学批评变得像作家对政治或哲学立场的教条式的判断[46]。周作人和林语堂都是这种批评方式的受害者。周作人因其自1926年以来形成的含蓄

---

45 此为原文"结语"部分注释1:C. T. Hsia. *A History of Modern Chinese Fiction*. Op. cit., p.133.

46 此为原文"结语"部分注释2:Ah Ying and Hu Feng were among the most prolific in this style of criticism. See Hu Feng. *Lin Yutang Lun*, dated December 11, 1934, collected in *Wenyi Bitan*. Shanghai, 1936, p.15. For a statement of Ah Ying's critical premises, see *Xiandai Mingjia Suibicognshu Xuji*. *Preface* to *A Sellection of Random Jottings by Modern Masters*, 1933, collected in *Ah Ying Wenji*. Hongkong: Sanlian Shuju, 1979, Vol.1, pp.140-141.

讽刺的批评而受到谴责。而林语堂将这样的政治审查等同于“五四”运动力图铲除的封建专制。

1. **作为批评策略的幽默**

根据林语堂的回忆之一，他对幽默的拥护还取决于一个历史因素：审查制度。在20世纪30年代，文学家的批评民主权利受到严格限制。1932年之后，讽刺尤其受到审查员的反对。通过将讽刺性的社会评论称作幽默而非讽刺性的作品，林语堂得以免除过度的骚扰。

“我初期（1924-1926）的文字即如那些学生的示威游行一般，披肝沥胆，慷慨激昂，公开抗议。那时并无什么技巧和细心。我完全归罪于北洋军阀给我们的教训。我们所得的出版自由太多了，言论自由也太多了，而每当一个人可以开心见诚讲真话之时，说话和著作便不能成为艺术了。这言论自由究有甚好处？我在文学上的成功以及我个人风格的发展完全归功于XXX[47]。如果我们的民权没有被篡改和受到严重限制，我认为我不会成为一个文人。那严格的取缔，逼令我另辟蹊径以发表思想。（没有此严格的取缔），我势不能不发展文笔技巧和权衡事情的轻重，此即读者们所称为‘讽刺文学’。” [48]

《论语》于1932年9月在上海首次面世，表面上是一本致力于倡导幽默文学的杂志。林语堂在他的第一篇自传体文章中承认了一个别有用心的动机：

> 我写此项文章的艺术乃在发挥关于时局的理论，刚刚足够暗示我的思想或别人的意见，但同时却饶有含蓄，使不致于身受牢狱之灾。……在这个奇妙的空气当中，我已经成为一个所谓幽默或讽刺的写作者了。[49]

林语堂在说服艺术上日渐精巧的技巧是他和周作人成功地“在文学趣味上闹了一场小小的革命，以此去对抗那时流行的载道文学”[50]背后的关键

---

47 此为原文“结语”部分注释3：That is Chiang Kai-shek. Lin Yutang’s evasiveness here was usual practice in 1936 when censorship reached a fanatical intensity.

48 此为原文“结语”部分注释4: *Lin Yutang Zizhuan*, *Yijing Wenshi Banyuekan*, Vol.19, December 5, 1936, p.24. In Lin Yutang’s Chinese writings in the 1930s, he never admitted his essays were satires. But Lin Yutang was candid in this autobiographical essay, which was initially written in English and addressed to a foreign audience.

49 此为原文“结语”部分注释5：*Lin Yutang Zizhuan*, *Yijing Wenshi Banyuekan*. Op. cit., p.24.

50 此为原文“结语”部分注释6：“Appendix 1: Obsession with China: The Moral

因素。在夏志清看来，这场“小小的革命”在1935-1936年间达到了高潮。而且，他特别提到了林语堂创办的期刊《论语》《人间世》和《宇宙风》的流行。

2. 被教条主义破坏的民主

1934年4月，林语堂创办了他在上海编辑的第二本中文杂志《人间世》。《人间世》的使命是推广“小品文”，这是周作人的作品所体现的个人的、熟悉的文章类型[51]。周作人的照片出现在第一期的卷首。表面上，林语堂希望用“小品文”来培养“性灵”和“个人笔调”。这两个词实际上是林语堂对“个性”和“创作自主”这两个概念的本土化表达。这种文化创新表明了林语堂对左翼批评固有的政治价值观的抵制。周作人的文学理论越来越被他从前现代文学异议中摘取的内容所掩盖，林语堂认为“普及”周作人的小品文和哲学观具有战略意义。为了政治目的，林语堂提倡周作人的“非政治”观点。他打算中和社会主义作家对中国文学和文化造成的“伤害”。撇开论争来看，林语堂对当代战争的呼声是有所保留的（以萧伯纳［George Bernard Shaw］在第一次世界大战爆发时的人道主义为榜样）。对林语堂来说，他创办的杂志使他能够为中国的命运做出贡献而又不损害其艺术品位或冒生命危险。

林语堂在《中国新闻舆论史》（*A History of Press and Critical Opinion in China*, 1936）第一章“前言”中阐明了为中国建立多元框架和分配正义的决心：

> ……然而，泛泛谈论报业问题是没有意义的，除非我们能悬新闻自由之理想为鹄的，并以之为衡量新闻事业成败的标准，把新闻自由看做民主的真正基石：首先，它运用明智、公正的新闻选择、编辑、发布手段，向民众提供准确的消息。[52]

在1932-1936年间，林语堂的杂志被发展为独立作家惺惺相惜的论坛，并与他在1924-1928年间有关联的更出名的《雨丝》杂志保持一致。基于他对

Burden of Modern Chinese Literature”. C. T. Hsia. Op. cit., p.133.

51 也因此特征，即一种“体现的、个人的、熟悉的”文章类型，英语世界学者将“小品文”英译为：“familiar essay”, “familiar and humorous essay”或“personal and familiar essay”。本书作者注。

52 此为原文“结语”部分注释8：Lin Yutang. *A History of Press and Critical Opinion in China*. Chicago: The University of Chicago Press, 1936, p.1.

说服力和思想交流的信念，林语堂发表他个人的经历，而不是依靠那些令人望而生畏的行话。林语堂在他看似平凡的散文中探索与日常生活相关的思想。“必须把哲学从天上带回人间”是林语堂在这个时期最喜欢的梦想之一[53]。

不幸的是，林语堂在其著作中所涉及的问题往往过于复杂，无法彻底研究。在几种半月刊的最后期限的压力下，林语堂只得满足于仅仅阐述一个问题，给出一些个人的意见，然后跳到其他问题上。没有逻辑和系统的辩论会导致表面化和肤浅的指控。通过对作为个体的自己的观点的强调，他的语气让人感觉到一种固执己见，这种固执己见常常引起他人的反感。有时，他屈于压力或懒惰，并在阐述上放松了他原本苛刻的“平易近人”的写作风格的目标。他允许不成熟的想法，尽管这是他论点中的一个关键因素，通过讽刺或华丽的修辞被近似地表现出来。使用有争议的修辞容易导致含混不清。的确，林语堂的那些讽刺性的有趣的段落经常被照搬，引起了很多混淆和误解，随后发生情绪化的争吵或激烈的辩论。语言因素及其局限性限制了林语堂理想的实现，至多只能是部分实现。

林语堂并不是对现代中国的命运不关心。实际上，林语堂对席卷他生活其中的环境的那种爱国热情不能无动于衷。如上所述，他对个人的异议权和艺术不可侵犯性的强调源于与保守派或信仰马克思主义的同辈们不同的爱国主义见解。幽默和那些小品文绝不仅仅是自我表达的一种媒介。例如，在林语堂的一些文章中，他的反英雄人物使他的读者对其不负责任的、不加思考的、毫无意义的牺牲表示反对。结果，林语堂对他的批评者越来越不满。鲁迅在下面的信中概括了针对林语堂的那种贬斥：

> 语堂是我的老朋友，我应以朋友待之。当《人间世》还未出世，《论语》已很无聊时，曾经竭了我的诚意，写一封信，劝他放弃这玩意儿。我并不主张他去革命，拼死，只劝他译些英国文学名作。以他的英文程度，不但译本于今有用，在将来恐怕也有用的。他回我的信说，这些事情等他老了再说。这时，我才悟到，我的意见在语堂看来是暮气，但我至今还自信是良言，要他于中国有益，要他在中国留存，并非要他消灭。他能更急进，那当然很好。但我看是绝不会的……看近来的《论语》之类，语堂在牛角尖里，虽愤愤不

53　此为原文“结语”部分注释 9：Lin Yutang. *A History of Press and Critical Opinion in China*. Op. cit., p.164.

平，却更钻得滋滋有味。以我的微力，是拉他不出来的。[54]

胡风在 1935 年 12 月对林语堂的批评更能说明问题。那个时候的胡风是一个崭露头角的批评家，他的文章是以如下批判叙述开始的：

……而这些批判又常常是集中在这两个刊物的创办者兼主编林语堂氏的身上。为什么成这样呢？这是因为这两个刊物的存在与成长和林氏在学术界的经历与地位有不可分的关系的缘故，这是因为《论语》的“幽默”和《人间世》的“小品文”都是在林氏的独特的解释之下被提倡被随和了的，都是沿着林氏的解释而发展了的缘故。所以，当我们研究林语堂氏的业绩的时候，是不能不牵涉到《论语》和《人间世》的影响的评价的。因为我们在这里所要究明的主题（theme）并不是他在言语学上音韵学上的成就，在那里面也许找得出来他对于中国学术的有用的贡献，也不是他在外国语文教学方面所树立的功绩，而是想说明，作为一个进步的文化人，他的“处事态度”的变迁表现了什么意义，他的文化批评和见解，客观上应该得到怎样的评价。[55]

胡风的批评表明了当时盛行的道德判断标准。被评判的，是作家而不是作家的艺术。林语堂对这种个人批评方式感到愤怒。他反驳到：

我因为大力介绍幽默，在文学上承认其价值，鼓吹“语录体”，一致被人指责为“祸国殃民”，实际上只是因为我既没有加入国民党也没有参加共产党的阵营。[56]

林语堂在 20 世纪 30 年代提出的问题是道德和习俗的复杂问题，但太多的批评家匆忙地对林语堂予以了驳斥。他们对林语堂的文学创新方法的反应对本研究很重要，这不仅是因为它们为更好地理解那个时期的文学批评做出了贡献，而且还因为它们在塑造林语堂的民主和个人主义文学运动中发挥了作用。

---

54 此为原文“结语”部分注释 10：*Lu Xun Quanji* (1961 edition). Beijing: Renmin Wenxue Chubanshe, 10:146. (This letter was not included in the 1981 edition). 此为鲁迅 1934 年 8 月 13 日写给曹聚仁的信。本书作者注。

55 此为原文“结语”部分注释 11：Hu Feng. *Hufeng Quanji* (Vol.2). Wuhan: Hubei Renmin Chubanshe, 1999, pp.5-6.

56 此为原文“结语”部分注释 12：Lin Yutang. *A History of Press and Critical Opinion in China*. Op. cit., p.162.

3. 作为一个避难所的小品文

林语堂与批评者之间的不断斗争逐渐削弱了他抵抗道德高雅政治的意志。从 1934 年开始，他对政治评论越来越不感兴趣。林语堂在"《行素集》序"中作了以下表白：

> 起初亦学编辑论时事，期期难免有许多应时点缀文章。但一则厌看日报，二则时评文章，自觉无聊，三则风头越来越紧，于是学乖。任鸡来也好，犬来也好，总以一阿姑阿翁处世法应之，乃成编辑不堪日报之怪现象。只因报既不看，要人到码头也，未到码头也；大会闭会也，未闭会也；宪法起草完毕也，未完毕也；训政时期已过也，未过也，全然不知道。而与亢德已有前约，一篇文章，期期非交不可。于是信手拈来，政治病亦谈，西装亦谈，再启亦谈，甚至牙刷亦谈，颇有走入牛角尖之势。真是微乎其微，去经世文章远矣。所自奇者，心头因之轻松许多，想至少这牛角尖是我自己的世界，未必有人要来统制，遂亦安之。孔子曰，汝安则为之。我既安矣，故欲据牛角尖负隅以终身。[57]

因此，林语堂被萧伯纳脱离战争的歇斯底里的恳求吸引就不足为奇了。对西方文学实践更微妙、更博学的认识也为林语堂提供了内心安宁的途径。由林语堂于 1934 年创办的著名但备受争议的小品文杂志《人间世》，使他得以追求这些兴趣，并为他自己及其读者重新发现与中国同行的那些熟悉的西方散文家和表现主义评论家。

林语堂的第三本中文杂志《宇宙风》是为应对脱离中国近期危机的指责而于 1935 年创办的。当时，林语堂仍无法放弃他的批判性自治权，但无论如何他承认小品文不能为中国现时的生存做出具体的贡献。因此，他提倡在《宇宙风》中做调查性的新闻报告文学。

在他不断发展的文学方法中，林语堂也许和他的导师之一布鲁克斯没什么两样。尽管在 20 世纪 20 年代他挑起了一场激进的文化偶像破坏活动，但从 1932 年到 1963 年去世，布鲁克斯谴责了现代主义并理想化了许多他曾经

---

57 此为原文"结语"部分注释 14：*Lun Yu*, Vol.44, p.926. (July 1, 1935).（原作者标注的此信息有误。1935 年 7 月 1 日《论语》第 44 期发表的文章为《假定我是土匪》。该引文可参见林语堂，"《行素集》序"，载《林语堂书评序跋集》，前面所引书，第 263 页。本书作者注。）

嘲笑过的美国的过去[58]。众所周知，布鲁克斯关于脸面的观点对于他的理智几乎是必不可少的。布鲁克斯的传记作家埃尔默·博克伦德（Elmer Borklund）认为，布鲁克斯的早期论文将“美国”标记为一个不理智的地方，艺术家发现在这样的环境里人无法留下或离开。对布鲁克斯来说，这种情感上的绝境在20世纪20年代演变成严重的精神疾病。埃德蒙·威尔逊（Edmund Wilson）驳斥了他的最后一部作品《制造者与发现者》（*Makers and Finders*），这部占据了他生命的最后25年的著作，称其为“批评家的退位”。但对布鲁克斯来说，重新发现美国历史上“可用的过去”是给予他在20世纪的美国存在的理由。对他而言，这是对挽救生命的妥协。被陷入对传统主义和马克思主义的疑虑之间，林语堂似乎要决定前者是不那么邪恶的。林语堂对小品文和报告文学的拥护也许是他试图解决类似于布鲁克斯的个人紧张的尝试。然而，对林语堂及其两本杂志的批评仍然是不利的。

4. 退回到唯美主义

林语堂在《大荒集》（1933）的“序”中写道，有一种从中国现代文学的荒野中逃入“深林”的遁世感。事实证明，这是他1934年以后文学生涯的一个恰当的比喻。正是在这一时期，史宾岗和王尔德的审美影响才在林语堂的著作中得以体现。1935年，他发表了一篇评论，他的隐逸天赋由此得以体现。林语堂在他对清代小说《浮生六记》的英译序中描述了这部小说吸引他的原因。女主人公“芸”的温柔、自然、富有同情心、博学、聪明和反传统的性格吸引了他。由于她敢于无视当代社会对妇女的束缚，因此被迫过贫穷的生活并遭社会排斥。除了展现出极具吸引力的个性外，林语堂还发现了这对夫妻在贫困生活中的审美风格。林语堂的审美转变也影响了他对中国的过去的评价：

> 我现在把她的故事翻译出来，不过因为这故事应该叫世人知道，一方面以流传她的芳名。另一方面，因为我在这两位无猜的夫妇的简朴生活中，看他们追求美丽，看他们穷困潦倒，遭不如意的磨折……在这故事中，我仿佛看到中国处世哲学的精华在两位恰巧成为夫妇的生平上表现出来。……沈复，她的丈夫，自我也表示那种爱美爱真的精神，和那中国文化最特色的知足常乐恬

---

58 此为原文“结语”部分注释 15: Elmer Borklund. *Contemporary Literary Critics*. London & New York: St. James Press and St. Martin’s Press, 1977, p.95.

淡自适的天性。[59]

“自适”和“知足”，这两个被林语堂在1925-1926年间当作“自欺欺人”以极大的热情予以谴责并在1928-1929年间加以辛辣讽刺的品格，到了1935年，则成了人类的美德。熟悉的、完全的古典主义和史宾岗与王尔德（Oscar Wilde）的美学在改变林语堂往日对文化的物质崇拜方面都发挥了作用。但是，还有其他重要因素促使他向古典主义转变：他与赛珍珠的友谊，他与世隔绝并在经济上享有特权的写作生涯，以及在欧洲的大学里学习的一年(1923年)。这些因素融合在一起，逐渐使他摆脱了源自内部的内战破坏和源自外部的日本侵略。

5. 爱国主义与批评个性

林语堂审美情感的萌芽逐渐缩小了他的批判理论与创作之间的差异。但是对于那些只把林语堂看成中国历史画布上的人物的批评家来说，他的文学方法使他在本质上成为被蔑视的对象。鲁迅的反应再次说明：

> 中国人的不敢正视各方面，用瞒和骗，造出奇妙的逃路来，而自以为正路。在这路上就证明着国民性的怯弱、懒惰而又巧滑。一天一天的满足着，即一天一天的堕落着，但又觉得见其光荣。[60]

1935年，鲁迅对处于国家危机状态下作家的道德义务的看法铸成了他对小品文的实用性的强调：

> 生存的小品文，必须是匕首，是投枪，能和读者一同杀出一条生存的血路的东西。[61]

到1936年8月，来自左派的持续道德谴责和来自右派政府的任意审查制度最终对林语堂造成了伤害。林语堂对个人愿景的忠诚和对统一战线的反对要求都使他感到困惑。向他敞开的唯一解决方案是屈服于中国文学界。离开后，他可以保持个人正直，而不会在统一战线政策中造成进一步的分歧。夏志清认为林语堂离开中国文学界是因为他“钻进了享乐主义的死胡同里，以

---

59 此为原文“结语”部分注释18: “Preface to *Six Chapters of a Floating Life*, a Novel by Shen Fu”, first published in *T’ien-hsia Monthly*. Nanjing, Vol.1, No.1, August, 1935, p.73.

60 此为原文“结语”部分注释20: Quoted by Cao Juren. *Lu Xun Pingzhuan*. Shanghai: Dongfang Chubanzhongxin, 1999, p.178.

61 此为原文“结语”部分注释21: *Xiaopinwen de Weiji*（《小品文的危机》）in *Lu Xun Quanji* (1981), 4: 443.

致不能给严肃的艺术研究提供必须的和批判性的激励”[62]。但是，我倾向于走另一条路，认为林语堂的离开也是对夏志清感叹的“中国文学的道德负担”的自愿让步，我在本文的导论中对此进行了讨论。

1936 年 8 月，在从横滨到纽约的旅途上撰写的《临别赠言》一文中，林语堂表达了他的爱国情怀，在其中他再次捍卫了他所设想的幽默、小品文和报告文学的智力功能和民主功能。他批评蒋介石政权企图进行思想控制，以及拒绝民众参与决策过程。林语堂也取消了他对中共的批评，并向共产党领导的统一战线致以祝福。意识到自己自愿从中国的重要影响力中隐退后，林语堂将自己的离别描述为“为今日中国之民，离今日中国之境”[63]。

林语堂在纽约自我流放的头几年证明了他为调和内部的爱国主义和个人主义之间的紧张关系而进行的斗争。这个时期与狄百瑞（Theodore de Bary）所描绘的田园诗般的社会非行动的个人主义的隐身或隐逸形式相去甚远。林语堂花了三年的时间来写《京华烟云》。这是他的第一本英文小说，也是他对中国抗日战争的贡献：

> 此书以纪念全国在前线为国牺牲之勇男儿，非无所为而作也。诚以论著入人之深，不如小说。今日西文宣传，外国记者撰述至多，以书而论，不下十余种，而其足使读者惊魂动魄，影响深入者绝鲜。欲盖使读者如临其境，如见其人，超事理，发情感，非借道小说不可。况公开宣传，即失宣传之效用，明者易察。弟客居海外，岂真有闲情谈话才子佳人故事，以消磨岁月耶？但欲使读者因爱佳人之才，必窥其究竟，始于大战收场不忍卒读耳。故……卷一叙庚子至辛亥，卷二叙辛亥至新潮……卷三乃……重心转入政治，而归结于大战。[64]

林语堂对他的第一本英文小说所设想的宣传功能的承认，不仅表明了他对说教艺术的密切关注，而且表明了他对流行心理学的洞察。《京华烟云》取

62 此为原文“结语”部分注释 22：C. T. Hsia. *A History of Modern Chinese Fiction*. Op. cit., p.133.

63 此为原文“结语”部分注释 23：*Libie Zengyan*. Dated August 1936, published in *Yuzhou Feng,* No.25, (September 16), 1936, pp.79-82.

64 此为原文“结语”部分注释 25：*Gei Yu Dafu de Xin*《给郁达夫的信》. Dated September 4, 1938, collected in Lin Yutang. *Lu Xun Zhisi*, p.144. Lin Yutang was resident in New York at the time, and the undeclared War of Resistance against the Japanese had broken out on July 7 the previous year.

得了巨大成功，成为集结国际支持中国的一种手段。但是，正如奥登（W. H. Auden）在其评论中指出的那样，林语堂的说教可能会降低小说中更令人信服的描述：

> 在我看来，《京华烟云》似乎两头都落空了：如果把它当成一本小说来读，它不能满足我们对个体的好奇心。如果把它作为一种历史读物，人们则想知道关于中国总体生活、政治思想、社会风俗和重大历史事件的更多信息。但是，由于如果他们不通过小说来吸收它，那么大多数人将根本不会学习任何历史。我希望这本书会被广泛阅读，因为它的主题是我们都应该尽可能多地了解的当务之急。笔墨所到之处，优雅而有魅力，在形式所施加的限度内，它设法尽可能地阐明了一种文明，该文明与法国文明并列着，都是人类迄今为止实现的最高的社会生活方式。[65]

奥登的观点是对林语堂使用小说作为社会批评媒介的努力的公正评价，萧伯纳在这方面成绩斐然。确实，有人猜测，林语堂如果坚持戏剧或讽刺小品文的创作，可能会更好地将艺术与说教结合起来，因为这些形式更适合他的性情和风格。上面这封他给郁达夫的信表明，爱国主义是他放弃讽刺性小品文而选择小说的一个因素。

随着 20 世纪 40 年代中国危机的加深，林语堂与其后来的小说之间的那种不带感情的距离逐渐缩小，其文学价值也不断下降。不幸的是，他为中国的困境而争取外国支持的努力在中国基本上没有得到赞赏。他对于美育的益处的傲慢言论，以及 1944 年在对重庆战区访问期间对共产主义的慷慨激昂的攻击，使他在中国受到了强烈谴责。在接下来的 30 年里，林语堂回到纽约，为自己而重新发现中国过去的优良传统，并为谋生而传播中国过去的优良传统。1958 年，他重新信仰基督教。1966 年，他回应祖国的号召，接受了国民党政府的邀请前往台北居住。1936-1963 年间，林语堂根本没有出版任何中文著作。1963-1966 年间，他通过台北中央社发表了大约 180 篇论文[66]。此后，他的作家生涯几乎完全停滞了。起初是因为《当代汉英词典》的编纂，后来是由于身体不适。他于 1976 年在香港去世，享年 80 岁。

---

65 此为原文“结语”部分注释 26: First published in *New Republic*, 101:208, December 5, 1939. Quotation from *Book Review Digest*, 1939, p.595.

66 此为原文“结语”部分注释 27: These essays were later collected in *Wusuobutan Heji*. Taipei: Kaiming Shudian, 1974.

四、把中国介绍给大西洋—西方：自我、他者与林语堂的抵制

2018 年，英国贝法斯特女王大学 Long Yangyang 的文章“把中国介绍给大西洋—西方：自我、他者与林语堂的抵制”发表在《大西洋研究》上[67]。现将文章正文译介如下。

（一）导论

在中国，大西洋是作为一个西方地缘政治联盟的军事和文化标志被加以想象的。从中国的视角看，大西洋国家的军事力量，由北大西洋公约和中国与这些国家之间固有的文化差异体现，渲染了与激进的“他者”和“威胁”同义的“大西洋—西方”这个概念。彼此的文化误解，与第二次世界大战以来发展的不稳定的地缘政治形势的背景是相悖的，不可避免地会造成一些成见。造成这些成见的军事和文化因素与 1978 年以前中国自闭的背景是息息相关的。1978 年，中国开始实施“改革开放”的政策。然而，尽管受此政策的影响，中国与大西洋—西方的国家仍然继续对彼此持质疑态度，各自起着相互的、自我选择重要的“他者”的作用[68]。例如，萨克斯·罗默（Sax Rohmer）的小说《傅满洲博士归来》（*The Return of Dr. Fu Manchu*），在西方的文化意识中获得了像“山姆大叔”（Uncle Sam）和“约翰牛”（John Bull）这样的寓言的地位，并且可被阐释为是对中国文化之危险的异国情调和神秘主义的西方想象的体现。然而，大西洋—西方的国家对中国的歪曲并不仅仅出现在 20 世纪。实际上，在有史以来的西方话语中就存在着。威尼斯旅行者马可·波罗（Marco Polo）13 世纪的想象故事，以及 16 世纪意大利传教士利玛窦（Jesuit Matteo Ricci）将儒家思想与基督教相融合的提议，是形塑西方呈现中国的趋势的重要阶段。马可·波罗和利玛窦的影响在大西洋—西方国家与中国之间的关系中持续了五个世纪，并对众多的西方主要作家如简·奥斯汀（Jane Austen）、塞缪尔·柯勒律治（Samuel Tylor Coleridge）、查尔斯·兰姆（Charles Lamb）、伯特兰·罗素（Bertrand Russell）、戈特弗里茨·莱布尼茨（Gottfried

---

67 Long Yangyang. “Translating China to the Atlantic West: Self, Other, and Lin Yutang’s Resistance”. *Atlantic Studies*, Vol.15, No.3, 2018, pp.332-348.

68 此为原文注释 1：China and the West define themselves over the perceived and constructed Other in form of the opposed. See Edward Said. *Orientalism*. London: Penguin Books, 1977. The reversal of the case is equally true. See Chen Xiaomei. *Occidentalism: A Theory of Counter-Discourse in Post-Mao China*. New York: Rowman & Littlefield, 2002.

Wilhelm Leibniz）、让-雅克·卢梭（Jean-Jacques Rousseau）和伏尔泰（Voltaire）等产生了影响。他们从民族中心主义的视角对中国进行的描绘构成了一种错误的认知，这种认知为大西洋—西方国家的读者概括了大部分关于中国的出版物的特征[69]。

双方的这种文化的错误认知在林语堂，一个将自己同时沉浸在大西洋-欧洲和北美，从而认识到了在东西方之间搭建一座桥梁以反对成见的中国译者那里受到了挑战。作为20世纪最有名的中国作家和知识分子中的一员，他相信，不同文化间的相遇的道德标准应该建立在自我与“他者”之间的公平认知上，而不是建立在通过定位的自我而建构和散布的对“他者”形象的强迫接受上。因此，林语堂提供了一种以西方人能理解的、同时又不放弃中国翻译实践的中心法则的方式将中国介绍给大西洋—西方国家的新方法。本文试图考证林语堂通过一种源自“忠实”和“通顺”这两个关键的、传统的翻译术语的翻译策略来介绍中国，并最终导致了故意创造一种“中庸”的空间，这个捕获了中国（自我）与大西洋—西方（他者）之间的译者的逻辑论证的恒定流量的空间。我认为林语堂的概念以及他对“中庸”空间的详细阐释，反过来是根据他对儒家经典《中庸》的挪用，是作为一种政府和抵制共存并“共同供给能量”并最终达到一种“中心”区域，一种相关联的空间的场所而发挥作用的。通过这样的方式，“通顺”与“忠实”的融合以及在“中庸”空间中的永久的相互作用，呈现了中国文化并同时挫败了他者自身的陈见。林语堂对中国的介绍，换句话说即是，代表了一种试图克服自马可·波罗和利玛窦时代以来持续存在于西方的描写中的陈见并介入东西方文化关系的现代努力。

（二）林语堂与大西洋—西方

林语堂通过许多的方式与大西洋—西方国家相关联。他在法国基督教青年会（YMCA）工作，在德国获得博士学位，在英国做关于中国文化的演讲，并在美国生活了几十年。此外，他坚信第二次世界大战后由英国和美国发起的《大西洋宪章》（the Atlantic Charter）的国际性，认为《大西洋宪章》能够“为持续和平提供一种充分可靠的基础”[70]。作为一个致力于一种其自身有别

69 此为原文注释6：Qian Suoqiao. *Liberal Cosmopolitan: Lin Yutang and Middling Chinese Modernity: Ideas, History and Modern China*. Leiden and Boston: Brill, 2011.

70 此为原文注释9：Lin Yutang. *Between Tears and Laughter*. New York: The John Day Company, 1943, p.45.

于经济权威、能认识到文化与种族等级制度的国际性理想的译者，林语堂被罗斯福认为《大西洋宪章》适用于“任何地方的任何民族”的主张完全说服了。但他同时又认识到丘吉尔想要驾驭国际主义以保持大英帝国的霸权的愿望标志着所谓的现代性会尾随大战而至，其本身不是那么容易就从过去的结构和设想中解放出来的。对林语堂来说，一个通过《大西洋宪章》的棱镜而设想的世界是有潜能成为一个在其中大大小小的国家都将平等共存的世界的，是能够通过某些世界组织来达到在政治上和经济上协同合作的公共安全与互利的目的的。然而，大西洋—西方的两大最重要的大国，美国与英国之间的这种一致，有着某种质疑《大西洋宪章》法则的潜在性。林语堂相信其指定法则反映出了他对一种自我与“他者”之间的公平认知的追求，对作为一种道德标准而非话语问题的普遍人权而献身的追求。他对文化平等的推销是强调其文化翻译方法的根本问题。至关重要的是，这是他作为一个同时经历了在中国的少年时代和连根拔起的移民身份的“搞翻译的人”的重大教训：

> 如果世界是作为一个单位而起作用，那信仰最终必须得到平等的发展，即，没有哪个国家比其他国家更好……正因为我们都是人，所以我们必须都是平等的。[71]

这里有一个显而易见的理想。但是，如我们已经提及的，林语堂的翻译策略源自目标语与源语之间实体化的逻辑论证的力量。同样，显而易见的是，林语堂的潜在的和平观不是源自没有冲突而是源自一系列文化力量之间的健康的相互影响。是林语堂呼吁的文化平等，一种不是建立在拒绝源语文本或目标语文本的优越性之上而是将其带入对话中的方法，起到了作为他将中国介绍给大西洋—西方国家的独特手段的作用。他在大西洋—西方国家度过的时光以及他浸没在其文化中的时间赋予了他一种可对那些中国呈现给欧美或欧美呈现给中国时存在问题的地方予以质疑的特权位置。他对这些陈见的挑战首先展现在其 1935 年出版的《吾国与吾民》中。该书被美国小说家赛珍珠称为“迄今为止关于中国的最真实的、最深刻的、最完善的、最重要的书。”[72]赛珍珠的评价高度概括了 20 世纪 30 年代林语堂在美国主流文学市场上的成功。他的这本书被赞扬为是对到那时为止流行的对中国带有陈见的呈现的

71 此为原文注释 13：Lin Yutang. *Peace Is in the Heart*. Sydney: Peter Huston Company, 1948.

72 此为原文注释 15：Lin Yutang. *My Country and My People*. Op. cit., p.xii.

一种矫正。正是因为这个原因，通过翻译框架的棱镜来对其介绍中国的视角进行分析才变成了一项有意义的任务。用林语堂的核心比喻来说，它或许可以帮助读者搭建一座沟通中西的双向桥。

读林语堂通过翻译之棱镜来呈现中国的作品显示出一种基于“忠实”和“通顺”这两个重要术语的翻译理论。在林语堂将其翻译思想理论化的过程中，（对源语文本的）“忠实”和（旨在与目标语读者相一致的）“通顺”并非是二分的，而是可通约的。二者间的持续互动在林语堂对汉学家理雅各（James Legge）对儒家经典拘泥于文字的翻译的批评中被概括出来。他指出，理雅各的翻译读起来“就像是某种久远的外国的味道而非清晰，成了其忠实的标志。”[73]在林语堂看来，忠实不是源自一种过分关注源语文本的翻译方法，它应该是对源语文本加以概述的并能为大西洋—西方的读者提供明晰的译文。林语堂的这个观点立马让人想起乔治·斯坦纳（George Steiner）随后对“忠实”的阐释：

> 忠实并非拘泥于字句的直译或为阐释“精神”的一种技巧手段……。译者、注释者、读者忠实于他的文本，只有在他努力恢复其得体的、被破坏的理解之各种力量及整体的存在之间的平衡的时候，才能做出其可能的反应。[74]

对林语堂来说，忠实和明晰构成了一种能使“只能通过同时掌握两种语言并理解其深层意义得来的感觉和表达愉快匹配”的翻译策略[75]。这里的“感觉”源自中文原文本并取决于对源语文本的准确理解。与此相反，“表达”关注的则是清晰，一种以相互作用为先决条件的清晰，尽管是一种被理想化的相互作用。在这种相互作用中，以英语为母语的读者能像中文读者一样清楚地理解作者的源语文本。“清晰”和“忠实”这两个概念，重要的是，分别反映和领先了韦努蒂（Lawrence Venuti）的“归化”（domestication）和“异化”（foreignization）的概念，并一起组成了林语堂翻译策略的根基。林语堂用于保持最初的一致并同时以一种英语世界读者能理解的方式来呈现这些差异的手段，成为了同时是其翻译的方法和其感觉的独特标志。在其感觉中，平等

73 此为原文注释18：Lin Yutang. *From Pagan to Christian*. Op. cit., p.51.

74 此为原文注释20：George Steiner. “The Hermeneutic Motion” In Lawrence Venuti ed. *The Translation Studies Reader*, 3rd edition. London: Routledge, 2012, p.160.

75 此为原文注释21：Lin Yutang. *From Pagan to Christian*. Op. cit, p.52.

和公正是根植在一种方法的中心矛盾的内部的，这种方法因用来向“自我”解释“他者”而不允许“自我”占用他者的世界而受到关注。

（三）通顺：使“中国的自我”屈从于“大西洋—西方的他者”

作为在林语堂打造一个他所谓的自己的“中国的自我”与其“大西洋—西方的他者”之间相互理解的空间的关键运动，“通顺”的策略是用来以大西洋国家的读者熟悉的术语阐释中国的。回应约翰·德莱登（John Dryden）对释义而非模仿或逐字逐句直译的偏爱，他将这种释义作为一种阐释意思的适当策略。林语堂在《孔子的智慧》一书的“导言”中描绘了他的翻译方法：“在这种情况下，我认为翻译与释义是无法区分的。我相信这是最好的、最令人满意的方法。”[76]在中文文本被译成英文时，中文高度并列的单音节特征需要采用“释义”的策略以“提高原文本的地位。”[77]林语堂由此坦承“我的英文嘲笑中文单音字是光滑、发光的圆石；而我的中文承认英文思想具有较大的明定性及准确性，但仍然嘲笑它是可疑而抽象的杂碎。”[78]这种坦承不仅证明了译者那讲英文的自我与讲中文的“他者”之间的相互影响，而且反之亦然，还让我们深入了解译者根深蒂固的焦虑，他不能克服假定的语言学的不可通约性。这种通约性能确保在翻译区内一个属于“非单一的、离散的语言或交流的单一媒介”的位置[79]。这是一个不断转化张力的区域，在其中既没有绝对的中国权威也没有绝对的大西洋—西方权威可被拒绝。这种拒绝解释了林语堂认为“这种翻译本身就是评论，因为没有译者对翻译文本的阐释，就没有真正聪明的翻译”[80]的观点。这个观点实际表明的是，林语堂作为一个调停和干预中国与大西洋—西方之间的文化意义的译者的身份。他用这种方式清楚地表达出翻译的实际过程：“我必须用更精确的逻辑思想的框架，阐释中国人的良心及直觉的知识，且把西方思想的建议放在中国直觉的评判下测验。”[81]

76 此为原文注释 24：Lin Yutang. *The Wisdom of Confucius*. Op. cit., p.48.

77 此为原文注释 25：George Steiner. *Babel : Aspects of Language and Translation*. Oxford: Oxford University Press, 1976, p.159.

78 此为原文注释 26：Lin Yutang. *From Pagan to Christian*. Op. cit, p.59.

79 此为原文注释 27：Emily Apter. *The Translation Zone: A New Comparative Literature*. Princeton: Princeton University Press, 2006, p.6.

80 此为原文注释 28：Lin Yutang. *The Wisdom of Confucius*. Op. cit. p.46.

81 此为原文注释 29：Lin Yutang. *From Pagan to Christian*. Op. cit, p.63.

如果说释义提供了一种有效沟通中国与大西洋—西方国家之间的策略的话，在实践中它是通过对文化的相似的寻求来实现的。对林语堂来说，这是一种得到了有效实施的策略。建立文化的相似是林语堂用来应对其整个翻译事业的不同时刻还击不可译的焦虑时的一种重要方法。例如，在其英译儒家经典《孔子的智慧》“导言”的一开始，他问：“时至今日，还能有人热衷儒家思想吗？”[82]这个问题并不夸张，但它反映出译者对大西洋—西方读者可从作为“他者”的中国古代文本中获得的潜在意义和价值的深度关心。林语堂是如何将“相似”注入作为一种交流手段的典型例子是，他通过转喻的方式来将《论语》，一个孔子与其弟子之间的关于道德的对话的文集，呈现为“儒家的《圣经》”（Confucian Bible）。这里，“儒家的《圣经》”明显地被建构为一种相似与差异的共时。说其相似是因为，大西洋—西方的读者能广泛接受《圣经》的文化联想。说其不同，用宗教哲学的术语来说既是，因为在精神上，同时也是因为在结构上，《论语》与《圣经》之间的相似是通过对《论语》的具体章节中孔子思想的引用和《圣经》不同章节中耶稣观点的引用而建立的。换句话说既是，这种相似性同时具有阐释性和欺骗性，让人想到安托瓦纳·贝尔曼（Antoine Berman）的“外国的审判”（trials of the foreign）[83]，其翻译观体现为双重的“审判”：一是因为翻译揭示的是完全外国的东西而作为“外国的审判”，二是因为“外国的”同时也是为了找到或许可达成理解所依赖的某些共同基础而根除其自身的语言范畴而作为“因外国的而做的审判”（trials for the foreign）。因此，这种同时具有相同与差异的“共存”且“共激励”的双重性，在这里被林语堂概括为“儒家的《圣经》”，通过其宣称“翻译是一种真正严峻的考验”而得到了加强。这呈现了某种根深蒂固又分离的东西。

这种悖论是很明显的。为了确保其大西洋—西方的读者能被引导至对源语文本的透彻理解，林语堂利用了中国形象在西方的类比。例如，为了让大西洋—西方的读者能更好地理解哲学家老子和庄子的形象，林语堂就采用了西方的类比。然而他并不认为这些作家在某种程度上具有可通约性或是可互换性，林语堂提出了瓦尔特·惠特曼和让-雅克·卢梭为可引起情感的老子的类比，而亨利·梭罗和伏尔泰为庄子的类比：

---

82 此为原文注释 30：Lin Yutang. *The Wisdom of Confucius*. Op. cit., p.3.

83 此为原文注释 32：Antoine Berman. “Translation and the Trials” In Lawrence Venuti translated and edited. *The Translation Studies Reader*, 3rd edition. London: Routledge, 2012, pp.240-253.

> 若说老子像惠特曼，有最宽大慷慨的胸怀。那么，庄子就像梭罗，有个人主义粗鲁、无情、急躁的一面。再以启蒙时期的人物作比，老子像那顺应自然的卢梭，庄子却似精明狡猾的伏尔泰。[84]

这样的类比呈现了一种与安德烈·勒弗菲尔（André Lefevere）描绘为构成“他者”“论域”（Universe of Discourse）的用来处理翻译的策略。林语堂所采用的这种西方类比的策略表明了一种通过“镜像或自我认知的过程”引起大西洋—西方读者的文化记忆的愿望。考虑到对中国文化经验的不熟悉有可能会使其目标语读者感到迷惑，林语堂在《中国的艺术理论》（The *Chinese Theory of Art*）中提出，在西方与东方之间的理解极为脆弱的时候，译者的主要责任是在接受语境内传达出其意思：

> 翻译过程中选错了一个词有可能让整个自然段变得模糊。的确，中国文学概念常常让西方的学生感到奇怪，而且表达也有些莫名其妙。应该记住，这些东西对中国人来说是相当清楚的，译者的责任是把其意思清楚地传达出来。[85]

因而，林语堂认为理解能力是评价一个译者是否能完成其任务的标准。他坚持，是理解的清晰使得他对瑞典学者喜仁龙（Osvald Sirén）对中国文艺理论《中国绘画艺术》（*The Chinese on the Art of Painting*）的翻译做出了激烈的回应。林语堂批评喜仁龙的翻译“累赘、难以消化、有时没有把握住要点。”[86]喜仁龙宣称要“尽可能地尊重中国语言的这些细节”[87]，这是建立在对独创性而非清晰的相矛盾的关注基础上的。但对林语堂来说，在这个历史性的时刻，必须把清晰放在优先于独创性的位置。因为他意识到，那些不出名的中国文学概念，在“他者性”（Otherness）的绝对示范中，可能起到束缚读者想要进一步与文化的“他者”建立友好关系的愿望。实际上，在霍米·巴巴（Homi Bhabha）看来，当遭遇文化“他者”的陌生化时对陈见来说极为重要的矛盾

84 此为原文注释 35：Lin Yutang. *The Wisdom of Laotse.* New York: Random House, 1948, pp.7-8.

85 此为原文注释 38：Lin Yutang. *The Chinese Theory of Art: Translation from the Master of Chinese Art.* New York: Putnam's Sons, 1967, p.4.

86 此为原文注释 39：Lin Yutang. *The Chinese Theory of Art: Translation from the Master of Chinese Art.* New York: Putnam's Sons, 1967, p.3.

87 此为原文注释 40：Osvald Sirén. *The Chinese on the Art of Painting*. Mineola: Dover, 2005, p.4.

的力量就会不可避免地产生。因此，在将中国传递给大西洋—西方的读者的任务中，为了使其表达尽可能地清晰，林语堂在其《当代汉英字典》（*Chinese-English Dictionary of Modern Usage*）中坦承道：

> 翻译是一门艺术。我们不遗余力地让英文的翻译尽可能地接近中文原文本，尤其是那些字词的语境和使用而非其字面意思。当字面意思有助于使其更清楚时，它可以在翻译之外被提供出来。[88]

至此，字面意思的重要性被表现为，它对英文翻译的清晰是有帮助的。如果没有帮助，那强调仍然是放在语境和用法上的，二者与文化对话和理解的提议都是相悖的，林语堂就是通过文化对话和理解的手段来把未知的、未曾呈现过的中国展示给大西洋—西方的读者。

除释义和类比外，编译是林语堂用在其历史性的呈现计划中的另一种重要方法。对这种方法的巩固是译者对需要改变源语文本的特征以符合大西洋—西方读者的阅读期待的意识。这方面的一个很好的例子出现在其《孔子的智慧》中。原文本一共有九个不同的文本，即“四书五经”，其中有许多重合的地方，林语堂将其删减压缩成了一个只有 200 多页的文本。这样的选择似乎是有争议的，尤其是与其提出的“忠实”概念，通顺和达意是最重要的。将其大西洋—西方的读者记在脑中，林语堂认为对文本基本的重新组织对读者来说理解中国文化是至关重要的。他在《孔子的智慧》一书的第一章“导言”中指出：

> 这就是为什么我不得不从儒家经典及《四书》中选出若干章来，因为这些章代表前后连贯的思想，而这些文章是前后一个系统的，是集中于一个主题的。实际上，本书中我所选译的九章（《孔子世家》除外），有六章见于《礼记》，其余两章内一部分选自《孟子》，另一部分选自《论语》而按类别排定的，还有选自《礼记》的片段。……所以本书的编辑还是合乎正统的方式。[89]

林语堂文本的清晰通过他自己虚构的标题来对各部分的重新架构得到证明。他对原文本的重新组织在将中国经典向英语世界读者打开的过程中是有

---

88 此为原文注释 42：Lin Yutang. *Chinese-English Dictionary of Modern Usage*. Hong Kong: Chinese University of Hong Kong, 1972, p.xxv.

89 此为原文注释 43：Lin Yutang. *The Wisdom of Confucius*. New York: The Modern Library, 1938, p.47.

帮助的，改变或整段地省略或许能对那时的西方理解那些与中国相关的完全不同而又根深蒂固的概念有促进作用。

这是一种适应历史时刻的特殊语境，同时又对语言文化间的可能的不对等做出回应的一种翻译策略。为了与其“通顺”的翻译概念保持一致，林语堂采取的诸如释义、类比和编译等策略，旨在把古代中国转变成一种能理解的有意义的“他者”作为长期理解的发展中的第一步传递给大西洋—西方。最重要的是，它是对林语堂为消解因马可·波罗和利玛窦把中国当成疏离的“他者”来介绍引起的长期存在的陈见而展示源语文化的可理解性这个目的的证明。然而，林语堂的翻译任务不仅仅是对西方声音的回应，它同时还拒绝允许大西洋—西方的读者完全挪用中文世界的意义。换句话说即是，它形成了一个通过一种调停和干预中国与大西洋—西方之间的文化意义的下意识的、跨文化的行为来呈现中国文化的中间立场。下一节将讨论这个中间立场的第二个方面。

（四）忠实：将“中国的自我”从“大西洋—西方的他者”中解放出来

如果通顺蕴含着把源语文化的独特性译进一种对大西洋—西方的目标语读者来说可理解的、熟悉的“他者”中，那么“忠实”，即对原文本的忠实，则是将其呈现为一种正好相对的运动。但就翻译过程本身而论，译者对原文本的理解要比读者的理解更重要，因为没有原文本就不可能有翻译。林语堂认为，好的翻译，源自对原文本的深的、了然的理解。相比之下，当原文本“没有被理解”时，翻译中就会出现“很大的陷阱”。汉学家赫伯特·翟理斯（Herbert A. Giles）的翻译就是一个恰当的例子。林语堂认为由于翟理斯不太关注汉英在观点、思维模式和语法关系之间的差异，他对中国哲学概念如“仁”、“义”、“礼”的翻译似乎是“仍被覆盖在似雾的黄昏中。”[90]这里，林语堂的观点主要适合于使其大西洋—西方的读者发展对中文原文本的信任，回应乔治·斯坦纳（George Steiner）的“阐释的过程”的第一步也是最关键的一步，即，译者相信源语文本在人道方面与接受语文化的生活和语境是一样复杂和丰富的。

林语堂对原文本的试图理解通过对“忠实”这个对“异化策略”之回应的运用而获得，通过“瓦解弥漫在翻译语中的文化语码”而表明文化的“他者”的差异性。为了使这个策略生效，由此在翻译文本中保留对“他者”文化

90 此为原文注释 46：Lin Yutang. *From Pagan to Christian*. Op. cit, p.51.

的呈现，林语堂在其《孔子的智慧》第一章“导言”中指出，他大规模地对辜鸿铭翻译的《中庸》进行了重新编译，认为辜鸿铭的翻译是“站得住脚的”。但是，他也对辜鸿铭的翻译提出了一些反对的意见，这些全都反映在他的“忠实”策略中。辜鸿铭主要采用的“归化”策略，为有助于西方读者的理解主要参照西方的人物如歌德和马修·阿诺德的部分，在林语堂的译本中都省略了。林语堂还对那些辜鸿铭“稍稍偏离了中文文本”的地方进行了修改[91]。初看，有可能会感觉林语堂利用他在自己的整个翻译实践中所发展的类比的相同力量来对辜鸿铭予以谴责，但实际上他这里是对类比与表面的相似之间进行了仔细的区分。

对“忠实”的实施来说哲学是重要的观点。实际上，林语堂作为一个文化译者的存在常常是可见的，因为他通过诸如“导言”、“脚注”、“首页附注”、“尾注”和评论等副文本使其翻译变厚。林语堂通过副文本材料而显示出的“可见”可能被看成一个为使文本能被理解而要求在一个充满注释的译本中采用许多脚注的早期例子。通过使用脚注来对译文文本加以补充的“厚译”（thick translation），或许是为质疑和证明源语与目标语语言文化之间以及林语堂那容易破碎的中国的自我与大西洋—西方的“他者”之间更广的语境差异提供一个温床的最显而易见的手段。林语堂承认，“脚注于是因我的评论和其他参考材料而得以保留”[92]，证明了他高于一切的考虑在于使读者能流利地读一个段落并毫无困难地理解其意思。然而，再一次，对“忠实”的采用并不意味着对与其相对的“通顺”的否定。换句话说，对林语堂的中国的自我而言的“忠实”与对其大西洋—西方的“他者”而言的“清晰”在其翻译实践中是共存的。在此意义上，正如上面所宣示的，林语堂的作品有可能被看成是夸梅·安东尼·阿皮亚（Kwame Anthony Appiah）所置身其中的“厚译”的先驱。考虑到注释和附录的说明解释能“将文本置于一个丰富的文化的、语言学的语境中”[93]，林语堂广泛使用这种策略以传达中文中那些有着多层意思但在英文中却没有包含着全面的参考和意义的能与其对应的专门术语。《孔子的智慧》中就有一个这样的例子。林语堂要翻译“心”这个字。“心”同时有“思

91 此为原文注释 49：Lin Yutang. *The Wisdom of Confucius*. Op. cit., pp.45-46.

92 此为原文注释 52：Lin Yutang. *The Wisdom of Confucius*. Op. cit., p.52.

93 此为原文注释 54：Kwame Anthony Appiah. “Thick Translation” In Kwame Anthony Appiah. *The Translation Studies Reader*. New York: Hopkins University Press, 1993, p.341.

维”和“心脏”之意，因而在“心”这个字里蕴含着哲学的或玄学的多重意思，而在英文里却没有与其相等的能呈现这种二元意义的词。为了呈现出这个字的多层意义，林语堂选择了“feeling”这个词，并用脚注对此选择进行了解释：

> 原文：非独贤有是心也，人皆有之，贤者能勿丧耳。
>
> 注释：在中文里，孟子用了“心”字，这里我将其译为“feeling”（在别的地方我也将其译为“soul”），因为在英语的用法中，“心”这个字的意思有限的缘故。孟子的全部哲学都是围绕着“守心”和“失心”的。在其他地方我发现有必要将同样的“心”字译成“mind”或“intelligence”。当然，英语的“heart”（心）与孟子的“心”是最接近的，因为其原本指的是一种感觉而非一种思想。但“心”这个字在汉语中同时也用来表示“心智”（mind），而且应该加以特别强调，汉语不赞成将“头”与“心”做明确的区分或将二者分开。那不仅在语法上，而且在历史上是一个不争的事实……。”[94]

是英语单词“heart”的语义束缚使译者陷入了焦虑，令他不能准确地传达汉字“心”的意思。“心”这个字在不同语境中意思有很大的不同。是在这个关键时刻，林语堂试图保留“feeling”而非“heart”的内涵表明了语义一致的理念，这个理念是林语堂翻译理论的第一法则“忠实”。但他对孟子“心”字原本意思的挪用并非仅仅是为了保留中文文本的原意，而显然在于通过阐明因语言的异质性而产生的文化独特性对完全屈从于英语的全球霸权地位的一种抵制。在其对汉语历史的求助中，脚注证明了林语堂对为纯粹文化传递而翻译的拒绝并同时阐明了他的翻译。“heart”与“mind”之间被模糊的边界源自“心”一字用于意指作为中国思想模式的统一，这种思想模式是与英语语言思维的多类和常常二元的概念以鲜明对照的形式存在的。换句话说，这里所蕴含的是林语堂回应塞缪尔·贝克特（Samuel Beckett）的“写作不是写关于某个东西的东西，而是某个东西本身”[95]而按其本来的样子呈现原文本的意图。对中国文化故意的“小众化翻译”（minoritizing

94 此为原文注释 55：Lin Yutang. *The Wisdom of Confucius*. Op. cit., p.285.

95 此为原文注释 56：Samuel Beckett. “Dante...Bruno. Vico. Joyce” In Ruby Cohn ed. *Disjecta: Miscellaneous Writings and a Drama Fragment*. London: John Calder, 1983, p.27.

translation）[96]有可能通过这种受到破坏的异质性而有助于去英语世界读者的中心化，而“厚译”的策略则提供了一种可供选择的机会来对欧洲中心主义、中国中心主义、东方主义和西方主义进行质问，由此根据连通性（自我如何将其展示在“他者”之中）而非差异性（彻底的思考如何蕴含在“他者”中被觉察）了解文化的“他者”。

就这一点而言，“厚译”也通过可阐述异质性的页前注而消解西方的霸权代码。在诸如《英译重编传奇小说》（*Famous Chinese Short Stories*）等著作中，通过在每一章开头的、能有效区别译文与原文的页前注，林语堂完成了一个译者在场的行为。又一次，林语堂的策略是对此刻的偶然性的回应。在这些页前注中对原文本的价值予以承认与挑战20世纪30年代的美国主流文化市场的隐含意图是密不可分的，在此市场中中国移民作家那些不涉及或不反映被主流出版商所接受的对中国人的普遍陈见的英文作品是不太可能出版的。林语堂宣告了他的目的是试图通过这种策略获得“在我所增加的材料中我总是努力获得历史的真实性。”[97]显然，从这种方法中获得的是林语堂对新读者接受的复杂性与中文原文本自身的复杂性的关注。换句话说即是，林语堂是把翻译看成了一个唤发让译者的忠诚屈从于（或不屈从于）源语和目标语之间、生产者与顾客之间、主人与客人之间、自我与“他者”之间某一语言文化的权威性的斗争场所。

（五）中庸：通过翻译创造一个“中庸的”空间

现在讨论必须在这个有着显然张力的文本内转而思考“中庸”这个中国哲学概念，它在《孔子的智慧》第三章中，可译为“central harmony”，是林语堂翻译理论和翻译实践的核心。在这种“中庸”中，存在着林语堂将中国传递给大西洋—西方的精华。《中庸》原本是《五经》中重要的一本，有争议说为孔子的弟子子思所做。“中庸”蕴含了两个意思，即“中”（中间）和“庸”（恒常）。从字面上讲，“中庸”的空间即是处于抵制与征服之间，在隐含在译者的自我与“他者”之间的调停中获得一种恒常的通量以达到一种（想象的）“中间的”范围。这是林语堂翻译理论的核心。我认为此处的“中庸的”

96 此为原文注释57: Lawrence Venuti. *The Scandals of Translation: Towardsss an Ethics of Difference*. London: Routledge, 1998, pp.11-12.

97 Lin Yutang. *Famous Chinese Short Stories*. New York: The John Day Company, 1953, p.xvii.

空间是一种想象的目标，主要是因为翻译必须是作为一个“归化的”过程开始的[98]。对林语堂来说，“中庸”有着建立一个允许运动和转化的领域的潜能，一个能同时跨被激活的中文源语和大西洋—西方的目标语所需要的潜能的空间，在此空间中西方的主流话语可能会受到抵制。

林语堂对寻求一个中庸的空间的尝试表面上是对传统的、规范的翻译标准如字对字与意对意、直译与意译、归化与异化等进行了挑战。更为重要的是，他创造“中庸的”空间的不懈努力通过同时呈现多元文化主义（有效地孤立“他者”）和同化作用（有效地否定“他者”的文化差异）预示了翻译与社会政策之间正处于当代的十字路口。或许隐含在这种“不安”背后的是译者对“等价”的要求与认识到获得这种“等价”的不可能的焦虑[99]。完全意识到翻译本身的行为与对“等价”的某种程度的保证是密不可分的。林语堂痛苦地表示：“我们须记得翻译只是一种不得已而很有用的事业，并不是足代原文之谓。”[100]从这个坦承中我们可清楚地再一次看到林语堂的忧虑，要最终完成翻译的任务是不可能的。林语堂在这里故意提供了一个乏味的断言以解释一种令人气馁的而且可能无法克服的窘况：“我不读哲学而直接只拿人生当做课本，这种研究方法是不合惯例的。”[101]他接着指出：“我不想把一个诗人或哲学家的思想全盘托出来。假如想要根据本书所举的少许例证去批判他们的全体，那是不可能的。”[102]这种不可能在林语堂论及翻译的第一要义“忠实”时再一次被提及：“绝对忠实之不可能”[103]，这些进一步加强和巩固了他对屈从于作者原文本的拒绝。对林语堂来说，“直译者以为须一味株守，意译者以为不妨自由，而终于译文实际上的程序问题无人问到，这就是用这两名词的流弊。”[104]

这种对绝对忠实之不可能的高度肯定与保罗·利科（Paul Ricoeur）的观

98 此为原文注释 63：Lawrence Venuti. *The Scandals of Translation: Towards an Ethics of Difference*. Op. cit., p.11.

99 此为原文注释 64：Lin Yutang. *The Pleasures of a Non-conformist*. Chicago: The World Publishing Company, 1962, pp.297-298.

100 此为原文注释 65：Lin Yutang. *Yuyanxue Luncong*. Changchun: Northeast Normal University Press, 1994, p.315.

101 此为原文注释 66：Lin Yutang. *The Importance of Living*. Op. cit., p.xvi.

102 此为原文注释 67：Lin Yutang. *The Importance of Living*. Op. cit., pp. xvi-xvii.

103 此为原文注释 68：Lin Yutang. *Yuyanxue Luncong*. Op. cit., p.315.

104 此为原文注释 69：Lin Yutang. *Yuyanxue Luncong*. Op. cit., p.309.

点恰好一致:“如果翻译本身能被阐释为一种可使没有可比性的东西具有可比性的话，……那么它是开启了对通常的好赋予一个访问特权的机会的折衷能力。”[105]如果折衷是翻译过程的先决条件的话，那么“中庸的”空间就成了我们可在其中仔细浏览那种体现林语堂将中国介绍给大西洋—西方的折衷。通过尽可能多地参照翻译的不可能以及对这种不可能性的承认予以广泛拒绝，韦努蒂对“翻译丑闻”[106]的参照与林语堂的持久意识“翻译并不足代原文”是相似的。但是，由于同样的原因，尽管正是在其呈现的过程中通过翻译而引起的替代几乎是不可避免的，翻译也提供了一个通过替代手段理解、证实“他者”的机会。

作为一种跨文化间的互动行为，“中庸”提供的可能性是什么呢？它如何有助于动摇那些对中国的习惯性错误呈现呢？在某种程度上，“中庸”引发了霍米·巴巴的“第三”空间概念[107]，认为被翻译的文本有可能被认为立稳了脚。但“第三”空间这个概念太容易被精炼，被减少到一个同时超出源语和目标语文化范畴的扁平位置，以致于它引起了忽略社会、文化和政治语境的危险，是在此语境中各种相互关联的因素形塑并构成了翻译的最后结果。因这个原因，我们需要对这个“中庸的”空间对林语堂以及对其所从事的持续的来回翻译之旅的意义加以考虑。

对一个像林语堂这样的移民作家和译者来说，通过“中庸”而进行的翻译行为提供了一个有征服也有抵制的场所，在其中语言的纯洁性和中立性的任何观点几乎都被清晰地揭示出来。这是一个通过语言选择，是对皮埃尔·布迪厄（Pierre Bourdieu）的“把语言当成工具来使用通常与对权利和利益的无意识的追求是相冲突的”观点的回应与证明[108]。而且也是在这里，最强有力地引发了译者对自我有可能仅仅是在对“他者”的“批评的关怀”（critical solicitude）的联系与关注中并通过它而完成的看法[109]。对抵制与服从之间的

105 此为原文注释 70：Paul Ricoeur. *The Course of Recognition*. Translated by David Pellauer. Cambridge: Harvard University Press, 2005, p.209.

106 此为原文注释 71：Lawrence Venuti. *The Scandals of Translation: Towards an Ethics of Difference*. Op. cit., pp.1-8.

107 此为原文注释 72：Homi K. Bhabha. *The Location of Culture*. London: Routeldge, 1994, p.55.

108 此为原文注释 74：Pierre Bourdieu. *Language and Symbolic Power*. New York: Harvard University Press, 1999, p.480.

109 此为原文注释 75：Paul Ricoeur. *Oneself as Another.* Chicago: The University of

有力的相互作用的认识不仅提供了一种避免个人身份在那个点被放弃的手段，如，通过像贝尔托·布莱希特（Bertolt Brecht）和埃里克·本特利（Eric Bently）所论争的只作为一个旁观者的间离效果，同时也完成了被应用在“批评的关怀”的理念中的参与活动。对林语堂来说，“中庸”恰是这种“批评的关怀”生成的场所。

明确提及“通顺”和“忠实”的融合以便建立作为中国与大西洋—西方文化之间的调停区域的“中庸”空间，出现在林语堂的《生活的艺术》中。这本用英文创作的书是对其生活经验的呈现，证明了林语堂用其创造的“中庸”空间来重写中国思想和生活的方法。在此空间中也用到了“通顺”与“忠实”：

> 庄子和陶渊明就是这么一类人物。他们的精神简朴纯正，非渺小的人所能望其项背。在本书里，我有时加以相当声明，让他们直接对读者讲话；有时竟代他们说话，虽然表面上好像是我自己的话一般。我和他们的友谊维持得越久，我的思想也越受他们的影响。我在他们的熏陶下，我的思想就倾向于通俗不拘礼节，无从捉摸，无影无形的类型。[110]

允许中国古代人物直接参与到与大西洋—西方读者的对话中提供了一种偶然却无误的信号，即文本的“源流”存在于而且有可能总是存在于别处。是通过这样的方式，“中庸”顽固的本质得以最大程度地产生，避免了在源语文本为外国读者翻译时不可避免地擦除潜在的源语文化。对源语文本的任何私语以及对其以熟悉的、可理解的方式进行的任何阐释，不仅使文化的清晰和可读性优先于源语文化权威性的要求，而且在此过程中也暴露了“他者”的征服。通过“中庸”，林语堂希望获得一种可理解的同时又能保留源语文本的独特性的跨文话交流的手段。

（六）结语

为了向大西洋—西方传达他认为正确的、能展现中国的东西，林语堂将忠实和通顺融合在中庸的空间里的方法最终为“他者”超越典型代表的限制提供了一种可能性。在此“中庸”背景下，我们看到了古代与现代之间、东方与西方之间不停的运动。林语堂将自己同时等同于一个“古人虔诚的移译

Chicago Press, 1992, p.273.

110 此为原文注释 78：Lin Yutang. *The Importance of Living*. Op. cit., p.xvi.

者”和“现代人的调停者”。恰如他在其《生活的艺术》一书的“自序”中所写：

> 我也想以一个现代人的立场说话，而不仅仅以中国人的立场说话为满足。我不想仅仅替古人做一个虔诚的移译者，而要把我自己所吸收到我现代脑筋里的东西表现出来。[111]

这种宣称表明，林语堂的可选择的中国视角是在一个现代的语境中为当代西方读者而阐释的，在这样的语境中他具体采用了通顺和忠实的策略。在中庸空间内的这种现代翻译书写反映出这么一个事实，即，翻译不是对原文本的一种纯粹的传达，而是一种承认同时也拒绝为处于此时此地的现代大西洋—西方读者的视角按优先顺序进行安排的方法。译者那种我们只能通过参照“他者”来确定自己的根深蒂固的意识导致了一种作为一个质疑呈现之自我观念与他者观念的异质性的领域的翻译理念。是在这种领域中产生了翻译行为的真正复杂性，正如林语堂自己在其战后出版的小说《和平在心中》（*Peace Is in the Heart*）（1949）中所提及的那样：“我们首先需要的是一种万物相统一和相关联的理论……。理想与行动间的二分必须加以解决。……崇高的理想与缺乏想象力的现实必须结合在一起。”[112]保罗·利科对“批评的关怀”的特征的概括，或许只能通过同时对“他者”的尊重和与“他者”之间的冲突才能获得。对林语堂来说，这是一种抵制二分与分离的过程。一方面，它拒绝一种设计来适合在一种既存的母语是英语的人的期待视野内被动的、静态的呈现（这将会是一种通过“通顺”来主宰的过程之结果）。通顺与重视之间调停的显而易见的结果是，文化迁移将不可避免地导致译者在两种不同价值体系之间挣扎，并由此保持他期待创造一种和谐空间的永久愿望。

通过其下意识地发挥中庸的作用，林语堂把中国广泛地呈现给了大西洋—西方的读者。通过中庸的方式，他试图获得动态与静态、转化与体制化之间的平衡，由此可不停地寻求抵制与服从之间的平衡。一方面，它引发了拒绝对因翻译而变得模糊的中文原文本的潜力的屈服。另一方面，当翻译同时朝着和因中文原文本的复杂性而发生变化时，它有助于屈从于大西洋—西方的“他者”的行为。从这种文化领域间的不停的来来回回的反复中产生的是

---

111 此为原文注释 79：Lin Yutang. *The Importance of Living*. Op. cit., p.xvi.

112 此为原文注释 80：Lin Yutang. *Peace Is in the Heart*. New York: Aldus Publications, 1949, p.20.

林语堂对他的中国的自我与大西洋—西方的“他者”的公正认知的不停寻求。作为一个其翻译理论预示着二战后西方翻译实践的趋势之出现的先行者，林语堂创造了一个谚语，这个谚语让我们看到了一个“两脚踏中西文化，一心评宇宙文章”[113]这样品质的中国译者。林语堂终身对中国的呈现都显示出公平和诚实，因为他的世界观受到了认为所有国家都以平等的条件存在的《大西洋公约》的限定。这是一个通过一系列消除自我和“他者”身上存在的东西的翻译技巧和手段而实施的过程。通过求诸于不受“放弃”与“反抗”之间的严格边界限制的“中庸”空间，林语堂呈现的中国证明了从西方霸权代码的精炼机制中解放出来的可能性，有希望地开辟了复兴中国与大西洋—西方之间的文化关系互惠的新阶段。

113 此为原文注释 81：Lin Yutang. *From Pagan to Christian*. Op. cit., p.63. Lin also composed the couplet in Chinese:“两脚踏中西文化，一心评宇宙文章”。

第四章　东西方文化传播者林语堂

东西方文化传播者的身份也是林语堂自己最乐意接受的身份，恰如他自己在 40 岁时做的一幅对联所说："两脚踏东西文化，一心评宇宙文章"。该章选取了四篇相关的研究文章，以让读者了解"他者"眼中"东西方文化传播者"林语堂的视角与观点。这四篇文章分别是玛达丽娜的硕士论文《林语堂文化国际主义的思想渊源（1928-1938）》、Shirley Chan 与 Danicl Lee 的期刊文章《林语堂：为现代人重新诠释古人》、蒂莫西·赫森的期刊文章《林语堂与作为一种社会批评的文化的跨文化传播》和克里斯·怀特的评论文章《林语堂的跨文化遗产：批评视角》。

一、林语堂文化国际主义的思想渊源（1928-1938）

2009 年，美国马里兰大学玛达丽娜（Madalina Yuk-Ling Lee）的硕士论文《林语堂文化国际主义的思想渊源（1928-1938）》发表[1]。除"导论"和"结语"外，论文另有三章，分别为："林语堂的文化国际主义与双重文化：平衡问题"、"林语堂文化国际主义的三个理论选择：实质问题"和"林语堂对等的文化国际主义的方法论：品味问题"。此节将其"导论"和"结语"两部分做译介，以了解作者的基本观点。

（一）导论

入江昭（Akira Iriye）定义的文化国际主义是通过跨越国界的文化活动来促进文化领域的国际合作。它"要求开展各种活动，通过思想和人脉的交流、

1 Madalina Yuk-Ling Lee. "The Intellectual Origins of Lin Yutang's Cutltural Internationalism, 1928-1938". MA. thesis, University of Maryland, 2009.

学术合作或促进跨国理解的努力，将不同的国家和民族联系起来。”[2]他的《文化国际主义与世界秩序》（*Cultural Internationalism and World Order*）一书的主要贡献在于，它概述了国际主义作为跨文化而非国家间事务的历史。入江昭的目的是在国际关系研究中将一个新框架概念化，该框架不以国家为中心，并侧重于非国家的行为者，如思想家、作家、艺术家和音乐家等。

但是，入江昭在他的书快结束时承认，20 世纪的文化国际主义主要是美国化的事务和“一种单边文化的普遍主义”。在本研究中，我将其称为“不对等的文化国际主义”（asymmetrical cultural internationalism）[3]。他还提到，自 20 世纪 70 年代以来，越来越多的第三世界领导人和学者要求现在是时候“摆脱单边的文化关系，或者传播和强加具有隐含的普遍性和绝对有效性的统一价值体系，走向互惠的文化关系。”[4]本质上，入江昭暗示第三世界国家正在抗议不对等的文化国际主义的虚伪，并要求对等的文化国际主义，一种文化观念的相互交流。在其书的结尾，入江昭通过敦促读者制定一种非“单向的”的交流策略，含蓄地拥护对等的文化国际主义时代的到来。尽管入江昭在 1997 年倡导对等的文化国际主义，但本文旨在证明尽管中国共和党（1912-1949）处于可怜的国际地位，但林语堂这位中国知识分子却早在 20 世纪 30 年代就已经发起了对等的文化国际主义。

中国最著名的双语作家林语堂写了一系列畅销的英文书，这些书在 1935-1967 年的 30 年里弘扬了中国文化，并成为纽约精英知识分子界的一部分。他的其中一本书《生活的艺术》是 1938 年在美国销量最高的非小说类书籍，一直再版，并被翻译成十多种外语。他的 29 种英文书中至少有五种最近在美国重新再版，更不用说自 20 世纪 80 年代以来在中国不断翻印的数十种中文书了。林语堂不仅向美国输出中国文化知识，而且还向中国输入西方的文化知识。在其 1936 年移居美国之前，他创办了几本非常成功的中文杂志，以宣传西方文学的幽默和著名的文章，这些在现代中国文学中都是未知的。林语堂也因此在中国被称为“幽默大师”。他确实是中国杰出的对等的文化国际主义者。

---

2 此为原文注释 1：Akira Iriye. *Cultural Internationalism and World Order*. Baltimore: The John Hopkins University Press, 1997, p.3.

3 此为原文注释 2：Akira Iriye. *Cultural Internationalism and World Order*. Baltimore: The John Hopkins University Press, 1997, p.161.

4 此为原文注释 3：Akira Iriye. *Cultural Internationalism and World Order*. Baltimore: The John Hopkins University Press, 1997, p.170.

尽管有许多关于林语堂生活和文学理想的研究成果，但他的文化国际主义仍有待分析。尽管林语堂的跨文化活动得到了广泛的认可和描述，但没有学者对他的文化国际主义的性质、框架、过程或历史背景进行系统的分析。到目前为止，只有一篇历史系学者的林语堂研究论文。这篇论文是由德克萨斯大学奥斯汀分校的史蒂文 · 迈尔斯（Steven Miles）撰写的[5]，着重论述了林语堂捍卫他的文学独立性，反对他在中国生活时右派和左派所施加的文学极权主义。迈尔斯的论文没有涵盖林语堂针对西方读者的文学努力，也没有涉及文化国际主义的话题。

其他文学系学者撰写的论文，主要关注的是林语堂的生活、身份和现代性。苏迪然写了一篇重要的论文，按时间顺序对林语堂的一生做了详尽的描述。约瑟夫 · 桑普尔（Joseph Sample）的论文是对林语堂 1928-1936 年间为《中国评论周报》英文专栏“小评论”撰写的文章的调查。钱俊的论文探讨了林语堂在建构超越东西方二分法而非其东西方文化交流的中国现代性方面的个人态度和实践。Shen Shuang 的论文探讨了林语堂的跨文化身份而非其跨文化交流活动，其研究将林语堂在上海受到半殖民主义影响的跨文化身份与华裔移民的跨文化身份进行了比较。Wang Jue 的论文是对林语堂小说中女性形象描写的符号学研究。

本文从文化国际主义的角度分析了林语堂成就的思想和方法，为跨文化研究提供了新的分析框架。此外，本论文还有助于对新文化运动的遗产的新认识。这项研究表明，林语堂的对等的文化国际主义的理论渊源和方法论都基于新文化的改革范式之一。因此，为了反映林语堂文化国际主义在中国历史背景下的思想渊源，概述在他的时代曾在中国进行辩论的文化改革范式同样重要。从那里，我们将认识到，林语堂不仅反对不对等的文化国际主义的潮流，而且还反对文化民族主义和文化偶像主义这两个国内的潮流。

林语堂意识到历史的文化趋势，有意识地将自己与独特的范式结合起来，激发他从非正统的中国传统和西方现代传统中提取合适的文化元素，以发动他最终广泛成功的对等的文化国际主义。因此，林语堂的天才不仅在于他杰出的语言和文学能力、他渊博的东西方知识、对本土和全球文化趋势的敏锐

5 Steven Bradley Miles. “Independence and Orthodoxy: Lin Yutang and Chinese Journalism in the Republican Era, 1923-1936”. MA. thesis, The University of Texa at Austin, 1999.

与敏感，还在于他将中西文学理论、文学类型与风格巧妙地联系在一起。而且，林语堂那保留了本土文化特征的独特框架，还设法拆除了文化民族主义与文化国际主义之间的二分。实际上，林语堂的对等的文化国际主义框架甚至可以为其他想加入到对等的文化国际主义舞台的国家提供借鉴。

（二）结语

1. 1939 年之前美国人对林语堂的文化国际主义的回应

《吾国与吾民》和《生活的艺术》是由林语堂发表在他的三本中文杂志《论语》《人间世》和《宇宙风》中的多篇文章组成的。因此，他的英文书和三本中文杂志都起到了证明林语堂对中国非正统的文化传统与西方文学和文化观念的创造性联系——林语堂在 1939 年之前的对等的文化国际主义理念[6]。

在上一章中已经提到了使得《吾国与吾民》在美国获得成功的内在因素，包括客观性、可理解性、可读性和大胆的智慧。成功的外在因素包括美国对中国的好奇心，这是由日本对中国的有系统的侵犯以及美国在太平洋地区的政治利益引起的。此外，赛珍珠（1932 年普利策奖得主）最畅销的小说《大地》，使美国人渴望获得更多有关中国的文化信息。最后，《吾国与吾民》可以轻易地在有关中国文化的图书市场上占据主导地位。其原因有二：一是极少有资格的美籍华人能在 20 世纪 30 年代撰写一本关于中国文化的权威书，二是没有其他中国作家拥有林语堂那种活泼的英文写作风格。

尽管《吾国与吾民》获得了令人难以置信的成功，在四个月的时间里就七次再版，但《生活的艺术》却代表了林语堂 20 世纪 30 年代在美国的最高成就。同样，内在的和外在的因素也是本书成功的原因。它之所以受欢迎的一个内在原因是，明代晚期生活艺术的个人主义和民主观念对美国人民而言并不陌生。林语堂当然意识到，个人主义和民粹主义代表了现代美国的两种关键价值。Chang Chun-shu 认为，明代晚期的价值观表现出许多现代性的症状，入侵的满族认为这是异质的，后来通过一系列的宗教裁判所将其扼杀了。明代晚期确实是一个商业经济繁荣、城市化激烈、休闲与个人主义、文化水平增长、文学日益普及的时代。明代晚期的生活艺术是具有现

6 此为原文注释 247：Lin Yutang also published *A History of the Press and Public Opinion in China* in 1936 and *The Wisdom of Confucius* in 1938. However, neither one of these two books bears any relation to his cultural internationalism that links Chinese culture to Western culture.

代民粹主义色彩的精英人士的好奇产物。尽管表面上的个人主义和民粹主义的作风可能是明代晚期的精英的布迪厄主义的计划（Bourdieuian scheme），以阻止克雷格·克卢纳斯（Craig Clunas）提出的对暴发户阶级的掠夺，但其生活艺术的美学内涵仍然暗示着个人主义和民粹主义。因此，詹姆斯·吉尔伯特（James Gilbert）认为，明代晚期的生活艺术与民粹主义和个人主义观念之间的联系在美国民主文化中一直存在并且仍然很强大，这是《生活的艺术》成功的外在因素。

该书成功的外在因素是由每月读书会（Book-of-the-Month Club，后简称BOMC）与美国高官之间的一场争夺战所点燃的。由于历史和文化的巧合，明代晚期生活艺术的精英民粹主义混合产物极大地反映了每月读书会中上阶层的情感。每月读书会成立于 1926 年，它不仅仅是一个成功的拥有大量订阅邮购的折扣书商。每月读书会也是一个具有重大意义的社会文化机构，它通过选择那些最能广泛宣传、分布和讨论的头衔来定义和传播当前的“最佳”思想。每月读书会通过崇尚品味高尚的标准——深奥的、抽象的、实验性的文学现代主义，维护其独立的文化权威。当林语堂被告知，《生活的艺术》被每月读书会选为 1937 年 12 月的书时，他大声叫叫，仿佛中了彩票和状元一样。的确，这本书随后在 1938 年成为美国销量第一的书。

根据詹姆斯·吉尔伯特的说法，在美国，有关“品味”和文化等级制度的论述是由大众文化的巨大发展引起的，从 20 世纪 20 年代到 40 年代，“品味”的三分成为重要的术语。美国精英大学代表知识分子，他们具有模仿英国和欧洲课程的悠久传统。每月读书会的犹太裔创始人哈里·谢尔曼（Harry Scherman）可能是由于他的非精英和犹太血统而被禁止在宾夕法尼亚大学学习古典文学或英语文学。詹妮丝·拉德韦（Janice Radway）解释说：“当时的古典文学和英语文学都是英国盎格鲁-撒克逊人的精锐堡垒，因此除了最蓝的血统外，其他所有族人都不受欢迎。”[7]美国的高级品味的文化，就像布迪厄研究中的法国人一样，也不断地用中庸之辈的可疑快感来定义自己[8]。拉德韦进

7　此为原文注释 253：Janice A. Radway. *A Feeling for Books: The Book-of-the-Month Club, Literary Taste, and Middle-class Desire*. Chapel Hill: The University of North Carolina Press, 1997, p.156.

8　此为原文注释 254：Janice A. Radway. *A Feeling for Books: The Book-of-the-Month Club, Literary Taste, and Middle-class Desire*. Chapel Hill: The University of North Carolina Press, 1997, p.37.

一步暗示了谢尔曼的每月读书会的议程：

> 尽管传统上认为中等品味的文化只是模仿了高级品味的文化价值，但实际上，它是对近五十年来在学术英语领域中坚持使其合法化并培养的高级品味的文化和嗜好的一种反拨。最重要的是，它可以控制英语阅读和定义文学价值的本质，或许是对英语领域的权威性的挑战。[9]

为了将每月读书会定位为学术精英的社会文化替代品，谢尔曼将其运作与精英文学“法官”团体的服务联系在一起，这样他就可以暗示每月读书会也“受到那些受过教育的、职业的、专业的精英们的口味、观点和选择所驱使。”[10]但是，每月读书会的鉴定员完全反对学术界“枯燥的”、“专业的”诉求。此外，对每月读书会的鉴定员而言，包括小说在内的所有书籍都达到了他们所面对的日常生活而非前卫美学问题的最高程度。此外，鉴定员们分别以社会和文化差异的概念来判断。正如明末的李渔一样，五位每月读书会评委中的两位，海伍德·布朗（Heywood Broun）和克里斯托弗·莫利（Christopher Morley）也渴望向每月读书会订户展示“如何将原始的文学品味与其他对服饰、物品、食物以及作为建构自我方式的意见结合起来。”[11]换句话说，每月读书会，特别是布朗和莫利，想要提出另类美学，以反对前卫的曲高和寡的美学。

布朗和莫利，他们的文学品味和实践与林语堂的非常相似，也是通过撰写个人专栏和文章而声名鹊起，“以异想天开的坦率使公众对他们充满信心。”[12]显然，专栏作家愿意在自己的专栏中显示一种特殊的个人身份是20世纪20年代美国相对来说较新的创新。布朗和莫利都具有展示自己独特和独创品味的倾向，“不仅在文学和文化方面，而且在政治、体育、饮食和服饰方面都得

---

9 此为原文注释255：Janice A. Radway. *A Feeling for Books: The Book-of-the-Month Club, Literary Taste, and Middle-class Desire*. Op. cit., pp.9-10.

10 此为原文注释256：Janice A. Radway. *A Feeling for Books: The Book-of-the-Month Club, Literary Taste, and Middle-class Desire*. Op. cit., p.236.

11 此为原文注释259：Janice A. Radway. *A Feeling for Books: The Book-of-the-Month Club, Literary Taste, and Middle-class Desire*. Op. cit., p.182.

12 此为原文注释260：Janice A. Radway. *A Feeling for Books: The Book-of-the-Month Club, Literary Taste, and Middle-class Desire*. Op. cit., p.180. Coincidently, Lin Yutang also claimed that as an independent critic, he “had been developing a style, the secret of which is to take your reader into confidence, a style you feel like talking to an old friend in your unbuttoned words. All the books I have this characteristics which has a charm of its own. It brings the reader closer to you.” See Lin Yutang. *Memoirs of an Octogenarian*. Op. cit., p.69.

到了体现”。他们被每月读书会选为具有现代感的文学典范[13]。从本质上讲，林语堂的个人主义写作风格和明代晚期的个人主义生活艺术几乎完全符合每月读书会鉴定员们的品味和每月读书会的现代感。难怪每月读书会于 1937 年 12 月将林语堂的《生活的艺术》选为“时下的最佳思想和潮流”。该读书会的订户反应热烈，他们主要由“受过良好教育和经济上成功的人士组成，而且恰巧高度重视文化”[14]。

2. 1939 年之前中国人对林语堂的文化国际主义的回应

当达特茅斯学院的中国哲学教授陈荣捷（Chan Wing-tsit）评价林语堂英语著作的可信度时，他指出，中国很少有像林语堂这样随心所欲地赞美同时又严厉地谴责其对象的阐释者。他写道：

> 敏感的中国人对其心生愤怒，是因为他暴露了中国的恶习……中国的政府官员对林语堂充满愤怒，是因为他攻击他们“搜刮民脂民膏”。……中国的左派也对林语堂充满了愤怒之情，因为在他们看来，林语堂不过是一个试图对人民大众所受的残酷压迫一笑置之的小丑。……许多中国人把林语堂的《吾国与吾民》称作《卖国与卖民》（"*Mai Country and Mai People*"）（在汉语中，“卖”［*mai*］意为“出卖”或“背叛”）。[15]

陈荣捷认为，林语堂的同胞们从根本上忽略了林语堂对中国描写的所有积极面。他得出的结论是，尽管林语堂更像是以一个道家的哲学家而不是以一个中国人的身份在发表他的观点，但他确实对中国文化做了很好的平衡。林语堂敏感的同胞们的过度反应，渴望看到一个有尊严的中国展示在世人面前，这是可以理解的。毕竟，自鸦片战争失败以来的一个世纪里，中国在政治、经济和军事上的国际地位一直处于屈辱的状态。

不仅中国人因为林语堂的英文作品没有向世人展示一个有尊严的中国而对其加以反对，特别是左派分子，也反对他输入幽默的文化国际主义的行为。20 世纪 30 年代，没有哪个出版物像林语堂的杂志那样激起了左派人士的愤慨。左翼作家联盟（以下简称左联）的领导人和现代中国最重要的作家鲁迅

---

13 此为原文注释 262：Janice A. Radway. *A Feeling for Books: The Book-of-the-Month Club, Literary Taste, and Middle-class Desire*. Op. cit., pp.180-181.

14 此为原文注释 263：Janice A. Radway. *A Feeling for Books: The Book-of-the-Month Club, Literary Taste, and Middle-class Desire*. Op. cit., p.295.

15 此为原文注释 265：Chan, Wing-tsit. “Lin Yutang: Critic and Interpreter”. Op. cit., pp.2-3.

根本无法容忍文学幽默的微妙和难以捉摸。鲁迅自从“文学革命”转向“革命文学”以来，其目标一直是建立一种统一的、具有战斗性的、抵抗帝国主义和地主阶级的民族文化。鲁迅在幽默或小品文中都没有看到社会救赎的价值，因为它们都不能充当政治武器[16]。此外，他坚持认为，在能够欣赏幽默的人和不能欣赏幽默的人之间，应该进行阶级区分[17]。因此，鲁迅的结论是：“如果把幽默看成是游离于现实斗争和社会生活之外的东西，而去追求所谓‘纯净’的幽默，那么，中国就没有这种所谓的‘幽默’，也不需要这样的‘幽默’。而且，现在是又实在是难以幽默的时侯。所以，幽默必然要改。幽默一旦失去了社会功能，就必然会流入‘油滑’。”[18]因此，左联策划了一系列针对林语堂的幽默主张和个人文章的辩论。

1933 年，鲁迅写了一篇题为《二丑艺术》的文章，指责林语堂是“一个不定性的小丑，实际上是‘保护公子的拳师’或‘趋奉公子的清客’，是浙东戏班中的二丑”[19]。林语堂随后发表了以嘲讽左派文学的独裁主义和极权主义为目的的报复性文章。随后，林语堂与鲁迅之间相互指责的辩论文章多达七篇。此外，鲁迅的亲密信徒胡风还在左派的官方杂志《文学》上发表了一篇长达 15,000 字的题为《林语堂论》的抨击文章。文章指责了林语堂的两大罪状：一是林语堂最近在自我表达、休闲娱乐、克罗齐（通过史宾岗）和袁中郎等方面的审美情趣构成了他从进步的“雨丝”时代的倒退。二是，林语堂的审美观是个人主义的和资产阶级的，因此对无产阶级团结一致为争取革命而奋斗是不会有同情心的。胡风甚至称林语堂是“中国的尼罗皇帝，对着大火奏乐唱诗，一个个性拜物教徒和文学上的泛神论者。”[20]此外，为了应对林语堂创办的杂志的流行，左翼联盟创办了三种半月刊，即《新语林》《太白》和《芒种》。尽管有左联的这些精心策划的攻击，林语堂的《论语》和《人间世》仍位居发行量最高的四

16 此为原文注释 266：Diran John Sohigian. “The Life and Times of Lin Yutang”. Op. cit., p.530.

17 此为原文注释 267：Diran John Sohigian. “Contagion of Laughter: The Rise of the Humor Phenomenon in Shanghai in the 1930s”. Op. cit., p.151.

18 此为原文注释 268：Chen Wendi. “The Reception of George Bernard Shaw in China, 1918-1996”. Ph. D. dissertation, University of Minnesota, 1999, p.142.

19 此为原文注释 269：Diran John Sohigian. “Contagion of Laughter: The Rise of the Humor Phenomenon in Shanghai in the 1930s”. Op. cit., p.148.

20 此为原文注释 273：Diran John Sohigian. “Contagion of Laughter: The Rise of the Humor Phenomenon in Shanghai in the 1930s”. Op. cit., p.148.

本流行杂志之列，远远超过了20世纪30年代的任何文学杂志。因此，鲁迅在1936年接受埃德加·斯诺采访时不得不承认，林语堂、梁启超、周作人和陈独秀是当代中国最好的散文家。鲁迅太谦虚了，没有将他自己包括进去。

尽管出现了书面的论争，但林语堂实际上一直与左派作家保持着密切关系，直到他于1936年前往美国。他的杂志采取了包容的、多元主义的政策。具有讽刺意味的是，他杂志的投稿人中约有40位是左派作家，远远超过了右派作家的人数，甚至鲁迅在改变他的观点之前也为《论语》写了一年的稿。林语堂将其被左派同盟攻击归因为国民党和共产党的两极化政治。由于林语堂没有参加任何政党，也不赞成左派的文学极权主义，因此他成为了不断被攻击的目标。

最终，鲁迅被证明是正确的，但正确的不是他的文学极权主义思想，而是他对中国未来幽默的预言。事实证明，林语堂并没有坚持写他所宣传的公安派悠闲幽默的论文（他的论文有一半是尖刻、幽默的）。原因有可能如鲁迅所言："如果把幽默看成是游离于现实斗争和社会生活之外的东西，而去追求所谓'纯净'的幽默，那么，中国就没有这种所谓的'幽默'，也不需要这样的'幽默'。"[21]但更有可能的是，真正的原因是20世纪30年代在中国"又实在是难以幽默的时侯"[22]。林语堂确实在大多数时候都在嘲笑国民党并驳斥左派。一些学者甚至怀疑，提倡幽默是否是林语堂进行社会和政治评论的烟幕[23]。实际上，在1936年，林语堂就讽刺式地承认是国民党的审查制度迫使他改变了他的写作风格，并把他变成了"幽默大师"。林语堂承认，这个称号之所以存在，并不是因为他是一流的幽默家，而是因为他第一个在中国提出"幽默"[24]。Chen Wendi的结论是，在1949年前的中国，幽默意味着严肃的社会讽刺或在个人层面上的嘲讽，就像幽默在整个中国历史上对中国人民的意义一样。林语堂创办的杂志受欢迎的真正原因是它们那辛辣的幽默——幽默与讽刺的结合——而不是纯粹的幽默。

---

21 Chen Wendi. "The Reception of George Bernard Shaw in China, 1918-1996". Op. cit., p.142.

22 Chen Wendi. "The Reception of George Bernard Shaw in China, 1918-1996". Op. cit., p.142.

23 此为原文注释279：For example, Chen Pingyuan opines that although Lin Yutang's essays are presentable, they do not exhibit much homor. 可参见：陈平原，"林语堂与东西文化"，载《在东西文化碰撞中》，杭州：浙江文艺出版社，1987年版，第35页。

24 此为原文注释281：Lin Yutang. *Memoirs of an Octogenarian*. Op. cit., p.58.

宣称林语堂在短短的五年间为中国现代文学创造了一种新的风格会有些夸张。然而，断言林语堂向中国人介绍了现代幽默的文学观念并不夸张。如果日本侵略和随后的共产党掌权都未曾发生，林语堂的文化国际主义也许有机会在中国取得永久成功。在过去的短短五年中，“在中国沉默寡言的文学界，幽默风行一时。这里有幽默，那里有幽默——无论你转向哪里，都会有幽默。”[25]尽管他的杂志受欢迎程度一直持续到中日战争结束，但当共产党在 1949 年最终掌权时，讽刺和幽默都没有兴盛。幸运的是，著名的讽刺作家鲁迅于 1936 年 10 月去世，错过了后来的所有毛泽东的反知识分子运动，而著名的幽默大师林语堂则于 1936 年 8 月移居到美国，避免了中国最终出现的文学极权主义。尽管中国的土地不利于林语堂的文化国际主义计划，但由于他坚持自己的文学和文化意识形态，而且能很好地平衡中英两种文化，所以尽管遭到了左派的猛烈攻击，但他还是能够在美国开展自己的文化国际主义。

3. 1939 年之前林语堂对文化国际主义的贡献

在《文化国际主义与世界秩序》一书中，入江昭通过考察自 19 世纪末以来的国际关系历史来阐明文化国际主义的概念，这不只是作为国家间事务的故事，而是作为跨文化事务的故事——“个人和群体的跨国活动，并非总是或主要作为政府的代表，而是作为超越国家实体的运动的代理人。”[26]入江昭的主要关注点是文化国际主义的历史，因此仅略微提及了 20 世纪文化国际主义的不对等性质。

我的论文强调了文化国际主义的两种现存模式的现实：对等的和非对等的。非对等的模式——一种文化输入的单向运动——是为非西方世界保留的，而对等的模式——一种文化交流的双向运动——在林语堂之前就存在，则是为西方世界保留的。我的论文表明，林语堂，一个非西方的、第三世界国家的成员是如何通过将中国文化作为一种值得进行文化交流的文化而介入对等的文化国际主义的。在进入林语堂和他的出版物之前，中国没有一个可敬的平台来向西方大众传播中国的文化。

然后，我将林语堂对等的文化国际主义独特实践的知识渊源和方法论追

25 此为原文注释 283：Diran John Sohigian. “Contagion of Laughter: The Rise of the Humor Phenomenon in Shanghai in the 1930s”. Op. cit., p.138.

26 此为原文注释 284：Akira Iriye. *Cultural Internationalism and World Order*. Op. cit., p.1.

溯到新文化改革范式的遗产，该范式通过将中国文化的非儒家元素与现代西方思想之间的共同点联系起来，倡导中国文化的重建。通过将信奉儒家思想的清朝皇帝所禁止的明末公安派散文作为西方典型的幽默的、表现主义的、个体的论文，林语堂确定了中国文学现代性与西方文学现代性之间的联系。林语堂以对西方模式下中国文化重建的贡献，不遗余力地推动了明末散文的写作传统。此外，林语堂还确定了起源于明代的精英生活艺术的两种观念——个人主义和民粹主义——是现代世界的主要情感。他 20 世纪 30 年代对现代文化趋势的直觉在美国找到了绝配。10 年前，中产阶级的反抗在美国开始了，他们对排他的、不切实际的品味持一种更具民粹主义的品味。因此，林语堂对等的文化国际主义的天才在于他对适合于现代世界的东西方文学的类型、风格和理论的创造性联系。

尽管林语堂有全部这些独创性和成就，1975 年，他因其《京华烟云》而获得了诺贝尔文学奖的提名但却没有获奖。相反，该奖于 2000 年颁给了中国大陆的流亡者高行健。高行健主要因他的小说《灵山》(*Soul Mountain*) 而获奖。这部小说是对他到羌、苗、彝等少数民族地区旅行的虚构描述，这些民族仍然有着萨满的习俗。在此我并不想要判断高行健是否该被授予诺贝尔文学奖，我只是想指出，与林语堂不同，高行健完全没有履行将这些少数民族传统与西方世界联系起来的责任。这是完全可以理解的，因为高行健在写小说时并没有打算让自己起到一个文化国际主义者的作用。我只想强调一点，仅表现文学艺术性或异国情调而不肩负文化之间的联系任务，诺贝尔奖获奖小说可能并不总是适合作为文化国际主义的工具。

林语堂对中国形象的呈现与高行健小说的萨满文化或 20 世纪 20 年代和 30 年代美国先见的中国形象截然不同（由这两个流行的小说人物傅满洲，一个梦想着统治美国的邪恶的中国人和陈查理（Charlie Chan），一个神秘莫测的中国滑稽探长表现出来）。通过林语堂，主流的中国文化知识在美国广泛传播了近 30 年，并得到了广大读者的赞赏。1935 年，《纽约时报》评论家埃米特 · 肯尼迪（R. Emmet Kennedy）这样描绘《吾国与吾民》的影响：

> 然而，人们可能会以为中国人是陌生的、奇特的、奇妙的，甚至是不可能的，因为除了从未有过足够幸运的机会而获得他们的友好和熟识之外，没有其他原因。阅读林语堂先生的书会让人很快摒弃任何不确定的观念，并确信儒家的一个真理："四海之内

皆兄弟”。[27]

当中国文化，不像西方文化那样，只在东亚和东南亚地区产生影响时，期望林语堂通过他的出版物仅凭一己之力影响美国文化是非常不现实的。林语堂希望中国美学对西方产生更大的影响，正如西方现代思想对中国文化的影响一样，他对两种文明之间的当前文化所持的立场非常现实。1975 年，在文化国际主义方面进行了半个世纪的努力之后，他给出了以下评价：

> ……本篇的中心论题是西方文明对中国的冲击，由文化思想方式，到中国所面临的工业和技术问题，无不包括在内。需要一连串的调整和全盘再思，但是中国人最大的责任，就是重新思考，以后我们就看得出来，在文化交易中，中国是借贷的一方。这个过程至今还没有结束。[28]

但是，几乎可以肯定的是，当中国的政治禁止他为创立一个重视文化多元性的世界主义的中国做贡献时，林语堂的文化国际主义对美国的国际化做出了贡献。因为林语堂的书甚至打动了一位美国读者从一个新的角度来看唐人街。读完《生活的艺术》后，另一位《纽约时报》的评论家彼得 · 普雷斯科特（Peter S. Prescott）写道：“读完林语堂的书后，让我感到想去唐人街，去对我遇到的每一个中国人都深深地鞠上一躬。”[29]

二、林语堂：为现代人重新诠释古人

2015 年，澳大利亚麦格理大学的 Shirley Chan 和 Daniel Lee 的文章《林语堂：为现代人重新诠释古人》发表在《澳大利亚东方学会杂志》上[30]。

（一）导论

19 世纪中叶至 20 世纪初，中国的主权和文化受到外国帝国主义力量的威胁。对中国知识分子而言，他们的古老文化与西方大都市的交汇是一次深刻的内省。这是一个觉醒的时刻，是寻求民族生存和变革的十字路口。到 19

27 此为原文注释 285：R. Emmet Kennedy. “The East Speaks to the West”. December 8, 1935.

28 此为原文注释 286：Lin Yutang. *Memoirs of an Octogenarian*. Op. cit., 1975, p.21.

29 此为原文注释 287：Lin Taiyi. *Lin Yutang Zhuan* (*Lin Yutang's Biography*). Op. cit., p.176.

30 Shirley Chan and Daniel Lee. “Lin Yutang: Reinterpreting the Ancients for Moderns”. *Journal of the Oriental Society of Australia*, Vol.47, 2015, pp.116-137.

世纪头 10 年的后期，跨文化的关系已经呈相当复杂的层次。有些是微妙的新尝试，而有些则是对过去的粗略回应，所有这些都趋向于文化融合和国际主义。在世纪之交之后，这些不同的层次继续发展。

20 世纪初中国的文化互动既动态又复杂，可以用几句话来概括其特征。从 20 世纪 20 年代开始，它的文化景观就受到了民族主义、马克思主义和世界主义潮流的影响，而殖民化的威胁、日本的入侵和抗日战争都为中国现代性的发展做出了贡献。但是，可以从两个矛盾的潮流来对其早期加以检验，即进步的趋势和回归的趋势。一方面，有种种迹象表明，西方的影响力正在席卷中国。但另一方面，人们对欧洲中心优势的自我意识越来越浓厚，一群受西方教育的学者认为其处于两者之间的跨国地位。在这种背景下，林语堂提出了一种新的方法，用来为英语世界读者评估和阐释中国古代哲学的精神和价值，同时也将西方思想引入中国。林语堂的方法既融合了传统与现代，又融合了东方与西方，至今仍是他不断增强的“文化交流”过程的灵感来源。他 40 岁生日时写的一幅对联已成为他事业的座右铭：“两脚踏东西文化，一心评宇宙文章。”[31]

该论文于 2015 年提交，恰逢林语堂诞辰 120 周年。我们打算通过考察林语堂创作于 1937 年的《生活的艺术》以及他的其他作品，来探索作为文化国际主义的实践的一部分的林语堂对中国传统思想相对于西方生活方式的洞见。《生活的艺术》是林语堂最重要的出版物之一，并于 1938 年在美国畅销书排行榜上名列第一。它凸显了美国文化的弱点，并建议其采取中国的措施来进行补救，这是林语堂的一些同胞因其古老而不愿意采用的。另一方面，美国剧作家阿瑟 · 米勒（Arthur Miller）的杰作《推销员之死》（*Death of a Salesman*）（1949 年在伦敦和纽约、1983 年在中国首演）很好地抓住了美国的风气[32]。对《生活的艺术》和《推销员之死》的粗略阅读将有助于理解中国思想与改善西方生活的相关性。

80 多年前林语堂写《生活的艺术》时，用他自己的话说，美国正处于最先进的机器文明时期。在过去的几十年中，中国已经实现了现代化，并在 21 世纪崛起为经济强国。尽管中国可能不会在其新富中模仿美国人的生活模式，但由于其日益富裕，一种唯物主义的文化将在经验上占主导地位。在这种情

31 此为原文注释 6：Lin Yutang. *From Pagan to Christian*. Op. cit., p.58.
32 Arthur Miller. *Death of a Salesman*. New York: Compass Books, 1949.

况下，《生活的艺术》对于过去的西方和今天的中国都是息息相关的。

本文既不是对各种文化和林语堂与阿瑟·米勒时代的知识分子环境进行的人类学研究，也不是关于他们文学界的辩论和互动，更不是对其生平和作品的传记式调查。总体而言，这是一项跨非小说（《生活的艺术》）和戏剧（《推销员之死》）的文本研究，似乎没有既定的批判范式。这两部作品揭示了关于中美生活方式的“对位的声音”（contrapuntal voice）[33]，并强调了林语堂在文化国际主义实践中对中国思想的重新调停。“对位阅读”（contrapuntal reading）是爱德华·萨义德（Edward Said）在《文化与帝国主义》（*Culture and Imperialism*）（1993）中提出的一种理论，该理论用来阐释文学中的帝国主义与殖民主义，在其中可以听到被殖民者和殖民者的声音。我们不建议将“殖民主义”作为《生活的艺术》和《推销员之死》研究的重要框架，而是借用“contrapuntal”（对位的）一词及其蕴含的意思。在我们的这篇文章中，涉及了两种不同的文本，尽管它们的文学形式和方法不同，但它们的主题却融合在美国（西方）的生活方式中。这是对立的地方，就像两个独立的旋律一起演唱一样，听起来是对比的又是互补的。也就是说，对一部文学作品相对于另一类文学作品的研究需要进一步的论证，也许不是基于寻找客观真理的合法性，而是加深我们对它们的经验现实的理解。这要通过“三角剖分”（triangulation），一种用于社会学研究的方法来实现。简单地说，它需要“三角剖分的”数据的多种来源和资源（在我们这篇文章中是《生活的艺术》和《推销员之死》）和观察员（林语堂和阿瑟·米勒）。《推销员之死》提供了一个可以更好地理解林语堂的观察的语境，因为戏剧是捕捉经验现实的有效媒介，正如法国社会学家和哲学家让·鲍德里亚（Jean Baudrillard）所断言的：“戏剧是一种牢牢抓住社会生活全貌的形式。”[34]

（二）林语堂及其作品

钱锁桥在他对中国的自由世界主义的研究中，把林语堂视为在20世纪的大部分时间里西方世界乃至全世界都广为人知的中国作家和知识分子。林语堂出生于清末，是长老会牧师的儿子，他在上海的圣约翰大学接受了西式教

33 此为原文注释 11：Edward Said. *Culture and Imperialism*. London: Chatto & Windus, 1993.

34 此为原文注释 15: Jean Baudrillard. *Symbolic Exchange and Death*, translated by I. H. Grant. London: Sage, 1993, p.51.

育。在最初的 18 个月里，林语堂在那里学习神学，但他对基督教的教义越来越不感兴趣。放弃神学，并于 1916 年从圣约翰大学毕业后，他到清华学校（清华大学的前身）教英语。在清华大学时，林语堂突然感到有学习中国古典学问的冲动。1919 年，他决定去美国深造。他于 1922 年从哈佛大学获得缺席的文学硕士学位，此前曾离开美国前往法国，然后最终进入德国莱比锡大学就读。他留在德国，直到 1923 年并获得博士学位。同年返回北京，在北京大学和国立女子师范大学教英语。同时，他用英文和中文在报纸上发表文雅、风趣的评论当代中国文化和政治的文章。他的其中一篇文章出了格，嘲笑当权的军阀，随后他与其他 50 多个自由知识分子一起被命令离开北京。他于 1926 年与家人一起向南逃亡，并在厦门大学短暂任教。20 世纪 20 年代是政治动荡和被迫选择自己的站位的时期。林语堂最初与当时的革命激进分子保持一致，但很快就成为了激进左派和新传统主义者对其美学哲学进行批判性攻击的对象。他于 1927 年出任武汉国民政府外交大臣，但次年辞职，转而编辑和出版英文杂志、期刊和教科书。1936 年后，他到美国定居，发现自己成了美国广受欢迎的作家。

林语堂是一位多产的用中英文写作的作家。1936 年，他出版了《吾国与吾民》，并获得了巨大的成功。随后在 1937 年，他以迷人而机智的风格创作了《生活的艺术》。这两部作品的主要思想来自他先前在上海以英文和中文发表的期刊文章。这两本书都是“畅销书，经过数十次印刷，被翻译成十几种语言。”[35]《中国印度之智慧》于 1942 年问世。他的声望为他赢得了“中国哲学家”的称号。但作为一个作家，他被中国文化和哲学定型。当他在《啼笑皆非》（1943）中指责西方帝国主义并通过在《枕戈待旦》（1944）中支持中国国民党政府来表达他的反共主义观点时，他的声望受到了不利的影响。尤其是《枕戈待旦》，它激怒了来华的美国观察家如埃德加·斯诺、艾格尼丝·史沫特莱和费正清（John King Fairbank）。除其他著作外，他还撰写了《从异教徒到基督徒》（1959）、《京华烟云》（1939）、《唐人街》（1949）、《红牡丹》（1961）和《逃往自由城》（1965）等小说。作为一名哲学家、作家、翻译家和中国的幽默大师，林语堂一生都致力于弥合东西方文化之间的鸿沟。正如苏迪然所认为的：

---

35 此为原文注释 21: Qian Suoqiao. *Liberal Cosmopolitan: Lin Yutang and Middling Chinese Modernity: Ideas, History and Modern China*. Op. cit., p.99.

> 当然，除了中国之外，林语堂与美国在思想和情感上的联系比任何其他国家都多。在其成长过程中，美国和中国的跨文化影响和比较是他年轻时着迷和内心折磨的一部分。[36]

1948 年，他成为联合国教科文组织艺术与文学部的负责人。但在 1966 年，他决定住在台湾。在那里，他继续写作直到 1976 年去世。

（三）为现代人重新诠释古人

在 20 世纪初，文化互动的过程是，与西方向东方寻求中国文化的改善相比，中国更多地向西方寻求万能药来进行文化的重新定义。但是在渐进的潮流之中，出现了一种逆流。钱锁桥认为，对受西方教育的知识分子来说，“西方文化和现代性不再是外来的或异国情调的……并且,因为它们已被西方文化所吸收，他们不再需要贬低自己的文化根基以被‘西方的’力量和荣耀所认同。”[37]

面对文化互动的潮流，林语堂无疑是为数不多的既不羞愧地掩面也不夸张地感到自豪的学者之一。尽管当时流行丢弃旧的中国思想，但林语堂仍保持着自己的批判性思维来作为对东方和西方文化的洞察的指导。关于他努力不从众的心态，他是这样说的：

> 工业时代的人们的精神是丑恶的，而中国人要废弃一切优美的社会遗产方式，疯狂样的醉心欧化，却是没有欧美遗传本质，那是更见丑恶。[38]

在文化交流的过程中，放弃最好的、最杰出的、曾经被西方所钦佩的中国传统是愚蠢的。此外，林语堂的洞察力使他相信，没有任何一种文化可以独自提供所有关于如何生活、更不用说过幸福生活这个问题的答案。对于林语堂来说，尽管中国古代文化在自己国家被嫌弃，但在向西方提供文化与西方向东方提供文化方面一样做出了很大贡献。

林语堂在多功能性的表象之下发现了西方文化的脆弱性。凭借西方文明的强大力量，人们很容易将西方生活想像成人间天堂。然而，历史的证明却

---

36 此为原文注释 24: Diran John Sohigian. “The Life and Times of Lin Yutang”. Op. cit., p.9.

37 此为原文注释 36: Qian Suoqiao. *Liberal Cosmopolitan: Lin Yutang and Middling Chinese Modernity*. Op. cit., p.112.

38 此为原文注释 39: Lin Yutang. *My Country and My People*. Op. cit., p.305.

相反。事实上，20 世纪的前半叶对西方和中国都是灾难性的。1914 年见证了第一次世界大战的爆发，毁坏了许多无辜的生命，并摧毁了欧洲更多的灵魂。然后是 1929 年的经济大萧条，在使欧洲人和世界其他地区的人们受苦之前，给美国人造成了很多灾难。更不用说纳粹、大屠杀和第二次世界大战或俄国斯大林政权的崛起。将事实留给大二历史学专业的学生们，并假设一个人如果能幸免于战争、革命和经济动荡的暴行，那么就会出现一个更实际的问题：他该如何生活呢？

《生活的艺术》是林语堂对这个问题的回答。他的书写于 1937 年，是对其早期作品《吾国与吾民》一书的扩展，旨在向西方介绍中国传统的思想和生活方式。尽管他是为美国读者编写此书，但由于它解决了欧洲工业化国家的“机器文明”问题，因此同样适用于西方读者。在介绍古代中国的思想时，林语堂将复杂的形而上学的概念分解为实际的、常识性的场景，在其明白易懂的英语中注入了顽皮的幽默和温和的智慧。

林语堂是为数不多的、自信地提出以中国传统的生活方式来代替西方生活方式的知识分子之一。林语堂意识到西方“机械观念”的非人性化影响，在这样的观念中“人在过去是一个人，可是在今日的一般见解之下，却变成了一个全然服从物质律或经济律的自动机。”人不再是个人，只是资产阶级或工人阶级，或一个可以列在百分数里进口的异邦人[39]。林语堂指出，西方哲学以逻辑为基点，着重研究的是知识、方法和认识论，“但最后关于生活本身的知识却忘记了。……法国的哲学家要算最无谓，他们追求真理如追求爱人，那样地热烈，但不想和她结婚。”[40]在《生活的艺术》中，林语堂大量引用了伟大的美国诗人瓦尔特·惠特曼对“个人主义”的赞扬，但却断言儒家“把世界和平问题和我们私人生活的培养联系起来”，正如儒家经典《大学》中所阐释的那样：“心正而后身修，身修而后齐家，齐家而后国治，国治而后天下平。”[41]

非人性化的文明体现了美国文化的三大恶习：“讲求效率、讲求准时、希望事业成功。”而“这种观念被悠闲哲学的崇高精神所排斥。”[42]这些所谓

39 此为原文注释 42: Lin Yutang. *The Importance of Living*. Op. cit., pp.92-93.
40 此为原文注释 43: Lin Yutang. *The Importance of Living*. Op. cit., pp.172-173.
41 此为原文注释 45: Lin Yutang. *The Importance of Living*. Op. cit., p.100.
42 此为原文注释 46: Lin Yutang. *The Importance of Living*. Op. cit., p.173.

的"恶习"必须在生活方式而不是道德行为的背景下加以理解。林语堂试图证明的是，美国人是自己成功的受害者。他们沉迷于把事情做得更好、更快，更迅速地变得富有，但这样做却使他们过度投入，以致丧失了悠闲、愉快的生活。在这方面，阿瑟·米勒在《推销员之死》中将这三大恶习描绘为美国人生活的病态。1983 年，米勒前往北京指导《推销员之死》的表演，他相信，"如果这种表演成功打动了中国人的心灵，也许有助于证明一种人性的存在。"[43]表演取得了巨大的成功。确实，人类超越了文化界限和政治派别。尽管林语堂反对共产主义，但米勒至少是同情的。为此，米勒在 1947 年受到了众议院美国非裔美国人活动委员会的调查。林语堂和米勒从不同的角度看待人类在社会上的失败。鉴于本文的目的，我们将重点放在《推销员之死》对美国唯物主义的批评上，以便鉴别可以将林语堂的论点语境化的美国民族精神。

《推销员之死》这部现代剧,与其他作品一起，阐明了 20 世纪美国个人主义的特质。它颠覆了伟大的美国梦，即努力变得著名、成功并迅速致富。中年的威利·洛曼（Willy Loman）过去曾是一名成功的推销员，但在艰难时期衰败了。他无法像以前那样进行销售。他和妻子琳达（Linda）养了两个漂亮的儿子，比夫（Biff）和哈比（Happy）。他们在学业或工作上从未取得过很好的成绩，但是凭着漂亮的外表，他们与女性出色地周旋。威利的工作需要经常去不同的城市。某一时期，他有一场婚外恋，被儿子比夫偶然发现。父亲与儿子的关系一直很紧张，因为威利对儿子们的期望很高。相反，他们的成绩却很差。威利的兄弟本（Ben）迅速致富，但却很早就去世了。比夫和哈比梦想着从比夫的前任老板奥利弗（Oliver）那里贷款建立自己的业务，但是在比夫有机会向他提出之前，奥利弗抛弃了他。由于威利不再从事销售工作，所以尽管他在该公司工作了 34 年，仍然被公司解雇了。威利拒绝了他的朋友和邻居查理（Charley）提供的帮助，选择自杀，打算由此为儿子们提供自己的人寿保险。一直到他去世，威利都在询问他的兄弟本的幻影，问他是如何如此迅速地发了财的。

在《推销员之死》中，米勒审视了美国社会为追求成功而辛勤工作的"奋斗者们"的心理。比夫告诉他的兄弟哈比他的生活是什么样的：

---

43 此为原文注释 48: Arthur Miller. *Salesman in Beijing*. New York: The Viking Press, 1984, p.11.

为了两周的休假，一年中你得遭受五十周的痛苦，那时你真正想要的只是脱了衬衫到户外。而且，你必须得总是赶在下一个家伙的前头。而这，就是你建构未来的方式。[44]

哈比回应着比夫的不满：

我所能做的就是等待商品经销经理去世……他是我的好朋友，刚刚在长岛建造了一座了不起的庄园。他在那里住了大约两个月，然后把庄园卖掉了，现在他正在建造另一个。一旦完成，他就无法享受。[45]

威利认为，成为一名成功的推销员就是广为人知并受到大家的喜欢。戴夫·辛格曼（Dave Singleman）是他喜欢的推销员。他通过电话来销售商品，受到很多人的追捧、爱戴和帮助，以至于在他 84 岁去世时，“成百上千的推销员和买家都去参加他的葬礼。在那之后的几个月里，很多火车上的事情都令人难过。”[46]

林语堂解释说，成功和名利的欲望实是“失败、贫穷和庸俗无闻的恐惧之一种讳称。”[47]在《生活的艺术》中，林语堂谴责了那些把别人挤在一旁，而自己爬到顶上的“进取者”的愚蠢行为。对一个像蚂蚁一样辛勤工作的人类社会，林语堂介绍了道家悠闲生活的理念。他认为文化是悠闲的产物。就中国人的观点而言，“智慧的人绝不劳碌。……善于优游岁月的人才是真正有智慧的。”[48]林语堂似乎对庄子关于把自由看得比被养更重要的水泽野鸡（泽雉）的寓言进行了重新阐释[49]。他也可能想到了庄子对楚王提出让他作相的回应。庄子告诉楚王的大夫，他宁愿作一只活着在泥土中拖着尾巴爬行的乌龟而不是留下骨甲珍藏在大庙明堂之上的死龟[50]。如果比夫理解了这种悠闲哲学，那么他就会满足于做一个农场主，而威利也不会认为接受邻居查理给他

44 此为原文注释 51: Arthur Miller. *Death of a Salesman*. Op. cit., p.16.
45 此为原文注释 52: Arthur Miller. *Death of a Salesman*. Op. cit., p.17.
46 此为原文注释 54: Arthur Miller. *Death of a Salesman*. Op. cit., p.63
47 此为原文注释 55: Lin Yutang. *The Importance of Living*. Op. cit., p.110.
48 此为原文注释 57: Lin Yutang. *The Importance of Living*. Op. cit., p.163.
49 此为原文注释 58: See “The Preservation of Life” in *Zhuangzi*（《庄子·养生主》）and Lin Yuatng’s translation in *Wisdom of China*, p.84.
50 此为原文注释 59: See “Autumn Floods” in *Zhuangzi*（《庄子·秋水》）A similar story is found in Zhuangzi’s Biography in *The Biography of Laozi and Hanfeizi, Shiji*（《史记·老子韩非子列》）.

提供工作机会有损他的尊严了。

林语堂是在宣讲懒惰吗？玛莎·贝勒斯（Martha Bayles）在她对《生活的艺术》的书评中，这样介绍林语堂：

> 是一个来自福建省的懒鬼，吸雪茄很厉害。在摒弃了父母虔诚而狭隘的基督教之后，他的余生与朋友们从上海闲逛到马萨诸塞州的剑桥，从莱比锡闲逛到北京，再从纽约闲逛到台北。[51]

尽管贝勒斯这么说，但上述问题的答案却是否定的。林语堂的悠闲哲学对道家大智若愚的精神和价值观充满了赞颂。林语堂坦率地承认，道家的玩世主义只是减低了紧张生活或对天灾人祸一笑置之。在介绍他自己的悠闲哲学之前，林语堂指出：

> 现在至少我们可以这样说，机械的文明中国不反对，目前的问题是怎样把这二种文化加以融合，即中国古代的物质文明，使它们成为一种普遍可行的人生哲学。[52]

林语堂后来甚至将其说得更简单："人类的生活终须由工作和游憩循环为用，即紧张和松弛相替为用。"[53]贝勒斯对林语堂的评价一定是言不由衷的，因为她紧接着又说，"林语堂还创作或翻译了 80 本书，创办了三本杂志，并发明了第一台华文打字机。"林语堂提倡的悠闲哲学必须在张潮（1650-1707）的讽刺短诗的语境中加以理解，林语堂将其翻译为："有钱的人不一定能真真领略悠闲生活的乐趣，那些轻视钱财的人才真真懂得此中的乐趣。"[54]林语堂真是个懒汉！

《推销员之死》不仅对美国人对成名和成功的痴迷进行了嘲弄，还对他们迅速致富的心态予以了嘲讽。像哈比的商品销售经理一样，当他"没有安心居住的地方"时，建房又有什么意义呢？像威利的兄弟本，一个"成功的化身"一样迅速致富（他 17 岁时走进丛林，21 岁时找到钻石发了财从丛林里出来，但是没有长命享受生活），这又有什么意义呢？在《推销员之死》中，本作为一个幽灵出现，一直在动。他要么上火车晚点，要么上船晚点，或者

51 此为原文注释 62: Martha Bayles. "*The Importance of Living* by Lin Yutang". *The Wilson Quarterly*, Vol.20, No.4, 1996, p.103.

52 此为原文注释 64: Lin Yutang. *The Importance of Living*. Op. cit., p.161.

53 此为原文注释 65: Lin Yutang. *The Importance of Living*. Op. cit., p.227.

54 此为原文注释 67: Zhang Chao, Lin Yutang and Lai Ming. *Lin Yutang Chinese-English Bilingual Edition*. Dream Shadows. Taipei: Zhengzhong Shuju, 2008, p.21.

在威利面前（或在威利的回忆中或想象中）“只有几分钟的时间”之前出现。在美国，甚至死者也很忙。与普遍的看法相反，对中国式的悠闲生活的浪漫崇拜并不属于富裕阶层，“这种悠闲生活是穷愁潦倒的文士所崇尚的，他们中有的是生性喜爱悠闲的生活，有的是不得不如此。”[55]林语堂接着马上提醒西方读者，“我们只要想象英国小说家斯特恩（Lawrence Stern）在他有感触的旅程上的情景，或是想象英国大诗人华兹华斯（William Wordsworth）和柯勒律治（Samuel Coleridge）他们徒步游欧洲，心胸中蕴着伟大的美的观念，而袋里不名一文。”[56]因此，享受生活不是要积累财富，更不用说迅速地积累财富了，也不在于财富可以带来什么，而在于“这种悠闲的生活，也必须要有一个恬静的心地和乐天旷达的观念，以及一个能尽情游玩大自然的胸怀方能享受。”[57]林语堂可能是借鉴了庄子建议惠子“何不树之于无何有之乡，广莫之野，彷徨乎无为其侧，逍遥乎寝卧其下”[58]中那个大树的意象。恬静的心地恰恰是威利边开车边观察风景（享受大自然）时所缺乏的，但下一秒在他过白线时就差点自杀了。琳达告诉威利，“你需要休息……因为你没有让你的头脑休息。你的头脑过于活跃，而头脑是最重要的，亲爱的。”[59]

林语堂的道家玩世主义的“无忧无虑的不负责任”并不意味着自私的行为或以自我为中心的态度，特别是在家庭价值观上。在这方面，《生活的艺术》和《推销员之死》似乎是相辅相成的：林语堂含蓄地、积极地倡导中国家庭价值观，而米勒则含蓄地描绘了美国社会对这种家庭价值观的缺乏。林语堂通过主张孔子的人本主义哲学来介绍中国的家庭理想，“把家庭制度作为一切社会和政治生活的基础，注重夫妻关系，认为它是一切人类关系的根基。”夫妻关系如此密切相关和融合，以至于它成了如一首中国著名小令中所描绘的“水土交融”的形象[60]。林语堂为跪在地上祭拜祖先的中国仪式辩护，认为它是一种对家庭虔敬的非宗教行为。这在精神上，与“美国的举行母亲节并没有分别。”[61]他的“人并不是个人,而被认为是家庭的一分子，是

55 此为原文注释 72: Lin Yutang. *The Importance of Living*. Op. cit., p.164.
56 此为原文注释 73: Lin Yutang. *The Importance of Living*. Op. cit., p.165.
57 此为原文注释 74: Lin Yutang. *The Importance of Living*. Op. cit., p.167.
58 此为原文注释 75: See “A Happy Excursion” in *Zhuangzi*(《庄子・逍遥游》) and Lin Yutang’s translation in *Wisdom of China*, p.74.
59 此为原文注释 76: Arthur Miller. *Death of a Salesman*. Op. cit., p.9.
60 此为原文注释 77: Lin Yutang. *The Importance of Living*. Op. cit., p.198.
61 此为原文注释 78: Lin Yutang. *The Importance of Living*. Op. cit., p.200.

家庭生活巨流中的一个必须分子”恰与西方的个人主义或马克思主义的民族主义形成鲜明的对比[62]。与此不同,《推销员之死》则通过威利的不忠和哈比与比夫的不道德性行为来审视家庭价值观。在其中一个场景中,比夫敲着旅馆房间的门,在那里他看到威利和他的情妇“那个女人”(The Woman)在一起。威利似乎是在自我辩解地自言自语:“我太孤独了”。“那个女人”回答道:“……你太以自我为中心了!……你不去开门吗?”[63]实际上,威利不仅要去应门,作为丈夫和父亲,他还要对整个家庭作出回应。家庭的延续这一主题在林语堂 1949 年的小说《唐人街》中尤为突出,因为中国洗衣工的意外死亡,其人寿保险费让他的儿子们的事业蒸蒸日上。另一方面,美国推销员的死可能同样为他的儿子们提供了条件,但具讽刺意味的是,尽管他的房子可能没有被抵押贷款,但正如琳达所哭诉的那样,房子变成了空巢,“……家中不再有任何人。”[64]

当唯我论通过不道德的性行为而达到极致时,它就会破坏家庭体系并毁掉个人生活。哈比告诉比夫,他可以随时随地找任何女人,而且他与三位高管的妻子有过性行为,甚至与一个名叫夏洛特、将在五周内嫁给一家商店副总的女孩有性行为。哈比对与女人发生性关系是又爱又恨。具有讽刺意味的是,当性关系随时可发生时——如此容易就能实现——比夫和哈比无法找到合适的女孩结婚,从而影响了家庭制度的崩溃。鉴于其个人主义的文化,美国社会可能不知道这种崩溃的严重性,而正如中国人所知道的那样,它被视为文明的终结。林语堂引了孔子的观点:

老者安之,少者怀之。内无怨女,外无旷夫。[65]

这不仅是孔子最初想要达到的政府政策的最终目标,而且也是本能的人本主义哲学的实现。正如林语堂指出的:“这是一种政治理想,其目的在于使政治成为不必要。因为这种和平是发于人类本心,极为稳固的和平。”[66]这里,林语堂将儒家的人道与道家的“无为”相融合。

林语堂在重新定义女性的地位时强调了家庭价值观。他打破了歧视女性却又高度重视女性的中国传统。林语堂致敬女性的母亲身份,这是男人无法

62 此为原文注释 79: Lin Yutang. *The Importance of Living*. Op. cit., p.203.
63 此为原文注释 80: Arthur Miller. *Death of a Salesman*. Op. cit., pp.91-92.
64 此为原文注释 81: Arthur Miller. *Death of a Salesman*. Op. cit., p.112.
65 此为原文注释 83: Arthur Miller. *Death of a Salesman*. Op. cit., p.207.
66 此为原文注释 84: Arthur Miller. *Death of a Salesman*. Op. cit., p.207.

取代的女性特权，以至于他认为女性是高贵的、神圣的。他将女性形容为安琪儿，认为这种形象只有在家庭的神圣私生活中才能见到。在林语堂看来，“一个女人最庄严的时候是在她怀抱婴儿或扶着四五岁的小孩行走的时候。”[67]林语堂不反对女性拥有更多权利或在商场中从事职业，但他对现代女权主义者的看法却显示出了他的男子汉气概。当林语堂宣布“即美国也未能以应有的地位给予女人”[68]时，当然不会错，因为正如《推销员之死》中所描绘的那样，威利的情妇只是“那个女人”（没有名字意味着缺乏身份和地位），准新娘夏洛特和在餐厅与比夫和哈比调情的女孩们都只是男性的玩伴而已。林语堂强调：“女人是一个妻，也是一个母。但因现在如此的注意于性，以致于伴侣的意象取代了为母意象的地位。”[69]与《推销员之死》中的女性相比，在林语堂的家庭生活的总体计划中女性所受的尊重要高得多。

林语堂的中国生活方式论综合了道家的玩世主义和儒家的人道主义。他认为这些不相容是人类自然产生的，因为他相信“我们大家都是生就一半道家主义，一半儒家主义。”[70]林语堂很方便地将这种现象等同于儒家的中庸思想，或他所谓的“中庸精神”，或“酌乎其中学说”。严肃的儒家会立即反对林语堂将“中庸”看成半儒半道的思想。根据宋代学者的观点，儒家的中庸学说描绘了人类思想的“平衡与和谐”和“不偏不倚，无过无不及”的绝对正确的理想状态。儒家的经典《中庸》讲授了“义务原则，这些原则植根于天意的明证，并且在圣人的教导下得到充分展现。”[71]中庸的实践涉及把握极端并确定均值。正如林语堂所暗示的那样，确定均值不仅是将两种极端情况减半并将中间路线作为妥协，还应像在行动中那样，根据个人在官方、社会和家庭关系方面的立场采取最适当的方式行事。正如一个“君子”的行为，他在任何情况下“都不愿意超越适当的范围”。如果他是：

> 当他处于有钱、有名的位置时，他做有钱、有名这个位置的人该做的事。当他处于贫穷、卑下的位置时，他的举止符合贫穷、卑下这个位置的人……当他处于悲伤、困难的状态时，他的举止符合

67 此为原文注释 86: Lin Yutang. *The Importance of Living*. Op. cit., p.197.
68 此为原文注释 88: Lin Yutang. *The Importance of Living*. Op. cit., p.191.
69 此为原文注释 90: Lin Yutang. *The Importance of Living*. Op. cit., p.195.
70 此为原文注释 92: Lin Yutang. *The Importance of Living*. Op. cit., p.122.
71 此为原文注释 93: James Legge. *The Chinese Classics*. Vol.1 and Vol.2. Taipei: SMC Publishing, 1994, pp.382-383.

悲伤、困难这种状态的人。[72]

对林语堂将“中庸”重新诠释为“半半哲学”（the Doctrine of the Half-and-Half）的争议因《吾国与吾民》中的一个例证而得到了加剧：

> 倘有一位英国父亲打不定主意，是把他的儿子送进剑桥大学呢？还是送进牛津大学？他可以最后决定把他送进伯明翰。这样，那儿子从伦敦出发而到达了白莱却莱，既不转而东向剑桥，又不转而西向牛津，却是笔直地北指而往伯明翰。他恰恰实行了中庸之道。……既不东面而得罪了剑桥，也不西面得罪了牛津。倘使你明白了这个中庸之道的使用法，你便能明白近三十年来全盘的中国政治，更能从而猜测一切中国政治宣言的内幕而不致吃那文字火焰之威吓了。[73]

在《生活的艺术》出版很久后，仍然能听到对林语堂对作为一种折衷原则的中庸学说的重新解释感到沮丧的喧闹声。在1998年的一篇文章中，黄展骥用农村小伙阿茂在城市中自欺欺人的“中庸”行事的故事来讽刺林语堂[74]。黄展骥和他的同仁们也许在哲学上是正确的，但他们可能忽略了林语堂实际上是在说他自己的事。如果林语堂的例子纯粹是为了解释中庸学说，林语堂本可以停止对中国政治的阐述。在20世纪20年代和30年代的政治动荡时期，正是林语堂通过既不与右派站在一起亦不与左派站在一起来保持中庸之道。“林语堂的政治黑色幽默既不让右派高兴也不让左派高兴”[75]，而是将自己限制在道家与儒家的中立位置上。从某种意义上说，林语堂正是在做一个君子应该做的事情：“君子和而不流，中立而不倚。”[76]

林语堂道家思想和儒家思想相融合的观点也具有一定的现实意义。由于林语堂认为道家是自然主义的哲学，而儒家是人性主义的哲学，所以只有人类与自然和社会和谐共处，才能达到中庸的状态。林语堂对幸福生活做了如下阐释：

---

72 此为原文注释95: James Legge. *The Chinese Classics*. Op. cit., p.395.

73 此为原文注释96: Lin Yutang. *My Country and My People*. Op. cit., p.109.

74 此为原文注释97: 黄展骥，“林语堂的‘诉诸中庸’谬误”，《丝路学坛》，1998年第3期，第15-18页。

75 此为原文注释98: Qian Suoqiao. *Liberal Cosmopolitan: Lin Yutang and Middling Chinese Modernity*. Op. cit., p.198.

76 此为原文注释99: 可参见《中庸》第12章。

所以理想人物，应属于一半有名，一半无名；懒惰中带用功，在用功中偷懒。穷不至于穷到付不出房租，富也不至于富到可以完全不做工，或是可以称心如意地资助朋友。钢琴也会弹，可是不十分高明，只可弹给知己的朋友听听，而最大的好处还是给自己消遣。古玩也收藏一点，可是只够摆满屋里的壁炉架。书也读读，可是不很用功。学识颇广，可是不成为任何专家。文章也写写，可是寄给《泰晤士报》的稿件一半被录用一半被退回——总而言之，我相信这种中等阶级生活，是中国人所发现最健全的理想生活。[77]

可以将儒家的中庸学说和林语堂的“半半哲学”与《尼各马克伦理学》（*The Nicomachean Ethics*）中亚里士多德的中庸理论（Theory of the Mean）相比较。亚里士多德试图在美德和罪恶问题上确定“激情”的度。不用说得太详细，亚里士多德的中庸理论可以通过举例来说明：

什么都害怕是胆小鬼，什么都不害怕是轻率。弃绝快乐是自负的，弃绝一切是不明智的。因此，勇气和节制“会被过度和不足破坏，而被中庸保留”。[78]

但是，亚里士多德继续说：

适度的激情不是介于两个极端之间的激情，也不是算术的平均值。这是一个其正确性或均值相对于我们而言的度……这是对个人而言的均值：它位于过度和不足之间，从某种意义上说，过度或不足就是太多或太少。[79]

如果这听起来有点熟悉的话，那么可以说中庸和亚里士多德的“中庸”似乎有一个共同的前提：行动的适当性介于极端之间，尽管前者采取的是定性研究的方法而后者采取的是定量研究的方法。另一方面，林语堂的“半半哲学”似乎强调了“度”的精度。但是，汉语中的形容词和基数词并不总是表示真实的数值，而是近似的想法。正如林语堂所说：“而中国人则认为差不多正确已经是够好的了。”[80]也许需要对林语堂的学说进行“解构”。他可能只是

---

77 此为原文注释 101: Lin Yutang. *The Importance of Living*. Op. cit., p.122.

78 此为原文注释 103: W. F. R. Hardie. “Aristotle’s Doctrine That Virtue Is a ‘Mean’”. *Proceedigns of the Aristotlian Society*, No.65 (1964-1965), p.184.

79 此为原文注释 104: H. H. Joachim. *Aristotle. The Nicomachean Ethics*. Oxford: Clarendon Press, 1951, p.86.

80 此为原文注释 105: Lin Yutang. *The Importance of Living*. Op. cit., p.175.

把它当作幽默的不当用词而没有将其量化的意思。

将林语堂对中庸的阐释当成非正统的来批评是不公平的，因为林语堂在重新调停其含义后实际上已经提出了一个新学说，即被称为“半半哲学”的学说，它融合了儒、道精神。林语堂自己承认，《生活的艺术》的重点不是老子和庄子，而是道家思想的渗透。其重点也不是孔子和孟子，而是儒家思想的蕴藉。

在整合和传播中国哲学上付出了巨大的努力之后，林语堂在他生命的最后岁月看到了中国大陆人如何在“文化大革命”中剥夺了他们古老智慧的丰富遗产。早年，中国致力于拥抱现代性。在其有生之年他没能看到一个现代化的中国。这个现代化的中国已经成为世界工厂，从 20 世纪 80 年代开始积累经济财富。在实施现代化计划的过程中，中国奉行的是国家资本主义的市场经济，顺便抛弃了禁欲主义，这曾经是共产主义社会的优点。虽然中国的机械文化可能无法模仿美国人的生活模式，但是通过努力变得有名、成功和迅速致富的物质主义和进取者的心态在当代中国十分普遍。《生活的艺术》超越了时间和地域的界限。林语堂认为与美国文化相关的东西也与今天的中国相关。作为一个民族，中国人应该进行深刻的内省，并退后一步去思考林语堂所倡导的传统价值观。

（四）结语

20 世纪初期是中国复杂的文化交流时期。当大多数中国知识分子似乎在追求进步和现代性的过程中对中国古代文化失去信心时，林语堂是为数不多的将中国古代思想进行重新阐释并介绍给现代西方的思想家之一。结合林语堂的言辞，可以说他是一个半人文主义者、半自然主义者、半现实主义者和半理想主义者，但却是一个东西方文化的全才。他的简单的教义倡导在不鼓励享乐主义的情况下享受生活的乐趣，在不引起不当行为的情况下享受肉体的愉悦。在将中国的学术和文化传播到西方的过程中，林语堂以务实的简单阐释了复杂的形而上学的概念，这是由于他对两种文化的洞察才得以实现的。林语堂对西方文明的描述是道家的冷嘲热讽和儒家的人道主义的融合，它突破了西方机械主义思想的茧，使生活变得更加自由快乐。自《生活的艺术》出版以来，已经过去了 70 多年，东西方之间古老的文化交流层变得更加晦涩难懂，而在这些文化交流中，替代文化的动态矩阵正在全球范围内发生。同时，中国在寻求现代性方面取得了进展，其在早些时候放弃了自己丰富的传统遗产，尤其是在“文化大革命”期间。新富们为唯物主义的文化提供了催化剂。林语堂加以融合的中国哲学对那时的美国和现在的中国是一样重要的。不管它是什么文化，无论其遗产如何，文化所带来的疾病和生活乐趣都从未改变。林语堂的悠闲哲学和中庸哲学持有这样久经考验的真理，那就是，只有将生活的理论投入到生活的实践中，才能摆脱追求名利、财富和成功的重负。在和谐的关系中培养享有家庭、社会和自然气质的生活可以使生活更充实。

三、林语堂与作为一种社会批评的文化的跨文化传播

2016 年，蒂莫西·赫森（Timothy Huson）的文章《林语堂与作为一种社会批评的文化的跨文化传播》发表在《中国媒体研究》上[81]。该文的核心观点如下：

（一）摘要

随着中国进入中心舞台，中国文化为跨文化批判西方普遍的道德和精神不适提供了潜力：价值相对主义、基于权力的正义以及基于自我利益的认同政治。这在 20 世纪 30 年代就已经预见到，正如林语堂通过呼吁和传播中国传统精神文化来追求现代世界的社会和文化批判（这使人联想到“教化”［*paideia*］这个关于道德教育的希腊词语），即，将教育作为对人道、正义以及脱离生活之幻想的最高文化成就的普遍价值观的理解与同情的内在启示，从而产生对他人、对自己和对自然的宽容、理解与同情。在形式和内容上，林语堂的传承都类似于马丁·海德格尔（Martin Heidegger）通过对古希腊文化的呼吁来对现代西方予以批判，二者都采取了内在思考并对时尚的知识分子趋势持谨慎态度。

（二）导论

1937 年出版的《生活的艺术》一书充分表达了林语堂对西方的批判观点和对中国文化在世界未来中的潜在作用的更慷慨激昂的看法。这本书反映了林语堂关注点的转移。从其早期对西方社会对中国社会的合法批评的诉求开始，林语堂现在转向聆听中国文化优越的精神发展，从而对过分合法的西方文化及其减弱的精神价值进行批判。早期，在《中国自己的批评家》（*China's*

81 Tomothy Huson. “Lin Yutang and Cross-cultural Transmission of Culture as Social Critique”. *China Media Research*, Vol.12, No.3, 2016, pp.27-43.

Own Critics）和《吾国与吾民》中，林语堂接受了西方外部的、合法的解决方案，称赞韩非是该解决方案的中国原型。而在《生活的艺术》中，这种合法的解决方案被摒弃了。韩非不再被提及，所有形式的外在法则（科学、人类行为、道德和政治）都受到批评，而内在法则（一个人的原始人格法则）则受到称赞。

在这次批评中，林语堂将西方描述为没有内在道德和内在法则的世界。在这个世界里，自我利益和自我促进的团体利益占统治地位，它们的破坏力只能由强制性的外部法则来控制。这种外部性可以从政治、社会或道德以及心理等多个层面看到。其中，政治法则与支配思想和行动的抽象法则是平行的。相应地，林语堂认为社会科学倾向于在外部法则中理解人类，即，统计规律、计算行为的概率以及作为资本主义和社会主义社会的物质基础之经济自利和经济发展的规律等。这些将人类行为理解为理论对象而不是具有道德选择的独立主体之结果的方式，也已在普遍的思想中被内化为行为的辩护，就好像在个人行为和国际关系中，在统计上足以说明某种行为的合法性。没有必要考虑人类自由和道德责任以及个人信念和内在的人性尊严。与现代西方的这种合法倾向形成鲜明对比的是，林语堂将中国描述为“这里的事业生活中没有律师，而哲学生活中也没有逻辑家。”[82]林语堂开始把法治视为一种征兆，而不是将其视为一种解决问题的办法。这种征兆是对法律作为一种外在强制力的需求，其本身就是一种日益严重的精神不适、缺乏启蒙和真正的道德教育的征兆。唯有失去对精神发展和内部自我调节的教育关注，才有必要在强制性社会律法中去寻求解决方案，以制止自私的欲望。最后，就像20世纪30年代在欧洲的林语堂一样，这些单纯的外部检查被证明无法建立真正的相互尊重的人际关系，因为一旦受到威胁，就没有人性的底线可以维持它们。欧洲发生的事件是林语堂从批判中国转变为提供中国精神理想以治疗西方的决定性的外部资料：

> 我过去对中国的文明总感到惭愧，因为我觉得我们还没有创造出一个宪法和公权的观念，这是中国文明上的一个缺点。我始终相信建立一个共和或君主的立宪政府，是人类文化上的一种进步。可现在在西方文明的发祥地，我居然也看到人权、个人自由甚至个人的信仰自由权（这自由权在中国过去和现在都享有着）都可以被蹂

82 Lin Yutang. *The Importance of Living*. Op. cit., p.412.

> 蹦，看到西洋人不再视立宪政府为最高的政府，看见尤里披第型的奴隶在中欧比在封建时代的中国还要多，看到一些西方国家比我们中国只有更多的逻辑而缺少常识，这真使人暗中觉得欣慰，觉得中国是足以自傲的。现在我除了将中国人观念中人类最高文化的理想表现出来，把那个中国人理想中听天由命、逍遥自在的放浪者、流浪者和漂泊者表现出来之外，我还有什么更便当的制胜良策呢？西方可也有这么一个势均力敌的良策呢？可也有什么东西足以证明它的个人自由和公权学说是一种严肃的、健全的信仰或本能吗？这种信仰或本能可也有充足的活力，在今日那些炫耀的、穿制服的、同式同样的工人消失了之后，使思想的摆子摆到另一方向去吗？[83]

对林语堂来说，当那些机构本身受到威胁时，抽象的、外部强制执行的公民权提供不了任何精神抵制。相比之下，中国人的性格，每个人心中都深植人类尊严的理念，能经受住外部威胁并表现出韧性。中国人的性格是获得人类自由的唯一希望。

林语堂对现代文化的批判源于他在各种文本中发现的对中国精神的阐释和传播：整个历史上中国贤哲的文本，有些是众所周知的，有些不是那么著名。它们是生命构成的文本，是在大自然中创作的文本，是在宇宙中书写的文本。“聪明的读者则既读书，又亲阅生活的本身。宇宙即是一本大书，生活即是一所大的学校。”[84]而且，与马丁·海德格尔所描述的一样，在阐释的循环性上，思想家和阐释者林语堂通过将自己直接沉浸在阅读文本中，同时避免了时尚的当代学术价值观、行话和思维方式的干扰，从而达到了真正阅读这些文本所需的能力和内在的思想开放。在文本的选择中已经有一个阐释的圈子，因为正是这些伟大的文本，在直接阅读时，劝告我们在所有现实中以及与文本的直接亲密关系中寻求启蒙，并信任我们自己的内在直觉。在所有主流的中国思想中，自然、人类社会和人类个体形成了一个统一体（这个观念包含在意指“宇宙”的汉字“天地”中)。对它进行了文化教育时，它已经成为人类性格本身的一部分，并为成长提供适当的营养。

（三）作为一种教化的文化批评

“文化”一词指的是人们的习俗、机构和精神产物，它是在 19 世纪创造

83 Lin Yutang. *The Importance of Living*. Op. cit., p.84.
84 Lin Yutang. *The Importance of Living*. Op. cit., p.388.

的。在此用法中，该术语已集中于某个特定时间的内容，可以正式分类：人工制品、机构以及包括精神或精神实体在内的风俗习惯。如果有的话，教育仅被视为这些实体之一。19 世纪作家爱德华·伯内特·泰勒（Edward Burnett Tylor）曾经在描绘自己关于文化的著作时就采用了这种对文化的分类方法："研究文明的第一步是将其分解为细节，并将其分类为适当的群。"[85]今天的文化理论家赞扬泰勒是文化研究的先驱，但只有当我们关注"文化"一词以及将其作为固定历史实体的对象的抽象方式时，他才是先锋。在泰勒的两卷书中，教育的作用微乎其微，仅暂时被提及，而没有作为研究主题的一部分加以主题化。

但这不是人们应对文化的唯一方式。在古代中国和古希腊，虽然没有术语可以套用文化的所有最终产物，但对文化传播的问题进行了充分的讨论。对柏拉图和亚里士多德而言，"文化"可以用"*Paideia*"（教化）一词来表达，而在孔子的《论语》一书中"学道"可以译为"精神教育"，也可以理解为"精神文化的传播"。林语堂自己的理解是，文化的核心是教育、学习和教化。一度，他将《中庸》一书始句中的"教"译为"culture"（修养）："天命之谓性，率性之谓道，修道之谓教。"（What is God-given is called nature. To follow nature is called *Tao* [the Way]. To cultivate the Way is called culture.[86]）古希腊和古代中国的思想家们强调后天精神属性的传播。柏拉图在《法律篇》（*The Laws*）中主要强调了法律在增强民众"教化"（*Paideia*）方面的作用，这些法律本身（除了一些重要的例外情况）在教育过程中必须以公民为基础并为其辩护，而不是通过胁迫从外部强加给他们。希腊语中的法律（*nomoi*）一词也可以表示风俗习惯，仅通过外部制裁（不是基于习俗或通过教育的理由而定）的积极法律这一想法是一个例外情况（尽管是重要的）。与占主导地位的倾向相反，西方的一些现代思想家仍然强调"教化"（*Paideia*），如黑格尔对"教化、教育"（*Bildung*）的强调。正如汉斯·格奥尔格·伽达默尔（Hans-Georg Gadamer）所言，威廉·洪堡（Wilhelm von Humboldt）提出了文化的内在的、精神的层面："但是，当我们用语言说'教化'（*Bildung*）时，我们的意思是与此同时更高的内在性，即，从精神和道德的整体努力的知识与感觉中，和

85 Edward Tylor. *Primitive Culture: Researches into the Development of Mythology, Philosophy, Religion, Language, Art and Custom*. 6th edition. London: John Murray, 1920, p.7.

86 Lin Yutang. *The Importance of Living*. Op. cit., p.143.

谐地注入感性的性格。”[87]伽达默尔根据“古老的神秘传统来解释这个德语术语。根据传统，人类是上帝的形象，是根据上帝的形象被其创造的。”[88]这与中国思想相似，后者强调文化与自然之间的亲和力而非对立。林语堂正是从文化的这种精神层面来反复强调疏离感以及随之而来的常识与宽容，并将其作为“中国文化的最高理想人物”[89]。

马丁·海德格尔以其对现代思想的批判为中心，提出了一种理解近代思想转变的方式，这可能解释了文化理解方式的变化。对海德格尔而言，现代思想的特征是将包括人类世界在内的世界视为理论的或抽象的对象，而不是在与事物互动的过程中理解事物。因此，我们所谓的研究对象是内在于理论的，是由理论构成的。海德格尔以“锤子”为例，来区分“现成在手状态的、作为工具的、完整实体的锤子和当下上手状态的、仅作为理论对象的锤子。”[90]在现代思想中，不是我们拥有世界的图像，而是“世界被理解为图像”[91]。形塑这个物体的是外在的东西，图像的隐喻暗示着物体是从一个方面被看和被展开的。根据群体分类来描绘文化，消除了在文化经验中发现的方言复杂性，这是一种代代相传的过程。

从当前文化的真正本质是“教化”开始，作为批判的文化的有意识的跨文化传播是“教化”的特例，这种情况涉及通过对过去文化的批判，这种批判与当前的批评文化趋势大相径庭。如果我们把这两个阶段作为两种文化，那么所有基于传统的文化批评都是跨文化的（包括海德格尔对现代西方的批评和林语堂对现代中国的批评）。而且，林语堂从传统意义上跨越中西方文化差异对西方的批评则是跨文化的（尽管对林语堂而言，这种更广泛的跨文化意义有些虚假，因为他不相信中西方在文化的内在和精神核心方面存在根本的差异。）

除了那些明确参与文化批评的思想家（如海德格尔和林语堂）外，任何时候只要以过去的文本作为教育的基础，这种批评的可能性都存在。如果说作为文化批评的跨文化传播是一种“教化”，那么林语堂的活动与中国古代大

87 Hans-Georg Gadamer. *Wahrheit und Methode: Grunzuge einer phiosophischen Hermeneutik*. Vol.1 of Gesammelte Werke. Tubingen: Mohr, 1990, p.16.

88 Hans-Georg Gadamer. *Wahrheit und Methode: Grunzuge einer phiosophischen Hermeneutik*. Vol.1 of Gesammelte Werke. Tubingen: Mohr, 1990, p.16.

89 Lin Yutang. *The Importance of Living*. Op. cit., p.1.

90 Martin Heidegger. *Sein and Zeit*. Tubingen, Niemeyer, 1967, p.69.

91 Martin Heidegger. *Die Zeit Weltbildes*. In Holzwege. Frankfurt am Main: Klostermann, 1950, p.87.

师们的活动有何区别呢？这些大师们在其教化活动中大都是以过去作为一种模式来进行活动的。当孔子说自己“述而不作”（*a transmitter, not a creator*）时，他肯定是在利用过去作为指导来纠正他所认为的现在的错误。确切地说，从他使用传统批评“教化”的手段来看，他是一位老师。当林语堂坚持说自己没有说过无数次的话时，我们可以从文化传播者的任务中理解这一点，这是一种“教化”意义上的老师，通过传播已经存在于世界、社会和伟大思想的文本中的知识来进行教育。

（四）创新与传统

在整个《生活的艺术》及其他地方，林语堂通常使用“独创性”一词来表示某种类似于“根植于一个人的本性”的东西，有时与“深度”一词结合使用，好像这是同一思想的另一个方面似的。宇宙原理共有的以人为本的核心思想在所有中国思想流派中都有良好的基础，并在中国佛教中达到了更深的哲学层面。其中，“本我”或更确切地说是“本性”一词抓住了与整个宇宙和谐共存的起源与独创性。基于同一性的独创性仅仅是对过去思想的反省。林语堂在《生活的艺术》一书的“自序”中发挥的正是这种独创性：

> 我并不是在创作。我所表现的观念早由许多中西思想家再三思虑过，表现过。我从东方所借来的真理在那边都已陈旧平常了。但它们总是我的观念，它们已经变成自我的一部分。它们所以能在我的生命里生根，是因为它们表现出一些我自己所创造出来的东西。当我第一次见到它们时，我即对它们出于本心的协调了。[92]

林语堂在这里拒绝的创新是新颖的、独特的观点，但他接着又赞同中国人的创新，这种创新要求人们所说的话出自自己的真正个性。做到这一点，就能了解传统的价值所在。对传统的依赖也是对自身的依赖，正如马丁·海德格尔在讨论尼采时强调的那样：

> 一个思想家并不依赖另一个思想家，而是依赖（如果他认为）一个被认为是存在的东西。而且，只有在他依赖存在的东西的情况下，他才可能接受思想家已经思考过的一切的影响。因此，让自己受到影响仍然是伟大思想家的专有特权。但是，那些小的思想家只关心他们潜在的创意并因此远离了来自远方的影响。[93]

92 Lin Yutang. *The Importance of Living*. Op. cit., p.iii.
93 Martin Heidegger. *Was heibt Denken?* Stuttgart: Reclam, 1992, p.87.

与时髦的、潜在的创意不同，最真实的创意涉及在与思想本身和宇宙的存在相反的存在的泉眼中共饮。一个人在其存在的核心发现的不是异质的，而是在其深刻的普遍性中具有真正的独特性的东西，但是相对于更占优势的浅薄思想，它将会消失。

拥抱一个人自我存在的核心之处的创新，揭示了文化批判的两个标准，即人的内在精神和传统，从而开辟了现代阐释与原文本之间在精神上具有亲和力的可能性，这种亲和力也使中国与西方之间的文化藩篱得以跨越。柏拉图的教化思想与林语堂的方法非常相似。在林语堂关于文本如何影响将成为作家的读者的讨论中，可以看到柏拉图的苏格拉底在《斐德罗篇》(*Phaedrus*)中提出的"用灵魂写作"(writing in the soul)的想法："当一个人喜爱的作家已在他的心灵中将火星燃着，开始发动了一个活的观念流泉时，这就是所谓'怀孕'。"[94]与柏拉图一样，老师不是为了让学生背诵而是在其灵魂或心中种下种子，是为了使种子在那里发芽并促进其原始的生长，就像中国人的想法一样，是从一个人的核心中脱颖而出的创新。在某种意义上，其创新取决于二者是否具有相同之处。在柏拉图的对话中，一种主要的学习隐喻是记忆，这是解决知识悖论的方法，即一个人无法知道他根本不知道的东西，也不知道他已经知道的东西。因此，一个人必须了解，在某种程度上他已经知道和还不知道的东西，这样，他就能知道那些以记忆的形式呈现的东西。

（五）阐释的循环与精神的亲密

这个问题可以通过海德格尔的《存在与时间》(*Sein unt Zeit*)中对"阐释的循环"(the circle of interpretation)的讨论来阐明，该讨论与中国人的认知方式相似，因为它不是对世界的抽象思考，而是已经浸入世界的一种认知。林语堂对"识"或"识见"这一具有深度和创新性的中国思想的关注与现代时尚的学术趋势无关，这种思想与海德格尔的"了悟"(*Verstehen*)思想相似："理解要么是真实的，它源自一个人的本性，或者是不真实的。"[95]对林语堂来说，一个真正的人须具有独立的判断力，而不是由群体影响力以及主导的社会框架所确定的自我："无疑地，必须一己的内心中先具有一种稚气的、天真的自信心。但一己的内心所能依赖的，也只有这一点。所以当一个学生一旦放弃他个人判断的权利时，他便顿然易于被一切人生的诱

94 Lin Yutang. *The Importance of Living*. Op. cit., p.389.
95 Martin Heidegger. *Sein and Zeit*. Op. cit., p.146.

惑所动摇了。”[96]

在实证科学领域，循环是恶性的（以其结果为前提的证明是谬误的），但是在原始阐释语境中，精神的基础最终也是实证科学的标准（例如，关于是否和何时对实证科学给予权威时）。循环是合法的必要条件，是对价值进行基本解释的必要基础。但是，这个循环必须避免将当前流行的思想重新投射到阐释的主题上，而这要从已经存在于人类世界中的人类存在（*Dasein*）开始，其存在的方式是先于实证科学的建构而且是实证科学建构的基础。人的存在与阐释的对象之间的关系已经根据使用现成的东西的可能性与仅仅在理论上存在的东西相比较给出来了。

林语堂对这个问题的讨论的技术含量较低也更直观，但是涉及与文本本身直接对话的相同的基本思想，不受学术界诱惑的干扰：

> 使我可以根据自己的直觉下判断，思索出自己的观念，创立自己独特的见解，以一种孩子气的厚脸皮，在大庭广众之间把它们直供出来，并且确知在世界另一角落里必有和我同感的人，会表示默契。用这种方法树立观念的人，会常常在惊奇中发现另外一个作家也曾说过相同的话，或有过相同的感觉，其差别只不过是它的表现方法有难易或雅俗之分而已。如此，他便有了一个古代作家替他做证人，他们在精神上成为永久的朋友。
>
> 所以我对于这些作家，尤其是对于我精神上的中国朋友，应该表示感谢。当我写这本书时，有一群和蔼可亲的天才和我合作。我希望我们互相亲热。在真实的意义上说来，这些灵魂是与我同在的，我们之间的精神上的相通，即我所认为是惟一真实的相通方式——两个时代不同的人有着同样的思想，具有着同样的感觉，彼此之间完全了解。[97]

为了与文本进行这种亲密的对话，需要进行大量的准备、教育和教化（*Paideia*），而这已经是文本的阅读。在准备阶段和文化传播阶段，至关重要的是，不要简单地将自己的文化的标准思想代入文本。埃德蒙·胡塞尔（Edmund Husserl）在批判性方法中引入了分类的理念，林语堂和海德格尔都有自己的分类方式，并对他们追求的历史传播方式进行了完善。

---

96 Lin Yutang. *The Importance of Living*. Op. cit., p.364.
97 Lin Yutang. *The Importance of Living*. Op. cit., p.9.

（六）消除当代偏见

对林语堂来说，独立的思想家和真正的社会批评家的这种分类在于防止来自当前主导的知识环境的影响。这并不一定意味着对当前知识环境的全面拒绝，而是暂时将其影响归为一类，并有意识地认识到其必要性。在一种真正的循环的例子中，这种方法不被视为一种新的发展，而是作为开明的中国思想家在使自己摆脱生活中的诱惑时的关键：

> 所以一个真有学问的人，其实就是一个善于辨别是非者。这就是我们所谓鉴别力。而有了鉴别力，则雅韵即会随之而生。但一个人若想有鉴别力，他必须有见事明敏的能力，独立判断的能力，但不为一切社会的、政治的、文学的、艺术的或学院式的诱惑所威胁或眩惑。一个人在成人时代中，他的四周当然必有无数各种各式的诱惑：名利诱惑、爱国诱惑、政治诱惑、宗教诱惑，和惑人的诗人、惑人的艺术家、惑人的独裁者与惑人的心理学家。[98]

这里有一种双重的错觉，其在道教和禅宗中都是典型的中国思想。在这个启蒙过程中，幻觉的第一个方面就是理解整个活的现实是虚幻的，然后以适当的超然精神去生活，这并不意味着减少对这个世界的参与，而是意味着一个清醒的参与，不必太把自己当回事。但是，除了从整体上将现实视为幻觉之外，第二个方面是在这种幻觉中感知一种幻觉，即在整个虚幻现实中，还有一些东西会带来更多的幻觉——金钱、名利、生活中的各种传统的诱惑。但林语堂为此添加了一系列知识的、学术的诱惑，这些诱惑尤其扭曲了我们的理解能力：爱国的诱惑、政治的诱惑、宗教的诱惑以及诱惑人的诗人、诱惑人的艺术家、诱惑人的独裁者和诱惑人的心理学家……我们还可以在此列表中添加更多。

林语堂基于中文的“胆”与“识”之间的密切关联，刻画了能够摆脱知识诱惑的人的特征，他有智识，也有胆：

> 因此，识和胆是相关联的，中国人每以胆识并列。而据我们所知，胆力或独立的判断力，实在是人类中一种稀有的美德。凡是后来有所成就的思想家和作家，他们大多在青年时即显露出智力上的胆力。这种人绝不肯盲捧一个名震一时的诗人。他如真心钦佩一个诗人时，他必会说出他钦佩的理由。这就是依赖着他的内心判别而

98 Lin Yutang. *The Importance of Living*. Op. cit., p.363.

来的，这就是我们所谓文学上的辨别力。[99]

在某些情况下，这种独立性扩展到了对书籍的选择上，通过阅读书籍可以检验自己的灵魂而非仅仅阅读流行的东西来避免赶时髦。为了获得那些没有反映自己文化偏见的书籍，林语堂有多种技巧，例如在二手书店或积满灰尘的图书馆架子上随机取书。林语堂打下了他消除偏见的基础，这种独立思考和品味知识的理念立足于中国思想，可追溯到孔子所宣称的："学而不思则罔，思而不学则殆。"林语堂的译文为："Thinking without learning makes one flighty, and learning without thinking is a disaster."[100]这里，我们看到循环在起作用。分类的方法本身已经部分地通过采用分类来证明是合理的。

在借鉴文本而不是仅仅进行内省时，假设真正的人格不只是一种先天的东西（如果人的核心仅仅是天生的认知逻辑或数学才能，或纯粹是某种天赋，那就会如此），而是需要通过教化（*Paideia*）从外部来加以补充。林语堂在捍卫"性灵"派的背景下，在他关于人格，特别是"性"的讨论中对这个问题进行了阐释。林语堂将其称为"自我发挥学派"：

> 这里所谓"自我"或"个性"，乃是一束肢体肌肉、神经、理智、情感、学养、悟力、经验偏见所组成。它一部分是天成的，而一部分是养成的。一部分是生而就有的，而一部分是培植出来的。一个人的性情是在出世之时，或甚至……另有许多品质，则是在出世之后，由教育和经验而得到的。[101]

这种"自我"或"个性"的发展取决于世界上的教育和经验，但它也有一部分是与生俱来的、文化以外的东西，因此它可以批判传统。但是受过这种传统的教育，同时又对其进行批判，它可以抵抗和批判当代的知识权威：

> 自我发挥学派叫我们在写作中只可表达我们自己的思想和感觉，出乎本意的爱好，出乎本意的憎恶，出乎本意的恐惧和出乎本意的癖嗜。我便在表现这些时，不可隐恶而扬善，不可畏惧外界的嘲笑，也不可畏惧有背于古圣或时贤。[102]

在这个讨论中，另一个特征出现了。独立的个体思维是独特的，这就是这些思路的唯一体现，但独特性不是随心所欲，而是基于个人和独特性本身

99 Lin Yutang. *The Importance of Living*. Op. cit., p.341.
100 Lin Yutang. *The Importance of Living*. Op. cit., p.342.
101 Lin Yutang. *The Importance of Living*. Op. cit., p.390.
102 Lin Yutang. *The Importance of Living*. Op. cit., p.390.

所包含的健全人格的一般特征。在传统上没有基础的个人很容易陷入当代占主导地位的知识诱惑的模式中，因此只能是一个独特的思想家。

从本质上讲，林语堂在这里提出的内容符合孟子“性本善”的看法。尽管如此，孟子仍然认为需要适当的养育才能实现这一目标。“乃若其情，则可以为善矣，乃所谓善也。虽有不同，则地有肥硗，雨露之养，人事之不齐也。”[103]孟子通过列举昔日美丽的牛山使这个比喻得以进一步延伸，人性之善和仁义感这些人之为人的共有品格不可或缺，但都需要通过恰当的教育来培养：“牛山之木尝美矣。……牛羊又从而牧之，是以若彼濯濯也。其好恶与人相近也者几希。故苟得其养，无物不长。苟失其养，无物不消。”[104]

人的性格部分相同部分独特，基于林语堂的观点，即成为真正的人并不意味着有理性（或符合逻辑），而是合乎情理，这意味着他同时具有人和神的本质。其具有人的本质体现在易损易变的部分，而其神的本质则体现在其外在：

> 中国人之判断一个问题的是与非，不纯粹以理论为绳尺，而却同时权度之以理论与人类的天性两种元素。这两种元素的混合，中国人称之为“情理”。“情”即为人类的天性，“理”为永久的道理。“情”代表柔韧的人类本性，而“理”代表宇宙不变的法则。[105]

林语堂阐释和传播文化的方法的每个组成部分，也是其传播内容的组成部分。常识和合乎情理既是分类的结果又是其基础。作为抵制知识时尚的内在人格，它既可以作为文化传播的媒介，又可以成为构成文化最高产物的精神独立的醇厚性格的本质特征，是林语堂文化传播的核心特征。

（七）作为一种超然的幽默

最终使有文化的人摆脱生活中的各种诱惑成为可能是性格的一个甚至更基本的特征，也可被称为基本分类，这种分类使所有其他分类成为可能，它就是幽默感。对林语堂来说，幽默不是生活的装饰品，而且不仅仅是一种社会现象或文学运动，而是“心境之一状态”，“一种人生观的观点，一种应付人生的方法”[106]。而且，它实际上是最基本的一个。它通过使一个人看清生

103 见《孟子 · 告子上》。
104 见《孟子 · 告子上》。
105 Lin Yutang. *My Country and My People*. Op. cit., p.85.
106 Lin Yutang. *My Country and My People*. Op. cit., p.64.

活的幻像，不要太在意当前社会价值观所决定的自我来为人格打下基础。有了幽默，我们也许已经获得了文化传播方法及其形式和内容之间的核心关联，因为幽默不仅是基本的分类，而且也是传播为了达及其读者并激活他们的思维以及被传递的精神内容的核心所采用的形式或方式。这些内容是使人以达观的感觉到达的自然醇厚的哲学精神的基本精神转变。

林语堂认为中文里没有足以表达他关于幽默的相关概念。他认为“滑稽”的意思是“想要有趣而已”（trying to be funny）[107]。他创造了“幽默”这个术语，并因此流行开来。林语堂这样做，部分是为了促进讨论，从而加强文化教育和精神发展。但是他当然从未怀疑过幽默所指的精神倾向无论是在中国社会还是在中国文学中都早已存在（尽管其在某些主流文学中受到压制），而且他举了许多例子，从老子、庄子到陶渊明。

幽默不仅是人格的任一特征，而且是其核心特征，这一特征比其他任何特征更能使我们具备最高意识，即圣人的超然。正是在《生活的艺术》一书中，幽默才充分发挥了这一作用，成为获得最高文化产物、合理性和源于温和的哲学之超然常识的主要催化剂。对于林语堂来说，如果幽默不是启蒙本身，那它比启蒙更为激进，是一种精神转变，是一种象征性的举动。它使启蒙成为可能，使我们能够不那么认真地对待自己受到社会制约的自我，使我们在最终的幻觉中看待我们的社会和政治野心并实现了圣人的超脱：

> 我以为这就是幽默的化学作用：改变我们思想的特质。这作用直透到文化的根底，并且替未来的人类，对于合理时代的来临，开辟了一条道路。……而微妙的常识、哲学的轻逸性和思想的简朴性，恰巧也正是幽默的特征，而且非由幽默不能产生。[108]

化学作用是关键。化学反应通常是突然的和定性的，而不仅仅是累积的。人们可以通过学习和习惯慢慢地获得智慧，但是突然之间发生了转变，改变了我们对所学到的一切的看法，从而使它具有完全不同的含义，就好像灯第一次亮起来一样。没有添加任何新信息，但是内在的精神转变突然让另一种光芒闪现。这种作用类似于柏拉图的洞穴寓言中的灵魂转向、禅宗的突然启蒙或心理分析文学中的象征性行为，是一种改变现实本身的心理转变。

107 Lin Yutang. *My Country and My People*. Op. cit., p.64.
108 Lin Yutang. *The Importance of Living*. Op. cit., p.80.

玩世不恭的好和坏的方面都与容忍相关，也与中国思想中更多道家的一面有关："要磨炼容忍这种功夫，你需要一些道家典型的阴郁和轻世傲俗之气概。真正轻世傲俗的人是世界上最仁慈的人，因为他看透了人生的空虚，由于这个'空虚'的认识，产生了一种混同宇宙的悲悯。"[109]对林语堂和一般的中国思想而言，儒家的幽默感和愤世嫉俗感都较少，并且更有可能提出道德理想并追求完美，而对他人的理解和屈服却更少。相比之下，道家具有更多的幽默感，因此更愤世嫉俗和容忍，也不那么说教。在林语堂的中文理想中，这两个方面合而为一，道家的愤世嫉俗的现实主义和儒家的行动主义的理想主义都是世界未来所依赖的，是英雄和圣人理想的基本组成部分。其性情在本质上是儒家和道家之间的平衡。

林语堂关于幽默（和现实主义、犬儒主义与容忍）与理想主义之间的适当平衡的观点与前面提到的总体转变相对应，从更具批判性、更亲近西方的中国文化观（呈现在《吾国与吾民》中）转变为对中国文化持更积极的看法（呈现在《生活的艺术》中）。在早期，林语堂更多地注意到幽默的消极方面，例如在《中国的现实主义与幽默》一文中，林语堂强调了幽默与犬儒主义和容忍之间的关联，并对由此产生的缺乏道德的行为感到遗憾："中国正在被我们容忍的强盗式的幽默观、共产主义和官僚腐败所毁，因为容忍是由幽默产生的。"[110]"中国正在被我们对生活的嘲讽、被我们无情的现实主义和幽默、被我们对一切事物都给予嘲笑的倾向、被我们对任何事都无法认真对待所毁，甚至在涉及到救国时。"[111]在《吾国与吾民》中，这种愤世嫉俗的批评形式在很大程度上被旧流氓的形象所占据。但是在《生活的艺术》中，这个形象已被另一种愤世嫉俗的人所取代，其特点是反对政治极端主义和对人类不完美行为的容忍。这两个对人类予以真正尊重的特征是基于道德品格而非已经证明在欧洲不能阻止外部法律强行侵犯人权的行为。这种新的愤世嫉俗是"放浪者将成为独裁制度的最后的最厉害的敌人。他将成为人类尊严和个人自由的卫士。"[112]

---

109 Lin Yutang. *My Country and My People*. Op. cit., p.56.

110 Lin Yutang. "Chinese Realism and Humor" In *Hu Shih and Lin Yutang. China's Own Critics: A Selection of Essays*. Unaltered reprint of Shanghai edition of 1931. New York: Paragon Book Reprint, 1969, p.160.

111 Lin Yutang. "Chinese Realism and Humor" In *Hu Shih and Lin Yutang. China's Own Critics: A Selection of Essays*. Unaltered reprint of Shanghai edition of 1931. New York: Paragon Book Reprint, 1969, p.160.

112 Lin Yutang. *The Importance of Living*. Op. cit., p.12.

（八）不完美的理想与中庸

1931 年，林语堂在“小评论”专栏上首次发表了一篇名为《我所知道的孔子》的文章，这篇文章对孔子进行了不寻常的解读，反映出他对孔子和现代思想的主流框架的独特理解。林语堂从人类易受误解的角度描述了孔子的谦卑：“孔子是一个伟大的人，以致于我们不能用任何无足轻重的正确性或谦卑的盲从法则去衡量他。”[113]孔子有缺陷，他也犯错，他也是人。在谈到孔子的经典传记时，林语堂说他“至少可以指出孔子所做的十几件事，而绅士则永远不会去做。”[114]阐释的传统要么试图阐释孔子的弱点，要么干脆忽略它们。林语堂在其中发现了教育的核心：“更好地利用这种材料的办法就是像对待经典中的丑闻一样对待它，而不是试图为其找借口，让它向其本性中具有人性的一面传递亲密的光芒。”[115]在发现孔子的性格缺陷之后，林语堂将其视为对人性的真正洞察，一种有缺陷的人性，但被“有目的的诚挚”和“富含幽默感的救赎”[116]所掩盖。

在 1931 年的论文《我所知道的孔子》中，孔子的缺点在某种程度上仍被视为孔子可以提供人性模型的东西。而在《生活的艺术》中，不完美已演变为人性模型。在《生活的艺术》一开始，中国的哲学家被描绘成是“睁着一只眼做梦的人”[117]。梦是理想主义，而睁开的那只眼使理想主义和幽默感变得温和。幽默为中国的核心美德“仁”提供了不同的见解。如今，“善”从不完美的角度来看待，人类大都能对他人和自己的容易犯错持容忍和同情的态度。林语堂从抽象的西方道德主义的诱惑中醒来，与他后来在翻译《庄子》中的“大觉”时所描绘的相似。

---

113 Lin Yutang. “Chinese Realism and Humor”. Op. cit., p.146.

114 Lin Yutang. “Chinese Realism and Humor”. Op. cit., p.147.

115 “There is somewhat of a parallel in the West in the standard purification of Socrates, and the Platonization of Plato’s dialogues on the whole, where the sensual and fleeting, the fallibility and essential weakness of human character, is ignored as irrelevant, while attempts are made to build a philosophy out of abstract formal arguments that can be gleaned from the text by ignoring context and ignoring or glossing over those that are too ridiculous to take seriously.” 此为原文脚注 11：“在西方，这与苏格拉底的标准净化和柏拉图对话录总体的柏拉图化有些相似。在进行尝试的过程中，肉欲的、短暂的、易错的、人性的本质弱点被认为是无关紧要的因素而被忽略。并试图通过忽略上下文语境并忽视或掩盖那些太荒谬而无法认真对待的论点，通过抽象的、拘谨的论证来建构哲学。”本书作者译。

116 Lin Yutang. “Chinese Realism and Humor”. Op. cit., p.158.

117 Lin Yutang. *The Importance of Living*. Op. cit., p.1.

By and by comes the great awakening, and then we find out that this life is really a great dream. Fools think they are awake now, and flatter themselves they know -- this one is a prince, and that one is a shepherd. What narrowness of mind![118]

（且有大觉而后知此其大梦也。而愚者以为觉，窃窃然知之。君乎，牧乎。固哉！）[119]

放浪者成为所有不完美的人类中尊严的典范，是这种尊严的捍卫者。中国儒家传统中特有的人类尊严感和仁义被保留，但现在被提升到更高的程度以包容对他人和我们自己的理解与宽容。林语堂在上述“半半哲学”中发现了一种新的道德中庸观念，正如他用李密安的《半半歌》将放浪者定义为“把道家的现世主义和儒家的积极观念配合起来”来刻画儒家经典文本《中庸》的特征：

……最快乐的人还是那个中等阶级者，所赚的钱足以维持独立的生活，曾替人群做过一点点事情，可是不多。在社会上稍具名誉，可是不太显著。[120]

这种中间立场不是充当正面的虚假的、形式上的谦虚，而是对自己而言真正的谦虚。这意味着放弃对他人和自己的完美标准。放弃对他人的完美要求，让位于容忍、同情、理解和接受。放弃对自己的完美要求，减少虚荣心和自责，使享受生活成为可能。这两方面是并行的：放弃自己的完美理想，也意味着不要期待别人是完美的。

在很多方面，林语堂的不完美理想与柏拉图和亚里士多德的道德观点是相吻合的。林语堂与希腊人共有一种身心整体主义的倾向，以及性格和道德观念是文化的主要关注点。这样看来，中国思想与希腊思想是一致的，而现代西方伦理形式主义则是离群的。与今天将希腊与中国思想相对的现代西方相结合的普遍教科书的理念相反，林语堂通常将现代西方视为是离群的，而在古希腊思想和中国思想之间，他看到了广泛的共识，包括着眼于日常生活中的普通人：

在一个平常人的心目中，甚至在某些有教养的人的心目中，都

118 Lin Yutang. *The Wisdom of Laotse*. Beijing: Foreign Language Press, 2007, p.179.
119 可参见《庄子 · 齐物论》。
120 Lin Yutang. *The Importance of Living*. Op. cit., p.115.

> 觉得哲学实在是一种最好不必加以过问的学科。这显然是现代文化中的一种奇特的反常现象，因为哲学本应是最贴近人们的脑怀和事业的物事，但现在倒反而远在千里之外。古希腊和古罗马的典型的文化便不是如此的，中国的文化也不是如此的。也许是现代人对于生活问题——其实是哲学中的正常题旨——不感兴趣，或也许是我们已经走离哲学的原始概念太遥远了。[121]

林语堂的中庸思想并不与亚里士多德的美德观本身相冲突，而是通过一种内在的启迪来改变它们的观点，是幽默“改变我们思想的特质”[122]的结果。介于美德与邪恶之间的人类卑鄙行为取代了专注于完美美德的圣人的神圣行为。半半哲学是人文主义，恰恰是因为它不期望人类是圣人，但却让他们在圣洁和完全堕落之间表现得很好而具有尊严。通过这种方式，一个不完美的圣人的理想就成了中国的“城中隐士”（the market hermit）的独特形式，一种处于隐居到山洞的隐士和完全被生活的名望、权力和金钱所迷惑的儒家积极分子之间的微妙的中间位置。“城中隐士”的这种中庸不仅是一种折中，而且还涉及对生活更深刻的洞察以及更微妙的脱离生活感。因此，与隐居的山洞隐士不同，他可以完全拥抱他被隔离其中的那个世界：“‘城中隐士’实是最伟大的隐士，因为他对自己具有充分的节制力，不受环境的支配。”[123]

在这种情况下，暗示一种价值观念的转变是不妥当的，林语堂本人曾用过这种表达方式，毫无疑问是翻译尼采的《重估一切价值》（*Umwerthung aller Werthe*）时，用最积极的猴子的形象（in the image of the monkey）而非上帝的形象来描绘他对人性的理解：

> 以文明世界的语词来说，每只老鼠都是盗贼，每只狗都太会吵闹，每只猫儿假如不是艺术品的野蛮破坏者，便是“不忠实的丈夫”，每只狮子或老虎都是嗜杀者，每匹马都是懦怯者，每只乌龟都是懒鬼。最后，千百种虫儿、爬行动物、鸟儿和兽类一律都是淫猥的，世间事的评价有着多么重大的变动啊！这就是使我们惊讶造物主为什么把我们造得这样不完全的理由。[124]

121 此为原文脚注 12。注释中的引文可参见 Lin Yutang. *The Importance of Living*. Op. cit., p.413. 本书作者注。

122 Lin Yutang. *The Importance of Living*. Op. cit., p.80.

123 Lin Yutang. *The Importance of Living*. Op. cit., p.113.

124 Lin Yutang. *The Importance of Living*. Op. cit., p.37.

林语堂对道德的讨论采用了与尼采在《论道德的谱系》(*On the Genealogy of Morality*)和《权力意志》(*The Will to Power*)以及其他带有双重历史结构的书中所描绘的完全平行的价值的转变。价值的第一次转化或重新估定一切价值是僧侣对真正的贵族价值的报复，即将其价值转化为宗教的禁欲主义理想。价值的第二次转化或重新估定一切价值是权力意志的重估，是对贵族价值观的恢复。

林语堂对现代西方哲学批判的核心指向拒绝在根本上将人类视为动物："有一桩最显明的事实而为哲学家所不愿承认的，就是我们有一个身体。"[125]这种批评并不完全意味着我们应该将人类简化为自然科学的对象。相反，林语堂一直不断地批评的，是他希望将人类视为一个从本质上包括身体和精神的整体。在我看来，林语堂对西方对人类的理解的攻击似乎是同时存在和相互冲突的两个极端：在科学和大众思想中，将人类错误地还原为经验社会科学的对象，以及根据一种完美无瑕的圣洁完美模型（以宗教道德和以超我的形式表现在日常的心理状态中）来对待人类道德，从而否定了人类动物不完美的人性。这两个极端，尽管是相反的（一种是经验的，另一种是先验的），将人性简化为一种外部理论（林语堂的思想与海德格尔对世界观的批判是相似的），这是绝对道德的单面性，是宗教的戒律或世俗的法律社会的严格规则。林语堂对"西方科学思想侵入了近于人情的知识的区域，其中的特点就是十分专门化，和无处不引用科学的和半科学的名词"[126]的批判并不意味着他对一种真正的科学的拒绝，而是恢复一种真正的科学的适当的、必要的作用，"真正的科学思想是不能从常识和幻想分别开来的。"[127]科学对于理解我们自身作为动物的一部分至关重要："科学教我们怎么进一步去尊敬我们的身体。"[128]

可以肯定的是，这也是中国自古至今的中庸哲学。林语堂也主张这样做。但是，林语堂思想的真正核心，也是其更深刻的精神见解，指出了这种中庸哲学的错综复杂。这种曲折在中国历史上也有先例，"城中隐士"的观点和与其相关的观点，在中国的禅宗中得到了最充分的表达。禅宗在道教中已经存在，表现出一种对超然本身的超然。平衡与中庸存在于启蒙本身的核心，似

125 Lin Yutang. *The Importance of Living*. Op. cit., p.25.
126 Lin Yutang. *The Importance of Living*. Op. cit., p.411.
127 Lin Yutang. *The Importance of Living*. Op. cit., p.411.
128 Lin Yutang. *The Importance of Living*. Op. cit., p.28.

乎在将生活视作幻觉，一种过于清晰但仍然依附于世界的知觉时存在种种错误。圣人通过这种形式获得了更深的启蒙和更深的意义："如果一个僧人回到社会去喝酒、吃肉、交女人，而同时并不腐蚀他的灵魂，那么他便是一个'高僧'了。"[129]这就是中国传统所说的"城中隐士"，一个可以生活在世界上的人，甚至完全从事于繁琐的事务，尽管并没有被孤立，而恰恰处于被真正孤立的状态。林语堂这一理想的历史模型是开明的佛教徒苏东坡，他在被孤立的状态下始终积极参与政治活动并与世界和谐相处，他理解开明并不意味着退出世界，而是活跃在世界上。在朋友李常写给苏东坡的一封信中，李常对苏东坡因政治事件而遭受的苦难表示安慰，而苏东坡的回应，在林语堂的《苏东坡传》中，体现了这种开明的中庸态度和超然的行动主义精神：

何乃耶？仆本以铁石心肠待公。吾侪虽老且穷，而道理贯心肝，忠义填骨髓，直须谈笑生死之际。若见仆困穷使相怜，则予不学道者，大不相远矣。……虽怀坎懔于时，遇事有可尊主泽民者，便忘躯为之，一切付与造物。……[130]

通过中庸的行动主义，这种作为文化批判的文化传播的描述已经全面地展现了出来。对于现代西方文化的批判，林语堂呼吁中国文化的精神核心作为既是规范性的内容标准（即精神文化应该的），又是作为进行文化传播批判的方法的基础（呼吁通过基于中国的中庸式的超凡脱俗而获得内在自我）。中国古代思想的精神内涵不仅为林语堂的文化批评提供了内容，也提供了形式和方法。但这种方法本身对于内容来说是至关重要的。被传递的中庸的形式不是一套规则或道德观念，而本质上是一种方法，是道，是启蒙，是内在觉醒，是"教化"（*Paideia*）。对不完美的宽容和理解源于一种需要持续的批判行动的内在的超然和对有问题的文化予以坚决抵制。"教化"（*Paideia*）本身已经是被传播文化的核心，是一种吸引内在自我的批判精神，一种与宇宙合一的自我，以及那些经典中的真正的思想，一种仍然存在于现代社会休眠中心的自我，一种潜伏的、沉睡的自我，被现代时尚的蝉鸣不休所吸引，被当代世界画像的形式外在主义所迷惑，无法再次听到古代缪斯女神的柔和声音以及古代世界对内在启蒙的呼唤，也无法听到源自西方和中国传统的内心深处的"了解你自己"（Know thyself）。

---

129 Lin Yutang. *The Importance of Living*. Op. cit., p.113.
130 Lin Yutang. *The Life and Times of Su Tungpo*. London: Heinemann, 1948, p.185.

四、林语堂的跨文化遗产：批评视角

2018 年，德国马克斯·普朗克宗教与族群多样性研究所研究员克里斯·怀特（Chris White）评论钱锁桥编辑的专著《林语堂的跨文化遗产：批评视角》的文章发表在《海外华人杂志》上[131]。译介如下：

林语堂把自己描绘成是在东西方之间徘徊。但从这本编著的第 11 章来看，林语堂跨越了许多方面的分歧：东方与西方之间的、传统与现代之间的、基督教与佛教-道教之间的、世界主义与民族主义之间的、法西斯主义者与共产主义者之间的，等等。很少能找到像他这样成功地对多种文化进行批评的作者，但几十年来林语堂却那么做了，他以一种同时赢得他所斥责之人的喜爱的方式对中国社会和西方社会进行了挑战。很容易认识到，这么一个人物是值得引起学界的更多关注的。这么做的挑战性在于，林语堂的国际化背景和影响要求读者同时对中国社会和西方社会有深刻的理解。正如该书作者在“序”中所言：“需要一个由不同文化背景的学者组成的团队来对林语堂的跨文化实践进行文化批评。”（第 2 页）本书汇集了一批东西方专家，成功地完成了将林语堂复杂而迷人的生活和著作呈现出来的挑战。

该书的第一部分由三章组成，探讨了林语堂将中国传统与现代性的神秘融合。而林语堂在中国的同行们则毫不掩饰地拥抱现代性，一心痛斥一切传统的事物。第一章讲述了林语堂如何将中国文化遗产作为现代西方文化不足的方面的一种衬托，在这一潮流中逆势而行。但对林语堂来说，对过去的利用比单纯的怀旧更实用。第二章论述了周作人所倡导、林语堂所采用的小品文是晚清的一种文体风格的延续。林语堂很欣赏这种文体风格，因为它拒绝严格的文体限制。正如罗福林（Charles Laughlin）所言，林语堂避开了严格的传统与现代之分，而是坚持“真诚的永恒普遍性”。（第 48 页）在随后的第三章中，Yang Liu 用林语堂自己的词“一捆矛盾”（bundle of contradictions）来描述林语堂与基督教的关系。她认为，林语堂不仅一生都对具有人道主义的基督教充满深深的敬意（而非仅仅是他晚年回归教堂之后），而且他对基督教的神学标志，特别是他作为一个牧师的儿子从小就熟悉的加尔文主义的烙印，仍然持有一种幻灭感。

---

131 Chris White. “*The Cross-cultural Legacy of Lin Yutang: Critical Perspectives* edited by Qian Suoqiao” (book review) . *Journal of Chinese Overseas*, Vol.14, No.1, 2018, pp.147-149.

该书的第二部分由两章组成，由汉语翻译而成，是关于林语堂论语言改革这个“五四”新文化知识分子们的主要话题以及林语堂与共和国的学术领袖胡适之间的关联。其中第四章勾勒了林语堂对汉字罗马化的一些主要观点，并详细描述了20世纪20年代中国语言改革中产生的许多分歧。第五章分析时呈现的材料特别有趣。陈子善在重新建构存在时间很短的“平社”（Fair Society）的活动时将林语堂与胡适的日记条目并置。“平社”是上海少数知识分子在1929-1930年间每周聚会讨论和辩论有趣的话题的一个社团。

第一、二部分集中分析的是林语堂在中国的活动，而第三、四部分则着重讨论了林语堂在美国以及他的作品是如何被用来向西方呈现或阐释中国的。在第六章，苏迪然（Diran John Sohigian）指出了林语堂是如何站在史宾岗和克罗齐这两位白璧德的批评者一边的。白璧德是林语堂在哈佛大学的老师。在林语堂看来，白璧德提倡“新古典主义的理想”，约束了“性灵”或真正的文学表达。尽管林语堂常常参考中国的文化遗产，但第七章的作者却认为，林语堂所受到的西方文学传统的影响与中国传统的影响一样多甚至更多。韩若愚（Rivi Handler-Spitz）认为，《生活的艺术》这本最先出版于1937年的著述实际上极大地受惠于16世纪的法国哲学家蒙田（Michel de Montaigne）。他认为《生活的艺术》以一种非中国的、西方的风格来呈现关于中国的材料，正是这使得林语堂成功地“将他自己既陌生又熟悉地呈现给他的美国读者”（第161页）。编者钱锁桥在第八章中的贡献依赖于林语堂与理查德·华尔希，他在庄台公司的出版商和公关，赛珍珠的丈夫之间的往来书信。这让该章的读者处于一个幕后的位置来看《吾国与吾民》这本林语堂主要为美国市场而创作的英文著述的编辑过程。

最后一个部分也是三章，继续阐述林语堂将中国呈现给西方的生活与创作。其中第九章将林语堂的创作放置在美国现代批评家、文学理论家坎尼斯·伯克（Kenneth Burke）的语境中。该章作者约瑟夫·桑普尔（Joseph Sample）认为，“贯穿林语堂散文的那种自信掩盖了他在不同语言和不同文化之间游走时所面对的复杂挑战。”（第186页）联想到在第七章的讨论，林语堂短篇小说《杜丽娘》，也是第十章的标题，与一部西方的作品，即19世纪法国小说《茶花女》（*The Lady of the Camellias*）具有相似的模式。该章认为，杜十娘，一个明代妓女，也是林语堂翻译和润色的中篇小说，在许多方面是玛格丽特，《茶花女》这部小说的主人公，一个巴黎妓女的镜像。该章与此书中的其他章节不同，主要阐释了林语堂的一部作品，却很少论及他的生活或生活如何对他的创作产生影响。最后一章的作者是美国中国史研究专家何复德（Charles W. Hayford），他关注的是林语堂著作对食物作用的描写。何复德尤其关注林语堂的妻子和女儿写的烹饪书。（尽管作者一直到文章的结尾都没有搞清楚这些烹饪书的作者究竟是谁。）（第 249 页）

本书的编者和作者以林语堂及其作品的同一主题为中心，体现了多方面的特征，值得称赞。特别值得褒扬的是，书中章节没有重复之处。重复是许多历史人物的编辑卷所共有的缺点。然而，与大多数关于一个相当狭窄的话题的编辑卷一样，该书是为有限的读者准备的，只适合专家而非课堂。至少读者希望能看到更多关于林语堂作品的讨论的一个方面是，他的作品在今天或者他去世之后是如何被人们记住的。钱锁桥关于林语堂的其他作品，如其专著《自由普世之困：林语堂与中国现代性中道》，涉及到了改革时期中国对林语堂评价的变化。但这在该书却很少，尽管该书的副标题避开了林语堂的“遗产”。尽管有这样的不足，该书还是成功地将中国现代文学和文化研究的讨论范围超出了鲁迅。林语堂的背景和创作值得今天的学者们给予密切的关注，而这本书恰往这个方向迈近了一步。